Suchet, so werdet Ihr…   *Udo Müller-Christian*

Suchet, so werdet Ihr…   *Udo Müller-Christian*

Suchet, so werdet Ihr…   *Udo Müller-Christian*

Suchet, so werdet Ihr…   *Udo Müller-Christian*

Suchet, so werdet Ihr…   *Udo Müller-Christian*

© Udo Müller-Christian
Herstellung und Verlag:
BoD – Books on Demand, Norderstedt
ISBN-13: 9783743117884

Suchet, so werdet Ihr… *Udo Müller-Christian*

Suchet, so werdet Ihr...   *Udo Müller-Christian*

Das Wesen das begriffen werden kann,
ist nicht das Wesen des Unbegreiflichen.

Laotse

Suchet, so werdet Ihr...   *Udo Müller-Christian*

Nach einem Tag in dieser alten Stadt hatte ich mich wieder an den Staub der alten Gemäuer gewöhnt, der sich auf meine Atemwege legte, den Staub, der meine Nasenschleimhäute schwarz färbte und alles belegte, innerhalb und außerhalb der Gemäuer der alten Gebäude.

Vom gotischen Sankt Veitsdom ging ich in die Altstadt.

Im *Grünen Frosch* trank ich einen Campari Orange und entspannte mich.
In dieser Stadt würde mich niemand vermuten, folglich niemand nach mir suchen, demnach mich auch niemand finden.
Gedanken kamen, die ich lieber verdrängt hätte.
Vor vielen Jahren hatte ich auf einer Moldaubrücke Amanda getroffen, als ich vom Hradschin kam, seit dieser Zeit war ich nur ein einziges Mal wieder hier gewesen, um einige Bände meiner Aufzeichnungen zu deponieren, zu sehr hatten mich die Gedanken an vergangene Zeiten mit Amanda aufgewühlt.
Der eine Campari reichte mir. Ich ging weiter durch die Altstadt, mehrere Tüten mit alten Zeitungen mit mir schleppend.

Suchet, so werdet Ihr...   *Udo Müller-Christian*

Im Hotel Meteor war ich abgestiegen und hatte einen zugegebenerweise antiken PC aufgebaut, den ich zum Schreiben benutzen wollte, persönliche Aufzeichnungen, so hatte ich angegeben, vielleicht auch einige jüngere Ereignisse. Meine eventuellen nächtlichen Abwesenheiten in den kommenden Nächten würden die Angestellten des Hotels, falls es ihnen überhaupt auffiel, den Huren der Stadt anlasten, was bei ihnen also nur ein Schmunzeln hervorrufen konnte.

Einzig der uralte PC hatte für Verwunderung gesorgt, als ich die Einzelteile in mein Zimmer schaffte.

Das alte Haus stand unverändert inmitten einer Häuserzeile.

Die Moldau floss vor sich hin, wie sie es immer getan hatte, wenn ich hier gewesen war, wie sie es zweifelsfrei auch tat, wenn ich nicht hier war.

Innerhalb des Hauses schien sich auch nichts verändert zu haben. Ich achtete genauestens darauf, keine Spuren zu hinterlassen, die in der holzverkleideten Wand verschwanden, als ich die verborgene Tür hinter dem Spiegel öffnete.

Der Gang war wie immer dunkel. Mit einer Taschenlampe sah ich nach, ob die Tür hinter mir ordnungsgemäß verschlossen war. Durch ein Guckloch blickte ich auf den Gang hinaus, das Guckloch endete in einem Astloch in der hölzernen Wandverkleidung des Ganges. Jedes mal wenn ich herkam hatte ich Angst, den Spiegel zerschlagen vorzufinden, an seiner Stelle einen Feuerlöscher oder irgendein Hinweisschild über das besagte Astloch gehängt, oder das ganze Haus einer Gasexplosion zum Opfer gefallen; jedes mal verspürte ich Erleichterung, wenn sich alle meine Bedenken als überflüssig erwiesen hatten.

Suchet, so werdet Ihr…   *Udo Müller-Christian*

In dieser Straße, unweit des Uflecu, hatte ich Anfang der siebziger Jahre in einer Spielhalle mit Vaclav Havel Schach gespielt - er hatte gewonnen.
Ich hatte mich längere Zeit in dieser Spielhalle aufgehalten, Billard wurde in der Mitte der Halle gespielt, an etwa zehn Tischen, während sich an die langen Fensterreihen kleine Tische für vier Personen gruppierten, in deren Platten Schachbretter eingelassen waren. Ein Neffe Jean Paul Sartres hatte meine Aufmerksamkeit erregt, indem er vor sich hin philosophierte und einige Gedanken in Worte kleidete, die ich schon vor langer Zeit gehegt hatte. Zumindest hatte dieser Mann angegeben, mit Sartre verwandt zu sein; ich hatte nie eine Veranlassung dazu gehabt, den Wahrheitsgehalt seiner Worte in Zweifel zu ziehen.

Der Schein der Taschenlampe erhellte den Gang nur mäßig. Mit außerordentlicher Sorgfalt untersuchte ich jeden Quadratzentimeter nach etwaigen Spuren eines eventuellen Eindringlings, war aber schnell sicher, dass es keinen solchen Eindringling gegeben hatte. Weiter hinten im Gang fand ich noch eine simple, aber wirksame Alarmanlage intakt vor, die ich vor vielen Jahren installiert hatte, indem ich einige von Amandas Haaren anbrachte, die durch die leichteste Berührung abgerissen wären.
Die Haare befanden sich unverändert an Ort und Stelle.
Amanda war nie mit mir hier gewesen, nichts von ihr war jemals in diese Gewölbe gelangt, außer ein paar Haaren, ihrem Duft, den ich mitnahm und meinen Gedanken an sie, immer wenn ich in Prag war.

Suchet, so werdet Ihr...   *Udo Müller-Christian*

Wieder ertappte ich mich bei schwermütigen Gedanken, musste ich doch vermuten, dass Amanda entweder eine dieser modernen Kurzhaarfrisuren trug, oder ihre Haare zumindest ergraut waren, wenn sie überhaupt noch lebte.

Der Schein der Taschenlampe erhellte eine Treppe, die hinab in eine unergründliche Tiefe führte. Es handelte sich um eine steinerne Treppe, die die Jahrhunderte überdauert hatte. Ich ging hinab in die Tiefe. Eine halbe Stunde später hatte ich den Raum in dem Gewölbe erreicht.

Die Dunkelheit überwand eine elektrische Beleuchtung, deren Verkabelung sicher erneuerungsbedürftig war.

Der Hohlraum war nicht sonderlich groß. In der Mitte stand mein altes Schreibpult mit dem unbequemen Hocker davor. In einer Ecke meine alte Pritsche, die ich immer dann benutzt hatte, wenn mich die Müdigkeit übermannte, ich aber noch dazu in der Lage gewesen war, mich zur Liege zu schleppen, sonst war ich auch häufig erwacht, den Kopf auf den Armen, bis ein Arm wegen Minderdurchblutung *einschlief* und irgendeine Alarmeinrichtung meines Körpers mein sofortiges Erwachen bewirkte.

An den Wänden standen schiefe Holzregale, in denen alte Bücher lagen oder standen. Vielleicht sollte ich mir Zeit nehmen, alle meine Erinnerungen, die ich in dicken Büchern aufgezeichnet hatte, mittels des PCs auf Disketten zu übertragen?

Aber zunächst galt es, die Geschehnisse der letzten Monate in den Computer einzugeben, so lange sie noch frisch waren. Leider verfügte ein menschliches Gedächtnis nicht über ausreichendes Fassungsvermögen.

Einen Teil der Bücher würde ich mitnehmen und sie von einer *professionellen Tippse* auf Disketten oder zeitgemäßere Medien übertragen lassen. Auf diese Weise hatte ich bald meine aufgezeichneten Erinnerungen in Romanform auf winzigen Disketten vorliegen, konnte sie immer mit mir herumschleppen und jeder Computer würde sie mir zugänglich machen können.

Ja, die Zeiten hatten sich geändert.

Die wenigen Birnen erleuchteten die alten Bruchsteinwände nur spärlich, aber der Strom reichte aus, den Raum weit genug zu erhellen, um mir ausreichend Licht zu verschaffen die wichtigeren Bücher gegen die alten Zeitungen in den Tüten austauschen zu können.
So lange ich mich in dieser Stadt aufhielt, würde ich wohl täglich herkommen müssen, um weitere Bücher zu holen; mit anderen Worten, dieser Unterschlupf, der mir jahrelang beste Dienste geleistet hatte, konnte aufgelöst werden.
Es war nie gut, wenn man ein solches Versteck zu oft und zu lange benutzte, je öfter man auftauchte, desto größer wurde die Wahrscheinlichkeit einer zufälligen Entdeckung.
Mit Tüten, die ein ähnliches Volumen an Büchern, wie zuvor an alten Zeitungen aufwiesen, verließ ich meinen *alten Zufluchtsort* wieder, alle erdenklichen Maßnahmen von denen ich überzeugt war, zur Vorsichts beachtend.
Durch das Guckloch konnte ich erkennen, dass der Gang vor der Geheimtür frei war. Weder die Tür noch das Guckloch waren heute noch zeitgemäß. Vielleicht war ja noch nicht einmal ein geheimer Ort etwas, was in diese Zeit passte, in der ich lebte.

Suchet, so werdet Ihr...   *Udo Müller-Christian*

Auf der belebten Straße angekommen ging ich zielstrebig mit meinen Tüten, die einen wesentlich wertvolleren Inhalt verbargen, als irgend jemand vermuten mochte, zurück zum Hotel Meteor.

Am unteren Ende des Wenzelsplatzes brauchte man nur nach rechts ab zu biegen und erreichte es nach wenigen Minuten. Ohne mich an der Rezeption aufzuhalten erreichte ich mein Zimmer mit der Nummer 409, der PC stand erwartungsvoll auf dem Tisch.
Ich legte die geborgenen Bücher neben den Computer, um sie zunächst gedanklich ad Acta zu legen. Ohne Umschweife würde ich nun die Ereignisse der letzten Monate Revue passieren lassen und sie in den Computer tippen.

Ich schaltete den PC und den Bildschirm ein.
Die Festplatte setzte sich vernehmlich in Bewegung. Ich setzte mich vor den Bildschirm und legte das Keyboard bereit. Das Diskettenlaufwerk gab Geräusche von sich und eine rote Betriebslampe leuchtete auf. Ein Pfeifton machte mich darauf aufmerksam, eine MS-DOS Diskette in das Diskettenlaufwerk einzulegen.

Als ich selbiges unterließ, startete der Computer von Laufwerk C aus, der Festplatte, auf der alle erforderlichen Informationen vorhanden waren. Nach kurzer Zeit erschien das C mit dem Doppelpunkt und ich konnte das Schreibprogramm starten.
Bearbeiten Sie Ihren Text oder unterbrechen Sie zum Hauptbefehlsmenü!

Suchet, so werdet Ihr... Udo Müller-Christian

Mit geschlossenen Augen ging ich in mich, um einen Anfang zu suchen. Wie immer wollte ich auch die Informationen, die ich von anderen Personen bezüglich ihres Erlebens erfahren hatte, in die Handlung mit einfließen lassen.

Begonnen hatte die ganze Sache, als telefonisch mit mir ein Treffpunkt vereinbart worden war...

Ein Treffpunkt in einer Eisdiele...

*

Suchet, so werdet Ihr...   Udo Müller-Christian

INTERMEZZO

Der weiße Sonnenball sank hinter ihnen zurück, fiel in die Unendlichkeit, während sich ein kleiner Punkt aus der Schwärze des Alls heraus kristallisierte. Ein Punkt unter anderen Punkten, der allmählich immer größer wurde und dessen Farbe man nach kurzer Zeit erkennen konnte.

Ein blauer Punkt in der Unendlichkeit.
Klein und unbedeutend.

Zusehends schälte sich der blaue Punkt aus der Schwärze des Alls und wurde immer größer, ja, nahm nach unwesentlichen Zeiteinheiten die optische Erfassung in der Zielrichtung ganz für sich in Anspruch.
   Sie *tauchten* unter dem Planeten durch und fielen auf der der Sonne abgewandten Nachtseite herab.

Die optische Erfassung zeigte Landschaften und ausgedehnte Wasserflächen, die dem Planeten seine blaue Färbung verliehen.
   Die Wasserfläche kam näher und sie tauchten mit einem Klatschen ein.
   Sie sanken dem Grund des Wassers entgegen und waren sicher, nicht von den Proben des Planeten entdeckt worden zu sein.

Die Öffnung zur *Botschaft* tat sich auf.
   Sie verschwanden im Inneren des Planeten, unbemerkt von den Proben und unbemerkt von den Besuchern und Initiatoren.

Suchet, so werdet Ihr...   Udo Müller-Christian

Begegnung

Der Detektiv lehnte sich zurück, während sich seine Augen verengten.
Ich fragte mich zum wiederholten Male, wie er auf diesen Auftrag reagieren würde, kam aber, wie schon andere Male zuvor, zu keinem Ergebnis. Er ließ seine linke Augenbraue etwas nach oben gleiten und sah mich durchdringend aus seinen grünen Augen an.
Ich rührte mich nicht.
Flüchtig wurde mir bewusst, dass ein Mann an einem der Nachbartische versuchte mir unter meinen geringfügig verrutschten Rock zu starren.
Ein Handy piepte eine Melodie, die ich nicht kannte und einige der Gäste der Eisdiele griffen nach ihren Geräten, um sich davon überzeugen zu können, nicht angerufen worden zu sein.
Balsamo benutzte keine Handys, wäre wohl ansonsten auch gar nicht in die nähere Wahl geraten. Er benutzte, wenn er dringend telefonieren musste, Telefonzellen, nach Möglichkeit gelbe.

Suchet, so werdet Ihr…   Udo Müller-Christian

Mir blieb nichts anderes übrig, als geduldig abzuwarten; ich hatte ihm meinen Auftrag unterbreitet und war mit seinen überhöhten Honorarforderungen einverstanden gewesen. Ich hatte Zeit, lehnte mich zurück und übte mich in Geduld.
Diesen Mann hatte ich vor drei Monaten zum ersten Male gesehen. Seit diesem Zeitpunkt war ich damit beschäftigt gewesen, Informationen über ihn einzuholen. Sein Detektivbüro *hatte er vor fünf Jahren eröffnet und es hatte nicht lange gedauert, bis er sich einen ungewöhnlichen Ruf in der Branche verschafft hatte.*

> Ermittlungen - Informationen – Diskretion
> Kaum zu glauben, mit was für Aufträgen
> wir uns befassen...

lautete eines seiner Zeitungsinserate. Nur hatte er sich sehr schnell den Ruf erworben, sich seine Aufträge sehr genau auszusuchen, was zu dem Ergebnis einer außergewöhnliche Erfolgsquote führte. Er beugte sich ein wenig vor.

„Wenn sie Erkundigungen über mich eingezogen haben, müssen sie wissen, dass ich einen Auftrag nicht überstürzt annehme!"
Eine kurze Pause seinerseits, die ich zu einem Nicken nutzte, was ihn dazu veranlasste, beide Augenbrauen zu heben.
„Ich brauche eine Woche Bedenkzeit!"
Sein Gesicht zeigte ein polemisches Grinsen.
„Treffen wir uns nächste Woche Donnerstag zur gleichen Zeit wieder hier."

Suchet, so werdet Ihr…   Udo Müller-Christian

Ohne eine Bestätigung meinerseits abzuwarten, schob er seinen Stuhl zurück und stand langsam auf.
Er wandte sich kurz ab, sah mich dann aber etwas unfreundlich an, was mich fast aus der Fassung gebracht hätte, weil es so plötzlich und unerwartet kam.

„Und noch 'was," er schob den Stuhl unter den Tisch. „wenn sie mich weiterhin observieren lassen, werden sie hier in einer Woche vergeblich auf mich warten."
Er wandte sich endgültig ab und ging zu seinem Wagen, der, wie ich wusste, auf der anderen Straßenseite geparkt war. Hatte er die professionelle Observation durch meine Leute wirklich bemerkt, oder hatte er es nur vermutet?

*

INTERMEZZO

Ein Schiff näherte sich dem Seegebiet oberhalb der *Botschaft*.
Ein Signalgeber bestätigte, die bevorstehende Anlieferung der bestellten Waren.
Die Öffnung zur *Botschaft* tat sich auf.
Eine diskusförmige Schüssel näherte sich langsam der Wasseroberfläche. Die Besatzung des Schiffes gab das vereinbarte Signal.
Der Diskus öffnete eine Seite und nahm das Schiff, die Besatzung und die bestellten Waren auf.
Das Schiff war von den Radarschirmen verschwunden, der Diskus senkte sich wieder hinab zur *Botschaft*, um die entgegengenommenen Waren auszuladen.

*

Suchet, so werdet Ihr…　　　　　Udo Müller-Christian

DER BILDSCHIRM FLACKERTE

Der Detektiv saß vor einer Eisdiele und trank einen Cappuccino.
Der Bildausschnitt vergrößerte sich - es wurde zurück gezoomt.
Schnitt...
Der Detektiv fuhr in einem Automobil davon.
Schnitt...

Spurenelimination

Ich sah dem Wagen des Detektivs nachdenklich hinterher, als er um die nächste Ecke bog.

Der Kellner der Eisdiele kam und ich bezahlte meinen Espresso und sein Eis.
Ich fuhr mit meinem Wagen zum Hotel zurück, um auf die eingehenden Meldungen des Observationstrupps zu warten; ich musste sie von ihrer derzeitigen Tätigkeit zurückpfeifen, oder musste das Risiko einer Entdeckung durch Balsamo eingehen, der dann möglicherweise den Auftrag sausen ließ.

Vor drei Monaten hatte erstmals festgestanden, dass dieser Balsamo der richtige Mann für diesen Auftrag sein konnte. Eigentlich hatte er sich als einer der wenigen Detektive in Mitteleuropa erwiesen, die genügend Phantasie hatten, um nicht sofort lachend davonzulaufen.

Suchet, so werdet Ihr…   *Udo Müller-Christian*

Wir gaben ihm einige Probeaufträge, die nicht nur eine gehörige Portion Intelligenz erforderten, sondern auch den gezielten Einsatz einer solchen unerlässlich machten.

Ja, er war teuer, aber auch gut und schnell.
Wie unsere Agenten ermittelten, vertrödelte er keine unnötige Zeit, um seine Kunden hin zu halten.
Ich schaltete den Fernseher ein und suchte nach der Kassette Kris Balsamo.

Als ich die Suche schon fast aufgegeben hatte, fand ich sie unerwarteter Weise im Videorecorder.
Wie kam sie da hinein?

Ich wusste genau, wo ich sie deponiert hatte, jedenfalls nicht im Kassettenfach, weil diese Verhaltensweise nicht nur meinen Prinzipien widersprach, sondern, weil ich Tags zuvor den Tanz der Vampire *von Roman Polanski angesehen hatte.*
Schnell, aber nicht überhastet packte ich meine Sachen zusammen, wobei ich trotz meiner Eile keinen Slip, BH oder Kosmetikartikel vergaß und bezahlte an der Rezeption meine Rechnung.

Für eventuelle Besucher hinterließ ich die Nachricht, nach Stockholm abgereist zu sein.
Ich fuhr los und wechselte unterwegs nach allen Regeln der Kunst den Wagen, um eventuelle Verfolger abzuhängen. In diesem Geschäft kann man nicht vorsichtig genug sein. Eine andere Stadt, ein anderes Hotel.

Suchet, so werdet Ihr…   *Udo Müller-Christian*

Obwohl ich nur vierzig Kilometer Luftlinie zwischen meinem alten und dem neuen Hotel wusste, war ich doch mit dem ersten Wagen sechzig und mit dem zweiten achtzig Kilometer gefahren.
Auch das neue Hotel verfügte über einen Fernseher mit Videorecorder.
Ich legte die Kassette 'Kris Balsamo' ein und startete. Nach dem obligatorischen Flackern sah man einen dunkelroten Kleinlieferwagen mit gelber Firmenaufschrift vorbeifahren.
Mein Verdacht, der zu dem überstürzten Hotelwechsel geführt hatte, bestätigte sich; jemand hatte sich während meiner Abwesenheit einen Teil der Kassette angesehen, denn, um so etwas beurteilen zu können, hatte ich das Video zu oft angesehen.

Musste ich bei meiner Arbeit noch vorsichtiger vorgehen?
Ich beschloss, in der folgenden Woche ein weiteres Mal das Hotel und diesmal auch mein äußeres Erscheinungsbild zu ändern.
Wer konnte hinter mir her sein?
Wer konnte ahnen, mit was für einem Auftrag dieser Balsamo betraut werden sollte?
Denn ohne einen ursächlichen Zusammenhang zwischen Kris Balsamo und mir zu kennen, konnte niemand auf die Idee kommen, sich ausgerechnet einen Teil dieser Kassette anzusehen.
Balsamo hatte auch keine Bekannten unter den Hotelbediensteten, so hatten zumindest die groben Recherchen meiner Agenten gelautet.

Suchet, so werdet Ihr…   *Udo Müller-Christian*

Wie kam ich nun weiter?
Ich schaltete den Recorder ein und sah mir die Aufzeichnungen wieder an.
Vielleicht wollte ich sicher gehen, diesen Balsamo bezüglich des Auftrages nicht zu überschätzen. Ob er tatsächlich der richtige Mann war?
Wie konnte ich die richtige Schlussfolgerung ziehen, indem ich mir täglich das Videoband mehrmals reinzog?

Der Bildschirm flackerte.
Ein Auto fuhr vorbei, diesmal ein BMW.
Das Auto verschwand in der Tiefgarage des Apartmenthauses, in dem die zu observierende Person lebte.
Schnitt…
Ein Mann kam aus dem Haus und ging quer über die Straße.
Der Bildausschnitt begann sich zu verkleinern, man zoomte den Mann heran. Er war gekleidet, wie Millionen andere auf diesem Planeten und fiel mit Sicherheit nicht auf, wenn man ihn in einer größeren Menschenmenge verbarg.
Der Bart fiel auf, weil ich mich daran erinnerte, was für eine Arbeit es meinen Agenten gemacht hatte, eines der Barthaare zu beschaffen, um es auf seine organische Echtheit zu prüfen.
Zu Beginn der Szene war Kris Balsamo auf die Kamera zugegangen und entfernte sich nun vom Standpunkt des imaginären Beobachters, um in einer Bäckerei zu verschwinden.
Er holte seine allmorgendlichen Brötchen.

Schnitt…

Suchet, so werdet Ihr…   *Udo Müller-Christian*

Ein alter grüner Opel war zu sehen.
Zoom...
Balsamo saß hinter dem Lenkrad des stehenden Fahrzeuges und schien in einer Zeitschrift zu blättern.

Schnitt...
Balsamo saß immer noch in seinem alten Opel, es war inzwischen dunkel geworden.
Der Detektiv beobachtete ein Haus, wobei sein Interesse wahrscheinlich mehr einer Person galt, die sich darin aufhielt.
Der Bildausschnitt zeigte Balsamo, der plötzlich beide Augenbrauen anhob und kurz danach einen erleichterten Gesichtsausdruck zeigte.

Zoom zurück.
Ein grauer Lieferwagen stand hinter der Parklücke des grünen Opel und blinkte.
Vermutlich hatte der Fahrer gehupt, um Balsamo auf sich aufmerksam zu machen.

Der grüne Opel fuhr aus der Parklücke und ließ den grauen Lieferwagen der Marke Barkas in die Nische fahren.
Eine Frau entstieg dem Transporter und ging zu Balsamo, der seinerseits ausgestiegen war.
Ein kurzer Dialog.

Ich sah mir die Frau genauer an.
Entsprach sie seinem Typ?

Suchet, so werdet Ihr…   Udo Müller-Christian

Die Frau fuhr mit dem grünen Opel davon und Balsamo verschwand in dem fensterlosen Lieferwagen.

Schnitt...
Balsamo saß in einer Eisdiele.
Er saß allein am Tisch.
Ich konnte mir vorstellen, wie er seinen Kunden, auf den er zu warten schien, bestellt hatte.

'Ich bin nicht zu verfehlen, ich sitze mitten im Raum, ohne Wand im Rücken.'
So, oder ähnlich schien er seine Kundschaft beeindrucken zu wollen und ich musste gestehen, bei einigen Menschen funktionierte diese Form der Beeinflussung sicherlich sehr gut.
Jedenfalls hatte er mich mit den gleichen Worten in eine andere Eisdiele bestellt.
Ein Mann näherte sich dem Tisch und blieb etwas unentschlossen vor Balsamo stehen, der aufstand und dem Mann einen Platz anbot.

Der Mann fühlte sich offensichtlich unwohl in seiner Haut - mitten in der Eisdiele, auf dem Präsentierteller.
Balsamo schien diesen Umstand bewusst zu nutzen. Er hörte sich ruhig an, was der Mann zu sagen hatte und schüttelte nach wenigen Minuten entschieden den Kopf. Ich konnte mir ziemlich genau vorstellen, was er sagte.
'Nicht zu diesem Kurs.'
Der Mann sah nicht nur so aus, als könnte er jeden Balsamokurs bezahlen, er wirkte auch verzweifelt genug, um sich auf jede Forderung einzulassen.

Suchet, so werdet Ihr…   *Udo Müller-Christian*

Wie aus späteren Zeitungsberichten zu erfahren war, handelte es sich bei dem Mann um einen stinkreichen Burschen, der seine entführte Tochter zurückhaben wollte und der Balsamo für die gefahrvollen Parts der Geldübergabe engagieren wollte.
Nach meinen Schätzungen, würde Balsamo bei solchen Aufträgen fünfzig Prozent der Lösegeldforderungen verlangen.

Schnitt...
Die Kamera folgte Balsamos roten BMW.
Der verfolgende Wagen fiel in der Stadt zeitweise zurück, folgte aber zielstrebig dem zu verfolgenden Objekt.

Schnitt...
Der Balsamo-BMW fuhr jetzt durch eine waldreiche Mittelgebirgslandschaft.
Der Verfolgerwagen war gewechselt worden, was an dem nun vorhandenen Stern auf der Motorhaube erkennbar war. Aus dem Auspuff des Balsamo-BMW löste sich eine kleine blaue Wolke...
Das Heck des Wagens senkte sich unübersehbar...
Der BMW wurde außergewöhnlich schnell kleiner und durcheilte die nächste Kurve in ziemlicher Driftlage. Der Stern des verfolgenden Mercedes senkte sich - vor der Kurve abbremsen.
Mitten in der Kurve kam der rote BMW Kris Balsamos in atemberaubender Schräglage der Kamera entgegen und verfehlte den Mercedes nur um wenige Zentimeter.
Auf der Straße hinter der Kurve waren die Reifenspuren einer kompletten Hundertachtziggraddrehung zu sehen.

Suchet, so werdet Ihr...   *Udo Müller-Christian*

Schnitt...
Ein dunkelroter Lieferwagen mit gelber Firmenaufschrift fuhr vorbei...

Ich stoppte die Kassette und begann meine Kleider in den Schrank zu hängen.

*

INTERMEZZO

Die Nacht hatte sich über den Planeten gesenkt.
Die *Botschaft* öffnete sich und ein Raumbeweger durchpflügte das Wasser.
Der Diskus schoss mit großer Geschwindigkeit aus dem Meer hervor und beschleunigte mit irrsinnigen Werten, um in der Schwärze des Alls zu verschwinden.

Suchet, so werdet Ihr...   Udo Müller-Christian

Der Schnüffler

Der Hauseingang war nur mäßig beleuchtet und ich wurde immer müder.

Wenn ich mir so vorstellte, was dieser Kerl jetzt gerade in der Wohnung der Frau machte, oder möglicherweise machte, während ich bei dieser Kälte im Wagen hockte, kam wieder der Punkt, an dem ich meinen Job an den vielzitierten Nagel hängen wollte.

Ich tauschte *A Momentary Lapse of Reason* von Pink Floyd gegen eine CD von Malcolm McLaren aus.

Darling Walz with me, darling

Natürlich war ich sicher, derzeit keiner anderen Beschäftigung nach gehen zu können, die mir in so kurzer Zeit so viel Kohle einbrachte, vorausgesetzt, ich suchte mir meine Kunden und die Aufträge sorgfältig aus, was die Bezahlung und die Erfolgsaussichten anging und ich bewegte mich im Rahmen der von mir vorgegebenen ethischen Parameter.

Suchet, so werdet Ihr…   *Udo Müller-Christian*

Ich überlegte schon, ob ich von der nächsten Telefonzelle aus Venus anrufen sollte, um mir den Lieferwagen für nächtliche Observationen bringen zu lassen, als im Treppenhaus das Licht an ging.

Ich atmete tief ein und griff zum Zündschlüssel.
Die Haustür öffnete sich und tatsächlich kam Markus Wiesotzki heraus und sah sich auf der Straße um.
Erwartete er ein Taxi?
Ja, denn es ließ nicht lange auf sich warten.

Wiesotzki stieg ein und nannte dem Fahrer das Ziel.
Ich wartete, bis das Taxi um die nächste Ecke gebogen war und fuhr erst los, nachdem noch einige Sekunden vergangen waren.

Nun hörte ich doch lieber wieder Pink Floyd, *Learning to fly* und führte den nötigen CD-Transfer durch. Die richtige Musik war etwas, mit dem ich immer, fast immer meine Stimmungen unter Kontrolle halten konnte.
Es gelang mir, dem Wagen mit größtmöglichem Abstand zu folgen.

Als ich auf den großzügig bemessenen Parkplatz einer Bar fuhr, kam ich früh genug, um mit anzusehen, dass Wiesotzki den Fahrer des Taxis bezahlte.
Kurzfristig musste ich grinsen, denn mir fiel ein, dass er auch mich über den Umweg seiner Frau bezahlte.
Ich betrat die Bar direkt hinter Wiesotzki, der sich zielstrebig zur Theke begab.

Suchet, so werdet Ihr...   *Udo Müller-Christian*

War er bei der Dame, die er besucht hatte, nicht *zum Zuge* gekommen?

Ich begab mich an das andere Ende der Theke und sah mich um, wie man sich so als gewöhnlicher Barbesucher umzusehen hatte.
Vorwiegend Männer, wie in solchen Etablissements üblich.

Scheinbar waren wir gerade rechtzeitig eingetroffen, denn eine verheißungsvolle Musik begann und die Beleuchtung wurde verdunkelt.
Sicherheitshalber ließ ich Wiesotzki zunächst nicht aus den Augen.
Er bestellte bei der Frau hinter der Theke, die danach direkt zu mir kam.
Diese Frau sah aus, als hätte es 'mal Zeiten gegeben, in denen sie hier oder in ähnlichen Einrichtungen aufgetreten war, doch nun hatte sie wohl ein Alter erreicht, in dem man sie nicht mehr auf der Bühne sehen wollte - schade, denn sie hätte sicher Einiges zu bieten gehabt.
Ich bestellte Cola und sah wieder zu Wiesotzki hinüber.
Seine Frau hatte mich beauftragt, festzustellen, mit welcher anderen Frau er möglicherweise liiert war, denn sie wollte wohl wissen, was ihr diese imaginäre Frau voraus hatte.
Normalerweise pflegten Frauen andere Aufträge zu erteilen.
Stellen sie fest, ob mein Mann ein Verhältnis hat!
Aber Wiesotzkis Frau wollte scheinbar nur wissen, mit welcher anderen Frau es ihr Mann trieb, war also offensichtlich völlig sicher, dass er *es* zumindest mit einer anderen Frau machte.

Suchet, so werdet Ihr...   *Udo Müller-Christian*

Da ich ihn nun den ersten Abend observierte, konnte ich bestenfalls Vermutungen anstellen, wovor ich mich allerdings hütete.

Er hatte zwar eine Frau besucht, doch war er erstens - für meinen Geschmack - nicht lange genug bei ihr gewesen und zweitens konnte es sich bei dieser Dame auch gut um eine Verwandte oder offizielle Bekanntschaft handeln.
Immerhin war er nun hier.

Ich konnte nur abwarten.
  Normalerweise nahm ich solche Aufträge nicht an, da allerdings in diesem Fall schon die Feststellung so genannter außerehelicher Kontakte feststand, war es mir relativ egal und ich hatte von Wiesotzkis Frau nicht den Eindruck gehabt, sie wolle eine Nebenbuhlerin aus dem Wege schaffen.

Die Beleuchtung war nun sehr weit zurückgefahren und ich konnte Wiesotzki nicht mehr so deutlich erkennen. Die Frau hinter der Theke brachte ihm gerade ein Bier und kam wieder direkt zu mir, um mir meine Cola zu servieren.
  Ich legte sofort einen *FünfTalerSchein* neben das Glas und nickte ihr aufmunternd zu, mit der offensichtlichen Bedeutung, *der Rest ist für dich.*
  Sie lächelte mich an, nickte verstehend und sackte die Kohle ein.

Wiesotzki trank an seinem Bier und ich wandte mich der Bühne zu, als ein verhaltener Applaus erklang.

Suchet, so werdet Ihr...   Udo Müller-Christian

  Eine Frau in einer langen Robe erschien.
  In einer anderen Umgebung hätte man sie aus größerer Entfernung gut für einen Priester im Ornat halten können, wenn da nicht ihre langen Haare gewesen wären und dieser lange Schlitz, der die Länge ihres Beines nicht nur erahnen ließ. Meine Augen folgten dem Schlitz im Gewand nach unten, bis zu den hochhackigen Schuhen, in denen ihre Füße steckten.

  Was nun folgte war die übliche Ausziehnummer, *wie man sie an jeder Straßenecke* sehen konnte.
  Als die letzte Hose gefallen war, hatte ich noch nicht einmal Gelegenheit mir ihr schwarzes Haardreieck ausgiebig anzusehen, so schnell verschwand sie, jedenfalls schneller, als man ihr vorher zugetraut hätte.

  Die ganze Zeit hatte ich trotz, oder vielleicht auch wegen der Vorstellung weiter Wiesotzki beobachtet, der sich auch nicht sonderlich für die Show zu interessieren schien.
  Nachdem die Frau verschwunden war, ergab sich ziemlich schnell ein Gespräch zwischen Wiesotzki und seinem Thekennachbarn.

  Das konnte sich ja lange hinziehen.
Vielleicht hätte ich doch einen richtigen Kaffee bestellen sollen.
  Irgend etwas gefiel mir nicht an Wiesotzkis Thekennachbarn.
  Und wenn es auch nur ein Gefühl war, das ich hatte, nahm ich die Angelegenheit doch ernst.
  Wie oft hatte ich so ein Gefühl gehabt, ohne zu wissen warum?

Wie oft konnte ich hinterher nicht sagen, warum ich dieser Emotion nachgegeben hatte?
Und wie oft war es etwas Unangenehmes und ich musste mir sagen, wäre ich doch diesem Gefühl nachgegangen, das ich eben hatte.

Ich beobachtete die Situation weiter. Wiesotzki unterhielt sich angeregt mit dem Mann.
Nach einiger Zeit hatte ich den Eindruck, Wiesotzkis Gesprächspartner würde sich mit einem anderen Mann an der Theke mit Blicken verständigen.
Es dauerte nicht lange und ich war mir zumindest in dieser Angelegenheit sicher.
Die beiden Männer verständigten sich durch kurze, unmissverständliche Blickkontakte. Leider war ich nicht in der Lage zu verstehen, was sie für Informationen austauschten. Wäre diese Sache nicht gewesen, hätte ich die Observation wahrscheinlich abgebrochen und wäre nach Hause gefahren, denn man konnte davon ausgehen, dass an diesem Abend nichts mehr laufen würde, zumindest, was die Direktiven meiner Auftraggeberin anging.

Was mich in diesem Fall zum Bleiben veranlasste, war vielleicht am Ehesten mit einem gewissen Verantwortungsgefühl zu umschreiben, das ich gegenüber meinen Kunden und denen nahe stehenden Personen entwickelt hatte.

Meine Ahnung schien sich zu bestätigen.
Wiesotzkis Nachbar machte Anstalten, seinen und Wiesotzkis Deckel zu bezahlen.

Suchet, so werdet Ihr...   Udo Müller-Christian

Wiesotzki war, wie ich vermutete, das erste Mal in dieser Bar.

Hätte er sonst auf einen so billigen Trick herein fallen können? Oder fehlte es ihm nur an Lebenserfahrung?
Wiesotzki und sein Thekennachbar standen auf und verließen zielstrebig das Lokal.
Was mochte dieser sonderbare *Saufkumpan* Wiesotzki wohl in Aussicht gestellt haben?

Im Zweifelsfalle und unter Berücksichtigung der Umgebung, konnte es sich ja nur um so genannte *sexuelle Ausschweifungen* handeln.
Ich unterdrückte ein Grinsen, konnte ich doch eigentlich nichts anderes als Mitleid für Leute empfinden, die leider darauf angewiesen waren, sich ihre sexuellen Befriedigungen zu erkaufen, oder die der Meinung waren sich diese Befriedigungen erkaufen zu müssen, obwohl sie doch zu Hause, oder wo auch sonst möglicherweise bessere und ehrlichere Angebote gefunden hätten.
Ich wartete noch einige Minuten und wurde immer ungeduldiger, ja zweifelte schon langsam an meiner Theorie, doch dann stand der Mann auf, der sich durch Blickkontakte mit Wiesotzkis Thekennachbarn verständigt hatte.
Er verließ ebenfalls das Etablissement, wobei ich ihm folgte.
Auf dem Parkplatz der Bar sah ich Wiesotzki mit seinem Thekennachbarn stehen, als würden sie auf etwas warten, vielleicht ein Taxi.
Ich blieb in der Nähe des Eingangs der Bar stehen und vergewisserte mich der Nähe meines Wagens, um den zwei oder drei Herren erforderlichenfalls folgen zu können.

Suchet, so werdet Ihr…   *Udo Müller-Christian*

Der dritte Mann hatte einen Bogen um einige abgestellte Autos gemacht und näherte sich nun Wiesotzki und seinem *Kumpan* auffällig unauffällig von hinten.

Na, dann!
Ich setzte mich ebenfalls in Bewegung, immer darauf bedacht, von keinem der drei Männer entdeckt zu werden.

Der dritte Mann war nun nahe genug an Wiesotzki herangekommen, um ihm etwas in den Rücken zu drücken, und einige unfreundliche Worte zu sprechen, die Wiesotzki scheinbar erstarren ließen.

Wiesotzkis Thekennachbar, also der zweite Mann, begann nun die Taschen des ersten Mannes, *Wiesotzkis* zu durchsuchen.

Was ging da vor?
Sollte ich mich einmischen?
Oder war die Situation gar nicht so eindeutig, wie sie mir erschien?

Nun, einmischen würde ich mich nur, wenn es sich nicht mehr vermeiden ließ, mit anderen Worten bei einer Gefahr für Leib und Leben meines Quasiklienten.

Ich ging hinter einem Toyota Landcruiser in Deckung und beobachtete das weitere Geschehen.

Die Kerle nahmen Wiesotzki alles ab, was sich abzunehmen lohnte, oder was sie für des Abnehmens wert hielten. Sie schienen ihn angewiesen zu haben, absolut ruhig zu sein, denn kein Wort kam über seine Lippen.

Plötzlich aufblendende Scheinwerfer erhellten die Szene. Scheinbar war ich nicht der einzige Beobachter des Vorfalls.

Interessant, äußerst interessant.
Ein Motor wurde gestartet, Reifen quietschten heulend auf und die Scheinwerfer kamen näher.
Nach einer quietschenden Bremsung kam ein Mercedes 190 neben den drei Männern zum Stehen.

Das Überfallteam versetzt Wiesotzki einen Stoß und sprang in den Wagen, der schnell beschleunigend das Weite suchte.
Das Kennzeichen hatte ich eindeutig erkannt, aber das brauchte ja niemand zu wissen.
Der Überfall war schnell und routiniert durchgeführt worden, also hatte Wiesotzki es eindeutig mit Profis zu tun gehabt.

Er stand jetzt auf und setzte sich in aller Ruhe zu Fuß in Bewegung.
Ich war jetzt froh, den immer wieder in mir aufkeimenden Tendenzen einzugreifen, widerstanden zu haben, denn sonst hätte ich bestimmt nicht einen Wiesotzki von dannen gehen sehen können, dem man jetzt, etwa dreißig Sekunden nach Beendigung *des Überfalles*, nichts, aber auch gar nichts, von den vorhergehenden Ereignissen ansehen konnte.
Die letzten Minuten schienen ihn nicht im Mindesten beeindruckt zu haben, seelenruhig marschierte er heimwärts, als wäre gar nichts gewesen.
Irgend etwas war an der ganzen Angelegenheit oberfaul gewesen.
Ich brach die Observation erst einmal ab und beschloss der Frau Wiesotzkis, meiner Auftraggeberin, nichts von dem Überfall zu erzählen, und dabei ihre Reaktionen genauestens zu beobachten.

Ich fuhr zu dem Appartement, in dem zu wohnen ich vorgab und wechselte in der Tiefgarage den Wagen.

An diesem Abend wollte ich nach Hause, um eine einzige Nacht ohne Alarmbereitschaft zu verbringen.
Trotz des unauffälligen Wagenwechsels fuhr ich meiner Gewohnheit gemäß als würde ich von einem Team von Verfolgern gejagt. Nie war ich seit dem ich diesen Beruf erwählt hatte, nach Hause gefahren, ohne entsprechende Vorsichtsmaßnahmen ergriffen zu haben.

Etwa zweihundert Meter vor der Einfahrt gab ich den Code in die Tastatur des umfunktionierten Taschenrechners ein, wie er in jedem der von mir benutzten Fahrzeuge zu finden war.
Als ich die Birke hinter der Einfahrt sah, aktivierte ich den zweiten Teil des Codes, was zur Folge hatte, dass hinter der Birke ein Stück des Rasens aus dem Boden wuchs, getragen von vier Säulen an vier Ecken; dieses schwedische Spielzeug gefiel mir sehr. Gedacht war es für Leute, die sich ihren Garten nicht mit einer Garage verschandeln wollten.
Ich parkte den Wagen zwischen den Säulen und sah im linken Außenspiegel zu, bis das Tor der Einfahrt sich vollständig geschlossen hatte.
Die vier Säulen, der Wagen und ich versanken im Boden, bis die Grasdecke sich wieder geschlossen hatte.

Ich stieg aus und stellte mich vor eine feuerverzinkte Stahltür.
„Was willst du?"
Herrschte mich eine tiefe Männerstimme an.
„Pilze suchen!"

Suchet, so werdet Ihr... Udo Müller-Christian

War zwar meine Antwort, nicht aber das Zeichen, das die Tür öffnete, das machte ich nämlich mit der Hand. Das Handzeichen wurde durch die Videoüberwachung registriert.
Die Stahltür öffnete sich.

Ich machte einige Schritte nach vorne.
Nun befand ich mich zwischen zwei Stahltüren und hatte mich ebenfalls zu erkennen zu geben.
Der Korridor hinter der zweiten Stahltür machte einen Neunziggradknick nach links; ich war also als berechtigt identifiziert worden.
Venus empfing mich grinsend.
Sie trug einen kurzen schwarzen Rock und einen gleichfarbigen Pullover.

„Ein unbeteiligter Beobachter würde dich für paranoid halten!"
Womit er möglicherweise recht hatte.
Ich ließ mich auf eine Couch fallen und warf meine Schuhe weit von mir.
Venus hatte eine Infrarotfernbedienung in der Hand, die sie betätigte um eine CD zu Gehör zu bringen. Sekunden später ertönte Musik, die ich nicht sofort einzuordnen vermochte.
Handelte es sich um Mike Oldfield oder um Alan Parsons Projekt?
Ich brauchte noch einige Sekunden, bis ich die Musik als Ommadawn von Mike Oldfield identifizierte.
Venus hatte die Lautstärke so gewählt, dass die Musik eine angemessene Unterhaltung nicht störte, sondern durch angenehme Töne untermalte.

„Zwei Angelegenheiten machen mir zu schaffen, da ist erstmal diese Angelegenheit mit der Observation..."
Ich erzählte ihr die Geschichte von Wiesotzki und dem Überfall.
Venus hörte, wie immer, aufmerksam zu, ohne mich zu unterbrechen oder eine Zwischenfrage zu stellen.

Als ich bei der zweiten Angelegenheit eine Pause machte, wartete sie einige Minuten, bevor sie sich meldete.

Venus lehnte sich gemütlich zurück.
„Sie wollte mir uneingeschränkte Geldmittel zur Verfügung stellen, wenn ich für sie eine Suche durchführen würde."
Ich machte eine kurze Kunstpause, die Venus zu einer Feststellung nutzte.
„Du hast also mit einer Frau gesprochen und das Treffen wurde von einem Mann am Telefon vereinbart. Wie sah sie übrigens aus, die Frau?"
Auf diese Frage war ich absolut nicht vorbereitet gewesen, sonst hätte ich sicherlich eine Möglichkeit gefunden, ihr aus zu weichen.
„Sie hatte Haare wie Gloria Estefan, aber nicht gefärbt, einen Hintern wie Claudia Balboni und Brüste wie Pamela Prati!"
„Möglicherweise ohne BH!"
„Was? Ach! Ja möglicherweise!"
„Wobei ich vermute, dass du deine Meinung über ihre Brüste auf die Pamela Pratis beziehst, die sie Mitte der Achtziger zur Schau tragen konnte! Außerdem wird auch Claudia Balboni nicht mehr einen solchen Hintern haben, du solltest dich vielleicht diesbezüglich an Andrea Torres orientieren!"

Suchet, so werdet Ihr… Udo Müller-Christian

Ich nickte nur.
„Zweifelsohne!"
Nun lachte Venus laut auf.

„Fehlt nur noch eine Vulvabehaarung wie bei Maruschka Detmers und die Frau deiner Träume wäre absolut perfekt, zumindest was die äußere Erscheinung angeht..."
Sie lehnte sich zurück und sah mich nachdenklich an.
„Und was für ein Auftrag soll das gewesen sein?"
„Ach ja, jetzt kommt 's, du wirst es nicht glauben wollen; ich soll nach Außerirdischen suchen!"

Venus linke Augenbraue schnellte hoch.
„Was für Außerirdische?"
„Das hab' ich sie auch gefragt, sie hat nur gegrinst und sagte *Außerirdische, egal welche,* und sie bekommen jeden Preis!"

„Und sie hat den Auftrag nicht näher präzisiert, und du warst der absolut coole Obermacker, hast keine Miene verzogen und ihr gesagt, dass du eine Woche brauchst, um die Sache zu überdenken, und dass du sie dann informieren wirst, ob du den Auftrag annimmst..."

„Richtig, so ungefähr war es!"
„Und nun überlegst du, was du von der Angelegenheit halten sollst!"
Was sollte ich anderes tun, als zu nicken?
„Dann hast du vielleicht noch einen draufgesetzt und ihr gesagt, sie solle sofort die Beschattung aufgeben! Stimmt 's?"

„Ja!"
„In dieser Angelegenheit scheinst du recht zu haben, vielleicht bist du gar nicht so paranoid, wie ich manchmal denke!"
Sie machte ihrerseits eine Kunstpause, die mich interessiert nach vorne rutschen ließ.
„Ich habe das Material der letzten Fälle durchgesehen; ich bin sicher, dass man dich zumindest seit sechs Wochen observiert."

Ich war aufgesprungen.
„Was?"
„Zumindest seit sechs Wochen, aber möglicherweise schon länger. Jedenfalls bin ich sicher, dass sie dir nie bis hierher gefolgt sind. Mit anderen Worten, deine Paranoia hat sich mal wieder ausgezahlt. Bisher kennt niemand dieses Haus im Zusammenhang mit Viktor Balsamo. - Kris, du musst noch vorsichtiger werden! Vielleicht hat das mit deinem Auftrag zu tun; zumindest solltest du diese Frau und ihre Hintermänner und Hinterfrauen ernst nehmen!"

Ich musste während dieser Eröffnung weiß geworden sein, zumindest was die Farbe meines Gesichtes anging, denn Venus sah mich aufmunternd an.
„Bist du wirklich sicher?"
„So sicher, wie man sein kann!"
Na ja, das genügte.
Ich ließ mich zurück auf das Sofa sinken.
Irgendwie musste ich nun verhindern, dass mein kleines Weltbild zusammenbrach, war ich doch immer der Meinung gewesen, niemand sei in der Lage, Kris Balsamo zu verfolgen, ohne dabei entdeckt zu werden.

Sie stand auf und begann an der Bar zu hantieren. Ich hörte Flüssigkeiten, die zusammen geschüttet wurden.

„Weißt du, wie viele Personen, in wie vielen Fahrzeugen mich beschattet haben? Weißt du, ob ich ihnen gelegentlich entwischt bin, außer, wenn ich hierher kam?"

„Nach allem was ich weiß, müssen es mindestens fünf Personen mit mindestens ebenso vielen Fahrzeugen sein - oder gewesen sein."

Sie kam zu mir und überreichte mir das Glas, an dessen Inhalt sie gearbeitet hatte.

„Wer hält mich für wichtig genug, um einen solchen Aufwand zu betreiben?"

Venus setzte sich zu mir.

„Oder wer hält den Auftrag, den er dir erteilt hat, oder den er dir erteilen will, für wichtig genug, um einen solchen Aufwand rechtfertigen zu können?"

Venus legte ihre Beine über die Meinen.

„Du meinst also auch, dass nur diese Tante, mit ihren Außerirdischen dahinter stecken kann!?"

Der kurze Rock war hoch gerutscht und erwies sich als ihr einziges Kleidungsstück, wenn man von dem Pullover absah.

„Nein, die Tante und ihre Auftraggeber, die Außerirdischen sollst du ja erst ausfindig machen!"

Ich dachte kurz nach.

„*Die* scheint diese Angelegenheit aber sehr ernst zu nehmen, sonst würde sie nicht das Risiko eingehen, sich der Lächerlichkeit Preis zu geben. Außerdem würde sie sonst keine unbegrenzten Geldmittel zur Verfügung stellen!"

Unwillkürlich glitt meine Hand an der Innenseite ihrer Oberschenkel nach oben.
„Oder sie ist ihrer Sache so sicher, dass sie gar nicht auf die Idee kommt, sich lächerlich zu machen."
Ich nahm einen Schluck des Getränkes zu mir und musste wieder einmal kapitulieren, was die Identifikation der Inhaltsstoffe des Drinks anging. Venus mixte Drinks, die man auf keiner Getränkekarte finden konnte, die aber vom Geschmack her betrachtet, auf jede Getränkekarte gehört hätten.

„Die wollen also *von mir* Außerirdische ausfindig gemacht haben, können aber anscheinend andererseits mindestens fünf Personen auf mich anzusetzen... - warum setzen sie diese fünf Leute nicht auf die Außerirdischen an?"

Venus schloss die Augen und drückte ihr Becken gegen meine Finger.
„Vielleicht haben sie dich ausgesucht, weil sie wissen, dass du dir Gedankengänge erlaubst, die andere Leute gar nicht zu denken in der Lage wären!"

„Schön hast du das gesagt, wobei sich mir unweigerlich die Frage stellt, woher sie Informationen haben können, die diese Schlussfolgerung zulassen. Bleibt also nur noch zu hoffen, dass du recht hast!"

Suchet, so werdet Ihr… Udo Müller-Christian

*

INTERMEZZO

Das Taxi war eines von über vierzigtausend anderen und hielt am Aufgang zur Akropolis.

Die Frau stieg aus, nachdem sie dem Fahrer einen Schein in die Hand gedrückt hatte, der *ihn*, wegen der unverhältnismäßigen Höhe, in Erstaunen versetzte.

Mit raumgreifenden Schritten ging sie in der Mittagshitze den Weg, den seit zwei Jahrtausenden immer wieder Leute ihrer Art gegangen waren, ohne zwischen den tausenden anderer Besucher aufgefallen zu sein.

Mit schnellen Schritten lief sie die Treppe hinauf, um am Vortempel den Eintrittspreis zu entrichten.

Ein unbeteiligter Beobachter hätte sich gewundert, wäre sie ihm aufgefallen, aber sie war so unauffällig wir alle anderen Leute ihrer Art, so dass sich niemand wundern konnte.

Unbeirrt setzte sie ihren Weg weiter fort und ging direkt zum Niketempel, der vor vielen Jahren der ägyptischen Göttin Isis geweiht war.

Ein Mann stand regungslos davor und sah über die Stadt hinweg, bis zum Mittelmeer.

„Ein geeigneter Ort, um sich zu treffen!"

„Wir haben erhebliche Probleme, wissen aber noch nicht, wer sie uns bereitet!"
„Ich hoffe, dir helfen zu können!"
„Es kommt in letzter Zeit immer wieder zu Todesfällen unserer Leute, oder zu einem spurlosen Verschwinden von der Bildfläche!"
Der Mann sah die Frau an.
„Du musst unseren Knotenpunkt in diesem Land sichern!"
„Mich ehrt euer vertrauen, ich werde mich sofort dahin begeben und versuchen, mein Bestes zu tun!"

Der Mann schien jegliches Interesse an der Frau verloren zu haben und blickte wieder über die Stadt hinweg, zum Mittelmeer.

Suchet, so werdet Ihr…   *Udo Müller-Christian*

Videos

Ein dunkelroter Lieferwagen mit gelber Firmenaufschrift fuhr vorbei. Die Kamera zoomte die Aufschrift heran.

AUTOÖKOLOGIEBERATUNG
Und die dazugehörige Telefonnummer.
Balsamo benutzte fast nur Fahrzeuge, die aus dieser Firma stammten und, wie man nun sah, auch einen richtigen Firmenwagen.

Die Kamera zoomte zurück.
A-Ö-B war auf der Hinterseite des Wagens in großen Lettern zu lesen.
Das Lieferwagenmodell war mindestens zwanzig Jahre alt, was sein Äußeres betraf.
Ich wusste allerdings, dass die Firma Neuwagen verkaufte, die alt aussahen und mit ökologischen und energietechnischen Vorteilen warb. Zumindest war die Technik der entsprechenden Wagen auf dem neuesten Stand.

Suchet, so werdet Ihr…   *Udo Müller-Christian*

Balsamo hielt vor einem Haus, das er schon mehrere Tage beobachtet hatte und schien notfalls auch die Nacht abwarten zu wollen, denn erfahrungsgemäß rückte er dann mit entsprechend ausgerüsteten Fahrzeugen an, oder ließ sich ein solches von der Frau bringen, die immer in seiner Nähe aufzutauchen schien, wenn er sie brauchte; und die seine Fahrzeuge immer verstellte oder an neue Einsatzorte transferierte.

Schnitt...
Es war dunkel und die eben erwähnte Frau näherte sich zu Fuß dem Lieferwagen der A-Ö-B, eine Tür öffnete sich und die Frau verschwand im Inneren des Wagens.

Schnitt...
Das Videophon summte und ich schaltete aus.
Bevor ich die Verbindung zustande kommen ließ, schaltete ich die Videokamera aus, denn ich hatte keine Lust, von jedem x-beliebigen Anrufe auf dessen Bildschirm gebannt zu werden.

Suchet, so werdet Ihr...   *Udo Müller-Christian*

Entscheidung

Ich fuhr am Freitagmorgen nach Münster.
Markus Wiesotzki hatte einen arbeitsreichen Tag vor sich, daher wollte ich mir Zeit nehmen, Informationen wegen des Auftrags mit den Außerirdischen zu beschaffen.
Von zuhause aus hatte ich schon vor dem Frühstück mit Giacomo telefoniert, um mein Kommen anzukündigen.
Giacomo sagte mir zu, mindestens zwei Stunden zu den üblichen Tarifen für mich erübrigen zu können.

So traf ich gegen zehn bei ihm ein.

Die Eingangstür seiner Wohnung war unverschlossen, ich trat ein und ließ das Schloss hinter mir einrasten.
Giacomo saß vor dem Videoschirm und redete mit einer gut aussehenden Frau.

Ich hielt mich außerhalb der Videoerfassung und wartete, bis das Gespräch, das mich nichts anging, beendet war.
Giacomo sah sich um und stand auf.

„Wird Zeit, dass du dir dein altes Telefon auch durch ein solches Ding ersetzen lässt! Komm, ich zeig' dir, was für Vorteile so ein Apparat hat!"

Ohne eine Entgegnung meinerseits abzuwarten, ging er um den Schreibtisch herum und griff zu einer Infrarotfernsteuerung.
„Ich habe nämlich das Videophon mit dem Videorecorder zusammen geschaltet und kann so alle Videogespräche aufzeichnen."

Er drückte einige Knöpfe.
Der Fernsehschirm flackerte auf und zeigte die aktuelle Heutesendung des ZDF, und der Videorecorder schien zurück zu spulen; zu weit, wie sich Sekunden später herausstellte.

Das Bild wechselte und zu sehen war eine Frau in schwarzen Strapsen, die sich mit ihren Fingern den Venushügel kraulte, in die Kamera sah und redete.
„Schalt doch endlich die Kamera ein, Süßer, sonst schalte ich meine auch aus!"

Giacomo neben mir schluckte vernehmlich.
Das Videobild wurde schneller und der Recorder summte lauter.
Die Frau bewegte weiter ihren Mund und griff dann mit ihrer freien Hand zur Videophonfernsteuerung.

Suchet, so werdet Ihr...   Udo Müller-Christian

Der Bildschirm wurde kurz grau und das Summen des Recorders nahm vernehmlich ab.
Die gut aussehende und komplett angezogene Frau, mit der Giacomo eben videophoniert hatte, erschien wieder auf dem Bildschirm.

„Hallo, Giacomo, ich hoffe, ich habe dich nicht geweckt!"
Nun war Giacomos Stimme zu hören.
„Nein, geweckt hat mich eben so ein Typ, der mir regelmäßig mit den komischsten Aufträgen auf den Nerv zu gehen versucht, aber zumindest keine Probleme mit der Bezahlung verursacht!"

Giacomo schaltete aus.
„Ich bin hoffentlich nicht der Einzige, der dich regelmäßig bezahlt!"

Wir lachten.

Nachdem wir uns auf die Schultern geklopft hatten, setzte sich Giacomo vor den Computer und sah mich erwartungsvoll an.

„Na, wen soll ich heute für dich ausfindig machen?"

Ich setzte mich neben ihn und sah auf den Bildschirm.
Onan, der Masturbator! war als Oberbegriff zu erkennen.
„Giacomo, Onan war kein Masturbator!"
„Was? Wieso hat man dann die Onanie nach ihm benannt?"
Ich wusste, dass sich kaum jemand vorstellen konnte, was alles in der Bibel über Onan beschrieben steht.

„Er ließ seinen Samen auf die Erde tropfen, als er mit der Frau seines toten Bruders Kinder machen sollte. Alles was er getan hat, war nichts Anderes als Coitus interuptus. Die Priester die die Onanie erfunden haben, waren vielleicht alle schwul oder holten sich nur selber einen runter; jedenfalls hatten sie keine Erfahrung mit dem so genannten normalen Coitus, infolge dessen auch nicht mit dem Interuptus desselben!"

„Wo soll das stehen?"
„In der Bibel, irgendwo im alten Testament, aber frag mich nichts Näheres, ich hab' die Geschichte zwar gelesen, aber vergessen, wo genau sie steht, muss aber ziemlich weit vorne sein, also im ersten Buch Mose."

„Wenn du recht hast, müsste mein neues Videospiel dann ja wohl *Onan der Interruptor* heißen."
„Genau, aber ob du es dann gut verkaufen kannst, ist eine andere Frage."

„Nun zu deinem Problem, was führt dich hier her?"
„Die Suche nach Außerirdischen!"
Er verzog keine Miene, ich hätte vielleicht ebenso gut sagen können, *die Suche nach der Bundeslade.*
Langsam, als würde er sich sein Handeln genau überlegen, legte er die Stirn in Falten.

„Komm zur Sache, ich glaube nicht, das du für solche Scherze bezahlen willst, oder?"
Jetzt lachte ich.

Suchet, so werdet Ihr…   Udo Müller-Christian

„Nix Scherze Giacomo, ich meinen Ernst!"
Nun war es für Giacomo an der Zeit, überrascht zu sein.
„Und du willst mich wirklich nicht verarschen?"
„Glaubst du, ich würde dich verarschen und dafür auch noch bezahlen?"

„Nein!"
„Also, die Sache sieht so aus. Man will mich beauftragen, Außerirdische ausfindig zu machen. Man bezahlt gut und für jeden gefundenen Außerirdischen gibt es einen Bonus! Klingt nicht schlecht, was?"
„Klingt nicht schlecht... klingt nicht schlecht! Man was soll das? Hast du einen Sprung in der Schüssel?"
„Nein, ich habe über die Sache nachgedacht und bin ziemlich sicher, keinen Sprung in der Schüssel zu haben!"

„Die ganze offizielle Welt sucht nach Beweisen für die Besuche Außerirdischer, ja schon für banales Leben auf anderen Planeten! Und du kommst jetzt her und willst Außerirdische suchen, an deren Existenz jeder normale Mensch zweifelt!"

Sein italienisches Temperament ging mit ihm durch.
„Aber ist es nicht logisch, wenn Leben nur auf einem einzigen Planeten..."
„Schon gut... schon gut... hör' auf! Klar muss es Leben auf anderen Planeten geben, klar können die schon hier gewesen sein, wie dieser Schweizer Hotelier behauptet..."

„Erich von Däniken!"

„Sag ich doch! Aber wenn du jetzt nach welchen suchst, müssten jetzt und hier welche zu finden sein!"
„Eben, warum sonst sollte man mich beauftragen, mit der Zusage, mir uneingeschränkte Geldmittel zur Verfügung zu stellen! Wer stellt uneingeschränkte Geldmittel zur Verfügung, wenn es um eine völlig unsinnige Sache geht?"

„Eben!"
Giacomo dachte nach.
Ich nutzte die Gelegenheit, ihm einige meiner Überlegungen zu diesem Thema zu unterbreiten.

„Nimm einmal an, du bist mit deinem Raumschiff hier und willst 'mal sehen, was die primitiven Eingeborenen so machen und hast eine Panne oder stürzt ab, oder so was ähnliches! Kannst du mir bis dahin gedanklich folgen?"

„Klar, ich bin nicht blöd! Ich bin also mit meinem Raumschiff hier und kann wegen eines technischen Defektes nicht zurück!"

„Gut, du hast also eine Panne, kannst dein Raumschiff nicht reparieren und infolgedessen nicht mehr nach Hause zurück kehren!"

Giacomo nickte.
„Ich würde mir eine tolle Frau suchen!"
„Und wenn du keinen Bock auf Menschen hättest!?"
„Würde ich zusehen, von einem anderen Außerirdischen mitgenommen zu werden, ja ich würde trampen!"

„Gut, gute Idee! Das muss man dir lassen! Und an welche Autobahnauffahrt würdest du dich stellen?"
Giacomos Verblüffung war unübersehbar.
Er zog die Stirn in Falten, sah mich an und begann zu lachen. Nach einem unsicheren Kratzen am Kopf.
„Vielleicht würde ich eine Zeitungsannonce aufgeben?"

„Vielleicht sollten die Eingeborenen nichts von deiner außerirdischen Identität erfahren?"
„Ach, das ist ja kein Problem! Wenn wir von der unzweifelhaften Primitivität der Eingeborenen ausgehen, dürfte es doch möglich sein, etwas zu tun, was nur echte Außerirdische richtig einordnen und als wichtige Information erachten."

„Und du meinst, du hättest mich jetzt überzeugt!"
„Nein, aber du hast zumindest begriffen, was Außerirdische zu tun hätten, wenn sie hier gestrandet wären, wie Robinson auf dieser obskuren Insel!"

„Richtig, aber das hilft dir genau so wenig weiter, wie mir!"
„Es sei denn, ich hätte noch ein As im Ärmel!"
„O, der Herr haben ein As im Ärmel?"

„Möglicherweise!"
„Hast du, oder hast du nicht?"
„Vielleicht!"
„Warum vielleicht? Ein As ist ein As!"

„Ein As ist nur ein As, wenn es sticht!"

Suchet, so werdet Ihr…   Udo Müller-Christian

Aus irgendeinem Grund zog mich Giacomos Bücherregal stark genug an, um mich zum Aufstehen zu veranlassen. Ich ging hin und begann mir die aufgereihten Bücher anzusehen; fast nur Werke, die mit Computern zu tun hatten. Vielleicht war ich aber auch nur nervös, weil ich sicher war, den Auftrag nur dann annehmen zu können, wenn ich mich Giacomos Mithilfe versichert hatte.

„Stell' dir 'mal vor, du bist vor einiger Zeit hier gestrandet, es gibt noch kein weltweites Kommunikationssystem, du hast aber ziemlich viel Zeit zur Verfügung, gemessen an der geringen Lebenserwartung der Eingeborenen! Könntest du dann nicht lange genug warten, bis die Menschheit in der Lage wäre, ein interstellares Raumschiff zu bauen?"
„Unsinn, wer würde denn so lange warten wollen!? Wer immer gestrandet wäre, würde die Geschichte beschleunigen!"

Ich griff zur Bibel.
„Beschleunigen und ein Signal setzen, um eventuell aufkreuzende Artgenossen auf sich aufmerksam zu machen, oder?"

Ich schlug die ersten Seiten des Buches auf und sah nach unten links.
„Ach!"
Ich schloss das Buch und stellte es zurück.

Während ich zu meinem Platz zurückkehrte, ging mein Freund Giacomo zum Regal, um sich das von mir soeben zurück gestellte Buch an zu sehen.

„Wie wäre es, wenn du eine Firma gründen würdest, die schnell zu einem Weltkonzern werden würde..."
„Der Mann, der vom Himmel fiel!"

Giacomo hatte sich abrupt umgedreht.
„Zu einem Weltkonzern werden würde, und deren Name schon jeden eventuell aufkreuzenden Außerirdischen elektrisieren würde, der aber für keinen Eingeborenen eine Bedeutung hätte!"

Giacomo kam näher.
„Das wäre eine verdammt gute Idee, aber wie willst du einen solchen Namen ausfindig machen, wenn du nichts weißt, was die Außerirdischen wissen?"
„Du vergisst, dass der angenommene Außerirdische schon vor einiger Zeit hier gestrandet ist! Er hat ohne große Schwierigkeiten die Spuren anderer Außerirdischer gefunden, wie auch später Menschen, wie Erich von Däniken. Er weiß also, dass er nicht der erste ist und dass es sehr gut möglich ist, dass andere Außerirdische auf diesem Planeten aufkreuzen, bevor er sein eigenes Raumschiff gebaut hat."

„Gut, alles möglich! Aber die Angelegenheit mit der weltbekannten Firma soll keinem heute lebenden Menschen aufgefallen sein? Du hältst die Menschheit für blöder, als sie tatsächlich ist! Wenn es eine weltbekannte Firma gibt, deren Name jeden Außerirdischen elektrisiert, und wenn es auch nur zu einer bestimmten Zeit ist, dann müsste doch heute jeder Mensch stutzig werden, dann wüsste doch jeder Bescheid!"

„Eben nicht, wenn die Firma schon lange existiert, und wenn wir mit ihrem Namen ganz selbstverständlich aufgewachsen sind, dann sind wir nicht stutzig geworden, oder wüsstest du einen Namen, der jeden Außerirdischen vor fünfzig bis hundert Jahren elektrisiert hätte?"
„Nein, ein solcher Name wäre doch jedem aufgefallen, nicht nur mir!"

„Gut!"
Ich lehnte mich zurück.
„Stell' dir vor Giacomo, du bist auf dem Mond und siehst hier her! Was siehst du?"

„Die Erde!"
„Ja, und wie sieht die Erde aus, wenn man sie sich vom Mond aus ansieht?"

„Man sieht einen blauen Planeten!"
Giacomo wurde sichtlich ungeduldiger.
„Gut, und nun entfernst du dich mit einem Raumschiff, was siehst du dann?"

„Eine immer kleiner werdende Erde!"
„Ja, richtig und wie sieht die aus?"
„Wie eine blaue Scheibe!"

„Und weiter, du entfernst dich immer weiter!"
„Irgendwann wird nur noch ein blauer Punkt zu sehen sein!"
„Ja, und!?"

Suchet, so werdet Ihr…   Udo Müller-Christian

„Was und?"
„Du sagtest, dass da irgendwann nur noch ein blauer Punkt zu sehen sein würde!"

„Ja, ein blauer Punkt!"
Giacomo sprang auf und starrte mich an.
„Na endlich Giacomo, ich dachte schon, du wärest total begriffsstutzig!"

„Das gibt es doch nicht! Warum ist denn da bis jetzt noch keiner drauf gekommen?"
„Vielleicht ist es zu naheliegend?"

„Mensch, Blaupunkt, das ist doch ein Begriff wie er eindeutiger und naheliegender gar nicht sein kann!"
Er eilte zum Computer.

„Ich werde gleich 'mal..."
„Du wirst gar nichts, Giacomo!"
Wieder starrte er mich an.

„Du setzt dich jetzt erstmal hin und bestätigst mir, dass eine Suche nach Außerirdischen gar nicht so fern liegt, wie du noch vor wenigen Minuten dachtest! Mit anderen Worten, wenn ich dich nicht bremsen würde, würdest du die nächsten Stunden nichts anderes tun, als nach irgendwelchen Ansatzpunkten zu suchen! Stimmt 's, oder habe ich recht?"
Verdutzt setzte er sich wieder hin.
„Man, ich werde in dieser Sache für dich arbeiten, du hast mich überzeugt!"

Suchet, so werdet Ihr…   *Udo Müller-Christian*

„Gut, dann sieh dir doch 'mal das erste Buch Mose in deiner Bibel an. Ich habe da eben die Geschichte mit Onan dem Interruptor entdeckt, sie steht in Genesis 38 ab Vers 6."

*

$38/1$ Und es geschah in jener Zeit, dass Juda von seinen Brüdern hinabzog und zu einem Mann von Adullam einkehrte, dessen Name war Hira.
$38/2$ Dort sah Juda die Tochter eines kanaanitischen Mannes, mit Namen Schua; und er nahm sie [zur Frau] und ging zu ihr ein.
$38/3$ Und sie wurde schwanger und gebar einen Sohn, dem gab er den Namen Er.
$38/4$ Und sie wurde wieder schwanger und gebar einen Sohn, dem gab sie den Namen Onan.
$38/5$ Und noch einmal gebar sie einen Sohn, dem gab sie den Namen Schela; Juda war aber zu Kesib, als sie ihn gebar.

$38/6$ Und Juda nahm für seinen Erstgeborenen Er eine Frau, deren Name war Tamar.
$38/7$ Aber Er, der Erstgeborene Judas, war böse in den Augen des HERRN, so ließ der HERR ihn sterben.
$38/8$ Da sagte Juda zu Onan: Geh zu der Frau deines Bruders ein, und geh mit ihr die Schwagerehe ein, und lass deinem Bruder Nachkommen erstehen.
$38/9$ Da aber Onan wusste, dass die Nachkommen nicht ihm gehören würden, geschah es, wenn er zu der Frau seines Bruders einging, dass er [den Samen] auf die Erde [fallen und] verderben ließ, um seinem Bruder keine Nachkommen zu geben.
$38/10$ Und es war böse in den Augen des HERRN, was er tat; so ließ er auch ihn sterben.
$38/11$ Da sagte Juda zu seiner Schwiegertochter Tamar: Bleibe Witwe im Haus deines Vaters, bis mein Sohn Schela groß sein wird Denn er sagte [sich]: dass nicht auch er sterbe wie seine Brüder. So ging Tamar hin und blieb im Haus ihres Vaters.

Suchet, so werdet Ihr... Udo Müller-Christian

Und wieder Video

Balsamo bewegte sich leicht schwankend durch eine typische Bahnhofsgegend. Er sah ziemlich runtergekommen aus.
Aufgrund unserer Recherchen wusste ich, was ihn in diese Gegend verschlagen hatte. Er suchte nach der Tochter irgendeiner Gutbetuchten Familie, die aus irgendwelchen obskuren Gründen ins Zuhältermilieu geraten war. Er hatte gerade in einer einschlägigen Kneipe Fragen gestellt, die meine Leute abgehört hatten und die ich als eindeutig zu plump und gefährlich einordnete.
Eigentlich spielte ich mit dem Gedanken, jeden zu beauftragen, nur nicht diesen unvorsichtigen Balsamo.
Er bog um eine dunkle Ecke, um in einer noch dunkleren Gasse zu verschwinden.
Meine Leute, die die Videoaufzeichnung machten, erwiesen äußerstes Geschick, da sie noch nicht einmal den Leuten auffielen, die Balsamo unauffällig in die Gasse folgten. Ein kurzer Schwenk auf das Sackgassenschild.
Es waren fünf Männer.
Schnitt...

Suchet, so werdet Ihr…   Udo Müller-Christian

Irgendwie war es meinen Leuten gelungen, die Vorgänge in der Gasse aufzuzeichnen.

Die fünf Männer bildeten gelassen eine Reihe und folgten Balsamo bedächtig. Da es interessant zu werden schien, begann die Tonaufzeichnung zu rauschen.

Es gelang meinen Leuten tatsächlich, hervorragende Bild und Tonaufzeichnungen von dieser Szene abzuliefern.

Balsamo stellte offensichtlich fest, dass er sich in einer Sackgasse befand und drehte sich um, - blieb dann, wie vom Blitz getroffen stehen, als er die fünf Männer sah.

Diese Angelegenheit schien ihn zu ernüchtern.

Ich war mir natürlich absolut sicher, was Balsamo und Alkohol anging. Er hatte keinen Alkohol getrunken, da er normalerweise nie alkoholhaltige Getränke trank.

Warum sollte er ausgerechnet in einem so zweifelhaften Milieu eine Ausnahme machen?

Balsamo sah sich offensichtlich nach einem Fluchtweg um, schien aber keinen zu finden.

Mit langsamen Schritten entfernte er sich rückwärts von den fünf Männern.

Die fünf Männer schienen es zu genießen, Balsamo in die Ecke zu treiben, in aller Ruhe brachten sie die Werkzeuge ihres Handwerkes zum Vorschein, die Balsamo von neuem erstarren ließen, was den Genuss für die fünf Männer zu steigern schien.

Der Mittlere gab den anderen ein kurzes Zeichen, das sie zum Stehenbleiben veranlasste, Balsamo schien sich zu entspannen.

Die Faust des einen Mannes, der Balsamo nun gegenüber stand, wurde durch einen Schlagring geziert, demonstrativ schlug er mit der rechten Faust einige Male in die linke Hand.

Wieder sah Balsamo sich suchend um.

Suchet, so werdet Ihr…   Udo Müller-Christian

Der Mann mit dem Schlagring grinste.
"Vielleicht wird es dir ja noch gelingen, den Eltern von der Göre etwas von mir auszurichten. Wenn sie sie zurück haben wollen, dann nicht zum vereinbarten Satz, sondern zum Zehnfachen."

Er ging einen weiteren Schritt auf Balsamo zu, der weiterhin zurück wich.
"Mach dich nicht lächerlich, Lude! Du wirst sie mir übergeben und wir vergessen die ganze Sache!"

Der Mann mit dem Schlagring sah sich um, um sich der Anwesenheit seiner vier Begleiter zu vergewissern, als habe Balsamos Erwiderung ihn verwundert.
Noch aus der Drehung heraus schoss seine Faust nach vorn, auf Balsamos Kopf zielend. Man konnte nicht viel erkennen, nur einige schnelle Bewegungen Balsamos, die zu einem klaren Ergebnis führten. Der Mann mit dem Schlagring lag am Boden und war damit beschäftigt, seinen gebrochenen Arm zu halten.
Schnell und zielstrebig bewegte Balsamo sich nun auf die vier verbliebenen Männer zu, von denen einer ein Wenig abseits stand.
Nunchakus wirbelten herum, die Bewegungen waren nur noch zu erahnen.
Der Mann mit den Nunchakus machte einige Schritte zurück, um den Eingang der Gasse zu versperren. Man gewann den Eindruck, er wolle sichergehen, Balsamo am Verlassen der Gasse zu hindern, falls er doch mit den drei anderen fertig werden würde, so würde er doch an diesem Experten fernöstlicher Kampfkunst scheitern.

Suchet, so werdet Ihr...   Udo Müller-Christian

Die drei Männer, denen sich Balsamo näherte stürzten sich fast gleichzeitig auf ihn.
Mit wenigen schnellen Bewegungen entfernte sich Balsamo wieder von ihnen, wobei er einen der drei Männer fort trug. Während er sich von den Angreifern entfernte, verpasste er dem Mann, den er trug einige schmerzhafte Schläge, um ihn zu stemmen und hilflos über seinem Kopf zu balancieren. Etwas ähnliches hatte ich bislang nur bei Doctor Death - Steve Williams *gesehen.*
Balsamo tänzelte erstaunlich leichtfüßig umher und war jederzeit bereit, den Mann über seinen Kopf dessen Kumpanen entgegen zu schleudern.

Einer der anderen Männer ließ ein Messer aufblitzen und Balsamo deutete an, den Mann, den er über seinen Kopf stemmte, zu werfen, wobei er im letztmöglichen Augenblick noch einen Schritt zur Seite machte, der den hilflosen Mann auf den Kerl mit dem Schlagring fallen ließ, der mit seinem nicht gebrochenen Arm nach einer Pistole fingerte.

Das unterdrückte Stöhnen zweier Männer war zu vernehmen. Der Mann mit dem Messer sprang vor, um Balsamo den Bauch aufzuschlitzen.

Man konnte erkennen, wie Balsamos Versuch scheiterte, dem Messer auszuweichen, das sich mit erheblicher Geschwindigkeit seinem Bauch näherte.
Es gab ein quietschendes Geräusch, als das Messer abbrach und einem lauten Schrei, als Balsamos Faust die Rippen des Messerhelden brach, dass es vernehmlich krachte.

Suchet, so werdet Ihr…　　　　　　　　*Udo Müller-Christian*

Der Mann rang nach Atem und ging zu Boden.

„Mach Platz!"
Die Stimme gehörte dem Mann mit den Nunchakus und galt dem noch verbliebenen kampfbereiten Mann, der schnell zur Seite wich, als wäre er erleichtert zu wissen, dass sich nun ein anderer der Sache an nahm.

Unter Balsamos aufgeschlitzter Kleidung konnte man ein metallisches Schimmern erkennen.
Balsamo wich schnell zurück und brachte dabei ein überdimensionales Messer zum Vorschein.
Ein amerikanisches Bowieknife.

Die gebogene Schneide hielt er nach oben.
Der Mann mit den Nunchakus ließ die Hartholzstäbe mit der verbindenden Kette mit atemberaubender Geschwindigkeit hin- und herwirbeln; er war von kleinem, drahtigem Wuchs.

„Steck dein Spielzeug weg, Chinese, langsam hört der Spaß auf!"
Der Chinese sprang vor, Balsamos rechter Arm blockte das mörderische Holz ab und es krachte.
Mit einem beidseitig scharfgeschliffenen Messer im Bauch, sank der Chinese mit ungläubigem Gesichtsausdruck, zu Boden.

Mit einem schnellen Blick vergewisserte sich Balsamo der Tatsache, dass der verbliebene fünfte Mann das Weite gesucht hatte.

Suchet, so werdet Ihr... *Udo Müller-Christian*

Am Eingang der Sackgasse flammten Scheinwerfer auf und ein Lieferwagen näherte sich schnell.
Balsamo zerrte den Mann mit dem Schlagring unter seinem ebenfalls verletzten Kumpanen hervor und warf ihn in die geöffnete Ladeluke des Lieferwagens, der sich rückwärts aus der Gasse entfernte.
Das Bowieknife ließ Balsamo wieder unter seiner Lederjacke verschwinden und den Riss in seiner Kleidung zog er wieder zusammen, um das schwere Kettenhemd zu verbergen, das er trug.
Die Nunchakus des Chinesen hob er auf, eines der Holzstücke war an seinem Unterarm zerbrochen. Nachdenklich zog er einen gebogenen Stahlschaft aus seinem Ärmel, der eine unübersehbare Beule aufwies.
Die Kette der Nunchakus legte er dem Mann mit den Rippenbrüchen, der ohnehin nach Atem rang, um den Hals und zog langsam zu.
„Wo ist sie?"
Es dauerte nicht lange und der Mann hatte die Adresse verraten.
Balsamo ließ die drei Männer liegen und verließ mit schnellen Schritten die Gasse.
Aus der nächsten Telefonzelle rief er die Polizei...
Ich schaltete den Videorecorder aus.
Balsamo hatte sich beim Umgang mit bestimmten Personenkreisen als äußerst brutal erwiesen, zumindest sollte man sicherheitshalber immer einen Krankenwagen in der Nähe wissen, da nach körperlichen Auseinandersetzungen mit ihm fast immer Aufenthalte in Krankenhäusern auf der Tagesordnung standen.

Suchet, so werdet Ihr…   *Udo Müller-Christian*

Der Lieferwagen war offensichtlich wieder von der Frau gefahren worden, deren Identität meine Leute nicht ermitteln konnten.

Vielleicht würde es sich doch als sinnvoll erweisen, dieser Frau einmal auf zu lauern und sie genauer unter die Lupe zu nehmen.
  Ich ahnte nicht, wie sehr mich dieser Balsamo noch beschäftigen würde.

Suchet, so werdet Ihr…   Udo Müller-Christian

Versicherung?

Ja ich wusste, wenn ich mich auf diesen Auftrag einließ, würde ich mich auch mit Außerirdischen einlassen müssen. Daher fuhr ich, nachdem ich Giacomo verlassen hatte, direkt zu dem verrückten Bruno, der im Wald wohnte.

Der verrückte Bruno, der im Wald wohnte, war bis vor einigen Jahren im Gebrauchtwagenhandel tätig gewesen und hatte sich aus unbekannten, wahrscheinlich persönlichen Gründen, die niemanden etwas angingen, aus diesem Geschäft zurück gezogen, nachdem er noch einen *Versuch* mit Immobilienmaklerei gestartet hatte.

Nun wohnte er mitten im Arnsberger Wald in einem Haus, das nur mittels eines Geländewagens oder zu Fuß erreichbar war. Ich zog eindeutig den Geländewagen vor und lieh mir von Valeria ihren alten Range Rover.

Da es in den letzten Tagen ausgiebig geregnet hatte, machte es mir einige Mühe, trotz des Vierradantriebes, weiter zu kommen.

Suchet, so werdet Ihr…   *Udo Müller-Christian*

Die Sonne schien und zauberte die eigenartigsten Lichteffekte zwischen die Blätter und Zweige der Bäume. Eigentlich eine sehr schöne Strecke für ausgiebige Spaziergänge. Noch eine Biegung und ich konnte das einsame Haus erkennen. Der verrückte Bruno, der im Wald wohnte, saß vor seinem Haus, eine Kalaschnikow im Anschlag.

Was die Kalaschnikow betraf, wusste ich mit Sicherheit, was für ein Gewehr der verrückte Bruno der im Wald wohnte für das geeignete hielt, weil der verrückte Bruno, der im Wald wohnte, auf dieses Instrument schwor.

Mit erhobenen Händen stieg ich aus.
„Was willst du verdammter Hurensohn hier?! Sieh zu, dass du deinen Arsch hier weg bekommst und lass dich nie wieder hier sehen!"

„Was soll denn dieser Empfang?"
„Halt deine Schnauze und verschwinde endlich, bevor ich die Geduld verliere!"

Er hob den Lauf seiner Waffe.
Der verrückte Bruno, der im Wald wohnte, meinte es ernst, er meinte immer alles ernst.

„Komm schon Bruno, ich gebe zu, ich kann dich genau so wenig leiden, wie du mich, aber ich will dir etwas abkaufen!"
„Du glaubst doch wohl nicht, dass ich mit solchen verdammten Bastarden, wie dir, Geschäfte mache?! Du verdammter Hurensohn verschwindest jetzt sofort, bevor ich dafür sorge, dass das nicht mehr nötig ist!"

„Bruno!"
Das war die Stimme der Frau, die mit dem verrückten Bruno im Wald wohnte.
„Lass das Schwein abhauen, aber knall die verdammte Sau nicht ab!"

Vorsichtig senkte ich die Arme einige Zentimeter.
Die Frau, die mit dem verrückten Bruno im Wald wohnte, blieb im Inneren des Hauses verborgen.

„Sagt mir endlich, was ich euch getan habe! Ihr könnt mir ja nicht aus lauter Langeweile einen solchen Empfang bereiten! Ich kann und will diese verdammten Unklarheiten nicht ertragen!"
„Komm, hör' auf mit dem Gesülze, du weißt genau, was du über mich erzählst!"

„Eben, ich weiß genau, was ich erzähle, würde ich mich sonst hierher trauen, wo ich doch weiß, wie nachtragend der verrückte Bruno, der im Wald wohnt, ist? Ich kann mich genau an den Wortlaut aller Dinge erinnern, die ich jemals über dich gesprochen habe! Wenn ich dich mies gemacht hätte, würde ich ja wohl kaum zu dir kommen, oder hältst du mich neuerdings neuerdings für mutig?"
Zögernd ließ er die Waffe etwas sinken.

„Ich halte dich nicht für mutig, aber es würde deinen schlechten Charakter unterstreichen!"
Er hob die Kanone wieder etwas an.

Suchet, so werdet Ihr...   Udo Müller-Christian

„Du hältst mich für verrückt!?"

„Nenn' mir drei Leute, die zur Zeit nicht hier sind, die dich nicht für verrückt halten! Verdammte Scheiße, es ist mir völlig egal, ob du verrückt bist, oder nicht, oder was auch immer! Ich mische mich nicht in deine Angelegenheiten und rede so wenig, wie möglich in Anwesenheit anderer Leute über dich! Was soll ich denn gesagt haben?"
„Du hast Thomas gegenüber behauptet, ich hätte dich schlecht beraten, damals, als ich dir die *Smith and Wesson*..."
„Blödsinn, alles Blödsinn, ich habe mit diesem Thomas nie über dich geredet, außerdem war das damals nicht deine Schuld! Ich würde mir an deiner Stelle die Leute, denen ich etwas glaube wesentlich besser aussuchen! Gerade du, der du hier im Wald wohnst und kaum Kontakt zur Außenwelt hast, bist auf zutreffende Informationen angewiesen! Jedenfalls kannst du diesen Thomas nicht als vertrauenswürdig einstufen!"

Ich hatte nun die Hände ganz gesenkt.

„Wenn du wissen willst, was ich anderen Leuten über dich erzähle, warum fragst du mich dann nicht einfach? Ich habe sicherlich ein besseres Gedächtnis, als deine Informanten!"

Er legte das Gewehr zur Seite.
Ich atmete unmerklich auf.
Die Frau, mit der er zusammen wohnte, kam aus dem Haus und sah mich misstrauisch an. Sie hatte sich einen Hausmantel angezogen, unter dem sie nackt war, sie selbst hatte mir erzählt, dass der verrückte Bruno sie immer nur nackt herumlaufen ließ, sofern es die Außentemperaturen zu ließen.

„Und was hast du über mich erzählt!?"
„Auch das weiß ich ganz genau, verehrte Karin, die mit dem verrückten Bruno im Wald wohnt! Allerdings ist es mit Sicherheit mindestens fünf Jahre her! Ich habe Hannes Wader zitiert!"

Brunos Augen verengten sich.
„Eine Frau, die so aussieht, wie ein Mann sie erwählt, dem jeglicher Sinn für schöne Dinge fehlt!"

Bruno richtete sich auf.
„Das hast du tatsächlich gesagt? Ich wollte es nie glauben, ich dachte immer du wärst scharf auf Karin!"

Die Frau, die mit dem verrückten Bruno im Wald wohnte und jetzt hinter ihm stand, sah mich warnend an.
„Würde ich eine solche Meinung über eine Frau verbreiten, auf die ich scharf bin?"
Karin entspannte sich merklich.

Bruno stand auf.
„Und ich soll keine Ahnung von Waffen haben?"
„Hör' doch auf, wer hat dir denn diesen Unsinn erzählt? Wenn ich der Meinung wär', du hättest keine Ahnung von Waffen, würde ich mich ja wohl nicht von dir beraten lassen! Außerdem, wenn ich alle diese Meinungen vertreten würde, müsste ich doch immer damit rechnen, dass du mir irgendwo auflauerst! Oder?"

„Hältst du mich für so rachsüchtig?"
„Ja, unbedingt!"
Bruno sah Karin an.
„Glaubst du, dass dieser feige Sack sich hierher trauen würde, wenn das alles stimmen würde?"

Wenn sie jetzt nickte, hätte Bruno das Gewehr so schnell in der Hand, wie eine zum Töten erschaffene Maschine und mir würde wahrscheinlich kaum Zeit für eine Reaktion bleiben!
Sie zuckte nur mit den Achseln.

Ich ging einen Schritt auf das Haus zu.
„Stop! Ich habe die Kanone zwar erst 'mal weg gelegt, aber erwarte nicht von mir, dass ich dich näher kommen lasse!"

Die Sonne zog sich hinter eine Wolke zurück.
„Vielleicht sollten wir an einem neutralen Ort verhandeln!"
„Wo hier verhandelt wird, bestimme immer noch ich!
Vielleicht wäre es doch besser für dich gewesen, wenn du vor sechs Jahren in dem Ashram geblieben wärst und dich immer noch Krsna nennen würdest! Nur Größenwahnsinnige können ernsthaft glauben, sie seien eine Inkarnation *Krischnas*!"
Ich verfluchte die Tatsache, dass dieser verrückte Bruno der einzige Waffenexperte war, dem ich umfassendes Wissen zutraute.
„Warum bin ich nur so bekloppt, mich mit dem verrückten Bruno rumzuschlagen?"
Ich beantwortete die Frage sicherheitshalber selbst, bevor er eine Gelegenheit hatte, etwas zu erwidern.

Suchet, so werdet Ihr… Udo Müller-Christian

„Weil der verrückte Bruno, der im Wald wohnt, der einzige ist, der sich auf dem Gebiet gut genug auskennt!"
Ich machte einige Schritte zur Seite und setzte mich auf die Motorhaube von Valerias Range Rover.

„Ich brauche von dir umfassende Informationen über alle neuartigen Waffensysteme und wie man ihnen begegnen kann! Du kannst dir sicher denken, wie viel Kohle für dich dabei raus springen kann!?"
Er griff zum Gewehr.

„Wenn ich an deiner Kohle interessiert wäre, könnte ich sie mir nehmen! Oder glaubst du, du könntest mich daran hindern?"
„Komm, Bruno! Was ich glaube kann dir ja wohl scheißegal sein!"

Es begann zu regnen.
„Entweder du bist jetzt zum Gespräch bereit, auf einer zivilisierten Ebene, oder du siehst mich nicht wieder, dann muss ich eben den zweitbesten Waffenexperten suchen!"

Das saß!
Der Regen nahm innerhalb weniger Sekunden an Stärke zu und ich wollte schon in den Wagen steigen, aber dann hätte kein Gespräch stattgefunden. Ich wartete auf Brunos Sinneswandel.
Allerdings musste er erst noch den Schein wahren.
„Du glaubst gar nicht, wie verlockend dieses Angebot in meinen Ohren klingt!"

Der verrückte Bruno gab Karin ein Zeichen und winkte mich heran.
Vermutlich stand zu diesen Zeitpunkt bereits Wasser in meinen Schuhen.
Ich nahm auf einem Tisch auf der überdachten Veranda Platz, der leichte Luftstrom fühlte sich wie eisiger Wind an.
Wenn die beiden einmal jemanden auf die Veranda ließen, waren sie sofort mindestens genau so gastfreundlich, wie sie vorher abweisend gewesen waren.
Karin ging zur Tür.
„Komm erst mal rein und zieh dir trockene Klamotten an, sonst erkältest du dich!"

Dankbar machte ich von dem Angebot Gebrauch.
Das Haus der beiden ließ innen nicht den geringsten Komfort vermissen.
Ich begleitete Karin, die mich in das geräumige Wohnzimmer führte, mir ein Handtuch gab und verschwand. Als ich nackt im Raum stand und gerade damit beschäftigt war mir das Handtuch über den Rücken zu ziehen, kam Karin wieder herein und hatte eine Hose von Bruno über ihren Arm gelegt.

Karin baute sich vor mir auf und ließ demonstrativ ihren Mantel auseinander klaffen. Was sie mir da visuell bot war eine formvollendete Anatomie, wie sie kaum ein Künstler besser zustande gebracht hätte, pralle Brüste, die offenbar keines BHs bedurften, obwohl sie ja ständig der Gravitation preisgegeben waren und unter der leichten Wölbung ihres Bauches ein mittels Rasierutensil in perfekt geometrische Form gebrachtes Dreieck...

„Na Krischna, wird er schon groß?"
Mit einer Hand und geübtem Griff hatte sie sowohl Sack, als auch Penisschaft ergriffen und ließ nicht los. Sie sah mir in die Augen und schien damit zu signalisieren, sag' sicherheitshalber nichts, denn Bruno ist in der Nähe. Ich verkniff irgendeine Bemerkung und gab ihrem leichten Druck nach, so dass ich mit meinem Hintern auf einer Tischkante zu sitzen kam. Sie griff nun auch mit der anderen Hand zu, verschaffte mir schnell eine prächtige Erektion und zog eine meiner Hände zwischen ihre Beine, die sie leicht gespreizt hatte. Was ich in die Finger bekam war eine glitschige Stelle zwischen ihren Beinen, bei der ich nicht im Stande war, Vulvalippen und Klitoris mittels meiner Fingersensorik voneinander zu unterscheiden. Als meine Finger ohne Widerstand in sie hinein glitten, schloss sie die Augen und begann mir unmissverständlich einen zu wichsen.

Eigentlich weiß ich, wie blödsinnig es gewesen ist, ihr an diesem Tag nicht den Schwanz hinein gesteckt zu haben, sie war so nass, wie ich es selten bei einer Frau erlebt habe.
Sie ließ mit aber auch keine Zeit, denn sie war eine so geschickte Wichserin, dass es mir schnell kam. Außerdem konzentrierte ich mich ebenfalls, es mir so schnell wie möglich kommen zu lassen.

Ich spritzte auf ihr Haardreieck und gegen ihre Oberschenkel, bis nichts mehr kam.
Wortlos nahm ich ihr die Hose ab und zog sie mir relativ schnell an.

Als ich die Hose schloss, musste ich mich zur Seite drehen, sonst hätte ich ihre Hand im Reißverschluss eingeklemmt.

„Mach deinen Mantel zu, du könntest dich erkälten!"
Vielleicht war das der Grund, immerhin zog man ja nicht aus Langeweile in den Wald.

„Oder Bruno könnte sehen, dass du mich befleckt hast!"
Als ich in trockenen geliehenen Sachen, Minuten später Bruno gegenüber saß, ließ er mich nicht einen Sekundenbruchteil aus den Augen.
„Ich werde es in kurzer Zeit mit Außerirdischen zu tun haben!"
Wenn ich eine Reaktion Brunos erwartet hatte, wurde ich enttäuscht.
Der verrückte Bruno war eben der verrückte Bruno. Ich wusste nicht, was für ein verschrobenes Weltbild er hatte, jedenfalls schienen Außerirdische dazuzugehören, ja es gab keinen Zweifel.
„Ich brauche also einen waffentechnischen Vorsprung vor dem Rest der Menschheit, sonst bin ich aufgeschmissen!"
Glücklicherweise war der verrückte Bruno immer noch realistisch genug, über die von mir geschilderte Problematik mit einem gebührenden Maß Logik nachzudenken.
Innerhalb der nächsten Stunden erfuhr ich eine Menge über Waffen, über Waffen, deren Existenz ich mir in den kühnsten Träumen nicht auszumalen vermocht hätte. Ich erfuhr Gemeinheiten, wie sie sich nur Militärs ausdenken konnten und wie man sich zumindest gegen einige dieser Gemeinheiten schützen konnte.

Suchet, so werdet Ihr…   Udo Müller-Christian

Ich erfuhr viel!
Und ich bezahlte natürlich auch viel!

Der Jasmintee, den Karin produziert hatte, schmeckte sehr gut und als ich Valerias Range Rover wieder bestieg, hatte ich meine getrocknete Kleidung wieder angezogen, wie schon erwähnt ließ das Haus im Wald keinen erdenklichen Luxus vermissen und verfügte infolgedessen auch über einen Wäschetrockner.
Als ich Valerias alten Range Rover wieder bestieg, nahm ich mir vor, bei ihr einen ursprünglicheren Geländewagen, vielleicht einen CJ-7, zu bestellen.
Irgendwie musste ich über die letzten Stunden nachdenken.
Ich fuhr gemütlich nach Süden.
In Plettenberg Kückelheim bog ich nah Himmelmert ab, um zur Oestertalsperre zu gelangen. Die alte Staumauer konnte ich mit dem Range Rover befahren, den ich auf dem dahinter liegenden Parkplatz im Wald abstellte. Nach wenigen Hundertmetern Fußmarsch kam ich zu einer Bank, von der aus ich einen guten Ausblick auf die Sperrmauer hatte.
Sollte ich nun den Auftrag annehmen und nach Außerirdischen suchen, oder nicht?
Fürchtete ich Konfrontationen mit Personen, die von anderen Planeten kamen?
Oder dachte ich, ohne Chancen bei einer solchen Suche zu sein?

„Er ist weit mehr als zehntausend Jahre alt und sein Name ist Mensch!"
Erschrocken sah ich mich um.

Suchet, so werdet Ihr…   *Udo Müller-Christian*

Ein relativ kleiner Mann in mittleren Jahren stand hinter mir. War ich unaufmerksam geworden, oder warum hatte ich seine Annäherung nicht gehört?

Er kam einen Schritt auf mich zu und drückte mir einen Handzettel in die Hand.

Jesus liebt dich!
War in großen Lettern zu lesen.
„Dich auch Bruder!"
Der Mann lächelte mich an und ging rückwärts die wenigen Schritte zum Weg zurück.
Ich steckte das Traktat in eine Tasche meiner Hose.
Aus irgendeinem Grund gingen mir die Worte des Mannes nicht aus dem Kopf.

Er ist weit mehr als zehntausend Jahre alt und sein Name ist Mensch!
Was sollte dieser Satz, was wollte dieser Mann? Das Traktat jedenfalls, unterschied sich nicht von Anderen, ich hatte sicher zumindest schon ähnliche gesehen.

Aber das brachte mich sicher nicht in meinen Gedanken bezüglich meines Auftrages weiter.

Das es Außerirdische unter uns geben musste, war eigentlich nach meiner Meinung unbestritten. Zu viele Hinweise ließen gar keine andere Schlussfolgerung zu. Nur, was wollten sie? Wollten sie alle das Gleiche, oder gab es rivalisierende Gruppen?

Wenn es rivalisierende Gruppen gab, was waren dann die Ziele, die sie voneinander unterschieden?

Suchet, so werdet Ihr... Udo Müller-Christian

Wenn es Rivalität gab, war es dann eine Rivalität, die auf Kosten der Menschheit herrschte?

So sehr ich auch über diese Problematik nachdachte, ich konnte so zu keinem brauchbaren Ergebnis kommen, ich brauchte einfach mehr Informationen.

Ein Blick auf die Uhr brachte mich in den Alltag und zu meinem Broterwerb zurück.

Wenn ich noch ein ernstes Wort mit Wiesotzkis Frau reden wollte, musste ich mich beeilen, immerhin hatte ich noch bei Valeria vorbeizufahren, um den Range Rover gegen meinen BMW einzutauschen und dann musste ich zusehen, mir mehr Informationen zu beschaffen.

*

INTERMEZZO

Die Frau überquerte die Rue la Parmentier, nachdem sie die Metrostation verlassen hatte.

Mitten auf der Straße blieb sie abrupt stehen und sah nach oben, als hätte sie jemand gerufen.

Der Taxifahrer, dessen Auto sie mit eigentlich zu hoher Geschwindigkeit erfasste, so dass sie mehrere Meter durch die Luft geschleudert wurde, sagte hinterher aus, sie wäre mitten auf der Straße stehen geblieben und habe nach oben gesehen, er hätte keine Möglichkeit gehabt, ihr in so kurzer Zeit auszuweichen.

Der Notarzt konnte keine äußeren Verletzungen aber auch keine Lebenszeichen feststellen.

Die Leiche wurde zur Obduktion in das nächstgelegene Krankenhaus befördert und erstmal in eine Kühlkammer gelegt.

Am nächsten Morgen war sie verschwunden.

Suchet, so werdet Ihr...   Udo Müller-Christian

   Wieder Video

Ich betätigte die Fernbedienung, das Videobild flackerte. Balsamo traf sich in einem Park mit einem vermeintlichen Kunden.
Der Kunde redete gestikulierend auf den Detektiv ein. Letzterer schüttelte entschieden den Kopf und drehte sich auf dem Absatz um, um den Exkunden stehen zu lassen.
Schnitt...
Balsamo saß in einem Biergarten an einem Tisch mit mehreren Leuten.
Nach meiner Meinung handelte es sich um ein privates Beisammensein.
Wie immer trank Balsamo nichts anderes als Cola oder Mineralwasser.

Schnitt...
Balsamo verließ den Biergarten ohne Begleitung.

Schnitt...
Er fuhr in einem gelben Barkas davon.

Suchet, so werdet Ihr…   *Udo Müller-Christian*

Schnitt...
Der Barkas stand vor einer Vorortvilla.
Ich schaltete den Videorecorder aus.
Vielleicht würde dieser Balsamo ja den Auftrag annehmen. Dieser Erfolg - und ich konnte eine Auftragsannahme durch Balsamo als persönlichen Erfolg verbuchen - würde mir einige Pluspunkte beim Konsortium einbringen.
Vielleicht hatte es Sinn, wenn ich bei seiner Entscheidung ein wenig nachhalf...

Suchet, so werdet Ihr...   Udo Müller-Christian

Überlegungen

Ich hatte Valeria ihren Range Rover zurück gebracht und ihr gleich mitgeteilt, wie sehr mir ein vierradgetriebenes Fahrzeug gefallen würde und gleich die Gelegenheit genutzt, mir einen guten CJ-7 oder Wrangler bei ihr zu bestellen, denn wer hätte gute Autos beschaffen können, wenn nicht Valeria?

Mit meinem so genannten Wiedabbeljumakrobas, wie die Amerikaner zu sagen pflegten - oder VW-Bus was jeder andere verstand, war ich nun unterwegs, um Wiesotzkis Frau aufzusuchen. Dieser Transporter wurde vor Jahren Bulli genannt, aber ich verabscheute diese Bezeichnung so sehr, wie ich das Auto liebte. Wie auch bei einigen anderen Wörtern, die ich nicht leiden konnte und die ich infolgedessen bei Gesprächen nie benutzte, vermochte ich nicht zu sagen, was mich zu dieser Abscheu bewogen hatte.

Wiesotzkis Frau öffnete die Tür und beim ersten Blick musste ich bereits feststellen, dass es sich nicht um die Frau Wiesotzki handelte, von der ich beauftragt worden war.

Suchet, so werdet Ihr...   *Udo Müller-Christian*

Welche Frau hatte sich dann als Wiesotzkis Frau ausgegeben und mir den Auftrag erteilt? Und was noch wesentlich schwerer wog, was sollte das ganze? Warum gab man mir einen Auftrag, der sinnloser nicht sein gekonnt hätte? Oder wollte die potentielle Wiesotzkimätresse schon im Vorfeld abgeklärt wissen, ob sie es mit Konkurrenz zu tun bekäme.

„Guten Tag, Frau Wiesotzki, Berger mein Name, ich wollte sie nur bitten, ihrem Mann auszurichten, ich sei schon abgereist und ich sei an dem Auftrag nicht interessiert. Seine Sekretärin wird sicher wissen, um welchen Auftrag es sich handelt!"

Ohne die Frau zu Wort kommen zu lassen, ging ich wieder zur Straße zurück. Um ein ausreichendes Maß an Verwirrung zu erreichen, hatte ich mit einem Schweizer Akzent gesprochen. Jedenfalls hatte ich mich nun des Auftrags entledigt und konnte mich auf Recherchen wegen der Außerirdischen konzentrieren.

Mit dem VW fuhr ich in ein vegetarisches Restaurant, um etwas zu essen.

Während ich auf meinen Auflauf wartete, entdeckte ich im Hintergrund des Raumes eine ehemalige Kundin in Begleitung des Mannes, den ich damals überprüft hatte.

Ich würdigte sie aus Diskretionsgründen keines Blickes und war überrascht, als die Frau mich beim Verlassen des Restaurants begrüßte.

Der Auflauf schmeckte vorzüglich.

Suchet, so werdet Ihr…   Udo Müller-Christian

Da ich, nachdem ich den Wiesotzkiauftrag sausen gelassen hatte, den Rest des Nachmittags frei hatte und nunmehr seit fast zwei Stunden die Sonne beständig schien, rief ich Venus an und verabredete mich mit ihr am Pornobeach des Möhnesees. Pornobeach hieß dieser Teil des Sees - eigentlich nur eine Bucht mit anschließender Landzunge - weil Ende der Sechziger und Anfang der siebziger Jahre des zwanzigsten Jahrhunderts hier ein Eldorado der Leute gewesen war, die es vorzogen, ihren nackten Körper der Sonne und dem Wasser auszusetzen. Was den damaligen Reiz des Pornobeach ungemein verstärkte, waren regelmäßige Auftritte oder Aufmärsche der polizeilichen Ordnungshüter, die das Ziel hatten, Personen, die unzureichend bekleidet waren, mit einer Anzeige zu behaften.

Ich parkte den VW auf dem Parkplatz hinter der Delecker Brücke und ging gemütlich den Weg zum Wasser, der durch einen Teil des Arnsberger Waldes führte.

Venus brauchte ich nicht zu suchen, sie lag unter einem Baum, der sicher schon seit einer halben Stunde keinen Schatten mehr spendete. Der *Beach* war nicht sonderlich gut besucht, weil die meisten Leute lieber in der prallen Sonne lagen und diverse Chemikalien auf die Haut schmierten, um keine UV-Schäden davonzutragen.
Man hatte aus der Not eine Tugend gemacht und so genannte Bodypainter hatten sofort eine Marktlücke entdeckt. Da die bisher angebotenen Lichtschutzfaktoren nicht mehr ausreichten, war man zu Bodypainting übergegangen. Der ganze Körper, zumindest der Teil, den man der Sonne aussetzte wurde mit grellen Farben bemalt.

Suchet, so werdet Ihr… Udo Müller-Christian

Einige der Bodypainter hatten es zu einer wahren Meisterschaft gebracht und es war schade, dass diese Kunstwerke am Abend unter der Dusche mit speziellen Reinigungsmitteln abgewaschen wurden.
Allerdings konnten sich viele Leute gar nicht vorstellen, wie wenige Jahre es erst her war, als bekannt wurde, welch verheerende Ausmaße die Zerstörung der Ozonschicht bereits angenommen hatte.

Venus hatte, da sie wusste, wie die von mir benutzten Fahrzeuge ausgestattet waren, eine Liegedecke und Handtücher mitgebracht, außerdem eine Reisetasche, die halb geöffnet vor ihr stand, in der ich einen Stapel Bücher ausmachen konnte.
Ich zog mich aus und legte mich neben Venus, die man nur als nahtlos weiß bezeichnen konnte.

Wortlos begann sie, mich mit irgend einem farblosen Zeug gegen UV Schäden einzuschmieren.
„Die Bücher sind nur eine kleine Auswahl dessen, was ich besorgt habe, der Rest ist nicht minder interessant! Ich glaube, dieser Auftrag ist deiner würdig!"

Ich hob beide Augenbrauen.
„Er ist so komplex, dass einem schwindlig werden kann. Du glaubst gar nicht, was man im Zusammenhang mit Außerirdischen und UFO-Sichtungen oder dergleichen alles berücksichtigen muss!"
Sie sah mich bedeutungsvoll an und legte die Tube mit der Chemie zur Seite.
Während ich versuchte mich zu entspannen, fuhr sie fort.

„Zunächst einmal muss man bei allen Arten von nicht erklärbaren Phänomenen zwischen drei Hauptgruppen unterscheiden."
Ich richtete mich etwas auf.
„Die erste Gruppe von Phänomenen kann man allgemein als esoterische Phänomenengruppe zusammenfassen..."

„Aber was hat das mit unseren Außerirdischen zu tun?"
„Zunächst einmal nichts, weil wir uns erst einmal mit nicht erklärbaren Phänomenen beschäftigen und da sind die Außerirdischen nur als eines zu verstehen!"

„Na gut, ich hör dir zu!"
„Zu der esoterischen Phänomenengruppe gehören alle Erscheinungen religiöser Natur, Madonnen, Engel, Teufel, Dämonen."

„Die Reihe, die du gerade aufgezählt hast, könnte einige christliche Würdenträger auf die Barrikaden bringen, immerhin gehören Teufel und Dämonen ja wohl zur Gegenseite!"

Venus richtete sich auf und sah sich auffällig um.
„Na, ja, kirchliche Würdenträger werden wohl kaum in der Nähe sein."
„Meinst du, es wäre erforderlich, so weit ab zu schweifen?"
„Wenn du es genau wissen willst, muss ich dir etwas gestehen. Ich habe mich nur auf das unbedingt Erforderliche konzentriert, ja geradezu reduziert."

„Gut, du hast noch keine Gelegenheit gehabt, mir die beiden restlichen Phänomenengruppen vorzustellen!"

„Richtig, die zweite Gruppe kann man wohl als die scientistische bezeichnen. In ihr sind alle Modelle zu finden, die in irgendeiner Form eine wissenschaftliche Deutung bieten, oder zu bieten versuchen."

„Was du mir bis jetzt geboten hast, würde ich nicht als Phänomenengruppen, sondern als Erklärungsmodelle verstehen. Aber handelt es sich tatsächlich um die gleichen auslösenden Erscheinungsphänomene?"
„Ja, die Angelegenheit hat etwas mit Wahrnehmung und Psychologie zu tun."
„Wahrnehmung ist äußerst subjektiv."
„Richtig, sieh dir die Frau da drüben unter der Decke an! Sie ist von der Decke bedeckt und bewegt sich. Stimmt - Stimmt auffällig."
„Kommen wir nun zur Wahrnehmungspsychologie! Aufgrund deiner beginnenden Erektion kann ich vermuten, was du wahrnimmst, zumindest etwas anderes als ich."

„Ach!"
„Ja, ach! Die Frau zieht sich nur einen trockenen Badeanzug unter der Decke an, weil sie es nicht in der Öffentlichkeit machen will! Wahrscheinlich weiß sie sehr genau, wie schnell sich Kerle an ihrem Körper aufgeilen können und will es verhindern. Jedenfalls masturbiert sie sicher nicht!"

„Nein? Schade!"
„Kommen wir nun zu einer anderen Wahrnehmung!"
Die Frau zog die Decke weg und hatte tatsächlich keinen Badeanzug an, ich sah weg.

Venus beugte sich nach vorn und sah somit nicht, dass die besagte Frau splitternackt war.

Venus zog sich ein T-Shirt an.
Auch das noch!
„Hörst du mir überhaupt zu?"
„Ja, natürlich, Venus!" tatsächlich hatte ich erhebliche Konzentrationsprobleme, konnte meine Augen nicht von Venus lassen, die dieses T-Shirt trug und sonst nichts.

Ich drehte mich um, legte mich auf den Bauch und hatte somit mehrere Fliegen mit einer Klappe geschlagen, einerseits konnte ich meine Blicke von Venus' Bermudadreieck fern halten und lag auf dem Bauch, um meine Hydraulik einfach wegen meines hohen Gewichts versagen zu lassen.

„Sehen wir uns einfach 'mal die Erscheinungen der weißen Frau in dem engen Raumanzug an. Sie ist hell gekleidet und..."
„Können wir nicht ein anderes Beispiel nehmen, ich meine ohne Frau..."

„Ach Du scheinst im Moment nicht sehr aufnahmefähig für diese Thematik zu sein!"
„Das stimmt wohl!"

„Es hat ja wohl auch keinen Sinn, dich ins Wasser zu schicken, um dich abzukühlen!"
Mit schnellen Griffen warf sie eine Decke über mich und schubste mich so weit weg, dass ich auf einer Seite zu liegen kam.

Suchet, so werdet Ihr…   *Udo Müller-Christian*

Ohne auf meinen protestierenden Gesichtsausdruck zu achten, wälzte sie sich über mich. Die Decke bedeckte nun auch Venus.

Sie war nun über mir.
„Da du wohl nicht aufnahmefähig zu sein scheinst, bin ich es einfach!"

Mir entglitt ein erstaunter Laut, als sie mich ohne Umschweife in sich aufnahm.

„Hatte ich dir eigentlich von Katharinas Anruf berichtet? Sie macht Fotos in Soest."

„Was für Fotos?"
„Für Penthouse!"
„Venus!"

*

INTERMEZZO

Ein pariser Taxifahrer besuchte seinen Bruder in New-York. Als sie die Freiheitsstatue besichtigten, die ein größeres Abbild derer in Paris war, kam es zu einem peinlichen Zwischenfall.

Der Bruder zeigte mit einer weit ausholenden Geste über den Hudsonriver, als der pariser Taxifahrer plötzlich aufschrie.

„Hallo Sie!" Bleiben sie doch hier! Ich wollte sie nicht verletzen, ich wollte sie nicht überfahren!"

Er hetzte hinter einer Frau her, die ihn vollständig ignorierte und das Weite zu suchen schien.

„Warten sie doch...!"

Er wurde von seinem Bruder zurückgehalten.

„Vielleicht spricht sie kein Französisch, Gerard!"

Der Taxifahrer starrte seinen Bruder an.

„Diese Frau, Michel! Ich habe sie letzten Monat in Paris totgefahren!"

Er starrte in eine imaginäre Leere.

„Weißt du, ihre Leiche ist verschwunden."

Suchet, so werdet Ihr...   *Udo Müller-Christian*

Mit Juliane von und zu

Balsamo war auf einem Galaempfang!
Auch wenn man ihm, aufgrund seines normalen Äußeren, nicht zugetraut hätte, in einer solchen Kleidung aufzutreten, fiel er in dieser feudalen Umgebung nicht im Geringsten aus dem Rahmen.
  Es war nicht einmal undenkbar, dass es sich bei dem schwarzen Anzug, den er trug, um sein Eigentum handelte, denn in seiner Größe war es sicher nicht einfach, so gut passende Kleidung von der Stange zu kaufen.

  Ich resümierte!
  Balsamo bewegte sich in der so genannten Feinen Gesellschaft, *als sei er in einer solchen aufgewachsen. Klar war eigentlich nur, die Frau die er begleitete musste sehr finanzkräftig sein. Obwohl diese Frau eine ausgesprochene Schönheit war, musste sie Balsamo teuer bezahlen, für diese abendliche Begleitung.*

Suchet, so werdet Ihr… Udo Müller-Christian

Vielleicht erwartete sie irgendwelche Gefahren und hatte Balsamo als Einpersonenbodyguard engagiert; vielleicht hatte sie aber auch seine Begleitung erwählt, weil man erhebliche Schwierigkeiten haben würde, sich Informationen über Balsamos Vergangenheit zu beschaffen; wahrscheinlicher war ein Zusammenspiel beider begründenden Aspekte.

Balsamo wich den ganzen Abend nicht eine Sekunde von ihrer Seite und behielt ziemlich unauffällig ihre Umgebung im Auge, während er ihr doch sehr viel Aufmerksamkeit widmete. Aufgrund der Recherchen meiner Leute war mir bekannt, dass diese Frau eine Millionenerbin war, die, so wurde gemunkelt, ihren Vater ins Grab geärgert haben sollte, indem sie Beziehungen zu Personen des eigenen Geschlechts vorzog.

Wenn man bedachte, dass sie Balsamo engagiert hatte, erschien mir die Möglichkeit dieser Unterstellung durchaus denkbar.

Jedenfalls umgab sie sich regelmäßig mit Balsamo, der die Rolle des Kavaliers der reichen jungen Dame wirklich vorzüglich spielte.

Sie war wirklich eine ausgesprochene Schönheit. Ihr Kleid war so gewagt, dass sie meiner Meinung nach sicher sein musste, dass Balsamo jeder Art von Übergriff durch zudringliche Männer gewachsen war. Zumindest vermittelte Balsamo den Eindruck, jeden sich nähernden Nebenbuhler zu erschlagen.

Die Frau bewegte sich, als wäre Balsamo tatsächlich ihr Liebhaber, was sich schon an kleinen Aufmerksamkeiten zeigte, wie sie normalerweise nur zwischen Menschen vorkommen, die einander lieben.

Suchet, so werdet Ihr…   Udo Müller-Christian

War es möglicherweise doch kein Schauspiel, dem ich da per Videorecorder beiwohnte?

Die Frau lehnte sich an ihn, er hielt sie, sie berührte ihn überaus vertraut, er berührte sie flüchtig auch an Körperstellen, deren Berührung normalerweise für jeden Mann, der nicht ihr Liebhaber war, Tabu sein mussten.

Suchet, so werdet Ihr… Udo Müller-Christian

HILFESUCHE

Ich fuhr Tags darauf nach Soest.
Katharina war mit Außenaufnahmen beschäftigt, die sie bei jeder Fotoserie ablieferte, um nicht nur voyeuristische Dias vorzulegen.

Was selbstverständlich auch bei den so genannten Außenaufnahmen dazugehörte, waren einzelne Dias, die vielversprechend *genug* zeigten, um auf die folgenden Seiten aufmerksam zu machen.
Mit genau diesen Aufnahmen war Katharina derzeit beschäftigt.
Vor dem sich drehenden Rad einer Wassermühle, inmitten der Stadt, hatten einige Helfer ein ausreichend großes Areal abgesperrt, um sie zahlreichen Schaulustigen auf Distanz zu halten.

Katharina war gerade damit beschäftigt, die junge Dame, um die sich an diesem Tag alles drehte, entsprechend ihren Vorstellungen zu platzieren.

Ich musste schmunzeln. Wenn Katharina eine Fotosession machte, überließ sie grundsätzlich nichts dem berühmten Zufall.

Nach einigen Fotos, wobei sie den Apparat mehrmals austauschte, musste sie den Film wechseln und entdeckte mich in der Menge der Schaulustigen.

„Kris!"
Sie kam auf die Absperrung zu und gab einem der kräftigen Männer, der die Absperrung *bewachte*, ein Zeichen, um ihm zu signalisieren, ich sei innerhalb der Einfriedung zu dulden.

„Katharina! Ich muss gestehen, dass ich nicht zufällig hier bin!"
„Das hätte ich mir eigentlich gestern schon denken können, als ich Venus anrief und ihr von meiner Arbeit hier erzählte, erwähnte sie einige sehr interessante Aspekte deiner derzeitigen Arbeit! Immerhin wäre es heute das erste Mal, dass du kein differenziertes Anliegen hättest; du kommst ja seit einigen Jahren immer nur dann, wenn du etwas von mir willst!"

„Richtig, aber lass dich erst 'mal nicht bei deiner Arbeit stören, ich will nicht, dass du wegen meines Anliegens unkonzentriert bist!"
„Oh, wie nobel von dir! Ich brauche auch nur noch ein bis zwei Einstellungen, dann ist die Frau im Kasten!"

Sie wandte sich wieder ihrer zuvor verrichteten Tätigkeit zu.

Suchet, so werdet Ihr…   *Udo Müller-Christian*

Die Maskenbildnerin legte letzte Hand an das Model, als Katharina den Film gewechselt hatte.

Die mögliche Playmate schien ziemlich zickig zu sein, jedenfalls war sie nicht damit einverstanden, vor all den Schaulustigen, die Hose herunter zulassen.

„Sag, 'mal, was glaubst du eigentlich, wie viele Leute die Bilder sehen werden, die wir letzte Woche im Studio gemacht haben? Du kannst mit Millionen rechnen und du kannst damit rechnen, dass..."

Katharina drehte sich um und sah in meine Richtung. „Ach, vergiss es!"

Sie machte Anstalten, ihre Kameras in den Wagen zu bringen, musste aber nach einem kurzen Blick auf das Model feststellen, die Hose war trotz aller vorher vorhandenen Vorbehalte gefallen.

Es dauerte nur noch eine halbe Stunde und Katharina war mit ihrer Arbeit fertig.

Zum wilden Mann hieß das Hotel in dem sie abgestiegen war und in dem wir uns nach getaner Arbeit zusammen setzten.

„Vielleicht bin ich ja verrückt, aber bei dem Auftrag, den ich vielleicht annehmen werde, brauche ich deine Hilfe!"

„Du glaubst doch wohl nicht, dass ich kompromittierende Bilder für dich und deine Geschäfte mache!"

„Nein, ich erwarte nur von dir, als Fotoexpertin eine Beurteilung, ob bestimmte Bilder *getürkt* sind, oder nicht! Es ist schon wichtig, wenn sich die Bilder jemand ansieht, der wirklich erkennen kann, ob man sie gestellt hat, oder nicht!"

„Ich bin nicht sicher, ob ich geeignet bin, vielleicht solltest du lieber zu den Leuten gehen, die bei der Regenbogenpresse diese netten Geschmacklosigkeiten produzieren, ich meine diese Fotomontagen, auf denen du Leute siehst, die sich nie getroffen haben."

„Sicher könnte ich einen Fachmann von der Art von Presse engagieren, aber bei dir bin ich sicher, dass du mit der Thematik keine Kohle machen willst, weil du nämlich mit einer wesentlich reizvolleren Beschäftigung deinen Unterhalt bestreitest!"

„Das sagst du! Glaubst du eigentlich, dass man nach fünf Jahren Titten- und Arschfotographie noch nackte Frauen sehen kann? Auch du hättest irgendwann keinen Bock mehr!"

„Das würde sicherlich ewig dauern, jedenfalls könnte ich niemals den Geschäftsblick bekommen."

Wir bekamen unsere Getränke.

„Andererseits bin ich manchmal froh, dass ich mich damit begnügen kann, deine Bilder in Zeitschriften zu betrachten, es kann sicher ganz schön desillusionierend sein, mit diesen Damen zu tun zu haben, die glauben, sie wären die Schönsten!"

„Das ist reine Psychologie! Aber wir sind von deiner Problematik abgekommen! Was für Bilder soll ich denn beurteilen?"

„Aufnahmen von UFOs!"

„Bist du verrückt geworden, oder hat man dich als neues Mitglied im AAS geworben?"

„Nein, ich scheine verrückt geworden zu sein, aber was bedeutet AAS?"
„Ancient Astronaut Society!"

„Aber es geht mir nicht um Vergangenes, sondern um derzeit hier tätige Außerirdische!"
„Du bist tatsächlich verrückt geworden! Die meisten Bilder, die ich bisher gesehen habe, kann ich dir besser nachstellen! Du meinst es doch nicht ernst?"

„Doch, es geht um einen Auftrag, ich soll Außerirdische ausfindig machen, die sich im Hier - und Jetzt aufhalten! Die finanzielle Komponente ist zwar nicht unbedingt Ausschlag gebend, allerdings so verlockend, dass sie bei meiner Entscheidung möglicherweise ein Rolle spielen wird!"
„Gut, auch wenn du verrückt bist, die Aufnahmen, die du hast, kann ich beurteilen!"

„Aber ich hab noch keine Aufnahmen, eigentlich auch noch nicht den Auftrag, ich wollte mich eigentlich nur vorab deiner Mithilfe versichern, für den Fall, dass ich welche habe!"
„Und...!"
„Und...?"
„Eigentlich wollte ich dir noch mein Zimmer zeigen!"

*

Suchet, so werdet Ihr…   Udo Müller-Christian

INTERMEZZO

Nachdem der gelbe Wagen nicht von der Louisiana State Police gestoppt werden konnte und man Gefahr lief, dass er die Staatsgrenze überqueren würde, bevor man seiner Insassen habhaft wurde, forderte man einen Hubschrauber an, um die Verfolgung aufzunehmen.

Dem Hubschrauber gelang es, den Wagen zu verfolgen und die bodengebundenen Polizeifahrzeuge an einen günstigen Ort für eine Straßensperre zu dirigieren.

Der Hubschrauber folgte dem Wagen, bis dieser kurz vor der Straßensperre in einem kurzen Waldstück verschwand.

Als der Pilot den Hubschrauber hochzog, um den Wald überblicken zu können, konnte er ohne Schwierigkeiten die Straßensperre erkennen, die den Fahrer des gelben Wagens zur Aufgabe zwingen würde.

Nichts geschah, kein gelber Wagen schoss an irgendeiner Stelle aus dem Waldstück hervor.

Minuten vergingen.

Der Wald wurde durch Polizeifahrzeuge abgeriegelt und der Hubschrauber musste wegen Treibstoffmangels abdrehen.

Stunden vergingen und kein gelber Wagen kam zum Vorschein.

Als die Nationalgarde eintraf, dauerte es nicht lange, bis sie das Waldstück durchkämmt hatte.

Eine Spur von dem gelben Wagen fand man nicht.

Suchet, so werdet Ihr…   Udo Müller-Christian

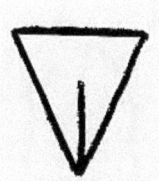

Immer wenn ich mir dieses Video ansah, wunderte ich mich, dass er immer wieder seinen Verfolgern entkam und dass es einen nicht unerheblichen Teil seines Lebens gab, den wir nicht beobachten konnten, weil er einfach tagelang nicht aufzufinden war.

Vielleicht sollte ich mich fragen, warum ausgerechnet dieser Balsamo als geeigneter Detektiv vom Konsortium vorgeschlagen worden war.

Suchet, so werdet Ihr... Udo Müller-Christian

Bestellung

Valeria lag unter einer Corvette.
Legte sie tatsächlich wieder selber Hand an?
Nein, mit sauberen Händen kam sie hervor.

„Kris! Du siehst aus, als wenn ich dir einen Gefallen tun sollte!"
„Oh, sieht man das?"
„Offensichtlich!"
„Gut, ich brauche innerhalb des nächsten halben Jahres ein Auto..."

„Das ist nichts Neues! Du brauchst fast immer ein Auto, wenn du kommst! Das einzig Neue ist, dass du bereit bist, mir etwas Zeit zu lassen!"
„Freue dich nicht zu früh, du weißt ja noch gar nicht, was für ein Auto ich haben will! Bevor ich dir Einzelheiten schildere, musst du wissen, dass dieses Auto kosten kann, was es will!"

„Was? Kein preisliches Limit? Bist du verrückt geworden?"

Suchet, so werdet Ihr…   Udo Müller-Christian

„Diese Frage ist heute nichts Neues für mich, aber ich bin nicht verrückt, ich werde nur einen Auftrag annehmen, bei dem die Geldmittel unbegrenzt zur Verfügung stehen."

„Und an was für ein Auto hast du gedacht!?"
„Ich hatte daran gedacht, dass dieses Auto völlig normal und unauffällig aussieht, als würde ich schon seit Jahren damit in der Gegend herum gurken, nur dass ich eine völlig narrensichere und störungsunanfällige Technik haben muss, Kunststoffkarosserie, einschließlich Bodengruppe, Vierradantrieb und Niveaulift, wie beim Citroen, um gegebenenfalls die Bodenfreiheit zu erhöhen..."

„Stop! Und du willst, dass die Kiste genau so aussieht, als wäre sie ein Auto, mindestens zehn Jahre alt und Luxuslimousine?"
„Ja, auch!"
„Und was noch?"
„Das habe ich alles aufgeschrieben!"
Ich reichte ihr einige schreibmaschinenbeschriebene Din-A4-Bögen.

„Vielleicht solltest du dich 'mal einige Tage mit dem beschäftigen, was hier drauf steht und mir in einiger Zeit danach sagen, ob sich so etwas realisieren lässt!"
Wortlos steckte sie die Blätter in eine große Tasche ihres Overalls.

„Komm, ich zeige dir erstmal meine Neuerwerbung!"

Sie ergriff meine Hand und zog mich zu ihrer Lackierkammer. Vor der Tür drehte sie mich um und zog mich rückwärts in die Kammer.
 Dann drehte sie mich um, indem sie von hinten meine Augen zuhielt.

 Whommm!
 Als ich die Augen öffnete wusste ich schlagartig, warum sie so einen Aufstand gemacht hatte.
 „Mann, Valeria!"

 Ich hob sie hoch und drehte mich im Kreis.
 „Wo hast du denn diesen M 1 her?"
 Tatsächlich stand vor uns ein zinnoberroter M 1, der aussah, als hätte er das Werk erst vor wenigen Stunden verlassen.

  Valerias Gesicht zeigte einen angemessenen Stolz.
  „Das ist der Wahn, wenn ich dir das erzähle, wirst du ausrasten!"
 Ich umrundete andächtig dieses Prachtauto.
  Valeria ging kurz raus und kam nach wenigen Minuten umgezogen zurück. Ihren Overall hatte sie durch ein enges T-Shirt und einen kurzen engen Rock ersetzt.

 „Ich habe diese Kiste von Juliane gekauft!"
 „Was?"
 Ich rastete tatsächlich aus, hatte ich doch seit Jahren einen sehr guten Kontakt zu Juliane, ohne jemals erfahren zu haben, dass sie einen M 1 besaß. Eigentlich musste sie doch wissen, wie verrückt ich auf entsprechende Autos war.

Suchet, so werdet Ihr…   Udo Müller-Christian

„Sie hatte ihn seit zwölf Jahren... Quatsch, ihr Vater hatte ihn wohl vor zwölf Jahren bei *Artz* einmotten lassen und Juliane ist erst auf ihn aufmerksam geworden, als sie eine Rechnung bekam. Sie hatte es, wie sie sagt, die ganze Zeit nicht gewusst! Dann sind wir letzte Woche hin gefahren, weil sie meinte, jemanden zu brauchen, der sich mit Autos auskennt. Ich hatte keine Probleme, mit ihr handelseinig zu werden."

Ich war verblüfft. Mir fehlten tatsächlich die Worte.
Einer von Valerias Mechanikern kam herein, rote Kennzeichen unter dem linken Arm.

Valeria schwang sich hinter das Lenkrad und sah mich aufmunternd an.
„Komm, Alter, wir machen eine Spritztour! Ehrlich gesagt, habe ich nur auf jemanden gewartet, der so etwas zu schätzen weiß!"
Sie lachte über ihre Worte, während ich mich neben sie setzte.
Der Motor brummte nur geringfügig anders, als bei anderen BMW.

Der Mechaniker gab Valeria ein Zeichen, um ihr klar zu machen, dass er die roten Kennzeichen befestigt hatte und öffnete das Tor zur Lackierkammer.
„Jetzt geht 's' los!"
Langsam ließ Valeria den M 1 aus der Lackierkammer rollen.
Einer der Monteure öffnete das große Tor zu ihrer Werkstatt.
„Wir haben ihn durchgesehen, die Bremsen gehen!"
Sie lachte.

Auch auf der Straße behandelte Valeria den Wagen wie ein rohes Ei. Bedächtig ließ sie ihn bis zur nächsten Ampel rollen.

„Jedenfalls ist sicher, dass du mit dieser Kiste mehr Aufmerksamkeit erregst, als mit jedem Porsche!"
„Oder den meisten anderen Kisten! Du hast recht, mit diesem Wagen fällst du auf. Ich weiß auch nicht, warum die Produktion so schnell eingestellt worden ist."

Valeria blieb vor einer roten Ampel stehen.
Prüfend sah sie sich die Instrumente an.
„Jedenfalls sitzt man besser als im 911!"
„Und, man kann, so denke ich jedenfalls, zu jeder Zeit miteinander reden, ohne Gegensprechanlage!"

Die Ampel zeigte gelb und dann grün.
Ein weißer Golf GTI neben uns raste mit quietschenden Reifen los.
Valeria gab etwas Gas und ließ den BMW locker anrollen.
„Wenn ich solche Wichser schon sehe!"
„Vielleicht würdest du auch so drauftreten, wenn du nur dieses eine Instrument zum wichsen hättest!"
„Vielleicht, kann ich mir allerdings nicht vorstellen."

Wir standen vor der nächsten Ampel, der selbe GTI neben uns.
Valeria zeigte dem Fahrer demonstrativ ihren Mittelfinger und er bildete einen Kreis aus Daumen und Zeigefinger.
Gelb – grün.
Mit quietschenden Vorderrädern raste der GTI davon.
Valeria ließ sich nicht provozieren, noch nicht.

Suchet, so werdet Ihr…   Udo Müller-Christian

„Sag' 'mal, die Sache mit dem Wagen, meinst du die ernst?"
„Völlig ernst, sonst hätte ich dich nicht belästigt!"

„Na, wer sagt 's denn, langsam wird er wärmer!"
Den Motor meinte sie.

„Jetzt kann ich ihn wenigstens bis viertausend Touren ziehen, na warte!"
Damit meinte sie den GTI-Fahrer.

„Und was willst du damit?"
Damit meinte sie den Wagen, den sie in ihrer Firma bauen beziehungsweise modifizieren sollte.
Vor der nächsten Ampel trafen wir wieder auf den GTI mit seinem eiligen Fahrer.
„Dann wollen wir dem 'mal zeigen, was Drehmoment ist - obwohl, bei einem Vierventilmotor..."

„Aber nur bis viertausend!"
„Ja, ja!"
Gelb – grün.
Valeria war dragstererfahren.
Sie beschleunigte schnell und schaltete schnell, überschritt aber nicht das selbst gesetzte Drehzahllimit, ja hielt sich sogar so weit zurück, dass sie mit dem GTI auf gleicher Höhe blieb und zeitweise etwas zurück fiel.
Ich muss gestehen, dass mir diese Kindereien Laune machten.
Gleichzeitig mit dem Golf kamen wir an der nächsten Ampel an.

Valeria würdigte den Kerl keines Blickes.
„Eigentlich reicht die Öltemperatur auch aus und außerdem werden wir ja auch den Motor total zerlegen, wenn wir die Kiste der Umwelt anpassen..."

Gelb – grün.
Die Hölle brach los.
Aufheulende, nein aufbrüllende Mechanik.
Eine imaginäre Faust presste mich in den Sitz und der M 1 schoss nach vorne, als hätte er den Raketenmotor des Batmobils im Hintern stecken.

Vor der nächsten Ampel warteten wir auf den GTI, dessen Fahrer so ein Desaster wohl nicht noch einmal provozieren würde.
Er richtete sich auf und sah durch das Sonnendach.
„Geile Kiste, so ein Ferrari!"

Valeria war so verblüfft, dass sie den Beginn der nächsten Grünphase glatt verpasste.
Wir sahen dem GTI hinterher und konnten uns kaum noch halten vor Lachen.

„Sag mir jetzt endlich, was du mit dem Wagen machen willst, den du in einem halben Jahr abholst!"
„Außerirdische jagen!"

Suchet, so werdet Ihr...   *Udo Müller-Christian*

*

INTERMEZZO

Der Lastwagen fuhr auf den Rastplatz.
Der Fahrer parkte weit ab von den betriebsamen Gegenden des Rastplatzes, wie man es von ihm gefordert hatte.
Weisungsgemäß ging er in die Autobahnraststätte und bestellte sich eine ausgiebige Mahlzeit; auch das hatten seine Auftraggeber von ihm verlangt.
Er sollte auch mindestens eine Stunde nicht bei seinem Wagen vorbei kommen.
Auch wenn ihm dieser Part des Auftrags schwer fiel, er hielt sich an alles, was man von ihm erwartete, zu groß war die Bezahlung und wenn diese hohe Bezahlung ausbleiben würde...
Er wusste genau, dass wenn er zu seinem Wagen zurückkehren würde, ein beträchtlicher Teil der Ladung fehlte und die Frachtpapiere nur noch genau das ausviesen, was er geladen hatte.
Es interessierte ihn nicht, wie ein Teil der Ladung umgeladen wurde und wohin dieser Teil gelangte. Ja es interessierte ihn noch nicht einmal, wie man es bewerkstelligte, diese schweren Kisten um zu laden, ohne auffällige Gabelstapler.
Er wusste nur, dass es noch nie zu Komplikationen gekommen war und er wusste, dass seine Fernfahrerkollegen auf jeden Fall Alarm schlagen würden, wenn sich jemand mit einem Gabelstapler seinem Sattelzug näherte.

Er sah hinaus in die Nacht.

Etwa achthundert Meter weiter parkte ein mittelgroßer Lastwagen neben seinem Zug, aber das konnte er nicht sehen.

Der Lastwagen fuhr so nah neben den Sattelzug, dass sich beide Fahrzeuge fast berührten.

Ein unbeteiligter Beobachter hätte nichts Ungewöhnliches entdecken können, hätte er nicht gewusst, dass das was er nicht sehen konnte, dass Umladen der Fracht war.

Eine Frau sah auf, als sie ein lautes Piepen hörte, das aus der Brusttasche des Hemdes des Lastwagenfahrers in der Autobahnraststätte kam.

Er hatte in einer Feder der Hinterachse eine Anlage installiert, die genau dann den Sendeimpuls abgab, wenn der Lastwagen entlastet wurde.

Der Lastwagenfahrer unternahm nichts, sondern aß in aller Ruhe sein Wiener Schnitzel weiter.

Die Frau hielt sich bereit, ihn am Verlassen des Restaurants zu hindern, was aber nicht nötig war.

Der Lastwagenfahrer erfuhr nie, warum der Auftrag an diesem Abend der letzte gewesen war.

Suchet, so werdet Ihr… Udo Müller-Christian

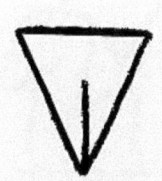

Die Eisdiele in der ich saß, gehörte zu fünf ähnlichen in diesem Gebiet, in denen Balsamo mit an Sicherheit grenzender Wahrscheinlichkeit einmal täglich erscheinen musste.

Aufgrund der dreimonatigen Überwachung war festzustellen gewesen, dass er hier am Häufigsten auftauchte.

Mittlerweile wartete ich drei Stunden mehr oder weniger geduldig.

Es hatte Tage gegeben, an denen Balsamo nicht in einer Eisdiele gesehen worden war, aber diese Tage waren relativ selten.

Wenn Balsamo in der nächsten Zeit auftauchte, musste es sich zwar um einen Zufall handeln, aber ich würde ihm trotzdem äußerst misstrauisch begegnen. Vielleicht war es diese Unberechenbarkeit, die ihn für diesen Auftrag prädestiniert erscheinen ließ.

Wenn er aufkreuzen sollte, war ich jedenfalls vorbereitet. Ich hatte mir in den Kopf gesetzt, dafür Sorge zu tragen, dass dieser Balsamo den Auftrag annahm und, der Zweck heiligt bekanntlich die Mittel.

Original der Zweck rechtfertigt die Mittel.

Suchet, so werdet Ihr…   Udo Müller-Christian

Informationssammlung

Den Rest des Tages verbrachte ich mit Venus in der Stadtbücherei.
Sie zeigte mir Stellen in Büchern, die sie für relevant hielt und sorgte langsam aber sicher dafür, dass ich mich für einen Fachmann der allgemeinen und speziellen Phänomenologie hielt.

Woher sie ihr Fachwissen bezog, war mir wieder einmal, oder wie immer, ein Buch mit sieben Siegeln. Konnte es möglich sein, dass sie so viel Wissen in sich aufgenommen hatte, weil sie eigentlich kaum etwas anderes Tat, als lesen?
Wahrscheinlich!
Jedenfalls wurden mir so einige Zusammenhänge klar.

Ich würde mich wohl doch irgendwann einmal eingehender mit der AAS beschäftigen müssen.
Bei diesem Gedanken angekommen wurden meine Überlegungen durch Venus unterbrochen.

Suchet, so werdet Ihr…   Udo Müller-Christian

„Ich bin übrigens Mitglied der Ancient Astronaut Society geworden, weil ich glaube, dass wir zunächst einmal eine ganze Menge mit deren Informationsmaterial anfangen können."
Ich verbarg meine Verblüffung so gut ich konnte.

„Kein schlechter Gedanke! Zumindest besser, als diese obskuren UFO- Logenvereinigungen!"

„Das Informationsmaterial kommt alle zwei Monate, also selten, aber ich glaube, dass dieser Auftrag dich lange beschäftigen kann, vielleicht länger, als alle vorherigen zusammen!"

„Ja, so etwas kann zu einer Lebensaufgabe werden!"
Venus legte das Buch, in dem sie geblättert hatte zur Seite.
„Aber nur, wenn deine Kundschaft auch tatsächlich so zahlungsfähig ist, wie sie behauptet!"

„Nur, wie soll man das vor dem nächsten Treffen feststellen?"
„Vielleicht solltest du dir beim nächsten Meeting mit einem potentiellen Kunden, die Bedenkzeit bezahlen lassen! Hast du eigentlich bemerkt, dass sich langsam aber sicher dieser Auftrag als angenommen darstellt?"

„Ja, was will uns dieser Auftrag sagen?"
„Wir wissen nicht, was dieser erfahrene..."
Den Rest ließ sie glücklicherweise offen.

Suchet, so werdet Ihr… Udo Müller-Christian

„Ich habe hier etwas gefunden, wo ein eindeutiger Zusammenhang zwischen Madonnenerscheinungen vor einigen Kindern und den Begegnungen von Kindern mit einer Frau in einem hellen Raumanzug in Verbindung gebracht werden; wenn man die Wahrnehmungshorizonte der Kinder von heute mit denen der Kinder von damals vergleicht, kann man die Behauptung des Robert Anton Wilson für sehr wahrscheinlich halten!"

„Wie heißt das Buch, Venus?"
„Cosmic Trigger!"
„Einfach nur Cosmic Trigger?"
„Ja, einfach nur! Das Buch ist sehr interessant und wird dir sicherlich weiterhelfen, ich habe es bereits bestellt!"

„Ist das der Typ, der Schrödingers Katze und Illuminatus geschrieben hat?"

Venus stieß mich an und machte einen belanglosen Scherz. Meine Aufmerksamkeit konzentrierte sich augenblicklich auf die Umgebung.

Venus Geplänkel war ein eindeutiger Hinweis dafür, das wir entweder unter Beobachtung standen, oder dass sich uns jemand näherte, den wir lieber nicht zu nah an uns heranlassen sollten.
Ich sprang auf und drehte mich um.
Tatsächlich suchte ein Mann das Weite.

Suchet, so werdet Ihr…   Udo Müller-Christian

„Der?"
„Ja, er muss sich angeschlichen haben, jedenfalls kroch er hinter dem Regal rum, was ja für einen gewöhnlichen Büchereibesucher nicht normal ist. Seine Flucht hat bei mir die letzten Zweifel eliminiert!"

Eine Verfolgung kam für mich nicht in Frage, ich hielt es einfach für schwachsinnig hinter irgendwelchen Leuten her zu laufen und sie zur Rede zu stellen. Außerdem war es in Wirklichkeit nicht so, dass Privatdetektive schneller laufen konnten, als alle anderen Menschen, zumal ich ziemlich sicher immer der Langsamere war, ich war einfach kein Lauftyp - vielleicht würde mir das irgendwann einmal zum Verhängnis werden.

„Vielleicht sollten wir uns sowieso in eine andere Umgebung zurückziehen!"
„Einverstanden, du kannst mir ein Eis spendieren!"

„Ich werde es mit Freude machen!"
„Arsch!"
Wir brauchten nicht weit zu laufen und saßen Minuten später in der Eisdiele auf dem Platz vor der Roten Kirche.
„Stell dir vor, dass ungewöhnliche Erscheinungen zur dritten Phänomenengruppe oder deren Erklärungsmodell gehören!"
„Du meinst keine esoterischen oder scientistischen Erklärungen möglich?"
„Nein Kris, ich meine, keine Erklärungsmodelle der beiden ersten Kategorien wahrscheinlich!"
„Dann müssten die nicht einzuordnenden Erscheinungen aus

der Zukunft unserer eigenen Zukunft stammen!"
„Ja, und unsere Zukunft hat uns Einiges voraus, für unsere Zukunft sind wir Vergangenheit, vielleicht ferne Vergangenheit!"
„Du unterscheidest also zwischen drei verschiedenen Erklärungsmodellen! Mit anderen Worten, kann ein x-beliebiges unerklärbares Phänomen durch alle drei Erklärungsmodelle erklärbar werden!"
„Zumindest kannst du, indem du zu einem Ausschlussverfahren greifst, in den meisten Fällen zumindest ein Erklärungsmodell ad Acta legen!"
„Vielleicht solltest du jetzt ruhig 'mal das Phänomen der Madonna aufgreifen, Venus!"
„Ja, sicher nicht das beste Beispiel, aber zumindest brauchbar, denn erst waren alle so genannten Madonnenerscheinungen selbstverständlich nur esoterisch erklärbar, also als Madonnenerscheinungen zu identifizieren. Zur Zeit des *UFO-Nautenbooms* wurden dann identische Erscheinungen mittels anderer Erklärungsmodelle transparenter, denn eine Frau in einem glänzenden oder hellen Gewand war für aufgeklärte Menschen nicht so unheimlich und unerklärbar, wie eine Madonna, denn jede Zeit muss ihre unerklärlichen Phänomene mit den ihr zur Verfügung stehenden Mitteln ergründen, das gilt in gleicher Weise für Erklärungsmodelle. Stell dir vor, Lazarus hätte irgend etwas von Außerirdischen erzählt; er wäre entweder als Gotteslästerer sofort standrechtlich gesteinigt worden, oder man hätte ihn als Verrückten auf der Stelle erschlagen. Oder stell dir vor, Kopernikus hätte etwas von Außerirdischen erzählt, was hätte die Kirche alles mit ihm angestellt, bis er widerrufen hätte.

Suchet, so werdet Ihr...   Udo Müller-Christian

Nein, von raumfahrenden Außerirdischen konnte man erst in diesem Jahrhundert reden und musste dabei in Kauf nehmen, für verrückt gehalten zu werden, zumindest dann, wenn man ernsthaft deren Existenz als möglich an nahm!"

„Außerirdische wurden erst gesellschaftsfähig, als man wusste, dass es Planeten gab, deren Größe für mehr als einen Mann im Mond ausreichte."
„Die Möglichkeit der Zeitreisenden kam erst Mitte der sechziger Jahre ins Spiel, als Bells Theorem auf der Bildfläche erschien."

Ich musste lachen.
„Bells Telephon?"
„Blödmann! Bells Theorem!"
„Ach, du meinst Theorem im Sinne von Gedanke, Idee oder so und Bell ist der Urheber!"
„Richtig, Bells Theorem besagt, dass es unendlich viele Paralleluniversen gibt..."

„Wenn schon Paralleluniversen, dann unendlich viele!"
Venus grinste.
„War dieser Bell nicht genau der Bell, der seinerzeit mit Lee Harvey Oswalt..."
„...die gleichnamigen Sängerknaben gegründet hat?"
Beendete Venus meine Frage bewusst falsch.
„Ja, Kris, genau dieser Bell, der mit Oswalt bei der Marine war..."
„Wie kann jemand, der bei der Marine war, ein so umfassendes Theoriengebäude erschaffen, wie dieser Bell?"

„Jedenfalls scheinst du zu wissen, um welchen Bell es sich handelt!"

„Möglicherweise werden wir es in einigen Jahren nicht mehr mit drei, sondern mit vier oder mehr Erklärungsmodellen zu tun haben!"
„Wahrscheinlich, also sollten wir uns beeilen, im Sinne deiner Auftraggeber zu ermitteln, so lange wir es nur mit drei Theorien zu tun haben."

„Jedenfalls wolltest du mir sicherlich sagen, Venus, dass die Erscheinung, die vor über hundert Jahren nur als Madonna erkannt werden konnte, vor fünfzig Jahren als Außerirdische zu identifizieren war und jetzt ebenso gut aus einem Paralleluniversum oder der Zukunft stammen kann!"
„Vor über hundert Jahren wurde sie nur in christlichen Gesellschaftsformen als Madonna erkannt, in Ägypten hätte man sie als *Isiserscheinung* klassifiziert!"

„Ja, und wenn man sich überlegt, wie viele unterschiedliche Sozialisationen man auf diesem Planeten über sich ergehen lassen kann, kann man sich auch vorstellen, dass es fast ebenso viele Erklärungsmodelle geben muss."
„Aber diese Erklärungsmodelle sind der einzige Weg, uns zur richtigen Zeit am richtigen Ort sein zu lassen. Wenn wir eine andere Möglichkeit hätten..."
Venus ließ den Rest des Satzes offen, aber ich wusste auch so, was sie sagen wollte.

Suchet, so werdet Ihr…   Udo Müller-Christian

„Vielleicht gibt es ja einen richtigen Tourismus!"
„Wie belieben? Haben der ehrenwerte Mister Balsamo wieder eine Eingebung?"

„Schon möglich! Es ist ja durchaus möglich, dass es einen richtigen Tourismus von Außerirdischen oder Zeitreisenden gibt. Warum soll es nicht möglich sein, dass, nehmen wir 'mal Sacre Coeur in Paris als Beispiel, dass eben solche Orte, wo täglich x Touristenbusse auftauchen, auch Besuch erhalten können, von einem Bus pro Tag, der voller Zeitreisender oder Außerirdischer sitzt, die sich genauestens den hiesigen Gegebenheiten angepasst haben. Ich denke gerade an Frank Herberts Buch *Der Jesus-Zwischenfall*, in dem es einen regelrechten Tourismus zur Kreuzigung gab!"
„Das klingt so verrückt, dass es schon fast wieder möglich erscheint. Man stelle sich vor, ein Bus mehr oder weniger an fast allen entsprechenden Orten der Welt fällt nicht auf. Ich denke gerade daran, du sagtest, *die sich genauestens den hiesigen Gegebenheiten angepasst haben!"* und sah gleichzeitig zu den beiden Leuten hinüber, die den Platz diagonal überquerten.

„Wie? Ach, Venus meinst du die beiden, die sich ziemlich aneinander geklammert haben?"
„Ja, die beiden! Kannst du dir vorstellen, wo die herkommen?"

Ich sah mir die Frau und den Mann, die auf uns zu kamen, etwas genauer an. Sie waren gekleidet, als würden sie nicht so richtig hierher passen. Die Kleidung hätte vor zehn oder fünfzehn Jahren genau gepasst, aber jetzt!

Suchet, so werdet Ihr…   *Udo Müller-Christian*

„In welche Zeit passt die Kleidung, Venus? Und, vor allen Dingen, wo haben die die Klamotten her?"

Der Mann und die Frau sahen sich um, als wären sie zum ersten Mal hier, als würden sie alle Eindrücke in sich auf saugen, wie trockene Schwämme.
Sie gingen an der Tischreihe der Eisdiele, in der wir saßen vorbei und verschwanden in einer Seitengasse.

„Die Kleidung wäre bestenfalls in den siebziger Jahren nicht aufgefallen! Denkst du, was ich denke?"
„Was soll ich denn sonst denken?"

Wenn die auffälligen Leute in der Gasse verschwunden waren, gab es nur zwei Orte, an denen sie wieder zum Vorschein kommen konnten, dieses Ende der Gasse, die ein Hufeisen bildete und das auf der anderen Seite der Eisdiele. Venus würde sie also sehen, wenn sie wieder aus der Gasse heraus kamen.

Ich sprang auf und rannte in das eine Ende der Gasse, an deren Ende es zwei Türen gab, die erste führte in ein Parkhaus, war aber verschlossen, weil in dem Parkhaus gerade renoviert wurde und die zweite, eine elektrisch betriebene Glastür führte zu einer Treppe, die zu der dahinter liegenden Straße führte. Die beiden Leute sah ich nicht, also mussten sie durch eine der Türen verschwunden sein. Die Parkhaustür war erwartungsgemäß verschlossen, trotzdem überprüfte ich diese Tatsache, also die Glastür. Ich ging schnell auf sie zu, in der Erwartung, sie würde sich öffnen und prallte schmerzhaft vor das massive Panzerglas.

Suchet, so werdet Ihr...   *Udo Müller-Christian*

Das war mir noch nie passiert, die Tür hatte sich seit Jahren immer und unter allen Bedingungen geöffnet.
Ich hatte mir wohl eine Beule an der Stirn zugezogen.
Hinter der Glastür war nichts und niemand zu erkennen. Die beiden Leute konnten eigentlich noch gar nicht so weit gekommen sein, das sie sich aus meinem Blickfeld entfernt hatten.

Ich kehrte zu Venus zurück.
Sie stand schnell auf.
„Hast du Ärger gehabt, Alter, mit den beiden?"
„Nein, mit der Glastür!"
„Das kann doch gar nicht sein!"

Sie drückte einen kalten Löffel auf die Stelle an meiner Stirn, die die stärksten Schmerzimpulse ausstrahlte.
„Die sind verschwunden!"
Venus setzte mich mit Nachdruck auf meinen Platz und ging in die Gasse.
Wie konnte mir so etwas passieren?
Wie konnte ich vor die Tür rennen?

Warum hatte ich überhaupt von meinen Prinzipien Abstand genommen, niemanden zu Fuß zu verfolgen?
Wahrscheinlich, weil ich mich außerhalb meines Broterwerbs, sozusagen privat, bewegt hatte. Immer wenn ich im Rahmen eines Auftrags Personen beobachtete, verhielt ich mich glücklicherweise anders, als noch vor wenigen Minuten, und, wie man sah, hatte ich die Quittung direkt bekommen.
Venus kam zurück.

„Wie schnell bist du denn gewesen, als du mit der Tür zusammen pralltest?"
„Nicht sonderlich schnell, ich bin nicht gelaufen, sondern nur schnell gegangen. Oder kannst du dir vorstellen, dass ich durch eine Tür laufe, die ich, was weiß ich wie oft, völlig schadlos bewältigt habe?"

„Jedenfalls funktioniert sie jetzt, wie die ganzen letzten Jahre auch!"
„Soll das heißen, dass sie ganz normal aufgegangen ist, als du da warst?
„Ja, ganz normal, so wie immer."

Ich war verblüfft.
„Ist ja auch egal, nach was für einer Zeit die Leute gekleidet waren, es ist auch egal, was wir glauben, aber ich glaube, es wird sich lohnen, wenn man sich 'mal einen Tag bei einer Sehenswürdigkeit aufhält und den Touristen zusieht. Ich schätze, man wird da wirklich Zeitreisende oder Außerirdische sehen, aber wird man sie erkennen können?"

„Wahrscheinlich nicht! Wenn das organisierte Reisen sind, werden die mit Sicherheit durch nichts von uns zu unterscheiden sein!"
„Kannst du dich noch an *Selcuc bei Izmir* erinnern, Venus?"

„Meinst du die Geschichte mit dem Haus der Maria?"
„Ja, die Geschichte mit der Nonne!"
„Der Taxifahrer hat uns da hingefahren, aber die Attraktion, die er uns versprochen hatte, war eine Andere."

Suchet, so werdet Ihr...   Udo Müller-Christian

„Wir wussten damals aber noch nicht, wie viele Orte es gibt, die für sich in Anspruch nehmen, die *Mutter Gottes* in sich die letzten Jahre ihres Lebens beherbergt zu haben, bevor sie in den Himmel aufgefahren ist!"

„Dieses alte Bruchsteinhaus und die daneben liegende Kapelle..."

„Jedenfalls konnte man gut ins Tal blicken, hatte eigentlich einen sehr guten Überblick über die ganze Gegend!"

„Vielleicht hatte das seinen Grund!"
Erst später erkannte ich, was Venus gemeint hatte.

„Und die Nonne war die absolute Härte. Sie kniete in der Kapelle und wirkte total in sich versunken..."

„Aktiv wurde sie erst, wenn eine Busladung Touristen wieder abgefahren war, indem sie die entzündeten Kerzen löschte, wieder spitz modellierte und gegebenenfalls ein Stück ab schnitt."

„Dann verharrte sie wieder in Meditation oder Gebet."

„Die nächste Busladung Touristen wurde angeliefert."

„O, wie schändlich, nur eine Kerze brannte, da musste man schnell Abhilfe schaffen!"

„Niemand beachtete die Nonne, die nur darauf wartete, die frisch entzündeten Kerzen wieder zu löschen, um auf die nächste Busladung zu warten."

„Vielleicht war es ja keine Nonne, die Moslems kommen auf die besten Ideen, wenn es darum geht, Christen auszunehmen!"

Wir grinsten beide, während wir die Erinnerungen Revue passieren ließen.
Ich runzelte die Stirn.

„*Bevor sie in den Himmel aufgefahren ist! Man hatte einen sehr guten Überblick über die ganze Gegend! Vielleicht hatte das seinen Grund!*"
„Gut, Alter!"
Ich hatte drei Gedankengänge unseres Gesprächs miteinander verwoben und war zu einem interessanten Ergebnis gekommen.
„Wenn es mehr als einen Ort gab, von dem aus Maria in den Himmel aufgefahren sein soll, warum nicht auch einen Ort, von dem aus eine Raumfahrerin von einem Raumschiff abgeholt worden ist?"

„Wie Romulus!"
„Wer?"
„Romulus, der *Erfinder* Roms, so weit ich weiß, ist der auch in einer Wolke verschwunden, also in den Himmel aufgefahren!"

„Wir sollten auf jeden Fall ermitteln, wer noch alles in einer Wolke verschwunden ist!"
„Romulus, Henoch, Maria, Jesus..."

*

Suchet, so werdet Ihr… Udo Müller-Christian

Postquam filiae Sabinorum, uxores Romanorum, animos patrum et maritorum placaverunt, Pomani et Sabini una clivitas fuerunt. Rex civitatis Romulus fuit. Qui civitati leges et iura dedit. Postea centum senatores creavit, quos patres nominavit. Quorum consilio et auctoritate civitatem bene regnavit.
Populus legibus a rege datis libenter parebat.
Iis temporibus rex homines etiam auspicia docuit. Dei enim hominibus, qui fata rogant, per auspicia respondent.
Per multos annos Romulus rex pacem in civitate servavit. Auxilio deorum adversarios multos, qui Romam oppugnaverant, fugavit. Roma,quae oppidum parvum fuerat, nunc urbs magna erat.
Aliquando autem Romulus patres et populum in Campum Martium convocait. Subito magna nubila in caelo fuerunt. Viri Romulum non iam viderunt; neque deinde in terris Romulus fuit', ut T. Livius scriptor narrat. Magna maestitia animos virorum movit. Tum autem vir Romanus, Proculus Iulius, animos populi placare studuit:
„Laaeti este Rex noster, pater urbis nostrae, mortuus non est. Heriapud amicum fui, quem diu non visitaveram. Multa nocte domum properavi. Subito Romulus de caelo me vocavit: `Procule Ego, qui Romulus, rex vester, fui, nunc Quirinus deus sum. Id populo Romano nuntia Si me adoraveritis, semper vobis adero. Posteri mei domini non solum Italiae sed multarum terrarum erunt." Qibus verbis Romani laeti fuerunt. Alium regem creaverunt. Quirino deo autem templum aedificaverunt. Tum Marcus: „Quirinus populo Romano semper adfuit, nam urbs Roma hodie multis populis, etiam Graecis, imperat. (Nos solum magistro Graeco parere debemus) Cur autem nostris temporibus reges non habemus?

Suchet, so werdet Ihr…   *Udo Müller-Christian*

INTERMEZZO

Der diskusförmige Raumbeweger senkte sich langsam, bis er einige Zentimeter über dem Boden der Waldlichtung schweben blieb.
An der Seite tat sich eine Öffnung auf, die dunkel blieb.

Gestalten kamen zum Vorschein, man musste sie für Menschen halten.
   Der unbeteiligte Beobachter zählte siebenundachtzig Personen, die an keinem Ort des Planeten aufgefallen wären.
   Schweigend bewegten sie sich durch ein kurzes Dickicht und fanden hinter einigen Bäumen einen Bus stehen.
Der Fahrer öffnete die Türen.
Der Bus war reserviert.
Für jeden Besucher gab es einen Platz.
   Als alle Passagiere saßen, konnten sie noch sehen, dass der diskusförmige Raumbeweger von der nahen Lichtung verschwunden war, um wieder sein eigentliches Element auf zu suchen, den unendlichen Raum zwischen den Welten.
   Der Dieselmotor des Busses begann zu rumoren und brachte die Kraft auf, den Bus und seine seltsame Fracht zur nächsten Straße zu bewegen.
   Interstellartourismus im ausgehenden zwanzigsten Jahrhundert.
   Der Bus brauchte nicht lange, bis er die nahe Autobahn erreichte. Das Besichtigungsprogramm war umfassend, es galt keine Zeit zu verlieren.

Suchet, so werdet Ihr...   Udo Müller-Christian

Ein Tag in der Eisdiele, ohne das Balsamo auftauchte war etwas Ungewöhnliches, konnte mich aber nicht aus der Ruhe bringen.

Immerhin hatte ich nicht angenommen, das Glück zu haben, ihn gleich am ersten Tag zufällig zu treffen. Da ich nicht nur auf die Informationen angewiesen war, die meine Agenten mir verschafft hatten, wusste ich Einiges über Balsamo, das kaum jemand zu wissen schien, der ihn kannte.

Es war mir gelungen, eine Frau aufzutreiben, die vor einigen Jahren 'mal ein Verhältnis mit ihm gehabt hatte und nicht gut auf ihn zu sprechen war. Mit einer angemessenen Portion Bacchisch, *gelang es mir, einige Informationen zu bekommen, die sich sicherlich im Umgang mit diesem Kerl bezahlt machen würden, so hoffte ich zumindest. Jedenfalls war diese Dame noch heute, nach Jahren sauer auf Kris Balsamo, der das Verhältnis wegen einer anderen Frau beendet zu haben schien und ich hatte, nachdem ich diese Martina kennen gelernt hatte, vollstes Verständnis für Balsamo. Leider war es mir nicht möglich gewesen festzustellen, ob es sich bei ihrer Nachfolgerin um die Frau handelte, die man zur Zeit regelmäßig mit ihm sah und die auch schon einige Nächte mit ihm in diversen Lieferwagen verbracht hatte, wenn es um Observationen ging.*

Suchet, so werdet Ihr…   *Udo Müller-Christian*

Von dieser Martina wusste ich, dass er einen Beschwerdebrief an den Bayerischen Rundfunk geschrieben hatte, nachdem das Rustikal „Der Watzmann ruft" gesendet worden war. Kris war mächtig sauer gewesen, dass man eines der acht Bilder herausgeschnitten hatte, denn im Vorspann war Roswitha Rodriguez oben ohne zu sehen gewesen, eine Szene, die in der weiteren Aufführung fehlte.

Jedenfalls wusste ich eines ganz sicher, Kris war privat nicht so ein unbesiegbares Raubein, wie er den Anschein zu erwecken versuchte und ich kannte einige seiner Vorlieben. Zumindest wusste ich, was für eine Art Frauen er bevorzugte, kannte seinen Geschmack, was äußere Erscheinungen betraf und hatte erfahren, wie sehr er Intelligenz bei Frauen zu schätzen wusste.
Selbstverständlich trug ich meine Haare offen, ohne Spangen, Haarspray oder dergleichen und schminkte mich so dezent, dass er der Meinung sein musste, ich sei überhaupt nicht mit Artikeln zur Verschönerung der Frauen in Berührung gekommen. Bewusst hatte ich ein Kleid ausgewählt, das es ihm unmöglich machte, festzustellen, ob ich nun einen BH an hatte oder nicht. Überhaupt würde er Einiges zu entdecken haben, denn eines war sicher, er sprach auf die Reize einer Frau an, als hätte man einen Lichtschalter eingeschaltet.

Suchet, so werdet Ihr… Udo Müller-Christian

ZUFALL ? ? ? ? ?

Als ich Tags drauf die Eisdiele betrat, in der ich mich sehr häufige aufhielt, fiel mir an einem der Tische ein Mädchen mit auffallend langen roten Haaren auf. Ich erkannte die Frau, die mir den Auftrag mit den Außerirdischen erteilen wollte, der mich schon seit einigen Tagen beschäftigte.
Warum sollte ich mich nicht an ihren Tisch setzen?

„Hallo, ist an diesem Tisch noch ein Stuhl frei?"
„Suchen sie sich einen aus!"
„Ja, danke!"
Ich setzte mich neben sie, so dass wir beide einen guten Blick auf die Straße hatten und nicht zuletzt auf die flanierenden Personen.

„Dieser Auftrag hat es echt in sich!"
„Soll das heißen, sie nehmen ihn an?"

„Nein, das soll heißen, ich habe mich mit Recherchen beschäftigt, die zu dem Ergebnis geführt haben, dieser Auftrag hat es in sich!"

„Und!"
„Und was?"
„Und kann ich meinen Auftraggebern..."
„Eine Woche! Ich muss wissen, auf was ich mich einlasse! Warum sind sie eigentlich hier?"
Sie fühlte sich sicher von dieser Frage überrollt, reagierte aber nicht mit Zeichen der Unsicherheit, sondern schien kurz nachzudenken, sehr kurz, wie sich herausstellte.
'Vorsicht, dieser Balsamo darf nicht unterschätzt werden. Ich muss ihm so viel Wahrheit bieten, wie es der Auftrag erfordert, aber nicht mehr; also die Wahrheit!'
„Um sie zu treffen!"

Vielleicht sollte man noch eine gemeine Frage nach schieben, die Frau musste doch aus der Reserve zu locken sein.

„Warum?"

'Was nun? Taktik ändern? Nein! Vielleicht reagiert er ja auf die Waffen einer Frau - gut, diese Bewaffnung immer bei sich zu tragen!'
„Vielleicht aus Neugier, immerhin interessiert es mich, wie weit sie mit ihren Recherchen - oder sagen wir Vorrecherchen - gekommen sind!"
Sie schlug die Beine übereinander, das weiße Kleid verrutschte.

„Nicht sehr weit, immerhin ist es immer noch eine Frage des Glaubens; außerdem trifft es sich ziemlich gut, dass wir uns hier, aus welchen Gründen auch immer, getroffen haben. Ich brauche nämlich noch einige Informationen von ihnen!"

Ihre Augen verengten sich.
„Welche Informationen erwarten sie?"
„Bisher ist mir nur bekannt, Außerirdische suchen zu sollen, das ist nicht viel!"
Sie schien diese Frage erwartet zu haben.

„Außerirdische! Lebewesen, die von anderen Planeten hier her gekommen sind!"
„Also Lebewesen, die derzeit hier sind und von anderen Planeten stammen! Haben sie kein Interesse an Personen, die aus einer anderen Zeit, sagen wir der Zukunft kommen?"

„Eigentlich geht es tatsächlich nur um Außerirdische!"
„Ich muss gestehen, dass dieser Auftrag mich nur zu Recherchen bewegen konnte, weil sie mir Geldmittel zur Verfügung stellen wollen, die uneingeschränkt sind und weil meine Menschenkenntnis mir gesagt hat, dass sie es ernst meinen müssen, wenn sie mit einem solchen Ansinnen an mich heran treten."

'Hatte ich nun einen Grund, zu triumphieren? Oder hatte dieser Balsamo irgendeine Taktik drauf, die mich aufs Kreuz legen konnte?
Ich musste wohl vorerst abwarten und mitspielen.'

Sie lachte.
Sie lachte auf eine Weise, die mich dazu bewog, sie mir – natürlich so unauffällig wie möglich - genauer anzusehen.
Irgendeine Sicherung in meinem Unterbewusstsein gab Alarm!
Diese genaue Betrachtung konnte ich auch auf später verschieben.
Warum war sie nun hier?
Was hatte sie vor?
Wollte sie etwas Bestimmtes erreichen?
Hatte sie die Absicht, meine Entscheidung zu beeinflussen?
Wurde sie geschickt, oder kam sie aus eigenem Antrieb?

Was sollte das, sah er mein Bein nicht? Oder hatte ich falsche Informationen erhalten, was seine Vorlieben anging? Konnte es möglich sein, dass ich ganz und gar nicht seinen Geschmack traf?

„Danke! ich habe also tatsächlich den Eindruck erweckt, *vertrauenerweckend zu sein?!*"
Ich musste einen kleinen Vorstoß versuchen!
„Nein, du hast den Eindruck erweckt, es ernst zu meinen!"
Ach so, Mr. Balsamo! Wenn du es so haben willst, kannst du es haben! Wir wollen doch 'mal sehen, ob wir nicht doch weiter kommen!

„Meinst du, das wäre ein großer Unterschied?"
„Ja, sicher!"
Wie sollte ich dieses charmante Lächeln einordnen?
War es echt?

Suchet, so werdet Ihr…   Udo Müller-Christian

„Natürlich würde ich es für wichtig halten, zu wissen, wer hinter meiner Auftraggeberin steckt, falls ich den Auftrag annehmen würde."

„Wenn, falls und aber!"
„Ja, aber! Ich kenne noch nicht einmal deinen Namen!"

Sie sah mich an, als wolle sie sagen, du kannst dir gar nicht vorstellen, was ich alles über dich weiß!
Eigentlich müsstest du wissen, Namen sind Schall und Rauch!
Irgendwie musste es mir gelingen, ihn von seinem Vorhaben abzubringen, sich Informationen bei mir zu beschaffen!
Ich durfte mich keinesfalls verunsichern lassen!
Die Kellnerin kam, nachdem sie lange auf sich warten gelassen hatte.
„Was darf 's denn sein?"
Ich ließ mir nicht anmerken, dass mich ihre Art aufmerksam werden ließ, da sie mich eigentlich immer gekannt hatte.
Die Augen meiner Gesprächspartnerin verengten sich.

Hatte er nicht mit dieser Kellnerin oftmals zusammen gesessen? Nun nicht das geringste Zeichen des Erkennens! Immerhin hatte sie mich Tags zuvor von morgens bis abends bedient. Ahnte sie, warum ich den Tag hier verbracht hatte, nur Balsamos wegen?
Ich wurde vorsichtig, vorsichtiger, als ich sowieso schon war. Dieses Spielchen erforderte alle meine Konzentration und ich musste locker wirken, angestrengt konnte ich mich immer noch geben, aber nicht bei einem solchen Gespräch, bei dessen drum und dran Einiges nicht zu stimmen schien.

Suchet, so werdet Ihr…   *Udo Müller-Christian*

Sie bestellte einen Kaffee, ich einen Cappuccino.

Ich durfte nun alles, nur nicht verkrampft wirken! Wenn es mir nicht gelang, diesen Balsamo in den Auftrag zu verstricken, konnte ich mich auf der Oberfläche dieses Planeten nicht mehr frei bewegen, das Konsortium hatte überall seine Informationsquellen.

Sie lachte.
„So, meinen Namen kennst du noch nicht. Also gehst du davon aus, meinen Namen zu erfahren!"
Nein, ohne ihren Namen würde ich mich nicht geschlagen geben, ich nicht!
Ich sah sie wortlos an und verzichtete auf irgendeine Bemerkung.
Meine Augen blickten in die ihren, ich durfte meine Blicke nicht abschweifen lassen, denn an den Rändern meines Blickfeldes konnte ich frauliche Konturen erahnen, die mich sicherlich ablenken würden; doch Ablenkung war im Moment das Letzte, das ich mir leisten konnte.

Seine Augen hatten sich in meine vertieft. Er schaffte es tatsächlich, mir unbewegt in die Augen zu sehen, ohne sich zu rühren, ohne eine Miene zu verziehen, ohne zu zucken. Er wirkte, als wäre er in Stein gemeißelt. Eigentlich wollte er nur meinen Namen wissen. Ich ahnte, dass er ohne meinen Namen zu wissen, nicht zögern würde, den Auftrag sausen zu lassen. Was für einen Namen sollte ich ihm nennen?

'Na, wann gibst du denn auf?'

Suchet, so werdet Ihr…   Udo Müller-Christian

„Ich heiße Mirona Schwarzdorn!"
Die Alarmglocken schrillten in meinem Schädel!"
Ich ließ mir nichts anmerken.

Er zeigte nicht die geringste Reaktion!
„Dann musst du nach 1967 geboren sein!"
Vielleicht hätte ich diese Worte zurückhalten sollen, aber sie sah wirklich noch nicht älter aus. Immerhin hatte ich es meinem Gedächtnis zu verdanken, dass ich wusste, dass der Name Mirona in der Perry Rhodan Serie aufgetaucht war, im Band 299. Sie hieß Mirona Thetin und war als Faktor 1 die höchste Autorität der Meister der Insel. Da diese Figur in achtundneunzig Romanen zuvor als der Inbegriff des Bösen aufgebaut worden war, konnte sie den Roman, in dem sie dann letztlich auftauchte, nicht überleben.
Also wusste er wahrscheinlich ganz genau, woher mein Name stammte. Es hatte keinen Sekundenbruchteil gedauert, bis er die Identität meines Namens in seinem Gedächtnis abgerufen hatte.
So eine spontane Erwiderung bei der Nennung meines Namens hatte ich noch nicht einmal bei eingefleischten PR-Fans erlebt.

Ich sog tief Luft ein.
Wenn jemand seine Tochter mit diesem Namen *segnete*, dann musste er einen Grund haben, oder der Name stimmte nicht. Andererseits konnte ich mir nicht vorstellen, dass sie sich als Mirona vorstellte, wenn es ein Falschname war, denn immerhin hielt sie mich für einen fähigen Privatdetektiv.

Suchet, so werdet Ihr... Udo Müller-Christian

„Muss ich dich nun Faktor 1 nennen?"
Volltreffer, Kris Balsamo! Langsam begann ich zu frieren!
„Ich treffe regelmäßig auf Leute, die mein Name stutzig macht, aber nur sehr selten auf solche, die wissen, woher er stammt!"
Ich verzichtete bewusst darauf, sie danach zu fragen, was sich ihre Eltern gedacht haben mochten, als sie diesen Namen vor einem Standesbeamten zu rechtfertigen hatten.

„Der Cappuccino, Signor!"
Die Kellnerin Francesca hatte sich unbemerkt genähert und entgegen ihren Gepflogenheiten zuerst mich bedient, außerdem hatte sie mich Signor genannt, was ein weiteres Indiz ihrerseits sein sollte, um mich zu warnen.

Vielleicht sollte ich zum Bongo gehen, um mir von ihr einige unbemerkte Informationen zu beschaffen!
Andererseits mochte sich dieser Schachzug umgehen lassen, wenn ich mich nur offensiv genug mit dieser Mirona beschäftigte.

Ja, ich musste sogar auf diesen Auftrag verzichten, wenn ich nicht alles erfuhr, was ich wissen musste, ohne externe Informationsquellen nutzen zu müssen.
Balsamo wirkte so cool und überlegen, er begann langsam, mich zu verunsichern. Eigentlich hatte ich das Meeting mit ihm herbeigeführt, um seinen Entschluss zu beeinflussen und nicht um das Opfer eines erpresserischen Verhörs zu werden, wobei die erpresserischen Tendenzen noch nicht einmal ausgesprochen waren, aber wir wussten beide, er machte zur Zeit die

Suchet, so werdet Ihr…   *Udo Müller-Christian*

Ergreifung des Auftrages vom Ausgang dieses Gespräches abhängig.

Er war sich seiner Sache sehr sicher. Wusste er, aus welch großer Anzahl von Berufskollegen er ausgewählt worden war? Wahrscheinlich ahnte er es zumindest, da ich von uneingeschränkten Geldmitteln gesprochen hatte. Wer uneingeschränkte Geldmittel zur Verfügung stellte, suchte sich entweder seine Geschäftspartner aus oder engagierte den ersten Besten.
War er nun erregbar oder nicht?

War ihre Hand nun versehentlich zwischen ihre Beine gerutscht?
Ich erlaubte meinen Augen, der Hand beim hinab Rutschen zuzusehen.

Sie schien weder die hinabrutschende Hand, noch die die Hand verfolgenden Augen bemerkt zu haben. Beides glaubte ich nicht, wenn eine Frau so etwas tat, dann immer bewusst, genau so bewusst, wie sie jede Berührung zuließ oder verhinderte.
Ich sah ihr wieder in die Augen, zwischen denen sich eine tiefe Falte gebildet hatte, während sie zu zwei Männern sah, die sich den Tischen der Eisdiele näherten.
Die Falte verschwand, als sie ihre Aufmerksamkeit wieder mir widmete. Ihre Hand legte sie auf den Tisch und das Bein, das sie nun über das andere geschlagen hatte, stellte sie wieder auf den Boden.
Hatte sie nun einen BH an, oder nicht?

Suchet, so werdet Ihr…   *Udo Müller-Christian*

Hoffentlich hatte er meine Unsicherheit wegen der beiden Kerle nicht bemerkt. Ich wusste die ganze Zeit, warum ich mich so vorsichtig verhielt, warum ich das Hotel gewechselt hatte und warum ich mein äußeres Erscheinungsbild veränderte.
Offensichtlich war das nicht genug gewesen!

Wie konnte ich dieser Situation entgehen, wie konnte ich den beiden Männern entkommen? Mit Sicherheit waren sie nicht die Einzigen, die sich in der Nähe aufhielten und je länger ich hier sitzen blieb, desto besser konnten sie mich einkreisen. Konnte ich von dem Mann an meiner Seite Hilfe erwarten? Sollte ich ihn für eine halbe Stunde Begleitschutz bezahlen? Würde ich dann noch eine Chance haben, ihn für meinen Auftrag zu interessieren?

Seit die Männer aufgetaucht waren, wirkte sie so abwesend, obwohl sie sich äußerste Mühe gab, so normal wie möglich zu wirken. Sie hatte sich gut in der Gewalt.
„Vielleicht sollten wir den Ort wechseln, meine Teure!"

Zu schnell stimmte sie zu, indem sie nickte und aufstand. Wir gingen gemeinsam und wortlos über den Platz, ohne bezahlt zu haben, aber das war bei Pino kein Problem.

Er hatte einen Arm um meine Taille gelegt und vermittelte einen kraftvollen und entschlossenen Eindruck.
Mein Arm umschlang sie, sie wirkte nicht sonderlich kompakt und schwer, sondern eher zerbrechlich. Ich würde sie mir über die Schulter werfen müssen, wenn es sich als erforderlich

erwies. Wieso dachte ich daran, mir diese Frau packen zu müssen, um zu fliehen, um weg zu laufen, wie konnte ich solche Überlegungen anstellen, ich der ich normalerweise nie davon lief?

Aus den Augenwinkeln erkannte ich, die beiden Männer, die sich aufmachten, uns zu folgen während einer der Beiden, anderen Leuten ein Zeichen zu geben schien.
„Es sind einige mehr, wahrscheinlich mindestens vier!"
Mirona sah mich an.
„Mindestens!"
„Und die sind nicht gut auf dich zu sprechen, oder?"
„So kann man es auch sagen! - Aber doch nicht ins Parkhaus!"
„Ich bringe dich unangetastet hier weg!"
Ohne das sich einer von uns umgedreht hätte, hasteten wir durch die Passage zum Nebeneingang des Parkhauses.
„Hast du eine Waffe mit, Mirona?"
„Wo sollte ich in einem Kleid wie diesem eine Waffe unterbringen?"
Ich musste lachen.
„Stimmt, da ist nur Platz für die Waffen einer Frau!"
„Nur werden die uns mit Sicherheit bei diesen Typen nicht weiterbringen!"
Wir rannten das Rollband hinunter.
Aus einer Tasche meiner Jacke zog ich eine Parkkarte und reichte sie Mirona.
„Geh' weiter und steck' die Karte in den gelben Automaten! Die erste Stunde ist gebührenfrei, ich komme gleich nach!"

Suchet, so werdet Ihr…   *Udo Müller-Christian*

Ich brauchte nicht lange zu warten und am oberen Ende des Rollbandes erschienen zwei Männer. Ich konnte ein Grinsen nicht unterdrücken, als ich aus dem Bewegungsmelder das stromführende Kabel riss und somit die Glastür blockierte und die beiden Männer zumindest einige Minuten aufhielt.
Als ich Mirona erreichte drückte sie mir die Karte in die Hand, die uns nun die Barriere am Ausgang des Parkhauses öffnen konnte.

Wir erreichten den alten Audi 100, den ich zur Zeit benutzte. Zum ersten Mal war ich froh, eine Karre mit Zentralverriegelung zu fahren.

Warum half er mir? Er hatte es auf irgendeine Weise geschafft, den Weg über das Rollband zu blockieren, denn die Männer schienen aufgehalten worden zu sein. Nun ließ er den Motor an, riss den Wählhebel des Automatikgetriebes zurück und die durchdrehenden Vorderräder aufheulend durchdrehen. Das Vorderteil des Wagens rückte zur Seite, wie es nur bei der Kombination zwischen einem starken Motor und dem Antrieb auf die Vorderräder möglich war. Als wir an einer Glastür vorbei kamen, latschte er auf die Bremse und drückte mir wieder eine Karte in die Finger.
„Hinter der Tür ist noch ein Automat, los beeil dich!"
Wieso wir noch so eine Karte brauchten, war mir schleierhaft. Trotzdem tat ich, was er wollte, denn ich hatte nicht das geringste Interesse, meinen Verfolgern alleine gegenüber zu stehen.
Ich rannte durch die Glastür. Glücklicherweise stand niemand vor dem Automaten. Ich schob die Karte rein. Beim letzten

Suchet, so werdet Ihr…   Udo Müller-Christian

Male besagte die Anzeige, Karte entnehmen, *nun stand da zu lesen,* zahlen Sie Taler 1560,-.
Ich verstand sofort und rannte durch die Glastür zurück.

Wo war der Audi?
Erstarrt blieb ich stehen.
Von links kam einer der Kerle angerannt.
Ein lautes Quietschen!
Der Audi erwischte ihn voll.
Ich sprang durch die geöffnete Tür ins Wageninnere.

„Der Automat ist erstmal blockiert, Kris! Ich glaube kaum, dass jemand tausendfünfhundertsechzig Taler in Stücken bei sich hat!"
„Weißt du, was die von dir wollen? Zwei werden uns nicht mehr folgen können!"

„*Das ist eine lange Geschichte!*"
„Du wirst sicher Zeit haben, sie mir zu erzählen!"
Der Audi heulte auf.
Ich nutzte alle Möglichkeiten, die mir die Automatik und die Servolenkung zu bieten hatten und hielt nur kurz, um die Karte am Ausgang in den dafür vorgesehenen Schlitz zu schieben.
Der Schlagbaum hob sich und wir huschten drunter durch.
Neben mir kämpfte Mirona um ihr Gleichgewicht und tastete nach dem Sicherheitsgurt.
Ihre Oberschenkel zogen meine Blicke magisch an.

„Hast du immer so eine Blankokarte bei dir, die den Automaten für alle, die nach dir kommen blockiert?"

Suchet, so werdet Ihr...   *Udo Müller-Christian*

„Wenn nicht, muss man eben improvisieren."

Als wir das Parkhaus verlassen hatten, gab ich richtig Gas.
Das er fahren konnte, hatte ich schon auf dem Videoband gesehen.
Es war allerdings ein Unterschied, ob man daneben saß, oder so etwas aus sicherer Entfernung sah.

Kris sah in den Spiegel und grinste zufrieden.
„Du Schuft!"
Er hatte den Innenspiegel so eingestellt, dass er auf meine nackten Beine sehen konnte.
Er stellte den Spiegel wieder zurück und griff zum Radio, das über einen integrierten CD-Player verfügte.

„Wir werden noch einige Zeit brauchen, um einen Wagen abzuhängen, der hinter uns her ist!"
Sie sah sich um.
Der Mercedes hatte einige Pferde mehr unter der Haube, da konnte der 136-PS-Fünfzylinder nicht gegen anstinken.
„Der scheint ja aufzuholen!"
Musik klang auf.

„Ja, Mirona, der holt auf!"
Ich saß neben Kris Balsamo und konnte nichts tun. Ja, ich hatte mein Leben nun nicht mehr in eigenen Händen, sondern war auf diesen Mann angewiesen, den ich nach Außerirdischen suchen lassen sollte, mein Leben zu retten und wahrscheinlich auch seines.

Suchet, so werdet Ihr…   Udo Müller-Christian

Trotz der beschriebenen Situation musste ich feststellen, dass mir die Musik sehr gut gefiel.
„Das ist `Detonation Boulevard' von den Sisters of Mercy!"

Balsamo und ich schienen wirklich beide verrückt zu sein, uns in einer solchen Situation über Musik zu unterhalten.
„Sag 'mal, Mirona, wie ernst meinen die das?"
„Wahrscheinlich noch ernster! Tut mir Leid, dich da hinein gezogen zu haben!"
„Du bist wohl verrückt! Vielleicht unterliege ich irgendwelchen Instinkten und kann gar nicht anders handeln!"
Er riss abrupt das Lenkrad nach rechts und riss an der Handbremse.
Ich rappelte mich auf und sah nach hinten. Der Mercedes war ein gutes Stück zurückgefallen, holte aber auf der geraden Strecke sehr schnell wieder auf. Dieser Karre fehlten eben die erforderlichen PS!
Ich setzte mich wieder richtig hin!

Dieser Typ hatte doch tatsächlich die Nerven, trotz dieser aussichtslosen Kiste, *auf meine Beine zu starren.*
Diese Beine konnten sich wirklich sehen lassen.
Mittlerweile verschwendete ich keinen Gedanken mehr an die Frage, BH oder nicht BH, denn da wo diese Beine zusammentrafen...

  Wie sollte ich den Mercedes loswerden?
„Jedenfalls werde ich mich vorläufig nicht mehr mit weniger als zweihundert PS unter 's Volk wagen, das kannst du mir glauben!"

„Nur nützt uns das, wie vieles mehr, im Augenblick nicht im Geringsten!"
Ich zweifelte an meinem Verstand, Kris hielt doch tatsächlich vor einer roten Ampel an, als wäre alles eine ganz normale Ausflugsfahrt. Mir stockte der Atem.
Balsamos Gesicht verzerrte sich zu einem Grinsen, das mich erstarren ließ. Seine Augen verengten sich.
Mit einem Ruck schob er den Wählhebel der Automatik nach vorne, gab Vollgas und riss das Lenkrad kurz nach rechts und dann nach links.
Kreischendes Krachen und eine Erschütterung.

„Zwei offene Türen voll erwischt!"
Das war die Berührung mit dem Mercedes.
Der Audi erreichte rückwärts wegen der Automatik eine ziemliche Geschwindigkeit.
Balsamo riss das Lenkrad rum, latschte auf die Bremse, riss den Wählhebel nach hinten und gab wieder Vollgas. Der Audi machte eine Hundertachtziggraddrehung und beschleunigte dann vorwärts mit allen seinen PS, die sich als unzureichend erwiesen hatten.

„Ich glaube, das einige der Leute heute im Krankenhaus landen werden! Wahrscheinlich haben wir sie jetzt abgehängt, wo hast du deinen Wagen geparkt?
„Vor dem Parkhaus!"

„Da können wir schlecht hin!"
Er kramte einen Schlüssel aus seiner Hosentasche, den er mir reichte.

Suchet, so werdet Ihr...   Udo Müller-Christian

Auf dem Schlüssel war ein BMW-Symbol zu erkennen. Er wollte also mit einem anderen Wagen weiterfahren.

„Ein roter M 5, im Kofferraum liegt ein Overall, hol den raus und zieh ihn an, in dem engen weißen Kleidchen bist du zwar ausgesprochen reizvoll, aber leider auch ebenso auffällig. Setz' dich dann hinter das Lenkrad und fahr zum Taxistand hinter der Kirche, dort werde ich zu Fuß zu dir kommen!"
Er hielt auf einem Platz und deutete auf einen roten Fünfer BMW.
Ich stieg aus, gab ihm vorher aber einen flüchtigen Kuss auf den Mund.
„Danke! Und sei vorsichtig!"

Als die Wagentür geschlossen war, raste der Audi los.
Dieser BMW war so alt, dass ich mich wunderte, als ich Elektromagneten knacken hörte, die vom Kofferraumschloss aus auch die Türen entriegelten.
Der Overall im Kofferraum war unübersehbar, ich zog ihn über das Kleid und setzte mich hinter das Lenkrad. Mir fiel dieser BMW Werbespruch ein, M bedeutet M-Power. Ich würde mich überraschen lassen müssen. Im Handschuhfach fand ich ein kleines Notizbuch.
Nichts!
Nur hinten einige Telefonnummern von Frauen.
Es war noch nicht einmal alphabetisch geordnet.
Es waren Namen zu lesen: Valentina, Stella, Chantal, Jeanette, Francoise, Rachel, Donna...
Einige der Telefonnummern beinhalteten Gruppen von Buchstaben.

Suchet, so werdet Ihr...   *Udo Müller-Christian*

Diese Frau konnte einen schon faszinieren. Ich gebe zu, ein wenig verwirrt gewesen zu sein, nicht nur wegen ihrer präsenten Körperlichkeit, sondern auch, weil sie angesichts der Gefahr nicht die Nerven verloren hatte, obwohl sie zwischenzeitlich sicher der Meinung gewesen war, ihren Häschern wohl kaum noch entkommen zu können.

Ich aktivierte den CD-Player des Radios und drehte die Musik sehr Laut.

When I was young, seamed that life was so wonderful... Supertramp life in Paris!

Das eng anliegende weiße Kleid war eine Show gewesen, darunter hatte sich nicht eine einzige Naht abgezeichnet. Trug sie nicht nur keinen BH, sondern tatsächlich gar nichts drunter? Logical!

Ich musste mich konzentrieren!

Diese Frau durfte mich nicht als Frau beschäftigen oder berühren.

Ich durfte keinesfalls die Kontrolle verlieren, die Kontrolle über den Auftrag und mich, musste ihr also in Zukunft absolut *abgewichst* gegenübertreten.

Ich fuhr den Audi auf einen Parkplatz und ließ ihn stehen. Valeria und ihre Leute würden sich seiner annehmen können, sie hatten Einiges zu tun.

Zu Fuß eilte ich über den Platz, um den Treffpunkt mit Mirona zu erreichen.

Was war nun mit dem Auftrag, was würde aus den Außerirdischen werden, würde ich die Suche aufnehmen oder nicht? Und, wenn ich die Suche aufnehmen würde, blieb nur noch die Frage nach dem Warum!

Wegen der Kohle, wegen der Herausforderung oder wegen Mirona?
Perfektes Timing!
Als ich den Taxistand erreichte, rollte mein M 5 um die Ecke langsam auf mich zu.

Irgendwie beruhigte ich mich, als ich Kris sah, der zu Fuß auf den Wagen zu kam.
Sollte ich ihn fahren lassen?
Wenn ich an seine Fahrkünste dachte und daran, wie er den Wagen kannte, da ich ihn schon häufig auf meinen Videoaufzeichnungen gesehen hatte...
Ich hielt an und rutschte direkt auf den Beifahrersitz.

Sie hatte den hellroten Overall angezogen - in dem weißen Etwas, das sie als Kleid benutzte, hatte sie mir wesentlich besser gefallen. Außerdem wäre es wesentlich reizvoller gewesen, sie in dem Kleid den Sitz wechseln zu sehen.

Die ideale Sitzposition stellte ich mechanisch ein.
„Hattest du irgendwelche Probleme?"
Was sollte ich schon für Probleme haben? Die Gegner des Konsortiums waren mir auf der Spur, das Konsortium saß mir im Nacken und ich musste diesen Typen dazu bewegen, den Auftrag anzunehmen.

„Im Moment kann ich nicht klagen, immerhin lebe ich – noch, dank dir!"

Ich fuhr zielstrebig den kürzesten Weg, um die Stadt zu verlassen.

„Wo wohnst du, Mirona?"

„In einem Hotel in Menden, da werde ich mich wohl nicht mehr hin trauen können!"

„Du nicht, aber ich!"

„Du!?"

Was hatte er vor, wollte er sich als Bodyguard anbieten?

„Meinst du nicht, die Typen haben sich vielleicht auch deine Visage genauestens gemerkt?"

„Sicher, aber ich kenne da jemanden, den sie sich nicht gemerkt haben können, weil sie sie nicht kennen! Ich habe da eine Bekannte, die kann deine Sachen holen!"

Ich wusste genau, welche Bekannte er meinte. Wie oft hatte ich sie auf Fernsehschirmen gesehen?

„Meinst du, deine Bekannte könnte so einfach in das Hotel rein spaziert kommen und meine Sachen holen, ohne dass du ihr gesagt hättest, die Sache könne gefährlich werden?"

„Wer sagt, dass ich ihr das nicht sagen werde?"

„Vielleicht empfinde ich das noch schlimmer!"

„Uneingeschränkte Geldmittel?"

Hatte ich ihn tatsächlich an der Angel, nachdem ich selber Skrupel geäußert hatte?

Suchet, so werdet Ihr…   Udo Müller-Christian

„Uneingeschränkte Geldmittel!"
„Mirona, du brauchst unseren Termin nicht einzuhalten, ich werde den Auftrag annehmen!"

*

INTERMEZZO

Der Bus quälte sich die Anhöhe hinauf und hielt direkt unter der Kirche, die sich weiß in den Himmel über Paris reckte.

Sacre Coeur

Die Touristen stiegen aus und mischten sich völlig unauffällig unter die anderen Touristen. Sie trugen Fotoapparate mit sich herum, Reiseführer, die ihnen alle nötigen Informationen über die Geschichte des Bauwerkes vermittelten und alles, was sonst noch einen normalen Touristen auszeichnete.
Wenn sie etwas nicht mehr brauchten, warfen sie es nicht in die Abfalleimer, sondern nahmen es wieder mit, zurück in den Bus.
Sie fotografierten sich gegenseitig vor dem Bauwerk oder vor dem Blick über die Stadt. Eine Reiseführerin erklärte ihnen den aufenthalt.

Der Aufenthalt dauerte eine Stunde, dann sammelten sie sich wieder in dem Bus, der nun Versailles anfahren würde.

Suchet, so werdet Ihr... 　　　　　　　*Udo Müller-Christian*

Einsichten?

Es würde sich wohl nicht vermeiden lassen, jeden Schritt, den Kris Balsamo in dieser Angelegenheit unternahm, genauestens zu beobachten.

Ich hatte mich nach dem zu richten, was das Konsortium von mir erwartete.

Zunächst hatte er einen Vorschuss in beträchtlicher Höhe erhalten und nun schien er zu recherchieren, wie ein Trockenschwimmer.

Trotzdem war ich davon überzeugt, er hätte bei diesem Auftrag größere Erfolgsaussichten, als Andere, denn er war ein Querdenker par excellence. Man konnte ihn nicht in einen Rahmen pressen, oder irgendeine seiner Reaktionen voraussagen.

Ebenso, wie er der festen Überzeugung war, absolut logisch zu handeln und zu denken, waren andere Leute der Meinung, sein Stil entbehre jeder Form von Logik.

Zumindest hatte er sich als einfallsreich erwiesen, als er mich vor meinen Verfolgern bewahrt hatte.

Suchet, so werdet Ihr…   Udo Müller-Christian

Und die Frau, die ich auf den Videos immer so skeptisch betrachtet hatte, erwies sich als ganz anders, als ich es erwartete. Es fiel mir schwer, meine Gefühle in Worte zu kleiden, aber ihre Gegenwart war mir in einer Weise angenehm gewesen, wie ich es bislang nie bei anderen Frauen erlebt hatte. Ja, wenn ich die Begegnung mit ihr genauer betrachtete, musste ich zu der Erkenntnis kommen, dass zwischen ihr und Kris eine Art von Verhältnis bestand, wie ich es nicht für möglich gehalten hatte. Irgendwie schienen die prickelnden Funken der Spannung zu fehlen, wie sie zwischen Frauen und Männern zustande kamen.

Vielleicht bildete ich mir das aber auch nur ein...
Oder sollte es sich dabei um eine Wunschvorstellung handeln?
Blödsinn!
Dieser Kris Balsamo war alles andere, als die Sorte Mann, die mir gefiel.
Warum war es mir dann aufgefallen, dass er und diese Venus sich behandelt hatten, als wären sie Geschwister oder schon seit fünfzig Jahren verheiratet und einander noch nicht überdrüssig geworden?

Diese Venus hatte tatsächlich nicht die geringsten Schwierigkeiten gehabt, meine Sachen aus dem Hotel zu holen, obwohl ich sicher war, das Hotel würde von den Gegnern des Konsortiums beobachtet und überwacht.
Sie kam nach zwei Stunden zurück und hielt meine Reisetasche gepackt in der Hand. Als ich allein war, nutzte ich die Gelegenheit um fest zu stellen, ob etwas fehlte. Auch die Videokassetten waren vollständig.
Hatte sie die Kassette mit Balsamos Namen bemerkt?

Suchet, so werdet Ihr…   Udo Müller-Christian

Recherchen

Wenn man einen solchen Auftrag bekommt, muss man irgendwo beginnen, aber wo. Ich hatte mich nach Hause zurück gezogen und versuchte irgendwie mit den von Venus beschafften Büchern einen Fakt zu finden, an dem ich ansetzen konnte.
Man mag mich als vermessen bezeichnen.
Kris Balsamo nimmt einen Auftrag an, an dem bislang die ganze Menschheit gescheitert ist. Andererseits musste man aber auch berücksichtigen, bislang hatte sich niemand gefunden, der sich bereit erklärte, einen Schnüffler mit der Auffindung Außerirdischer zu beauftragen und noch gut dafür zu bezahlen.

Venus kam herein.
Auf der linken Hand balancierte sie einen kleinen Kasten, den sie vor mir auf den Tisch stellte, während sie mir eine Zeitung zuwarf.

„Wenn du die Zeitung nicht lesen willst, dann kann ich dir sagen, dass du drin stehst."
„O, welch eine Ehre?"
„Die Leute, die euch verfolgt haben, scheinen erstens nicht sonderlich verletzt zu sein..."
„Was mich allerdings wundert!"
„Und zweitens halten sie sich mit ihren Informationen sehr bedeckt, zumindest wird nichts von einem Audi 100 erwähnt, oder ein Zusammenhang zu dem Verletzten im Parkhaus aufgezeigt!"
„Komisch, Venus! Aber vielleicht werden wir es irgend wann verstehen! Immerhin hatte ich schon darüber nach gedacht, ob nicht vielleicht Mirona einige ihrer Leute - und sie musste Leute haben - auf sich und mich angesetzt hatte, um mich zu einer positiven Entscheidung zu bewegen!"

Ich deutete auf den Kasten.
„Was soll denn das sein, Venus?"
„Du wirst es sehen, wenn du es auspackst, ich habe es für dich gekauft, um dir zu zeigen, dass du nicht aufgeben musst, denn das, was du in dem Kasten finden wirst, gibt es laut Menschheit auch nicht, genau wie die Außerirdischen."
„Venus, du machst mich neugierig!"
Sie begann, sich auszuziehen.
„Wenn du erkannt hast, was es ist, kannst du ja kommen, ich bin im Pool!"
Gut, gut, Venus war im Pool und ich konnte mir wahrscheinlich wieder die Birne zermartern, um mich ihrer Rätsel würdig zu erweisen.

Suchet, so werdet Ihr…   Udo Müller-Christian

Ich zögerte nicht, nachdem ich Venus nachdenklich hinterher gesehen hatte, den Kasten zu öffnen und fand zu meiner Verblüffung eine merkwürdige Konstruktion vor.

Aus einem Holzsockel ragte eine Metallfigur, auf einer Art Draht balancierend.

Eine merkwürdige Figur!

Eine geometrische Figur!

Eine Figur, die ziemlich verdreht aussah.

Ich hielt sie mir vor Augen und begann sie langsam zu drehen.

Halt.

Was sah ich da?

Aus einem bestimmten Blickwinkel und wenn ich eines meiner Augen schloss, erkannte ich einen Kreis.

Also ein Kreis!

Ein verdrehter Kreis?

Ich drehte weiter.

Was sollte das?

Nachdem ich die Figur, die aus der einen Blickrichtung einen Kreis gezeigt hatte, um neunzig Grad gedreht hatte, erkannte ich ein Quadrat.

Ein Kreis und ein Quadrat!

Ein Kreis und ein Quadrat in einer einzigen Figur!

Die dritte Dimension machte es möglich.

Was hatte Venus behauptet, *das gibt es, laut Menschheit, auch nicht*!

Ein Kreis und ein Quadrat!

Ich sprang auf und eilte zum Pool.

„Meinst du, du kannst mich ewig mit der *Quadratur des Kreises* aufhalten?"

Suchet, so werdet Ihr… 　　　　　　　Udo Müller-Christian

Venus glitt aus dem Becken.
Ich sah sie an und musste grinsen.
„Dreiecke sind mir lieber, als Quadrate und Kreise!"
„Ach, du meinst Dreiecke, die auf einer Spitze stehen!"
Sie nahm mir die Figur aus der Hand.
„Das, mein Lieber, ist die Quadratur des Kreises von Timm Ulrichs aus Münster!"
Sie sagte das mit einer solchen Selbstverständlichkeit, als müsste ich diesen Timm Ulrichs kennen.

„Wer ist dieser Timm Ulrichs?"
„Er selbst nennt sich Totalkünstler und lehrte in Münster an der Kunstakademie, übrigens schon seit 1972 bis 2005!"
„Muss ich dir jetzt für diese Informationen dankbar sein?"
„Nein, ich dachte nur, wenn jemand Dreiecke sammelt, kann er auch die Quadratur des Kreises gebrauchen!"
Sie griff nach einem Handtuch und reichte es mir.
Ich begann ihre Rückseite ab zu trocknen.

„Weißt du, dieser Timm Ulrichs gehört zu der Sorte Mensch, die aufgrund ihres Schaffens durchaus außerirdischen Ursprungs sein können."
Ich ließ das Handtuch fallen und drehte Venus um.

„Was hast du da gesagt?"
„Ich will damit sagen, es gibt Menschen, bei denen einem der Verdacht kommen kann, sie seien Außerirdische!"
Ich griff ihre Schultern und drückte sie weit genug zurück, um ihr intensiv in ihre Augen sehen zu können.

Suchet, so werdet Ihr… *Udo Müller-Christian*

„Du meinst, es gibt Leute, die du für Außerirdische hältst?!"
„Ich meine, es gibt Leute, deren Verhalten oder Befähigung damit zusammenhängen kann, dass sie möglicherweise Außerirdische sind - ich meine, die Möglichkeit besteht, dass es sich bei ihnen um Außerirdische oder Zeitreisende aus der Zukunft handeln kann!"
Ich ließ sie los und legte mich an den Rand des Beckens. Venus kniete sich nun neben mich.
„Nimm als Beispiele neben Thimm Ulrichs noch Andi Warhol, David Copperfield und Christian Barnard, auch sie könnten aufgrund ihrer außergewöhnlichen Leitungen Außerirdische sein und sehen sich außerdem ziemlich ähnlich."
„Du hast recht, Christian Barnard und David Copperfield weisen eine gewisse Ähnlichkeit auf, aber Andi Warhol?"
„Ich meine Andi Warhol und Timm Ulrichs sehen sich verblüffend ähnlich und, und das zählt noch mehr, alle vier sehen und sahen jünger aus, als sie sind oder waren!"
„Du hältst also alle drei für Beispiele!"
„Alle vier für mögliche Beispiele!"
„Gut, Christian Barnard hat sich als erster an Herzverpflanzungen heran getraut, Andi Warhol zugegebenermaßen den Begriff Kunst neu definiert und David Copperfield haben wir auf Video!"

„Wir sollten uns 'mal einige seiner Tricks ansehen, vielleicht kann man ja etwas erkennen, wenn man weiß auf was man achten muss!"
„Wahrscheinlich nicht, denn er weiß ja auch, auf was man achten müsste und kann sich die Videos ansehen, bevor sie veröffentlicht werden!"

Venus setzte sich nun auf meinen Brustkorb und sah mich an.
„Immerhin personifiziert er einen Menschentyp, wie er einem nicht jeden Tag begegnet! Oder hast du schon öfter so dunkle Typen mit so hellen Augen gesehen?"
Sie rutschte höher und hätte nun auf meinem Hals gesessen, wenn sie sich nicht über mir gekniet hätte.

„Eigentlich nicht!"
„Gut, Kris! Bevor ich dir eine Videokassette vorführe, die den bezeichnenden Namen *Balsamo* trägt, sollten wir in den Übungsraum gehen, du musst deine Muskeln trainieren; es ist gut möglich, dass du in der nächsten Zeit nicht mehr oft dazu kommen wirst!"
„Mir ist es aber wesentlich lieber, den Monozeps regelmäßig zu trainieren!"
Sie rutschte noch einige Zentimeter höher.

„Kein Wunder, bei deiner Leidenschaft für Dreiecke!"

*

INTERMEZZO

Der Diskus senkte sich in die Atmosphäre des *blauen Planeten*.
Lugo sah unter ihrem Raumschiff den Ozean schimmern, der dem Planeten seine Färbung verlieh.
Ihre Ladung würde sie auf der Nachtseite in Empfang nehmen.

Ihr Kurs führte sie zu einer Stelle über dem Wasser, an der ein *Peiler* installiert war, der sie auf den Weg zum Ort der Übergabe führen würde.
Der *Invisibler* war aktiviert, es war nichts unangenehmer, als von den eingeborenen Primitivlingen entdeckt und verfolgt zu werden.
Lugo hatte ein ziemlich antiquiertes Raumschiff, aber für den interstellaren Kurzstreckenverkehr in diesem Spiralarm dieser Galaxis reichte es aus.

Ein Klicken begann sie zu beunruhigen.
Der *Invisibler* war ausgefallen.
Auch das noch!

Ihre Gedanken beschleunigten sich.
Innerhalb eines Sekundenbruchteils musste sie eine Entscheidung treffen.
Entweder drehte sie sofort ab und suchte den sicheren Schutz des Alls auf, um in aller Ruhe den *Invisibler* zu reparieren, oder sie ging das Risiko einer Entdeckung ein und landete an ihrem Bestimmungsort, um sich dort um den *Invisibler* zu kümmern.

Beide Möglichkeiten waren gleich ungünstig, wenn sie in Betracht zog, wie alt der Raumer schon war und dass eine Reparatur des *Invisiblers* den Wert des gesamten Raumschiffes um ein Weites überschritten hätte, es sei denn, sie hätte diese Reparatur mit ihren eigenen Mitteln und Fähigkeiten durchzuführen vermocht, was allerdings relativ unwahrscheinlich war.

„Gut, also runter!"
Wenn schon der *Invisibler* nicht mehr funktionierte und infolge dessen auch bei ihrem Start nicht einsetzbar sein würde, musste sie zumindest versuchen, so tief zu fliegen, dass nicht die großen Machtblöcke auf ihren kleinen Raumer aufmerksam wurden.

Der Diskus begann zu taumeln.
Die Flughöhe reduzierte sich schneller als ein Stein zu fallen vermocht hätte.

Suchet, so werdet Ihr…   Udo Müller-Christian

Mit Juliane und wozu…

Ich konnte es nicht lassen, wieder sah ich mir diese Szenen an.

Balsamo war auf einem Galaempfang
Auch wenn man ihm, aufgrund seines normalen Äußeren, nicht zugetraut hätte, in einer solchen Kleidung aufzutreten, fiel er in dieser feudalen Umgebung nicht im Geringsten aus dem Rahmen.

Es war sogar anzunehmen, der schwarze Anzug wäre sein Eigentum, denn in seiner Größe war es sicher nicht einfach, so gut passende Kleidung von der Stange zu kaufen.

Ich resümierte!

Balsamo bewegte sich in der so genannten Feinen Gesellschaft, als sei er in einer solchen aufgewachsen. Klar war eigentlich nur, dass er eine Frau begleitete die sehr finanzkräftig war. Diese Frau war eine ausgesprochene Schönheit und ich wusste, wie teuer sich Balsamo bezahlen ließ, für diese abendliche Begleitung.

Suchet, so werdet Ihr… Udo Müller-Christian

Vielleicht erwartete sie irgendwelche Gefahren und hatte Balsamo als Einpersonenbodyguard engagiert; vielleicht hatte sie aber auch seine Begleitung erwählt, weil man erhebliche Schwierigkeiten haben würde, sich Informationen über Balsamos Vergangenheit zu beschaffen; wahrscheinlicher war ein Zusammenspiel beider Begründungen.

So oft ich es auch sah.

Balsamo wich den ganzen Abend nicht eine Sekunde von ihrer Seite und behielt ziemlich unauffällig ihre Umgebung im Auge, während er ihr doch sehr viel Aufmerksamkeit widmete. Aufgrund der Recherchen meiner Leute war mir bekannt, dass diese Frau eine Millionenerbin war, die, so wurde gemunkelt, ihren Vater ins Grab geärgert haben sollte, indem sie Beziehungen zu Personen des eigenen Geschlechts vorzog.

Wenn man bedachte, wen sie mit Balsamo engagiert hatte, erschien mir die Möglichkeit dieser Unterstellung für durchaus denkbar.

Jedenfalls umgab sie sich regelmäßig mit Balsamo, der die Rolle des Kavaliers der reichen jungen Dame wirklich vorzüglich spielte.

Sie war wirklich eine ausgesprochene Schönheit. Ihr Kleid war so gewagt, dass sie sich meiner Meinung nach sicher genug fühlen musste, Balsamo könne sie vor jeder Art von Übergriff durch zudringliche Männer bewahren. Jedenfalls vermittelte Balsamo den Eindruck, jeden sich nähernden Nebenbuhler zu erschlagen.

Suchet, so werdet Ihr... *Udo Müller-Christian*

Die Frau bewegte sich, als wäre Balsamo tatsächlich ihr Liebhaber, was sich schon an kleinen Aufmerksamkeiten zeigte, wie sie normalerweise nur zwischen Menschen vorkommen, die einander lieben.
War es möglicherweise doch kein Schauspiel, dem ich da per Videorecorder beiwohnte?

Die Frau lehnte sich an ihn, er hielt sie, sie berührte ihn überaus vertraut, er berührte sie flüchtig auch an Körperstellen, deren Berührung normalerweise für jeden Mann, der nicht ihr Liebhaber war, Tabu sein mussten.
Was sollten diese Gedanken?
Dieser Balsamo hatte eine beginnende Glatze und war sicherlich keine Schönheit...
Er hatte Stil.
Und er war intelligent.
Intelligenz ist das Mindeste, das man bei jemandem erwarten konnte, mit dem ich mich auseinander setzte.
Die Informationen, die ich vom Konsortium erhalten hatte, besagten, dass er über einen weit überdurchschnittlichen Intelligenzquotienten verfügen musste; wie immer man diese Information beschafft haben mochte.

Ging er nun mit dieser Juliane ins Bett, oder nicht?
Blödsinn, was interessierte es mich und was ging es mich an?
Das Konsortium war der Meinung gewesen, Balsamo könne genau der richtige sein, diesen Auftrag durchzuführen, denn im Rahmen uneingeschränkter Geldmittel, würde er nicht zögern, Teilbereiche der Problematik an große Detektivbüros weiter zu geben, um die zusammengefügten Daten zu koordinieren.

Diese Juliane zerrte Balsamo nun zur Tanzfläche, auf der er keine überragend gute Figur machte, aber immerhin ging er mit. Sie schien schon Einiges getrunken zu haben und hing an ihm, wie eine Klette.
Balsamo machte es scheinbar nichts aus, sie mehr zu tragen, als zu führen und verlor nicht im geringsten die Fassung.
Sicher bumste er sie in dieser Nacht.

Aber passte das zu ihm?
Passte es zu ihm, eine Frau ab zu schleppen, die durch die Droge Alkohol gefügig gemacht worden war? Nein, so etwas konnte ich mir nicht vorstellen.
Außerdem, sollte er sie doch abschleppen.
Das Konsortium hatte mich dazu beglückwünscht, dass es mir gelungen war, Balsamo für den Auftrag zu gewinnen.
Den Videorecorder schaltete ich vorerst aus.

Neue Aufzeichnungen würden nicht dazukommen.
Die Agenten, die ihn drei Monate überwacht hatten, waren bezahlt worden und waren von dem Auftrag entbunden. Nur wenn ich eine Bodyguard brauchte, würde ich mich wieder an das Konsortium wenden.

*

Suchet, so werdet Ihr... *Udo Müller-Christian*

Einblicke

Mir verschlug es die Sprache, als Venus mir die Videokassette vorführte.

Mindestens drei Monate lang, den Verdacht hatte Venus schon vor Tagen geäußert, war ich mit einer solchen Perfektion überwacht worden, wie ich es nie für möglich gehalten hätte.

„Als ich damals den Mercedes abgehängt hatte, dachte ich, dass da *irgend so ein Hirni* hinter mir her fahren würde, aber mit einer perfekten Videoaufzeichnung hatte ich nie gerechnet!"
Venus stand auf und zog sich einen Pullover an.
„Wie hast du es in der kurzen Zeit geschafft, die Kassette zu kopieren?"

„Das frage ich mich auch!"
Sie musste lachen und setzte sich wieder zu mir.
„Nein, da war so ein Typ, der da arbeitete und der hatte zwei Recorder. Aber wenn das nicht geklappt hätte, wäre ich bei ihr eingebrochen! Ich musste einfach wissen, was auf dieser Kassette gespeichert war!"

Mirona hatte also eine Videokassette, auf der es Aufzeichnungen von mir gab, wie sie normalerweise kein Detektivbüro zustande bringen würde, schon gar nicht, wenn es darum geht, die viel geliebte Konkurrenz zu überwachen.
„Du denkst nach, Alter! Das solltest du auch tun! Und sei vorsichtig, was diese Frau angeht!"

„Ja, sowieso!"
„Na ja, wenn du so wenig auf meine Ratschläge eingehst, muss ich schon fast Bedenken äußern, denn dieser Auftrag scheint, nicht nur wegen der Außerirdischen, unwägbare Risiken mit sich zu bringen!"
Venus stand auf und holte sich eine Decke, in die sie sich wickelte, weil sie seltsamer Weise fror.

„Ich werde morgen bei Valeria vorbeifahren und den Wagen letztendlich in Auftrag geben, ich hab so das Gefühl, ihn schon ziemlich bald zu brauchen!"
„Und ich hab' so das Gefühl, dass du bald ganz etwas anderes brauchen wirst!"

*

INTERMEZZO

„Meinst du wirklich, ich soll das Steuer übernehmen!"
Gunter sah seine junge Gespielin indigniert an.
„Irgendwann solltest du das Ruder übernehmen können! Immerhin sind wir mitten im Atlantik und die Satelitenüberwachungsanlage zeigt in einer Entfernung von fast fünfzig Seemeilen keine Schiffe an. - Außerdem ist das Wetter ideal!"

Als sie sich an das Steuerruder gestellt hatte, griff er noch einmal flüchtig unter ihren Armen durch, um ihre Brüste in den Händen zu halten, und ging dann unter Deck.

Iris genoss es, die Kontrolle über Gunters Motoryacht zu haben.

Die Motoren gaben eine hohe Leistung ab und sie begann vorsichtig ihre Kreise zu ziehen, indem sie mal nach links und mal nach rechts steuerte.

Der kleine Punkt am Horizont schien über der Wasseroberfläche in der Luft zu sein, war also kein Schiff und wurde erschreckend schnell größer.

Je näher der Punkt kam, desto deutlicher sah Iris, dass der Diskus taumelte.

„Gunter!"
Sie schrie es heraus.

Der taumelnde Diskus war ein riesiges Objekt und schoss so knapp über der Wasseroberfläche auf sie zu, dass ihr Schrei in jedem Film Verwendung gefunden hätte, doch niemand hörte sie, außer Gunter.

Gunter war kein Filmproduzent!

Iris riss das Ruder herum, in der Hoffnung, dem herannahenden Diskus ausweichen zu können.

Der Diskus machte einen kurzen Satz nach oben und schien Gunters Yacht förmlich zu überspringen.

Als Iris sich umsah, konnte sie erkennen, mit welch atemberaubender Geschwindigkeit sich der immer noch taumelnde Diskus bewegte, bis er in der Ferne verschwand.

„Was soll das Geschrei!"

Gunter war aus der Kabine zurückgekommen.

„Nichts Gunter, ich hatte nur Angst, so ganz ohne dich in meiner Nähe!"

Iris sah immer noch in die Richtung, in der der Diskus verschwunden war, der erstaunlicherweise keine Geräusche gemacht hatte, die ihr irgendwie in Erinnerung geblieben wären.

„Iris! Sieh dir das an!"

Gunters Stimme war sehr aufgeregt.

Er hatte in die andere Richtung gesehen und deutete nun mit ausgestrecktem Arm in die Luft.

Iris folgte seinem Blick.

„Das sind F 16!"

Wurde sie von Gunter belehrt.

Drei schnelle irdische Flugzeuge folgten dem Diskus in geringer Höhe über dem Wasser.

*

Suchet, so werdet Ihr…   Udo Müller-Christian

Ich hatte Kris Balamo eine Telefonnummer zur Verfügung gestellt, über die er mich erreichen konnte, wenn er Informationen hatte oder finanzielle Unterstützung brauchte.

Das Konsortium hatte mir mehrere Konten eingerichtet, über die ich verfügen konnte und die im Bedarfsfall immer wieder nachgefüllt wurden.

Wenn man für ein so finanzkräftiges Konsortium arbeitete, wurde man zwangsläufig neugierig, doch war es mir bislang nicht gelungen, zu ermitteln, wer dahinter steckte, vielleicht wollte ich es aber auch gar nicht so genau wissen, denn irgendein Gefühl sagte mir, dass mich die Beweggründe meiner Auftraggeber nichts angingen.

Kris Balsamo ging seiner Arbeit nach, ohne etwas Konkretes zu tun, zumindest hatte ich nicht den Eindruck. Ich hütete mich, ihm irgendwohin zu folgen, wusste aber, wann er unterwegs war und wann er sich in seinem Appartement aufhielt.

Suchet, so werdet Ihr…   *Udo Müller-Christian*

Wieder gab es Zeiten, in denen sein Aufenthaltsort im Dunkel blieb, aber wenn ein Spezialistenteam von fünf aufeinander eingespielten Leuten versagte, war es dann nicht vermessen, anzunehmen, ich würde es alleine schaffen?

Ich fragte mich, ob er nun warten würde, bis eine aktuelle UFO-Sichtung publik gemacht wurde, um an den Ort des Geschehens zu reisen, oder ob er irgendeinen Weg beschreiten würde, der mich überraschen konnte.

Suchet, so werdet Ihr…   *Udo Müller-Christian*

Spur?

Auf dem Weg zu Valeria begann mein Eurosignalgeber zu pfeifen.
Den ersten Kanal konnte nur Venus aktivieren.

An der nächsten Telekomzelle hielt ich an.
Auf dem Sichtschirm erschien nichts, weil Venus und ich kein Bildschirmgerät benutzten, obwohl eines für bestimmte Fälle angeschlossen war, nur kannte diese Tatsache niemand außer uns.
„Was kannst du für mich tun, Süße!"
„Alfred will was für dich tun, Süßer! Vielleicht willst du ja lieber mit ihm. Jedenfalls scheint er saugeil zu sein!"
Klick, sie hatte aufgelegt.
Alfred war ein Synomym für Giacomo.
So, Giacomo hatte also angerufen und war der Meinung gewesen, ich müsse mich dringend mit ihm in Verbindung setzen. Das öffentliche Telekomnetz konnte man abhaken, wenn es sich um eine unkontrollierte Datenübermittlung handeln sollte.

Suchet, so werdet Ihr…   Udo Müller-Christian

Was sollte ich tun?

Wenn ich ihn von Valeria aus anrief, hatte ich wieder das Problem, zu vieler Leute die mithören konnten, wenn sie mithören wollten.

Kurz entschlossen rief ich bei Valeria an und bat sie, ein Auto, wie ich es bestellt hatte aufzubauen, ohne auf irgendwelche Kostenbeschränkungen zu achten.

Gut, auf nach Münster!
Ich brauchte eine Stunde, bis ich bei Giacomo war.

Wie immer fand ich seine Wohnungstür unverschlossen vor, was ich für einen nicht zu übertreffenden Leichtsinn hielt.
Giacomo saß, ebenfalls wie immer, vor seinem Computer und arbeitete intensiv.

„Du bist aber verdammt schnell her gekommen, Kris!"
„Du scheinst ja was ziemlich Wichtiges gefunden zu haben, wenn du mich hierher zitierst!"
Er wandte sich vom Computer ab.
„Ja, ich habe Einiges! Eigentlich wollte ich es selber nicht glauben, aber es scheint wirklich Einiges zu geben, was auf diesem Planeten abläuft."

Ich musste lachen.
„Wahrscheinlich läuft auf jedem Planeten Einiges ab, das scheint mir nichts Besonderes zu sein!"
„Sieh her!"
Er deutete auf seinen Monitor.

Suchet, so werdet Ihr…   Udo Müller-Christian

„Es gibt eine Firma, die sich ganz besonders mit innovativen Techniken auf allen möglichen Gebieten beschäftigt und ihre Geschäftsstellen am Arsch der Welt hat. Allerdings immer in der Nähe von Orten, die man mehr oder weniger als Touristenhochburgen bezeichnen kann, aber am Arsch dessen, was man uns, als Welt des Big Business, bekannt zu machen glaubt!"
„Na und!"
„Na und?"
Giacomo sprang auf und wurde sauer.
„Was glaubst du, wer du bist und was ich hier für dich getan habe?"
„Immerhin haben Venus und ich auch an touristische Hochburgen gedacht, als wir uns überlegten, wo die größte Außerirdischenpopulation zu finden sein muss."
„Warum?"
Giacomo hatte sich abgeregt, bevor er sich richtig aufregen konnte.
„Wir hatten mehrere Gründe für unsere Überlegungen. Zunächst fallen Menschen an diesen Orten mit Sicherheit niemandem auf und wenn sie sich noch so merkwürdig verhalten. Wer kann schon in einer Umgebung, wo tausende von Touristen aus aller Welt auftauchen, so aus dem Rahmen fallen, wenn er zumindest äußerlich wie ein Mensch aussieht, um von anderen Menschen für einen Außerirdischen gehalten zu werden? Nein, wenn hier irgendwelche Außerirdischen herum laufen, können sie sich völlig sicher fühlen, solange sie in der Umgebung von Touristenhochburgen auftauchen, denn wenn ich den Eiffelturm besuche achte ich weniger auf die Menschen, die mich umgeben, als auf den Gesamteindruck, der

auf mich einströmt. Außerdem ist es nicht unwahrscheinlich, dass sie sich für uns interessieren und damit ihr Hiersein zu erklären ist. Vielleicht gibt es sogar Reiseunternehmen, die Besuche dieses Planeten organisieren, nach dem Motto: *Abenteuerreisen auf dem Planeten der Barbaren!"*

„Hast du einen Sprung in der Schüssel?"
„Wieso, hast du mich nicht angerufen, um mich auf eine Firma aufmerksam zu machen, die ihre Niederlassungen an Orten unterhält, wo man ansonsten auch viele Touristen antreffen kann?"
„Ja, und diese Firma ist international. Sie beschäftigt sich mit allen möglichen und unmöglichen Problemen menschlichen Zusammenlebens und man kann noch nicht einmal feststellen, was für ein Fachgebiet ihre Stärke ist."
„Und was für Anhaltspunkte veranlassen dich, Zusammenhänge zwischen dieser Firma und Aliens zu suchen oder zu vermuten?"
„Ich habe nach einer Firma gesucht, die möglichst viel tut, was ich für betriebswirtschaftlich unvertretbar halte!"
„Und warum?"
„Ganz einfach, wenn man nicht betriebswirtschaftlich denken muss, dann wird man es auch nicht tun, es sei denn man ist nicht ganz dicht in der Birne! Wenn man nicht unbedingt muss, dann tut man es auch nicht, also wird man die Angelegenheit so behandeln, wie es einem am Besten gefällt, man wird also seine Firma, sofern man eine hat, an einem möglichst attraktiven Standort ansiedeln und nicht genau da, wo man die besten Verkehrsverbindungen hat! Zumindest nicht aus Sicht der primitiven Planetarier."

„Du meinst, so etwas unlogisches bringen nur Außerirdische zustande?"
„Nur Außerirdische, oder Verrückte! Ich muss allerdings davon ausgehen, dass sich Verrückte nicht so lange halten würden, also können es nur Außerirdische sein, die diese Firma betreiben!"
„Möglicherweise! Zumindest ist nicht festzustellen, wie sich dieses Unternehmen finanziert! Man könnte auch behaupten, es sei eigentlich gar nicht finanzierbar und trotzdem kommt irgend wo her das Geld, das dieses verrückte Unternehmen aufrecht erhält."
„Bist du ganz sicher, dass es keine erklärbare Möglichkeit gibt, wie sich dieses Unternehmen finanziert?"
„Wie kann man sich ohne Einnahmequelle über Wasser halten, wenn es noch nicht einmal Spenden zu geben scheint?"
„Und was gibt es dabei noch Wichtiges?"
„Zum Beispiel die Aktivitäten und Interessen der Firma! Auch wenn sie keine Spenden erhält und eigentlich nicht finanzierbar ist."
„Und die wären?!"
„Es werden regelmäßig größere Beträge auf Konten von Organisationen überwiesen, die sich mit der..."
Er schien nach Worten zu ringen.
„Na, sagen wir, der Kanalisation des Fortschritts beschäftigen."
Ich hob beide Augenbrauen.
„Was verstehst du unter Kanalisation des Fortschritts, ehrenwerter Giacomo?"

Er lächelte mich gewinnend an.
„Es gibt Organisationen, die sich dafür einsetzen, dass nicht Fortschritt um des Fortschritts Willen betrieben wird, sondern sie unternehmen Analysen, um festzustellen, ob das, was man gemeinhin für Fortschritt hält, nicht das genaue Gegenteil bewirken kann oder das Leben auf diesem Planeten gefährdet. Zum Beispiel die FCKW-Initiative, die sich schon sehr früh darum gekümmert hat, für die weltweite Vermeidung der Freisetzung des Ozonkillers zu sorgen, oder Greenpeace und See-Sheppert!"
„Gut, Giacomo, diese Firma werde ich mir 'mal ansehen, wo ist denn der nächste Firmensitz?"

„Auf Mykonos und es gibt da noch eine Kontaktadresse in Amsterdam!"
„Was, auf dieser Insel, auf der es nichts gibt, als Touristen, und die auch nur in den Sommermonaten?"
„Genau da, mein lieber Vittorio!"

„Aber da ist doch wirklich der vielzitierte Hund verfroren, wenn nicht gerade spärlich bekleidete Touristinnen der Insel das Flair verleihen, das sie so anziehend macht."
„Ja Vittorio, du warst ja auch schon einige Male da! Hast du irgendwas gesehen, was nicht mit Tourismus oder Miniatur-landwirtschaft zu tun hatte?"

„Ja Giacomo! Ich hatte mir 1978 einen Mini Moke geliehen und kam in die Gegend des höchsten Berges der Insel. Auf diesem Berg konnte ich so etwas wie eine Radarstation erkennen, also fuhr ich in diese Richtung, immer höher.

Suchet, so werdet Ihr… *Udo Müller-Christian*

Irgendwann stand dann neben der Straße ein verwittertes Schild mit der Aufschrift *Verbotene Gegend*! Ich habe selbstverständlich nicht das Verlangen gehabt, mich mit irgendwelchen Militaristen anzulegen und bin umgekehrt. Immerhin gibt es da so etwas, wie eine militärische Einrichtung!"

„Ja, aber mit militärischen Einrichtungen hat diese Firma mit Sicherheit nichts am Hut!"
„Und das kannst du mit einer solchen Sicherheit sagen?"

„Ja, kann ich! Ich habe nämlich festgestellt, dass man eine Riesenmenge CDs bestellt hat. Diese Firma wird also eine solche Menge CDs auf diese Insel geliefert bekommen, die ausreichen würde, ganz Griechenland zu versorgen!"
„Du siehst mich erstaunt!"
„Das ist der Grund, aus dem ich dich hier hergebeten habe!"

„Wie viele CDs sind es denn?"
Giacomo grinste über beide Ohren.

„Eine Million!"
„Du willst mich nicht verarschen? Was will jemand mit einer Million CDs auf dieser winzigen Insel? Immerhin gibt es da wahrscheinlich nicht mehr als tausend CD-Player!"
„Eben, mein Lieber, eben!"

Er wandte sich seinem Computer zu und hämmerte auf die Tasten ein.
„Weißt du, eine Million CDs sind immerhin 176 Kubikmeter!"

Ich musste den Kopf schütteln.
Giacomo fuhr fort.
„Eine CD wiegt mit Verpackung einhundertfünfzehn Gramm, das würde bedeuten, dass eine Million CDs mit Verpackungen hundertfünfzehntausend kg wiegen, mit anderen Maßen einhundertfünfzehn Tonnen."

„Ein ganz schön großes Gewicht!"
„Ja, eine Kiste mit 176 Kubikmetern Rauminhalt und 115 Tonnen Gewicht!"
„Oder einige kleinere Kisten!"
„Die große Kiste hätte eine Kantenlänge fünf Meter sechzig!"
„Sagen wir tausend Kisten mit einem Gewicht von einhundertfünfzehn Kilogramm, mit tausend CDs Inhalt!"

„Du meinst tausend würfelförmige Kisten mit einer Kantenlänge von sechsundfünfzig Zentimetern und einem Gewicht von einhundertfünfzehn Kilogramm!"
„Ja, warum nicht?"
„Du hast recht, größere Kisten wären zu schwer, die könnte man kaum transportieren!"
Zufrieden lehnte sich mein Freund Giacomo in seinem Sessel zurück.
„Weißt du jetzt warum es sich gelohnt hat Betriebswirtschaft zu studieren?"
Ich schüttelte entschieden den Kopf.
„Deine Kohle machst du sicher nicht mit deinen Kenntnissen aus der Betriebswirtschaft, mein Freund, sondern mit deinen Fähigkeiten auf dem Gebiet der Informatik!"
„Nur, davon habe ich offiziell keine Ahnung!"

Wir lachten beide.

„Ich dachte mir, dass dich diese Angelegenheit interessieren würde!"

„Ja, das tut sie tatsächlich! Ich glaube, es könnte sich als sinnvoll erweisen, wenn du noch mehr über diese Lieferung in Erfahrung bringen könntest, zum Beispiel, um was für Musik es sich handelt!"

„Das hatte ich sowieso vor, Kris! Ich werde dich dann wieder informieren, wenn ich mehr weiß."

„Zumindest eines ist sicher, ich werde mir die Lieferung auf dieser Insel ansehen, immerhin verbinden mich besondere Bande mit der Nachbarinsel Delos!"

*

INTERMEZZO

Lugo ließ den Diskus über der Wasserfläche dahin jagen. Die Sonne des Planeten brannte hernieder, doch Lugo hatte keine Zeit, sich um die Besonderheiten dieser exotischen Welt zu kümmern.

Der *Passiver* zirpte.

„Nein, doch nicht so schnell!"

Sie ließ den Diskus noch sieben Vektoren tiefer sinken, nun war die Wasserfläche so nah, dass sie den Computer anweisen musste, eventuell auftauchenden Hindernissen selbsttätig auszuweichen.

Der *Aktiver* begann zu heulen.

Nun konnte Lugo sicher sein, dass sie nicht nur entdeckt worden war, sondern zu allem Überfluss auch noch verfolgt wurde.

Drei Objekte näherten sich von hinten.

Sie bewegten sich derzeit etwas schneller als Lugos Diskus.

Lugo ließ sie näher kommen.

Einmal bemerkte sie, wie der Computer eine kurze Kurskorrektur vornahm, als ein unidentifizierbares schwimmendes Objekt vor ihr aufkreuzte.

Die unidentifizierten fliegenden Objekte, die ihr folgten, waren nun schon sehr nah an den Diskus heran gekommen, außerdem waren noch sechs weitere dazu gekommen, die deutlich schneller als die zuvor georteten folgten.

Sie gab dem Computer den Befehl, die Verteidigung nötigenfalls durch defensive Kurskorrekturen durch zu führen.

Suchet, so werdet Ihr…   Udo Müller-Christian

Der Computer erhob Einspruch und behauptete, man könne einem so alten Raumschiff einen solchen Aufwand nicht zumuten und es sei besser, die verfolgenden Objekte zu deintegrieren.

Lugo wandelte ihren zuvor erteilten Befehl in eine Prioritätsorder um.

Aus den drei verfolgenden Objekten lösten sich je zwei weitere.

Sechs der neun verfolgenden Objekte näherten sich mit starken Beschleunigungswerten.

Die ursprünglich verfolgenden Objekte behielten den gleichbleibenden Abstand bei.

Der Computer ließ den Diskus schneller werden.

Die neun Objekte fielen schnell zurück. Sechs der verfolgenden Objekte stürzten ins Wasser und explodierten.

Die verbliebenen drei Objekte gaben die Verfolgung nicht auf.

Lugo sagte dem Computer, er solle die Geschwindigkeit zum Stillstand in Relation zum Planeten bringen und den Diskus unter die Wasserfläche sinken lassen.

In einer Zeit, die von den Eingeborenen nicht zu messen gewesen wäre, kam der Diskus zum Stillstand und fiel ins Wasser.

Sekunden später schossen die drei Verfolger über ihr Ziel hinaus, es gab keinen zu verfolgenden Diskus mehr. Es gab auch keine Raketen mehr, die man auf einen Diskus abzufeuern vermocht hätte.

Der Diskus hatte sich in Luft aufgelöst, von einer Sekunde zur anderen, oder?

Suchet, so werdet Ihr…   Udo Müller-Christian

Als ich in meinem Postfach einen Brief von Balsamo fand, war ich äußerst überrascht.
Erst in meinem Hotel öffnete ich ihn und fand eine Einladung vor.
 Einladung zum Wochenendseminar, wie finde ich mich selbst mit weiterführendem Anschlusskurs, wie werde ich mich wieder los.
Referent: Guiseppe Balsamo

Kursbegleitung: Mirona Schwarzdorn

Wir würden uns freuen, Sie am kommenden Wochenende, Samstag gegen 11.00 h im Aatal-Hotel in Wünnenberg zu begrüßen.

Mit freundlichen Grüßen
Mirona Schwarzdorn und Guiseppe Balsamo

Das konnte ja interessant werden, dieses Wochenende würde ich mir nicht entgehen lassen.

Je länger ich über diesen Auftrag nachdachte, desto misstrauischer wurde ich.

Sollte es tatsächlich möglich sein, dass es sich bei diesem Auftrag um eine gut vorbereitete Falle handelte?

Sollte es tatsächlich so sein, dass Mirona zumindest den Lockvogel spielte?

Konnte es weiterhin nicht sogar möglich sein, dass dieser schöne Lockvogel gleichzeitig der Vollstrecker werden würde?

Sollte die Schlange wirklich gesagt haben...

*

INTERMEZZO

„Arrow 1 an Basis, Objekt sowohl optisch, als auch vom Radar verschwunden."

„Basis an Arrow 1, wurden die Raketen abgefeuert?"

„Arrow 1 an Basis, neun Raketen abgefeuert!"

„Basis an Arrow 1, wurde das Objekt zweifelsfrei vernichtet?"

„Arrow 1 an Basis, entweder wurde es von unseren Raketen vernichtet, oder ist aus anderen nicht bekannten Gründen verschwunden."

„Basis an Arrow 1, Arrow 2 und Arrow 3! Unverzüglich zur Basis zurückkehren!"

Suchet, so werdet Ihr…   *Udo Müller-Christian*

Auf der Suche nach Klarheit

Es war gar nicht so einfach, dieses Aatal-Hotel zu finden. Aus irgend einem Grund verzichtete ich auf eine Anreise über die A 44 und fuhr über Landstraßen von Unna bis nach Wünnenberg. Eigentlich tat ich nichts Anderes, als querfeldein zu fahren. *Auf der Strecke kamen mir, wenn man von den etwas belebteren Passagen absah, nur eine Handvoll Autos entgegen.*

Als sehr erfreulich empfand ich die vielen Windkraftwerke, die meinen Weg zumindest streckenweise flankierten. Es musste sich um eine windreiche Gegend handeln.

Wegen Kris Balsamo, vielleicht auch für ihn, hatte ich diesmal ein schwarzes Kleid angezogen, das dem weißen in nichts nach stand, es war eng und kurz und, so hoffte ich zumindest, würde Balsamos Aufmerksamkeit erregen. Da die Außentemperaturen es zuließen, verzichtete ich auf eine Jacke und trug nichts, außer dem Kleid und roten Strümpfen, die von roten Strapsen gehalten wurden.

Zu irgendwas mussten doch die Informationen von dieser Martina gut gewesen sein!

Suchet, so werdet Ihr… Udo Müller-Christian

Als es mir endlich gelungen war, dieses Hotel zu finden, ohne an den von mir erwarteten Bretterzaun geraten zu sein, der das Ende der Welt ankündigte, konnte ich auf dem Parkplatz Balsamos BMW erkennen, den M 5, mit dem wir meinen Verfolgern entkommen waren.

Am Empfang wurde ich von Kris erwartet, der den Eindruck vermittelte, als Organisator eines Wochenendseminars, nahe an der Grenze zur Überforderung einer zu tanzen, wie ein Conferencier kurz vor dem Herzinfarkt.
„Willkommen Frau Schwarzdorn! Ich hoffe, sie hatten keine Probleme, dieses Hotel zu finden!"
„Ihre Hoffnung ehrt mich, ist aber völlig unbegründet, Herr Balsamo!"

„Gut, immerhin sind sie jetzt hier und ich kann sie den anderen Seminaristen vorstellen."
Wieder einmal hatte ich Grund zur Verwunderung, denn Kris reichhaltiges Repertoire schauspielerischer Talente schien wahrlich unerschöpflich zu sein, er stellte den hektischen und überarbeiteten Manager so gut dar...
Ich hätte ihm diese Rolle abgekauft, wenn ich nicht aus eigener Erfahrung gewusst hätte, wie cool er in Gefahrensituationen wurde.
Seine überlegene Art verhielt sich umgekehrt zur Brisanz der jeweiligen Lage, je brenzlicher die Situation war, desto cooler wirkte Kris auf seine Umgebung.
Eine Frau, die zum Hotelpersonal gehörte bemächtigte sich meiner Reisetasche.

Suchet, so werdet Ihr…   *Udo Müller-Christian*

Die Frage die sich mir stellte lautete ganz einfach: Bringt sie das Gepäck direkt in Balsamos Zimmer, weil er entsprechende Instruktionen erteilt hatte, oder hat er einen Schlüssel von meinem Appartement, oder hatte mein Einsatz bislang keinerlei Früchte getragen?

Es musste doch zu machen sein, diesen Balsamo mit den viel zitierten Waffen einer Frau aus der Reserve zu locken! Balsamo führte mich in ein feudal eingerichtetes Kaminzimmer, in dem schon einige Leute saßen, die ich zum Teil von der Videokassette her kannte, die die Agenten aufgenommen hatten.

Als ich vor ihm herging, versuchte ich die besonderen Vorzüge meines Körpers so gut es ging zur Geltung zu bringen. Ich hoffte, dass er versuchen würde, mich in Gedanken aus-zu-ziehen und meinte kribbelnd seine Blicke auf meinem Hintern zu spüren.

Kaum waren wir im Kaminzimmer eingetroffen, als er wieder der normale Balsamo wurde, wie ich ihn kannte. Spielte er jetzt auch eine Rolle und wenn ja, wie war er wirklich?

Ohne Umschweife stellte er mich dann als Mirona Schwarzdorn vor und deutete auf die anderen Anwesenden.

„Giacomo Pedersoli Computerexperte aus Münster!"
Er war Italiener und sprang sofort auf, um mich zu begrüßen.
„Pedersoli? Aus Milano?"
„Nein, meine Verehrteste, ich bin nicht verwandt mit Carlo Pedersoli, erbe auch leider keine Kleiderfabrik!"
„Valeria ist Fachfrau für fahrbare Untersätze und wird mir einen beschaffen, der für meine Tätigkeit unerlässlich ist - aber du hast Valeria ja schon gesehen!"

Suchet, so werdet Ihr...   Udo Müller-Christian

Nein, Kris, das kam zu spät!
Vielleicht wäre ich auf deinen Trick herein gefallen, wenn du ihn schneller nach Giacomos Begrüßung angewandt hättest, so jedoch konntest du keinen Punkt machen.
„Nein, Herr Balsamo, du musst dich irren!"
Er zuckte mit den Achseln.
„Hätte ja sein können! Venus kennst du!"
Ich nickte Venus zu.
Venus war in ein schwarzes Kleid gehüllt, das aus einem gardinenähnlichen Stoff gefertigt war und unten über einen ausgefransten Saum verfügte.
„Der verrückte Bruno, der im Wald wohnt, wird nicht erscheinen, denn er ist sehr menschenscheu!"
Er bot mir einen Platz an, der es ihm, wenn er den freien Sessel besetzte, ermöglichen konnte, mir unter den Rock zu schielen.
Na, warte, Balsamo, wenn du einen Blick riskierst, werde ich es sehen!
„Setz dich endlich Kris! Und erzähl uns, warum du uns hierher bestellt hast!"
Das war Giacomo aus Münster, der die ganze Zeit sehr ungeduldig wirkte und regelmäßig zu einem Computer blickte, der im Hintergrund des Raumes aufgebaut war, zumindest dann, wenn er nicht versuchte, mir zwischen die Beine zu starren.
Balsamo hielt sich ausgesprochen gut, was sicher nur eine Frage der Zeit war, denn meine Informantin konnte mir keine falschen Informationen verkauft haben. Immerhin hatte das weiße Kleid in der Eisdiele und besonders auf unserer Flucht, seine Wirkung auch nicht verfehlt.

Suchet, so werdet Ihr… *Udo Müller-Christian*

„Giacomo hat es wieder eilig, zu seiner Maschine zu kommen, vielleicht solltest du uns wirklich offenbaren, was heute hier los ist!"
Valeria hatte gesprochen.
Venus beugte sich vor.
„Ja, Kris, du kannst beginnen, Katharina kommt ohnehin später und wird nicht alles wissen müssen."
Kris grinste und sah auf meine Beine.
„Ich kann nur hoffen, dass Katharina ihr Werkzeug nicht vergessen hat!"
Wie sollte ich das verstehen?
Wer war Katharina?
Machte er einen Scherz auf meine Kosten, den die anderen verstanden?
Zumindest lachten sie.
„Gut, wir haben uns hier versammelt, weil ich den Auftrag erhalten habe, nach Außerirdischen zu suchen, die zur Zeit auf diesem Planeten sind. Ich habe mit Jedem von euch, bevor ich den Auftrag an nahm geredet, weil ich mir einige Hilfestellungen erhoffte!"
Er sah uns der Reihe nach an.
Gab es einen ersichtlichen Grund, mich nicht als Repräsentantin der Auftraggeber vorzustellen?
„Valeria baut zur Zeit ein Auto, an dessen Sicherheit und Zuverlässigkeit keine Außerirdischentechnologie etwas ändern kann, so hoffe ich zumindest, es muss unter allen Umständen funktionieren und nicht außer Funktion gesetzt werden können, wie es fast immer der Fall sein soll, wenn Menschen Außerirdischen begegnen. Irgend was setzt die Elektronik außer Betrieb. So etwas wird mir mit dem Wagen, den Valeria baut,

wahrscheinlich nicht passieren können."
„Nicht so hastig, Kris! Alles was ich zur Zeit tun kann, basiert auf der Theorie, dass die die Elektronik blockieren können. Ich baue dir einen Wagen, der auch beim Ausfall jeglicher Elektronik beziehungsweise Elektrik noch weiterfahren kann, das ist alles. Ich fürchte mehr kann ich nicht für dich tun!"
„Aber das ist doch schon eine Menge, denn immerhin ist es mir ein Gräuel, wenn mein Wagen gerade dann streikt, wenn ich ihn am nötigsten brauche und bisher habe ich immer die besten Erfahrungen mit Autos gemacht, die ich von dir bekommen habe!"

Valeria nickte nur.
„Vielleicht solltest du dich ein bisschen beeilen, ich werde bereits erwartet, von meinem Computer, Kris Balsamo!"
Balsamo sah Giacomo an.
„Du solltest dir ein bisschen mehr Geduld verschaffen, Alter, das würde uns allen zu gute kommen!"
„Dio cadre!"
„Finiscila di bestemmiare Giacomo! Se c'e uno che beve bestemmiare so no io!"
Balsamo sprach so perfekt und fließend italienisch wie Giacomo.
„Verdammte Scheiße, ich habe doch tatsächlich vergessen, wer deine Vorfahren waren, Vittorio!"
Hatte er Vittorio gesagt, nicht Viktor? Von dieser Martina hatte ich den wirklichen Namen des Mannes erfahren, der sich Kris nannte, eigentlich hieß Kris Viktor. Als er vor einigen Jahren seinen Indientrip beendet hatte, nannte er sich Kris mit K.

Einige seiner ehemaligen Bekannten munkelten, er sei größenwahnsinnig geworden und halte sich für eine Inkarnation Krsnas.
„Mein Auftrag lautet, Außerirdische ausfindig zu machen, die mitten unter uns sind!"
Er machte eine Kunstpause, in der er alle Anwesenden der Reihe nach eingehend musterte.

„Es ehrt jeden von euch, wenn er nicht über meine Worte lacht!"
Giacomo schüttelte entschieden den Kopf.
„Immerhin scheinst du uns alle überzeugt zu haben, und dieser Auftrag ist, falls es sich doch um einen Scherz handeln sollte, alles andere als ein billiger Scherz, außerdem bezahlst du uns angemessen für unsere Bemühungen..."
„Ohne die ich sicherlich aufgeschmissen wäre..."
„Jetzt scheinst du aber zu übertreiben!"
Das war Valeria.
Abrupt und unerwartet sah Kris mir in die Augen.
Wenn er mich nun in dieser Runde verunsichern wollte, konnte er mir Leid tun.
Ich neigte den Kopf fragend zur Seite und hob eine Augenbraue.
Er schien genau an dem Punkt weitermachen zu wollen, an dem er von Giacomo unterbrochen worden war, der seinerseits von Valeria unterbrochen wurde.

„Außerirdische mitten unter uns!"
Nun sah er zu Venus.

Suchet, so werdet Ihr…   Udo Müller-Christian

„*Venus und ich haben uns Gedanken gemacht, wo man, mit an Sicherheit grenzender Wahrscheinlichkeit, auf Außerirdische stoßen kann, wenn sie wirklich hier und jetzt unter uns sind.*"

Er nickte Venus zu, die das Wort ergriff.
„*Wenn - und ich betone wenn - es Außerirdische unter uns gibt, warum sind sie dann hier, seit wann sind sie hier und was für Ziele werden durch ihr hier Sein verfolgt?*"
Venus lachte und wiegte ihren Oberkörper hin und her.
„*Also nichts anderes als die Frage nach dem Wann, Wo und Wozu!*"
Sie stand auf und ging zur Wand, an der sich eine Tafel befand.
Immerhin befanden wir uns in einem Seminarhotel.
„*Wenn wir uns einmal vorstellen, dass hier, mitten unter uns Außerirdische leben, ohne von uns als solche identifiziert zu werden, dann muss es schon 'mal einen Grund dafür geben, warum sie nicht ganz offiziell hier aufgekreuzt sind!?*"
Kris sprach weiter, als wäre es abgesprochen gewesen, während Venus begann, mit Kreide auf der Tafel zu schreiben und zu skizzieren.
„*Die erste Möglichkeit, die uns zu dem Thema,* wenn schon hier, warum dann nicht offiziell *einfiel, war das sicherlich gewaltige kulturelle und zivilisatorische Gefälle zwischen Außerirdischen und uns Erdenbürgern, das es einfach geben muss, alleine schon wegen der längeren Entwicklungszeit, die zur Überwindung interstellarer Entfernungen nötig gewesen ist! Man bedenke unsere Fortschritte gegenüber der Zeit der Inquisition!*"

Venus drehte sich ruckartig um.
Kris schürzte die Lippen und sprach weiter.
„Vielleicht offenbaren sich die Außerirdischen nicht, um uns nicht in unserer Entwicklung zu behindern."
Während er sprach, sah Venus mich durchdringend an.
Ach, wollten die Beiden mich abwechselnd beobachten, während der jeweils andere sprach?
War ich nicht auch mehr als aufmerksam?
Beobachtete ich nicht auch besonders Kris und Venus?
Besonders Kris und Venus!
Tatsächlich besonders Kris und Venus!
Die anderen Beteiligten waren alle zweitrangig, ich interessierte mich nur für Balsamo und diese Frau, deren Verhältnis zueinander viel zu undurchschaubar war, um es in irgend einer Weise einzuordnen zu können!

„Oder sie halten sich an irgendwelche kosmischen Gesetze, die wir noch nicht kennen und auch nicht verstehen würden!"
Das hatte Venus gesprochen.
Ich warf einen Blick auf Kris.
Er sah mich an!
Seine Augen hatten sich an mir fest gesogen.
Für einen Sekundenbruchteil hatte ich den Eindruck in jahrhundertealten Augen zu versinken. Für einen Sekundenbruchteil kam ich mir völlig entblößt vor, meinte, vor diesen Augen nichts verbergen zu können.
Ein kalter Schauer ließ mich frösteln.
Wie hatte ich mich in diesem Mann täuschen können? Kris Balsamo verfügte mit Sicherheit noch über eine Menge mehr Fassetten, als ich gedacht hatte.

Suchet, so werdet Ihr…   Udo Müller-Christian

Ich hatte Angst!
Ja, tatsächlich Angst vor diesem Mann, der mir vor wenigen Tagen das Leben gerettet hatte.
Es ist nicht zu beschreiben, was für eine Erleichterung ich empfand, als er seine Augen abwandte und Venus anblickte. Giacomo und Valeria schienen die Kälte des Augenblickes ebenso deutlich gespürt zu haben, wie ich. Mir brach der Schweiß aus.
In diesem Moment wünschte ich mir sehnlichst, diesen Balsamo nie zum Feind zu haben.
Klischee hin, Klischee her, ich wusste Sekunden lang nicht, ob ich ihn noch für einen Menschen aus Fleisch und Blut halten konnte. Ich weiß, wie das klingt, so als hätte ich den Verstand verloren, aber sekundenlang war ich sicher, einen außerirdischen Roboter vor mir zu haben, der jeden Augenblick irgend eine Macht über mich ausüben konnte.
Valeria war kreideweiß geworden und Giacomo starrte seinen Computer sehnsüchtig an, als wolle er schnellstens wieder gewohntes Terrains betreten.
Ich stand auf und verließ den Raum.
An der Rezeption ließ ich mir meinen Zimmerschlüssel geben und sah schleunigst zu, in mein Zimmer zu gelangen, um mir etwas wärmeres anziehen zu können.
Als ich in das Kaminzimmer zurückkehrte, bemühte sich Kris gerade, den Namen gebenden Kamin zu entfachen und ich fühlte mich wieder ausgesprochen sicher, warm angezogen, alles was man als die Attribute meiner Weiblichkeit betrachten konnte, war neugierigen Blicken verborgen, ebenso, wie meine Waffe, die ich nicht mehr missen mochte.

Suchet, so werdet Ihr… *Udo Müller-Christian*

Venus stand an der Wand und sah ihm bei der Arbeit zu, während Valeria und Giacomo mit einer Frau redeten, die neu dazugekommen war. Meine Vermutung, es könne sich nur um Katharina handeln, die bei meiner Ankunft erwähnt worden war, wurde durch Venus bestätigt.
„*Mirona, schön dass du kommst! Das ist Katharina, freischaffende Fotografin! Katharina, das ist Mirona!*"
Katharina sah mich abschätzend von oben bis unten an, als würde sie einen Gebrauchtwagen taxieren. Verunsichern konnte sie mich nicht, nein, normalerweise ließ ich mich von niemandem verunsichern.
Andeutungsweise hob ich eine Augenbraue.
„*Katharina ist Fotografin für Penthouse!*"
„*Ach! Als Modell wäre ich sicherlich zu alt, Katharina!*"
„*Das muss nicht sein, es gibt auch ältere Damen, die man durchaus erfolgreich ins rechte Licht setzen kann!*"
Ich lächelte gewinnend.
„*Danke!*"
Balsamo kam vom Kamin zu uns.
Ein Balsamo, wie ich ihn gut leiden konnte, ein warmer gewinnender Balsamo, den ich durchaus als Beschützer zu empfinden vermochte.
„*Wenn wir alle hier sind, können wir ja weiter machen!*"
Venus nickte bestätigend und wir setzten uns wieder hin, bis auf Balsamo, der zu der von Venus bekritzelten Wandtafel ging.
„*Die eben erwähnten kosmischen Gesetze scheinen gar nicht so weit hergeholt zu sein, denn sie sind eine gut nachvollziehbare Erklärungsmöglichkeit für alle Behauptungen bezüglich Kontakten zu Außerirdischen, sowie für den Umstand ständiger Diffamierungen in der Öffentlichkeit.*"

Suchet, so werdet Ihr…　　　　　　　　Udo Müller-Christian

Venus erhob sich und ging zu Kris.
„Ebenso interessant scheint mir die Tatsache zu sein, dass ein Jetpilot vom aktiven Flugdienst auf den Boden versetzt wird, sobald er angibt, ein unidentifizierbares fliegendes Objekt gesehen zu haben!"
Balsamo atmete tief ein.
„Andererseits kann jeder Mitmensch Pilot bleiben, wenn er ein streng gläubiger Katholik ist, wobei ich mich frage, was bei diesen Glaubensfragen der Unterschied ist, wenn nicht die allgemeine Akzeptanz."
Als er eine längere Kunstpause machte, hörte ich mich plötzlich sprechen, obwohl ich eigentlich die Absicht gehabt hatte, zu den Themen dieses 'Seminars' vorerst nichts zu sagen.
„Die allgemeine Akzeptanz richtet sich immer nach dem, was man als normal betrachtet. Normal ist im Augenblick der Mensch mit Auto, Wohnung und andersgeschlechtlichem Partner!"
Kris lachte mich an.
„Ja, und nicht der Mann, ohne Frau, ohne Pferd und ohne Schnurrbart!"

Venus schien sich zu freuen, als ich eine spontane Erwiderung äußerte.
„Oder die Frau ohne Mann, ohne Küche und ohne Strapse!"

Alle Beteiligten lachten, bis auf diese Katharina, sie schien mich nicht leiden zu können.
„Kris hat seinen Wilson gelesen, Mirona!"
„Ja, scheint so zu sein, Venus!"

Suchet, so werdet Ihr…   *Udo Müller-Christian*

Balsamo setzte sich in einen Sessel.
„Möglicherweise hat die Diffamierung aller Personen, die UFO-Sichtungen kundtaten Geschichte und System, denn immer dann, wenn bekannt wurde, dass jemand, den man nicht grundsätzlich für bekloppt halten konnte, irgend etwas gesehen hatte, was man nicht irgendwo einordnen konnte, gab es immer nur zwei Möglichkeiten!"
Venus runzelte die Stirn.
„Zwei?!"
„Ja, entweder man widerrief und behauptete einer Sinnestäuschung unterlegen zu sein, oder man wurde öffentlich diffamiert und für klapsenreif erklärt."
„Denkst du an bestimmte bekannte Fälle Kris?"
Giacomo schien seinen Computer für den Augenblick vergessen zu haben.
„Ja, ich denke beispielsweise an die Astronauten, die ja wirklich Mitte der sechziger Jahre ganz extrem ausgesiebt wurden, bevor man sie in den Weltraum reisen ließ. Wie viele von denen sind hinterher was ganz anderes geworden, als man statistisch zu erwarten hatte? Wie viele wurden, zumindest hinter vorgehaltener Hand, für verrückt erklärt?"

„John Glenn!"
„Auch John Glenn! Bei ihm sollte man bedenken, wie lange es gedauert hat, bis er rehabilitiert aus der Versenkung wieder auftauchen konnte, nämlich bis 1999."
„Jedenfalls ließ man Piloten nicht mehr fliegen, nachdem sie behaupteten, etwas gesehen zu haben, was man gar nicht gesehen haben konnte, weil man es nicht gesehen haben durfte!"

Suchet, so werdet Ihr...   Udo Müller-Christian

„Klar ist, dass unter solchen Umständen niemand bereit ist, seine Karriere aufs Spiel zu setzen, es sei denn, man hätte keine Karriere vor sich, die es aufs Spiel zu setzen gäbe."

„So weit ich informiert bin," wieder hörte ich mich reden, obwohl ich gar nichts sagen wollte, „hatten die Amerikaner sich im Zusammenhang mit ihrem bemannten Raumfahrtprogramm auf ein unverfängliches Kürzel geeinigt, für den Fall, dass man Ungewöhnliches erblickte..."

„Klar, Mirona! Santa Claus! Immer wenn die Astronauten behaupteten, Santa Claus zu sehen, soll es sich um unidentifizierte fliegende Objekte gehandelt haben. Daher hat die Bodenstation auch ständig über Funk nachgefragt, was Santa Claus gerade macht."
Balsamo hatte es also auch gewusst.
Venus stand auf und ging zur Wandtafel um einige Buchstabenkombinationen an zu kritzeln.

       UFO
       ETI

Giacomo lachte.
„Das erste kenne ich, Untertasse fliegt oben!"
Alle lachten, auch Katharina, die mich die ganze Zeit misstrauisch beobachtet hatte.
Venus lachte ihn gewinnend an.
„Laut Definition der Ancient Astronaut Society handelt es sich bei einem ETI um einen ähnlichen Begriff, wie beim UFO..."

Suchet, so werdet Ihr…   *Udo Müller-Christian*

„Nur hat man ETI unter wissenschaftlicheren Kautelen formuliert!"
„Richtig Kris!"
Es schien sie nicht im Geringsten zu stören, wenn dieser Kris Balsamo sie einfach unterbrach, unbeirrt fuhr sie fort.

„Der Begriff UFO wurde schon vor längerer Zeit in Umlauf gebracht und heißt nichts anderes, als Unidentifiziertes Fliegendes Objekt! Wenn man sich weiterhin auf diesem allgemein verständlichen sprachlichen Niveau bewegen würde, hätte man nicht ETI, sondern UDW als gemeingültigen Begriff gewählt!"

„Und was heißt nun dieses ETI oder UDW?"
Katharina mischte sich in die Unterhaltung ein.

„UDW heißt Unbekanntes Denkendes Wesen!"
Nun grinste Balsamo.
„Und ETI heißt der Einfachheit halber zu gut deutsch Extra terrestrische Intelligenz! Wobei ich es nicht verstehe, warum man das Wort Extraterrestrische getrennt hat, es sei denn man wollte die Entstehung des Begriffes EI verhindern."
Jetzt schien Katharina richtig sauer zu werden.
„Und was soll das heißen?"
Fuhr sie Balsamo an.
„Das heißt nichts anderes, als außerirdische Intelligenz!"
Venus kam wieder zurück.
„Der Auftrag beinhaltet die Suche nach extraterrestrischen Intelligenzwesen! Von UFOs war nie die Rede!"

Suchet, so werdet Ihr... Udo Müller-Christian

Balsamo lehnte sich scheinbar zufrieden in seinem Sessel zurück.
„Nehmen wir beispielsweise die Madonnenerscheinungen, wie sie immer wieder in der Kirchengeschichte alle Katholiken beflügelten. Der AAS hat uns eine Abhandlung über die Marienerscheinung von Guadalupe zur Verfügung gestellt. Ein Johannes Fiebag hat da recherchiert, es müsse sich um die Begegnung mit einer extraterrestrischen Intelligenz gehandelt haben."
Balsamo grinste.
„Das war 1531!"

„Immerhin ist es ein Unterschied, ob jemand meint, der Mutter des Allmächtigen gegenüber zu stehen, oder einem evolutionär weiterentwickelten Intelligenzwesen!"
Mir fiel auf, dass Venus Balsamo beobachtete.
Es war mir schon häufiger aufgefallen, doch hatte ich der Angelegenheit keine Bedeutung beigemessen. Venus beobachtete Balsamo!
Wann beobachtete sie Balsamo? Immerhin war mir klar, dass sie es nicht unablässig tat.

Ich würde wohl der Beziehung zwischen den beiden meine ganz besondere Aufmerksamkeit schenken müssen.
Der Dialog war weiter gegangen und ich konzentrierte mich wieder auf die Worte Balsamos, während ich Venus beobachtete, die Balsamo beobachtete.
„Es gibt eine Vielzahl von Ereignissen, die in der Vergangenheit stattfanden und uns in der heutigen Zeit etwas ganz eindeutig beweisen - Außerirdische waren hier!"

Suchet, so werdet Ihr…   *Udo Müller-Christian*

Venus richtete sich auf.
„Denken wir an die Erkenntnisse, die mit den Templern im Zusammenhang stehen!"

Der Nachmittag zog sich in die Länge und man wurde wenig konkret. Ich glaube es ging Balsamo in erster Linie darum, klare Abgrenzungen zwischen tatsächlichen Außerirdischen, Esoterikern und Personen aus einer anderen Zeit zu ziehen.

An das Resümee konnte ich mich noch erinnern.
„Damit scheint klar zu sein, dass meine Suche nur Außerirdischen zu gelten hat, die von einem anderen Planeten hierher gekommen sind! Zumindest muss ich das annehmen, wenn ich meine Auftraggeber richtig verstanden habe!"
Er brachte es tatsächlich fertig, bei keinem dieser Worte auch nur in meine Nähe zu blicken.

„Zeitreisende und Wesen aus anderen Dimensionen oder Paralleluniversen haben mich also infolgedessen nicht zu interessieren!"
Venus beobachtete mich.

Also hatte sie die Aufgabe zugeteilt bekommen, aufgrund meiner Reaktionen zu irgendwelchen Schlussfolgerungen zu gelangen, was ihr sicherlich nicht gelingen würde, denn ich zeigte keine.
Aber wenn keine Antwort auch eine Antwort ist, ist dann keine Reaktion nicht auch eine Reaktion?

Suchet, so werdet Ihr…   Udo Müller-Christian

„Nur kann mir niemand sagen, wie man Zeitreisende und Wesen aus anderen Dimensionen und Paralleluniversen von Außerirdischen unterscheiden kann, es sei denn, man würde sie fragen und sie würden einem wahrheitsgemäß antworten."

Während Balsamo sich nun wieder hinsetzte, ergriff Venus das Wort.
„Fatalerweise beschäftigen sich fast alle Beobachtungen und Forschungen auf diesem Gebiet mit nichts anderem als UFO-Beobachtungen. Selten gibt es Berichte von Außerirdischen, die landeten und Kontakte zu Menschen aufnahmen, die sie sogar zu einem Rundflug einluden. Aber wenn es UFO-Sichtungen gibt, dann muss es zwangsläufig auch UFO-Aktivitäten geben, denn warum sonst sollten sie so weite Strecken zurücklegen? Sicher nicht, um sich von der Primitivität der Eingeborenen zu überzeugen. Wenn es ihnen darum ginge, hätten wenige Besuche ausgereicht. Nein, die Außerirdischen kommen hierher, weil sie bestimmte Ziele verfolgen, weil sie hier irgend etwas erledigen wollen, weil sie etwas kaufen oder verkaufen, weil sie…"

„Die Interstellaren Händler!"
„Du hast also Hans Kneifel gelesen!"
Sie sah Giacomo verzeihend an.

*

Suchet, so werdet Ihr... Udo Müller-Christian

Wenn ich erwartet hatte, der Auftrag wäre dadurch zu erledigen, etwas über die Auftraggeber in Erfahrung zu bringen, hatte ich mich gewaltig geirrt.

Mirona hatte keine Probleme ihre bewährte Maske zu bewahren.

Ich hatte eine Nachricht erhalten, eine Nachricht, von jemandem, von dem ich sicher nie eine erwartet hätte und eine Nachricht die mich mehr als nachhaltig beunruhigte.

Die Nachricht war ein Anruf von Karin, von der Karin, die mit dem verrückten Bruno im Wald wohnte.

Sie überschlug sich förmlich am Telefon.

„Sie kamen aus dem Wald und haben Bruno überwältigt, ich weiß nicht, wie viele es waren. Ich konnte entkommen. Sie haben Bruno ausgefragt und er hat ihnen alles gesagt. Er meinte, ich müsse es dir sagen! Sie haben auch nach dir gefragt! Nein, sie haben nur nach dir gefragt, wie lange er dich kennt und woher, und was du vorher gemacht hast und jetzt bin ich in einer Telefonzelle und Bruno hat gesagt, ich muss dich warnen. Wenn die dich was fragen, gibt es nur noch antworten.

Suchet, so werdet Ihr...　　　　　　　　*Udo Müller-Christian*

Ich bin in der Zelle und die Kohle...
Es ist gleich Schluss..."

Klick
Woher hatte Karin gewusst, wo sie mich finden konnte?

Waren sie mir auf der Spur?
Wenn ja, wer waren sie?
Immerhin interessierten sie sich für meine Vergangenheit.

*

INTERMEZZO

Der Computer behauptete, es sei besser Lugo würde dafür Sorge tragen, die Energievorräte nach diesen Gewaltmanövern wieder aufzufüllen, da nicht zu erhoffen sei, ein Start ohne *Invisibler* könne ohne Entdeckung vonstatten gehen.
Lugo willigte nach kurzem Zögern ein.
Die Energiespüreinrichtungen zeigten außerhalb des Wassers eine starke Energiequelle an.
„Gut, lass uns Energie tanken!"

Suchet, so werdet Ihr…   Udo Müller-Christian

Der offizielle Teil des Abends ging vorüber und allmählich zogen sich alle Anwesenden der Reihe nach in ihre Appartements zurück. Eine kurze Unterbrechung hatte es gegeben, als man Balsamo zum Telefon rief.

Als nur noch Giacomo und Kris übrig waren, zog auch ich mich zurück.

In meinem Zimmer zog ich mir einen schwarzen eng anliegenden Overall an, der über eine Kapuze verfügte, unter der ich meine Haare verbergen konnte. Es ist nichts gefährlicher, als im falschen Augenblick durch seine Haare auf sich aufmerksam zu machen. In einer dunklen Nacht wie dieser, konnte ich mich unentdeckt wie ein Schatten bewegen.

Ich wartete eine Stunde und schlich mich dann auf meinen Balkon, von dem aus ich ohne großen Aufwand die Balkons der anderen Appartements erreichen konnte.

Im Apartment neben dem meinen lag Katharina im Bett und schien tief zu schlafen. Jedenfalls war ich sicher von ihr nicht bemerkt zu werden, auch wenn sie wach sein sollte.

Ich kletterte eine Etage höher an der Fassade entlang, wobei mir das Fallrohr der Dachrinne dienlich war.

Suchet, so werdet Ihr…   Udo Müller-Christian

Auf dem Balkon über meinem Apartment angekommen, fand ich die Tür verschlossen vor und die Vorhänge zugezogen. Durch die Vorhänge konnte man eine unzureichende Beleuchtung erahnen während leise Musik auf den Balkon hinaus klang.

Ich hielt mich nicht lange mit der Frage auf, wer wohl in diesem Apartment wohnte, sondern kletterte ohne zu zögern auf den Nachbarbalkon.
So langsam und leise, wie es mir möglich war, näherte ich mich der angelehnten Tür. Der Himmel war bewölkt; eine mondlose Nacht.
Um eine Entdeckung zu vermeiden, verschmolz ich förmlich mit dem Boden und robbte lautlos zur angelehnten Tür.

Ein Fernseher flimmerte.
Nonstop Video.
Viva.
Ein Musikvideo von Cure erhellte den Raum nur unzureichend.

        lullaby.

Venus lag mit gespreizten Beinen und entblößtem Unterkörper auf dem Tisch und hielt ihr Kleid hoch.
Ein nackter Balsamo näherte sich ihr mit einem Weinglas in der Hand.
„Ein Glas Wein für meine Lorenza."
Er kniete sich zwischen ihre gespreizten Beine und vergoss den Rotwein über ihrem Haardreieck.

Suchet, so werdet Ihr…   *Udo Müller-Christian*

Venus bäumte sich kurz auf, der Schreck, den der kalte Wein hervorgerufen hatte.
Balsamo ließ keinen Tropfen des vergossenen Weines verloren gehen, sondern leckte alles auf, was nicht nur Venus, sondern auch ihn sehr zu erfreuen schien.

Als er sich hinstellte war sein Penis erigiert.
Er ergriff ihn mit der linken Hand und näherte sich der Stelle, an der Venus Beine zusammentrafen.
Ich hatte genug gesehen und kletterte zurück zu meinem Apartment.
Die Beziehung zwischen Balsamo und Venus war mir immer noch nicht klarer geworden.

Vittorio Balsamo und Lorenza genannt Venus?
Ich schlief nicht sonderlich gut, in dieser Nacht und träumte von der Zeit der spanischen Inquisition. In diesem Traum tauchte immer wieder der Name Balsamo auf.

Mitten in der Nacht erwachte ich schweißgebadet. Meine Hände fühlten und ertasteten einen extrem verschwitzten Körper. Zwischen meinen Schenkeln…
Die Feuchtigkeit war nicht auf Transpiration sondern eher auf Transsudation zurück zu führen.
Meine Finger begannen mit den kleinen und feinen Bewegungen, meine Gedanken waren bei diesem Mann, der am Abend zuvor vor meinen Augen den Cunnilingus vollzogen hatte, bevor er zur Penetration überging. Ich brachte mich kurzerhand mehrmals zum Orgasmus, bis ich mich so weit entspannt hatte, dass ich wieder einschlafen konnte.

Suchet, so werdet Ihr...   Udo Müller-Christian

Am nächsten Morgen stand ich sehr früh auf, um mir einige Unterlagen aus meinem Wagen, der auf dem nahe gelegen Parkplatz stand, zu holen.
Ich hatte noch einiges Material mitgebracht, bei dem es sich um noch nicht gesichtete Unterlagen bezüglich des Namens Balsamo handelte.

Auf dem Weg zurück zum Hotel blieb ich hinter einigen Büschen stehen, um mir die Szene auf Balsamos Balkon genauer anzusehen.
Venus stand direkt an der Brüstung und atmete tief durch.
Gekleidet war sie - ich konnte wegen der Brüstung nur ihre obere Hälfte sehen - mit einem schwarzen T- Shirt.
Balsamo war nicht zu entdecken.
War er vielleicht noch im Zimmer, oder unter der Dusche?

Venus schien sich umzusehen, um sich zu vergewissern, ob sie auch wirklich niemand sah, als dürfe sie niemand sehen, da sie ansonsten ertappt worden wäre. Als sie sich des nicht vorhanden Seins jeglicher Zuschauer sicher zu sein schien, begann sie irgendein Lied zu pfeifen.

Dieses Pfeifen schien das Signal gewesen zu sein.
Balsamo erschien auf meinem Balkon und kletterte an der Fassade nach oben.
Um ihm auf dem letzten Meter zu helfen, immerhin konnte man bei seinem Gewicht nicht sicher sein, dass ihn das Fallrohr hielt, das ich in der vergangenen Nacht benutzt hatte, schwang Venus das rechte Bein über die Brüstung und reichte Balsamo die Hand.

Suchet, so werdet Ihr…   *Udo Müller-Christian*

Verblüfft war ich aus zwei Gründen, erstens über Venus nackten Hintern und zweitens über die Tatsache, dass Balsamo ohne zu zögern ihre ausgestreckte Hand ergriff, um sich von ihr hochziehen zu lassen.

Bei dieser Nummer war Venus Part reif für den Zirkus; wenn ich es nicht mit eigenen Augen gesehen hätte, niemandem hätte ich es geglaubt.

Wie konnte Venus zu einem solchen Kraftakt fähig sein?

Tatsächlich zog diese zierliche Person den übergewichtigen Balsamo mit einem einzigen Arm und einer spielerischen Leichtigkeit nach oben und - das war nicht minder verwunderlich Balsamo vertraute sich, ohne einen Sekundenbruchteil zu zögern, der Kraft dieses zierlichen Armes an.

*

Suchet, so werdet Ihr... Udo Müller-Christian

Wenn man tatsächlich hinter mir her war, wenn Karin wusste, wo ich zu finden war und wenn noch kein möglicher Verfolger hier war, gab es nur zwei Möglichkeiten.

Entweder hatte man noch nicht genug Informationen zusammen getragen und wollte bis zu einem bestimmten Zeitpunkt abwarten, obwohl dieser Ort sicher der beste Ort für einen *Überfall* gewesen wäre, oder sie waren schon hier.

Oder sie waren schon hier!

Oder sie war schon hier!
Ich kannte Valeria und Giacomo gut genug, um sicher sein zu können, dass sie nicht mit irgendwelchen Leuten gegen mich kollaborieren würden, aber wie sah es mit Mirona aus?

Aber warum erteilte sie mir einen Auftrag wenn...

Ein Scheinauftrag?

Nein, das konnte es nicht sein, denn wer einen Scheinauftrag erteilte, suchte sich sicher einen aus, der wahrscheinlicher angenommen wurde.

Katharina!
„Sie ist abgereist!"

Giacomo war eingetreten, ich hatte ihn an den Geräuschen seiner Bewegungen erkannt, bevor er die Tür geöffnet hatte.

„Warum ist Katharina abgereist, mein Freund?"
„Woher weißt du, dass es Katharina ist?"

*

Suchet, so werdet Ihr...   *Udo Müller-Christian*

INTERMEZZO

Claus hatte im Bett versagt.
Anita ging auf den Balkon, um sich ab zu kühlen.
In früheren Jahren hätte sie sicher eine Zigarette geraucht, doch hatte sie nicht die Absicht, dieses Laster wegen eines Versagers wieder aufzunehmen.
Die Sonne war schon vor zwei Stunden untergegangen und die Straßenbeleuchtungen erhellten nur ihre Silhouette.
Claus sah sie so auf dem Balkon stehen und in die Dunkelheit da draußen starren. Jetzt, wo sie auf dem Balkon stand, kriegte er einen hoch, doch wenn sie zu ihm kommen würde...

Ein leuchtender Diskus schob sich hinter Anitas Silhouette.
Claus verschlug es den Atem.
Anita schien sich nicht zu rühren.
Hatte sie diese Erscheinung noch nicht gesehen?
Der Diskus verharrte in der Luft.
Claus sah die Silhouette Anitas, die Balkontür, den leuchtenden Diskus und den Hochspannungsmasten...
Der Hochspannungsmast.
Ein Blitz löste sich aus dem Mast und schoss nach oben in den Diskus.
Das Leuchten des Diskus erstrahlte.
Die Straßenbeleuchtungen, die Anitas Silhouette erhellt hatten verdunkelten sich, als hätte jemand an einem Dimmer gedreht; aber diese Straßenbeleuchtungen waren gar nicht mehr nötig, denn der Diskus und der Blitz vom Mast beleuchteten die Szene mehr als ausreichend.

Suchet, so werdet Ihr…   *Udo Müller-Christian*

Es dauerte wenige Minuten und der Blitz verschwand. Die Straßenbeleuchtungen begannen wieder auf zu flammen und der Diskus entfernte sich.

Anita kam zurück.
„Das war 's dann wohl!"

Sie griff sich ihren Mantel und ging, wie sie gekommen war, in Mantel und High Heels gehüllt.

Suchet, so werdet Ihr…   Udo Müller-Christian

Das gemeinsame Frühstück sollte um 9°°h stattfinden, also hatte ich noch Zeit, eine Runde im Swimmingpool zu drehen.

Als weder Balsamo, noch Venus auf dem Balkon zu sehen waren, verließ ich meine Deckung und kehrte zurück zum Hotel.
In meinem Zimmer wählte ich bewusst einen einteiligen Badeanzug aus, obwohl ich ansonsten nur Badehosen benutzte, die man noch vor einigen Jahren als Bikini - Unterteile bezeichnet hatte. Ich lehnte diese Bezeichnung kategorisch ab.

Zu meiner Überraschung traf ich Kris und Venus im Wasser an.
Kris schwamm langsam seine Bahnen und Venus schien mehr zu tauchen, als zu schwimmen.
Als ich allerdings bemerkte, dass Venus nur ein T-Shirt trug, war ich über meine Entscheidung bezüglich meiner Badekleidung enttäuscht. Ich hatte von Martina entsprechende Informationen bekommen, die eindeutig besagten, Balsamo…

Aber lassen wir das!
„Hallo Mirona, ich hoffe, du hast gut geschlafen!"

Suchet, so werdet Ihr…　　　　　　　　　　*Udo Müller-Christian*

Balsamo begrüßte mich mit einer unglaublichen Freundlichkeit, zumindest unglaublich, wenn man bedachte, wer da vor einer Viertel Stunde in mein Zimmer eingedrungen war, um es zu durchsuchen, wobei er tatsächlich keine erkennbaren Spuren hinterlassen hatte.

„Ja Kris, bei der himmlischen Ruhe am Arsch der Welt!"
Venus tauchte auf.
„Hallo Venus! Wie ist das Wasser?"
Sie lachte und hielt eine Hand hoch, um mit Daumen und Zeigefinger ein Stück von ungefähr zwei bis drei Zentimetern anzuzeigen.

„Kris würde sagen, *so kalt!*"
Ich musste lachen, diese Venus gefiel mir immer besser.
Nun gut, ich entledigte mich des Bademantels und sprang ins Wasser.
Ich hatte tatsächlich erwartet, es würde entsprechend Venus Angaben kalt sein, wurde aber von einer angenehmen Wärme empfangen.
Venus tauchte vor mir auf.
„Weißt du, in Wasser das kälter als zwanzig Grad ist, wirst du Kris nie bekommen können, es sei denn sein Leben hänge davon ab!"
Sie machte einige Bewegungen, die ihren Oberkörper zurückgleiten ließen, was ihren Unterkörper der Wasseroberfläche näher brachte. Unter den flimmernden Wellen die sie erzeugte konnte ich deutlich ihr Haardreieck erkennen, genau so ein Haardreieck, wie Balsamo zu bevorzugen schien.

Suchet, so werdet Ihr…   Udo Müller-Christian

Martina hatte behauptet, er würde nichts mehr faszinieren, als die Form und Gestalt mehr oder weniger entblößter Frauenunterkörper.

Hatte Balsamo überhaupt eine Badehose an?
Es gelang mir nicht, einen Blick zu erhaschen, der mich in dieser Richtung aufgeklärt hätte.

Venus verschwand wieder unter der Wasseroberfläche und ich wunderte mich nicht mehr darüber, wie lange sie die Luft anzuhalten vermochte, denn ich hatte mit eigenen Augen gesehen, über welche Befähigungen Venus Körper zu verfügen schien, als sie Balsamo mit einem Arm über die Balkonbrüstung gehoben hatte, ohne sich sichtlich angestrengt zu haben.

Kurzentschlossen glitt ich aus dem Becken, um unter die kalte Dusche zu gehen. Vielleicht sollte ich mich auch meines Badeanzuges...
Nein!
Ich würde mich nicht meines Badeanzuges entledigen.
Die Dusche war nicht direkt am Beckenrand, ich musste durch die Umkleidekabinen.
Als ich nach einigen Minuten zurückkehrte, hatte Venus das Becken verlassen und trocknete sich ab.

Auch Kris hatte das Wasser verlassen. Er lag am Rande des Beckens und nun konnte ich eine gelbe Badehose erkennen.
„Soll ich dir einen runter holen?"

Suchet, so werdet Ihr…   *Udo Müller-Christian*

Venus machte dieses Angebot im Plauderton, der besser auf eine Partie gepasst hätte und schien diese Bemerkung für völlig nebensächlich zu halten, obwohl sie sie absolut ernst gemeint zu haben schien, denn sie glitt mit einer Hand in seine Badehose.
„Vielleicht später!"
Ich stellte mir vor, wie Venus ihm die gelbe Hose runterzog, um ihm völlig selbstverständlich einen abzuwichsen.

Suchet, so werdet Ihr... Udo Müller-Christian

Ich ging zur Rezeption und fragte, was eine neue Tür einschließlich Rahmen kosten würde.

Meine Gedanken hatten sich an einem Bild aus meinem Gedächtnis fest gesogen, das ich erst vor einigen Minuten gesehen hatte. Mirona in ihrem einteiligen Badeanzug - eigentlich hasste ich einteilige Badeanzüge, aber dieser hatte an den Seiten Beinausschnitte, die bis zu den Rippenbögen reichten. Der nasse Stoff hatte sich über ihren Venushügel gespannt und leicht in den Schlitz gezogen...

Normalerweise konnte man bei einem weißen Badeanzug, wenn er nass war, die Vulvahaare durchschimmern sehen, nicht so bei Mirona. Ich bemerkte einen Zwang, der von mir Besitz zu ergreifen schien, einen Zwang, so bald wie möglich die sichere Erkenntnis erlangen zu müssen, ob Mirona rasiert war, oder nicht.

Als die Frau an der Rezeption mir einen angenommenen Preis angegeben hatte, legte ich die dreifache Summe vor ihr auf den Tisch und bat sie, die anderen Hotelbediensteten darüber zu informieren, was in der nächsten halben Stunde geschehen würde.

Suchet, so werdet Ihr…   *Udo Müller-Christian*

*

INTERMEZZO

Vier Monate vor dem Beginn des Endes.

Ein unbeteiligter Beobachter hätte gestaunt, als Anslinger grinsend das Funkgerät fortlegte, seinen Ford Bronco verließ und der hoch am Himmel stehenden Sonne den Rücken zukehrte.

Aber, und das ist völlig sicher, einen unbeteiligten Beobachter gab es nicht. Anslinger konnte nun sicher sein, dass der nächste Wagen, den er in dieser bizarren Landschaft sehen würde, der Wagen sein würde, auf den er schon mehrere Stunden gewartet hatte.

Er steckte sich eine Zigarette in den Mund, die er dann mit einer entschiedenen Bewegung zu Boden warf und zertrat bevor er überhaupt nach seinem Feuerzeug gegriffen hatte.

Verächtlich grinsend dachte er an das, was er in Vegas tun würde, wenn der Rest des Geldes in seinen Händen war.

Eigentlich schade, dass er ausgerechnet an einem Tag wie diesem seinem Auftrag nachkommen musste. Viel lieber hätte er beim letzten Drugstore, an dem er vorbei gekommen war, die luftig gekleidete Tramperin mit genommen, die ihn angesprochen hatte - in so einer einsamen Gegend hätte sie sicher nicht gewagt, nein zu sagen.

Suchet, so werdet Ihr...   Udo Müller-Christian

Fast zögernd öffnete er die unverschlossene Heckklappe des Geländewagens und nahm vier auffällige weiße Ringe heraus, ganz normale Autoreifen der Marke Firestone, die ihre Schläuche mit mäßigem Luftdruck enthielten und mit einigen Hundertmetern Verbandmull umwickelt worden waren.
Heidenarbeit.
Er band die präparierten Reifen als Flankenschutz an die Seite seines Wagens, wie man es von Barkassen her kannte.
  Eigentlich konnte er diese Schmierfinken - er hielt alle Journalisten und anderen Schreiberlinge dafür - nicht leiden, hatte sie noch nie leiden können und war froh, dass es bald Einen weniger geben würde.
  Wie konnte so ein Dreckskerl auch dem CIA vorwerfen, das Teufelszeug stamme aus den Labors der Regierung und sei im Auftrage des *Vatikans* produziert worden?

Als er die Geräusche eines sich nähernden Autos hörte, saß er bereits hinter dem Lenkrad seines Broncos.
  Er fuhr los und ließ den Wagen betont langsam die Serpentinenstrecke hoch kriechen.
Als er dann den Wagen des Schmierfinken im Innenspiegel sah, machte er eine angenehme Entdeckung.
  Die Tramperin, die am letzten Drugstore auf eine Mitfahrgelegenheit gewartet hatte, saß neben dem Schmierfinken.
So eine Scheiße!
Andererseits konnte man natürlich den Unfall auch durch ihre Anwesenheit zu erklären versuchen, warum nicht.
  War sicher sowieso nur so eine billige Hure, wie alle, die so rumliefen.

Anslinger konnte Frauen die trampten noch nie leiden, hatte sie aber immer mitgenommen, vorausgesetzt, die Strecke war einsam genug. Nun man sollte die Gelegenheiten nutzen, wie sie sich boten - wie sie sich anboten.

War nicht schade um diese Schlampe.

Anslinger fuhr betont langsam und zu weit in der Mitte der Fahrbahn.

Mit Genugtuung sah er im Spiegel, dass der Wagen dieses Schmierfinken immer hin- und herpendelte, um auf eine Gelegenheit zu lauern, ihn zu überholen.

Dieses Spiel machte ihm Freude.

Oh, er konnte solche Spiele ausdehnen, er konnte lange und sich an seinem Sieg ergötzen.

Und er hatte immer gesiegt, immer.

War er es nicht, der den Sieg schon in der Tasche hatte?

Anslinger hatte sich die Stelle gut ausgesucht, er war gründlich, ordentlich, zuverlässig und katholisch.

An einer Stelle, an der der Abgrund neben der Straße besonders tief und bodenlos war, fuhr er weit nach links, um dem Journalisten Gelegenheit zum Überholen zu geben. Anslinger fuhr so weit links, wie die Gesinnung des Schmierfinken in Anslingers Augen war.

Als der Journalist Gas gab, um Anslingers Bronco zu überholen manifestierte sich ein breites Grinsen in Anslingers Gesicht das Grinsen des nahen Sieges.

Mit einem Ruck riss Anslinger das Lenkrad herum - genau im richtigen Moment - die umwickelten Reifen an der rechten Seite des Bronco berührten den Wagen des Journalisten, der verzweifelt gegenlenkte.

Suchet, so werdet Ihr…   Udo Müller-Christian

Es war kein großer Akt, den kleineren und leichteren Wagen von der Straße zu drängen, der Abgrund war gut gewählt, das wusste Anslinger ganz genau, das wusste er immer genau.
 Anslinger war eben Profi.
 Anslinger stoppte den Bronco, ließ den Motor laufen und stieg aus.
 Zunächst löste er die vier Reifen von der Flanke des Wagens - von der Berührung mit dem anderen Fahrzeug waren keine Spuren sichtbar - dann warf er sie hinten auf die geschlossene Ladefläche. Erst als er die Heckklappe wieder geschlossen hatte, wandte er sich dem Abgrund zu.
 Der Wagen hatte sich überschlagen und lag reichlich lädiert etwa zwanzig Meter unter ihm, diese letzten zwanzig Meter musste er gerollt sein.
 Anslinger machte immer ganze Arbeit, so auch dies Mal.
 Er kletterte den Abhang hinab, um sich vom Ableben des *Schmierfinken und seiner Nutte* zu überzeugen.
 Den Journalisten fand er schnell im Wagen, dem konnte keiner mehr helfen, aber wo war die Nutte geblieben?
 Eines zumindest war sicher, wenn sie noch lebte, konnte sie nicht weit gekommen sein, nach einem solchen Unfall.

Er suchte systematisch die Umgebung ab und hatte sie schon bald gefunden, sie lag in einer Senke nahe des unbrauchbar gewordenen Wagens.
 Sie lag auf dem Rücken und Anslinger konnte deutlich erkennen, dass sich ihr Brustkorb langsam hob und senkte. Als er näher kam, drang ein gequältes Stöhnen an seine Ohren.
 Der konnte geholfen werden.
 Mit groben Griffen riss er ihr die Jeans vom Leibe.

Suchet, so werdet Ihr… Udo Müller-Christian

Zufrieden stellte er fest, dass er doch noch zu seinem Vergnügen kommen sollte, öffnete seine Hose und ging ans Werk.

Nach kurzer Zeit, Anslinger war gerade fertig, stellte er fest, dass die junge Frau das Atmen eingestellt hatte.

Zufrieden, mit sich, Gott und der Welt machte sich Anslinger wieder an den Aufstieg. Schon abends wollte er in Vegas sein und *die Sau rauslassen*. Im letzten Drittel war der Abhang so steil, dass er klettern musste. Kurz bevor er sich auf die Straße zog hörte er, dass das Motorengeräusch seines Broncos verstummt war.

Verärgert richtete Anslinger sich auf und konnte gerade noch den Stiefel sehen, der ihn voll ins Gesicht traf.

Mit einem erstickten Schrei stürzte Anslinger den Abhang hinab und schlug mehrmals mit dem Kopf gegen die Steine des felsigen Bodens.

Das war wohl Anslingers letzter Auftrag gewesen.

Ungerührt blickte der Mann in den Stiefeln Anslinger nach und griff nach dem Funkgerät, das zuvor Anslinger benutzt hatte.

Alles was er tat, war perfekt, er war cool und würde es bleiben, bis zu seinem unerwarteten Ende.

Er drückte die Sendetaste.

„Sagt Carola, die Drachen können steigen!"

Mit einer entschiedenen Bewegung schob er die Teleskopantenne ein, setzte sich in den Bronco und fuhr los, Richtung Vegas.

Er hatte sich eine Abwechslung verdient, hatte er doch die letzten Tage in einem billigen Zelt gehaust und auf seinen Einsatz gewartet.

Souverän lenkte er den Bronco den Weg zurück, den Anslinger zuvor mit dem Geländewagen gefahren war.

Dieser Anslinger war doch wirklich nichts weiter, als einer dieser Killer, die sich für einen Profi hielten. Gut, er war zwar kein schlechtes Werkzeug gewesen, aber immer noch gut genug für einen billigen Job.

Was allerdings völlig klar war, und dass hätte Anslinger niemals wahrhaben wollen, er war mindestens zwei Nummern zu klein, für die Organisation, für die er bei seinem letzten Auftrag gearbeitet hatte.

Der Mann mit den Stiefeln fuhr munter pfeifend an dem Drugstore vorbei, an dem der *Journalist die Biene* aufgerissen hatte.

Der Hubschrauber kreuzte auf seinem Flug den Highway mit dem Bronco.

Der Pilot drückte grinsend auf einen roten Knopf am Sender für den Fernzünder.

Der Ford Bronco flog auseinander, als wäre er auf eine Miene in Vietnam gefahren.

Das waren noch Zeiten.

Der Pilot griff zum Funkgerät.

„Sagt Opus, die Engel fliegen!"

In einer eleganten Schleife zog er den Hubschrauber herum. Ja, das war besser als Vietnam und es würde noch besser werden.

Suchet, so werdet Ihr… Udo Müller-Christian

In meinem Zimmer sah ich mir die umfangreichen Unterlagen an, die ich aus meinem Wagen geholt hatte.
Balsamo!
Na endlich!

Guiseppe Balsamo, genannt Cagliostro, 1743 in Palermo geboren.
Ich blätterte weiter.
Am 28.08.1795 in Kastell San Leo von den Schergen der Inquisition erdrosselt!
Inquisition!

Was hatte er noch gesagt?
'Man bedenke unsere Fortschritte gegenüber der Zeit der Inquisition!'
Jedenfalls hatte sich Venus plötzlich ruckartig umgedreht und Balsamo angesehen.
Ich nahm einige zusammengeheftete Fotokopien, in denen ein altdeutscher Text zu finden war.

Der Text war äußerst aufschlussreich.

Suchet, so werdet Ihr…   Udo Müller-Christian

Ich las ihn konzentriert. Irgendwelche Informationen würde ich schon finden, es war nur eine Frage der Zeit. Aber hatte ich noch genug Zeit?

Ich legte den Text zur Seite.
Minuten später zog ich mich an und dachte nach, ob ich wohl auch diese unangenehme Katharina beim Frühstück antreffen würde.
Nahezu lächerlich waren meine Gedankenassoziationen, die ich schnell wieder bei Seite schob. Guiseppe Balsamo und Lorenza.
Vittorio Balsamo, genannt Kris und Venus, die er Lorenza genannt hatte.

Ein fürchterliches Krachen von der Tür ließ mich auffahren. Ich hechtete über das Bett, wobei ich meinen Arm nach der Pistole ausgestreckt hatte.
Zeitgleich erreichte meine Hand die Pistole und die Hand Balsamos meinen Hals.
Wir rührten uns beide nicht mehr.
Aus den Augenwinkeln konnte ich die Tür erkennen, die mitsamt Rahmen mitten im Raum lag.

„Wenn du mir jetzt nicht einige Informationen gibst, werde ich deinen Auftrag sausen lassen und ein für alle Mal in der Versenkung verschwinden!"
„Wenn du meinen Hals loslässt, werde ich die Kanone nicht entsichern, die ich auf dich gerichtet habe!"
Er ließ tatsächlich meinen Hals los, als wäre er sicher, ich würde nicht auf ihn schießen, oder...

Vielleicht war er sich auch sicher, er könne mich immer noch rechtzeitig entwaffnen.

Ich überzeugte mich davon, die Waffe gesichert zu haben und legte sie beiseite.
Kris kniete noch vor mir auf dem Bett, körperlich sehr nah. Ich spürte es förmlich knistern, erwartete jeden Moment, er würde mich ergreifen und bumsen.

„Du wirst mir gleich erzählen, wer uns damals verfolgt hat, als wir aus der Eisdiele flohen und du wirst mir mitteilen, wer hinter mir her ist und meine Freunde bedrängt!"
Er hatte mich an den Oberarmen ergriffen und auf den Rücken gedreht. Sein Griff war eher sanft, als kraftvoll, obwohl ich wusste, welche Kräfte in diesem Körper steckten.

„Gut, gut ich sage dir was ich weiß, doch wird es dich nicht sehr erfreuen, denn ich weiß nicht sehr viel!"
„Vielleicht immer noch mehr, als ich!"
„Es gibt irgendeine Organisation, die gegen das Konsortium vorgeht, das dich über mich beauftragt hat!"
„Hast du irgend jemandem mitgeteilt, wo du das Wochenende verbringen würdest? Ist dir jemand gefolgt? Wir wissen bisher nur, dass dein Wagen nicht verwanzt war!"

„Was, du hast auch meinen Wagen durchsucht?!"
„Wieso auch?"
„Weil ich weiß, dass du in diesem Zimmer warst!"
„Und ich dachte, ich hätte keine schnell zu entdeckenden Spuren hinterlassen!"

Suchet, so werdet Ihr...   Udo Müller-Christian

Ich dachte nicht daran ihn wegen der Spuren zu beruhigen. Er ließ meine Arme los und setzte sich etwas bequemer hin.

Unmerklich rückte ich etwas näher an ihn heran, denn seine Nähe war genau das, was mir Wärme und Sicherheit vermittelte. Normalerweise hätte ich meinen Auftrag auf der Stelle sausen lassen müssen und Balsamo nie wieder sehen dürfen. Doch dazu war es wahrscheinlich schon zu spät.
„Nein, gefolgt ist mir niemand und mitgeteilt habe ich auch nichts! Das Konsortium erwartet von mir erst Informationen, wenn du Außerirdische aufgetrieben hast!"

„Das heißt, niemand weiß, wo du hier bist! Keine Freunde und Verwandten?"

Ich schüttelte den Kopf. Ich konnte mir nicht vorstellen, wie seine Beziehung zu seiner Venus/Lorenza war, aber irgend etwas stimmte da nicht, irgend etwas war ganz anders, als es bei normalen Beziehungen war. Wenn es sich um eine normale Beziehung gehandelt hätte, würde dann nicht Venus alles erdenkliche unternehmen, um mich fort zu drängen? Wenn Balsamo die knisternde Atmosphäre nicht bemerken sollte, Venus konnte ich es nicht verheimlichen.

„Wenn niemand weiß, wo du bist und niemand weiß, dass die anderen hier sind..."
„Hast du deren Türen auch ramponiert oder bist du durch die Wand gegangen?"

Suchet, so werdet Ihr…   *Udo Müller-Christian*

„Warum weiß dann die Freundin von dem verrückten Bruno der im Wald wohnt, wo ich bin?"
„Wie?"
„Sie hat mich hier angerufen, obwohl sie meinen Aufenthaltsort gar nicht kennen konnte! Außerdem hat man Bruno bedroht, um etwas über meine Vergangenheit heraus zu bekommen!"

Ich sah ihn verständnislos an.
„Natürlich will auch das Konsortium etwas über deine Vergangenheit wissen, man hat mich beauftragt, Informationen zu beschaffen; aber warum sollten die sich an deinen Freund Bruno wenden, wenn sie erwarten können, dass ich ihnen Informationen - na, sagen wir aus erster Hand – beschaffe?"

Hoffentlich kam er nicht auf die Idee, sich meine Unterlagen anzusehen, die auf dem Tisch lagen!

Suchet, so werdet Ihr… Udo Müller-Christian

Ich wusste, das sie mich nicht anlog!
Ich wusste aber auch, wie sehr sie bemüht war, mir so unauffällig wie möglich etwas zu verheimlichen.
„Was soll man schon für Informationen über mich beschaffen können?"

Er wusste gar nicht wie recht er hatte, denn die Informationen über ihn waren so dünn gesät, als würde er erst seit fünf Jahren existieren, was natürlich völlig absurd war.
Ihr Blick war kurzfristig über den Tisch geglitten, zu kurz, zu hastig!
Der Zeitpunkt war allerdings denkbar ungünstig, sich die Unterlagen anzusehen, denn immerhin musste ich das Vertrauen, das ich in sie hatte, unter Beweis stellen.
„Ja, aber irgend jemand interessiert sich auch für meine Vergangenheit! Möglicherweise die Organisation, die gegen dein Konsortium arbeitet, oder dein Konsortium selbst, weil man der Meinung ist, die Informationen, die du beschaffen sollst, auch wesentlich schneller beschaffen zu können!"

Suchet, so werdet Ihr… Udo Müller-Christian

Nun hatte er sich in einen Sessel gesetzt, den Tisch konnte er nicht mehr sehen, erstens, weil er aus seinem Blickwinkel verschwunden war und zweitens, weil er krampfhaft versucht war, seine Blicke nicht immer wieder zu einem bestimmten Punkt meines Körpers wandern zu lassen.

Sie hatte sich ungewöhnlich gut in der Gewalt, denn sie sah nicht ein einziges Mal mehr zum Tisch mit den Fotokopien.

„Und was hast du nun vor?"
Er sah mich bohrend an, diesmal in die Augen.
„Wir werden den verrückten Bruno besuchen müssen, im Wald!"

*

Suchet, so werdet Ihr...   Udo Müller-Christian

INTERMEZZO

Komplott-Komplett
Präkatastrophal
Die schwarze Limousine verfügte über eine Klimaanlage und dunkel getönte Scheiben, sonst wäre es nicht auszuhalten gewesen, angesichts der unerbittlichen Sonne Californiens, die an diesem Augusttag versuchte, auch noch den letzten Tropfen Flüssigkeit aus dem ausgelaugten Boden zu saugen.

Auffällig unauffällig waren am Rand der Straße in regelmäßigen Abständen auffällig unauffällige Coupés und Limousinen geparkt worden - man hatte infolge der unerbittlichen Sonne auf Convertibles verzichtet.
Die auffällig unauffällige Reise der überlangen Limousine schien kein Ende nehmen zu wollen, quälend langsam fuhr dieser Wagen durch die Wüste.
Am Treffpunkt, einer Kreuzung inmitten der möglicher Weise heißesten Gegend Californiens, nahe der Grenze zum Nachbarstaat Nevada, wartete bereits eine andere schwarze Limousine, ein Rolls Royce älteren Baujahrs.
Der Lincoln-Continental drehte, um mit seinem Kühler wieder in die Richtung zu zeigen aus der er gekommen war.
Der Rolls Royce verfügte ebenfalls über abgedunkelte Scheiben und der Motor war nicht ausgeschaltet, um Energie für die Klimaanlage zu liefern, was allerdings nur ein leises Säuseln verursachte.
Eine der hinteren Türen öffnete sich und ein Mann im Nadelstreifenanzug kam heraus, und näherte sich mit langsamen Schritten dem Lincoln.

Suchet, so werdet Ihr… Udo Müller-Christian

„Stopp!"
Das Kommando stammte aus einem verborgenen Lautsprecher.
„Ziehen sie sich langsam aus, wir wollen nur sicher gehen, ob sie der richtige Mann sind!"

Der Mann begann langsam seinen Anzug abzulegen, wobei er sich ein zynisches Grinsen nicht verkneifen konnte.
„Sie wollen also wissen, ob ich ein richtiger Mann bin! Na dann, los!"
Als er auch nicht zögerte, seine Unterhose abzulegen, ertönte wieder die befehlsgewohnte Stimme.

„Das reicht, sie können reinkommen!"
Bei dem Mann hatten sich zwischenzeitlich Tropfen kalten Schweißes auf der Stirn gebildet - aber bei solchen Geschäften und Geschäftspartnern sollte man nicht zimperlich sein!
Eine Tür im Lincoln öffnete sich gerade so weit, dass er hindurch schlüpfen konnte. Im Inneren des Wagens war es kalt und er wurde von zwei kräftigen Kerlen ergriffen, in einen Sitz gedrückt und an dessen Lehnen mit Handschellen angebunden.
Der Mann ertrug diese Prozedur mit Fassung und ohne auch nur eine Miene zu verziehen. Gelassen betrachtete er sein Gegenüber. Die Männer, man hätte sie wohl auch als Gorillas bezeichnen können, stiegen aus und ließen den Mann, dessen Nadelstreifenanzug im Sand der Wüste lag, mit seinem Gastgeber alleine.
„Es tut mir Leid, ihnen diese Unannehmlichkeiten bereiten zu müssen, aber in meiner Position..."

„Aber, aber, Eminenz! Ihre Sicherheit ist auch für mich ein äußerst wichtiges Anliegen!"

Der alte Mann im schwarzen Kleid lachte verstehend.
„Also werden sie nicht zögern, unsere Pläne weiter zu verfolgen!?"
„Wie könnte ich, ich werde doch nicht meinen besten Kunden verärgern wollen!"
„Dann erzählen sie 'mal!"
„Dieser Journalist hat einen bedauerlichen Unfall erlitten und wird sicher keine Lügen mehr verbreiten können. Spuren gibt es selbstverständlich keine, es ist eben ein ganz normaler Unfall gewesen."
„Der Herr sei seiner Seele gnädig!"
Der alte Mann schien es tatsächlich ernst zu meinen.

'Und auch deiner!' dachte der Mann in der Unterhose, der allmählich zu frieren begann.
Der alte Mann wandte sich übergangslos einem anderen Thema zu.
„Was machen meine... unsere anderen Pläne?"
„Man kann nur sagen, dass sie Fortschritte machen, denn solange die finanziellen Mittel nicht ausgehen - und wie sollte das ihrer Gesellschaft geschehen - ist damit zu rechnen, dass wir einem Erfolg immer näher kommen werden!"
Nun beugte er sich so weit vor, wie es ihm seine angebundenen Arme gestatteten.
„Und Eminenz, wenn sie erlauben, je mehr Zeit wir uns für die Suche lassen, desto größer wird der Erfolg sein. Wir sind nicht mehr bereit, eine solche Panne, wie bei HIV zu dulden!"

Suchet, so werdet Ihr... Udo Müller-Christian

„Jedenfalls können wir sicher sein, dass die undichte Stelle in unserer Organisation abgedichtet wurde, es wird also keinen Informanten geben, der einen weiteren Journalisten informieren kann! Ich muss sicher nicht extra betonen, auf was es uns bei diesem Unternehmen ankommt!"

„Nein, die Zielsetzung ist uns völlig klar. Diesmal geht es darum, den menschlichen Geschlechtsverkehr und damit jede Form von Sexualität überflüssig zu machen! Es geht um die unbefleckte Empfängnis im großen Stil!"

Der alte Mann wirkte unwirsch.

„Ich glaube nicht, dass sie genug von diesen Dingen verstehen, um in dieser Weise reden zu können!"

„Selbstverständlich Eminenz, es tut mir Leid!"

„Ist ja schon gut!"

„Wir werden wahrscheinlich innerhalb der nächsten zehn Tage mit den eigentlichen Versuchen beginnen können, ich muss sie bitten, uns die Frauen so schnell wie möglich zur Verfügung zu stellen."

„Das wird kein Problem sein, mein Sohn, unsere Organisation verfügt über ein Heer von Freiwilligen. Wir werden also das Projekt bald in Angriff nehmen können? - Wir werden die Fleischeslust in ihre Schranken verweisen, wir werden die Erde von dieser Sünde befreien. - Wie ist es mit unserem anderen Projekt? Eigentlich wollen meine Brüder und ich die Ernte unserer Saat noch erleben, auch wenn wir schon sehr alt sind!"

„Unsere Biogenetiker kommen ihrem Ziel nur langsam näher. Genauer gesagt ist es ihnen gelungen, eine DNS- Gruppe zu isolieren, die im Stande ist, die vorprogrammierte Alterung

einer Zelle anzuhalten. Sie werden verstehen, dass der Professor, der mit dieser Aufgabe befasst ist, nicht die volle Wahrheit zu kennen braucht. Er sucht offiziell nach einem Weg, ein Universalmittel gegen jede Art von infiltrativen Tumoren zu entwickeln. Sein Assistent ist einen Schritt weiter eingeweiht und wird die Arbeit des Professors weiter führen, wenn dieser seinen tragischen Unfall erlitten hat, wozu es allerdings noch entschieden zu früh ist."
„Sie sagen zu früh! Bedenken sie die ungeheuren Geldmittel, die wir ihnen zur Verfügung stellen, sie sind weitaus weniger unerschöpflich, als sie meinen. Sie können sich gar nicht vorstellen, was für gewaltige Transaktionen vonnöten sind, um so hohe Geldsummen bereit zu stellen, die dazu noch zum Teil aus den wöchentlichen Kollekten stammen. Sie müssen bedenken, dass eine so gewaltige Organisation wie die unsere Ausgaben hat, die in die Milliarden gehen. Sie können sich gar nicht vorstellen, was für Schwierigkeiten wir zum Teil haben, unsere Fabriken für Rüstungsgüter vor unseren Schäfchen zu verbergen!"

Der Mann mit der Unterhose sagte nichts, sondern wartete geduldig ab, bis die Erregung seines Gegenübers verflogen war.

„Eminenz! Ich denke wir können diese Unterredung für heute beenden, wir können uns dann wie üblich wieder miteinander in Verbindung setzen."
„Ich weiß genau, dass sie meine Ansichten nicht teilen, wir haben Erkundigungen über sie eingezogen!"
Er beruhigte sich wieder.

„Trotzdem leisten sie zufriedenstellende Arbeit, mich würde interessieren, was sie antreibt!"

„Der Mammon, Eminenz, der Mammon!"
Die Antwort war so lakonisch, wie sie wirkte, denn beide wussten, dass er diese Unsummen nur brauchte, um seine obskuren sexuellen Ausschweifungen zu finanzieren, aber - und das wusste der Mann in der Unterhose nicht - das war der einzige Punkt, in dem sie sich glichen!

Aufgrund eines Knopfdruckes seiner Eminenz kamen die beiden Männer, die den Mann angeschnallt hatten, in den Wagen zurück und banden ihn los, um ihn aus dem Wagen zu schieben.
Die Wüste war ganz schön aufgeheizt.
Der Lincoln verschwand mit stetig zunehmender Geschwindigkeit, während sich die hintere Tür des Rolls öffnete.
Die Frau die heraus sah, sie war ganz in Leder gekleidet wobei entscheidenden Stellen unbedeckt blieben, schwang eine Peitsche.
„Warum ziehst du dieses lächerliche Ding nicht auch noch aus? Komm her, deine Domina wartet auf dich!"

Suchet, so werdet Ihr… Udo Müller-Christian

Später trafen wir uns beim Frühstück.
Balsamo biss soeben in eine Schnitte Schwarzbrot.
Ich hatte gleich das Gefühl einer Aufbruchstimmung und wunderte mich nicht, als ich während des stattfindenden Gespräches erfuhr, dass Kris bereits die Zimmer bezahlt hatte und dass er beabsichtigte, mit uns allen zu dem verrückten Bruno zu fahren, der im Wald wohnte.

Venus fehlte.
Das diese unangenehme Katharina abgereist war, hatte ich von Giacomo erfahren.
„Venus überwacht die einzige Zufahrtsstraße, wir müssen sehr vorsichtig sein!"
„Siehst du da nicht vielleicht etwas zu schwarz?"
„Nein Mirona, denn immerhin lebe ich! Wäre ich nicht mein Leben lang äußerst vorsichtig gewesen, würden wir jetzt mit Sicherheit nicht gemeinsam frühstücken können!"
Giacomo und Valeria waren sehr schweigsam und ich ahnte, dass sie keine Lust hatten, zu dem verrückten Bruno in den Wald zu fahren.
„Wenn ihr nicht mitkommt, müsst ihr mir allerdings versprechen, zusammen zu bleiben. Wenn ihr euch die nächsten Tage in Valerias Werkstatt aufhaltet habt ihr zumindest ihre Angestellten als potentielle Verteidiger!"

Suchet, so werdet Ihr…   *Udo Müller-Christian*

„Die können wir auch gebrauchen, wenn ich mir vorstelle was für eine Vergangenheit die zum Teil haben, muss ich Valeria zu ihrer Einstellungsgewohnheit gratulieren!"

„Was heißt das Giacomo?"
„Ganz einfach Mirona, wer bei Valeria arbeiten will, muss schon einige Jahre Knast vorzuweisen haben!"
„Jetzt übertreib' aber nicht!"
Valeria schien da also anderer Meinung zu sein.
„Gut, wir fahren mit Giacomos Porsche zurück, ich lasse Alexis zu unserer Sicherheit auf einen Parkplatz kommen, den wir gleich anfahren werden, dann könnt ihr so ziemlich beruhigt sein, was uns angeht! Ich nehme an, dass ihr besser mit meinem Range Rover fahrt, oder?"
„Gut, ruf Alexis an, nenn' ihm den Treffpunkt aber nicht offen und lass ihn nicht alleine kommen!"

„Klar, kein Problem!"
Valeria ging zum Telefon.
„Du wirst ja immer vorsichtiger, Kris Balsamo!"
„Es geht mir zur Zeit um die Sicherheit meiner Freunde!"
„Das kann ich verstehen! Dann werden wir also nur von Venus begleitet, wenn wir zu diesem Bruno fahren?"
„Wenn dir meine Gegenwart nicht reichen sollte!"
„Was wird aus meinem Wagen?"

„Den kann Valeria morgen oder in den nächsten Tagen abholen, wie sie es auch mit meinem M 5 machen wird!"

„Ich glaube..."

Suchet, so werdet Ihr…   Udo Müller-Christian

„Gut, wenn du ihn Valeria nicht anvertrauen willst…"
„Was heißt hier anvertrauen…"
„Wahrscheinlich hast du etwas in dieser Kiste versteckt, was weder für Valerias noch für meine Augen bestimmt ist!"
„Und wenn es so wäre?"
Balsamo zuckte die Achseln.
 Wir brachten unser Gepäck in die Autos, die zurückbleiben würden und stiegen in Valerias Range Rover.
 Hinter dem Lenkrad saß, wie konnte es auch anders sein, Kris.
 Valeria schien den Fahrkünsten Giacomos nicht sehr zu vertrauen und setzte sich direkt hinter das Lenkrad des Porsche 911, den Giacomo sein Eigen nannte.
 Auf dem folgenden Weg schien uns niemand zu verfolgen, was allerdings nicht viel besagte, wenn man bedachte, dass es äußerst diffizile Möglichkeiten gab, jemanden zu observieren.
 Irgendein Gefühl sagte mir, es sei besser, nicht nach dem Verbleib von Venus zu fragen, die wir nicht auf dem Weg vom Hotel zum Ort aufnahmen, wie ich eigentlich erwartet hatte.
 Kris fuhr Richtung Brilon und wir ließen Valeria und Giacomo in einem Restaurant an der Straße zurück, indem sie auf ihren Begleitschutz warten würden.
 „Vielleicht verrätst du mir jetzt, wo Venus geblieben ist!"
 Er grinste relativ unverschämt.
 „Im Kofferraum meine Verehrteste, im Kofferraum!"
 Auf diese Absurdität ging ich selbstverständlich nicht näher ein.

Suchet, so werdet Ihr...   Udo Müller-Christian

  Der Waldweg, der zu dem verrückten Bruno führte, der im Wald wohnte, zeigte relativ frische Reifenspuren.
 Ich begnügte mich damit, mir das Profil genauer anzusehen, verzichtete allerdings auf eine Spurmessung und einen Gipsabdruck.
 Weitere Recherchen erübrigten sich, denn die Leute, die ich suchte, waren hinter mir her, sie würden mich also über kurz oder lang finden.

Mein Blick fiel während der Weiterfahrt in den Innenspiegel, der sich bei einem der beträchtlichen Schlaglöcher verstellt haben musste.

 Mann, ich sah Mironas hüpfende Brüste.
 Ich musste cool bleiben, um nicht den Überblick zu verlieren.
 Mit einem beherzten Griff änderte Mirona die Einstellung des Spiegels.

  „Du wirst ja wohl zugeben müssen, dass du absolut abgewichst sein musst, falls es zu einer Konfrontation kommen sollte!"
 Ich musste schallend lachen.

Suchet, so werdet Ihr...   Udo Müller-Christian

„Wie kannst du dich im Augenblick dafür interessieren, ob mir einer abgewichst wird, oder nicht?"
„Wie kannst du die Nerven haben, mich absichtlich so miss zu verstehen?"

Einige Kilometer fuhren wir völlig wortlos, bis Mironas Stimme relativ besorgt aufklang.
„Sollten wir nicht langsam anhalten und zu Fuß weitergehen?"

„Nein, wenn wir ganz normal vorfahren, werden wir sicher mehr Eindruck schinden!"

„Meinst du das ernst? Blöde Frage, natürlich meinst du das ernst!"

Wieder vergingen Minuten.
„Wenn wir keinen Vierradantrieb hätten Mirona, müssten wir jetzt durch den Schlamm waten."
„Wenn du jetzt nicht langsam anhältst um Waffen zu verteilen, muss ich dich für vollends übergeschnappt halten!"

„Der verrückte Bruno, der im Wald wohnt, hat Waffen genug und sie haben ihm nichts genützt. Wenn wir zu Bruno in den Wald Waffen mitbringen würden, wäre unser Verhalten damit zu vergleichen, Eulen nach Athen zu tragen. Außerdem müssen wir berücksichtigen, dass die Personen, die Bruno überfallen haben, sicher auch über ausreichend Waffen verfügen werden. Wenn du also eine Waffe brauchen solltest, wirst du sie von Bruno bekommen oder von den Leuten, die mich suchen."

Suchet, so werdet Ihr...   *Udo Müller-Christian*

Mironas Fatalismus war bewunderungswürdig und ließ mich kurzfristig darüber nachdenken, ob es sich vielleicht um ihre Leute handeln konnte, die den verrückten Bruno, der im Wald wohnte überfallen hatten.

„Es ist auch relativ unwahrscheinlich, dass die die Nerven haben, sich jetzt noch bei Bruno aufzuhalten!"
„Wir werden ja sehen!"

*

INTERMEZZO

Der Mann verließ das *Anne Frank Haus* und bestieg ein Boot, das direkt ablegte.
Die Frau, die das Boot steuerte lachte.

„Na, hast du den Stoff?"
„Klar, und ich habe eine Verabredung! Diese Leute wollen uns tatsächlich drei Tonnen liefern!"

„Drei Tonnen! Das wird sich ja richtig lohnen!"
Der Mann öffnete einen Kasten.

„Gibst du Energie auf den Transporter?"
Die Frau gab das Gedankensignal.
Der Mann steckte die erworbene Ware in den Kasten und schloss ihn.

Als Minuten später die Wasserpolizei das kleine Boot aufbrachte, um es zu durchsuchen, fand man in dem Kasten nichts, außer einem Zettel mit der Aufschrift: „Danke!"

Suchet, so werdet Ihr... Udo Müller-Christian

Vielleicht war ich verrückt, vielleicht aber auch schicksalsergeben. Jedenfalls harrte ich geduldig der Dinge, die da kommen würden.
Kris verhielt sich so selbstsicher, wie

der da kommt,

der da ist und

der da war.

War ich schon so verrückt geworden, dass ich zu solchen Formulierungen fähig war, oder war es mein lächerlicher Weise blindes Vertrauen in einen Menschen, den ich eigentlich - trotz der Videoaufzeichnungen - gar nicht kannte?
Möglicherweise war es auch mein blindes Vertrauen in sein unglaubliches Konfrontationsvermögen, in seine sichere Überlegenheit, auch wenn er es mit zehn Gegnern zu tun haben sollte.

Nur was nützte ihm die Sicherheit, seine Kraft und unvermutete Wendigkeit, angesichts entsicherter Waffen, die in der Lage waren, Projektile mit mehrfacher Schallgeschwindigkeit zu verschießen, die mühelos seinen Körper zu durchschlagen vermochten?

Suchet, so werdet Ihr…   Udo Müller-Christian

Aber was für einen Sinn hatten solche Gedanken?
War Kris nicht in der Lage ähnliche Überlegungen an zu stellen?
War er nicht im Stande zu wissen, was ihn möglicherweise erwartete?

Balsamo stoppte den Wagen. Von hinten war ein Geräusch zu hören. Kris fuhr wieder an. Meinen fragenden Blick beantwortete er mit einem Schulterzucken.
Wir umfuhren einen Baum und standen übergangslos keine hundert Meter von einem gemauerten Steinhaus entfernt.
Wortlos schaltete Kris den Motor aus.
Das Steinhaus wirkte wie ein Fremdkörper mitten im Wald.

„So, da wären wir!"
„Richtig Kris! Und es gibt kein Zurück!"
Balsamo zog den Schlüssel ab, öffnete die Tür und stieg aus.
Mir fiel auf, dass er den Schlüssel bei dieser Aktion 'verlor'; mir war klar, dass das Absicht war und versuchte mir ungefähr die Stelle einzuprägen, an der der Schlüssel nun liegen musste.

Was sollte ich Anderes tun?
Also stieg ich auch aus.
Ohne zu zögern ging Balsamo auf das Steinhaus zu, in dem der verrückte Bruno, der im Wald wohnte, zu hausen schien.

„Bruno! Karin!"

Suchet, so werdet Ihr…   *Udo Müller-Christian*

Da er mit dem Wagen schon genug Krach gemacht hatte, rief er auch noch die Namen der Leute, die in dem Haus wohnen mussten.

Ich wich jedenfalls keinen Schritt von seiner Seite.
Ohne mich anzusehen und mit kaum wahrnehmbaren Lippenbewegungen flüsterte er mir einige Informationen zu.
„Hier stimmt Einiges nicht. Wenn man sich dem Haus so weit genähert hat, sieht man spätestens Bruno mit der Knarre! Wenn er jetzt nicht auf der Veranda steht, hat das nur einen Grund, er kann nicht."

Ich muss zugeben, dass das mulmige Gefühl, das mich beschlich immer stärker wurde.
„Bruno!"
Balsamo gab nicht auf.

Wieder begann er zu flüstern.
„Wenn Bruno nicht reagiert, dann ist er nicht da, oder man hat ihn in eine Situation gebracht, die es ihm nicht ermöglicht, sich zu melden."
Nur noch wenige Schritte trennten uns von der Veranda.

„Bruno! Ich habe eine Bekannte mitgebracht, wir kommen jetzt rein!"
Kris schob mich einige Zentimeter zur Seite.
Sein Tritt beförderte die hölzerne Eingangstür aus den Angeln, so dass sie mitten im halbdunklen Innenraum auf dem Boden landete.

Suchet, so werdet Ihr…　　　　　　　　Udo Müller-Christian

Im Inneren des Hauses war nichts zu erkennen.
Ich bemerkte, dass Kris die Augen geschlossen hatte. Wollte er sich an die herrschende Dunkelheit gewöhnen?
Nach etwa einer halben Minute ging er los.
Mit zielstrebigen Schritten passierte er die Schwelle, ohne auch nur die geringsten Anstalten zu machen, sich abzurollen.

Ich folgte ihm.
An der gegenüberliegenden Wand kauerte ein Mann auf dem Boden.

„Bruno!"
Mit einem Satz war Balsamo über ihm und legte die Pistole zur Seite, die der Mann in der Hand gehalten hatte.
Der Mann blickte auf und sah Balsamo an.
„Sie haben uns überwältigt! Vielleicht sind sie immer noch in der Nähe!"

„Wer?"
„Vier Männer! Keine Ahnung, wer sie waren! Sie wollten alles von mir wissen, was ich über dich wusste!"
„Hoffentlich hast du ihnen auch alles gesagt!"
„Klar, sie hätten sonst Karin erledigt!"
Während Kris mit dem verrückten Bruno der im Wald wohnte sprach, behielt ich die Umgebung im Auge.

Es gab da eine weitere Tür, die in diesen Raum führte, in dem wir uns befanden.
Bruno sah immer wieder zu einem Spiegel, der sich an der selben Wand befand, wie die besagte Tür.

Suchet, so werdet Ihr…   *Udo Müller-Christian*

Balsamo bewegte sich kaum, als er die Pistole des verrückten Brunos der im Wald wohnte, in den Spiegel schleuderte, zu dem der verrückte Bruno so oft gesehen hatte.

Ich ließ mich fallen und erkannte im Sturz eine Frau die zusammensank, weil sie die Pistole an den Kopf bekommen zu haben schien.

Hinter dem zersplitterten Spiegel hatte sie gestanden und hinter ihr ein Mann, der eine Maschinenpistole in den Händen hielt.

„Karin!"

Der verrückte Bruno hechtete nach vorne, um die Frau aufzufangen, die zu Boden stürzte.

Der im Rahmen des Spiegels stehende Mann rührte sich nicht. Wusste er, dass er mit seiner Maschinenpistole Herr der Lage war?

Ich sah ihn mir genauer an.

Von hinten hatte sich eine Hand um seinen Hals gelegt, eine schmale, fast zierliche Hand, eine Hand, die bereit war zu zu drücken.

Balsamo ging einen Schritt auf den Mann zu und nahm ihm die Waffe ab, die er achtlos in eine Ecke des Raumes warf.

Mit einem Ruck stürzte der Mann, der zuvor hinter dem Spiegel Karin bedroht zu haben schien, mitten in den Raum, vor Kris Füße, während Venus grinsend in den Raum trat. Ihre Hand hatte sich am Hals des Mannes befunden, eine Hand, die diesen Hals zweifelsohne mühelos mit solcher Kraft zusammen zu drücken im Stande gewesen wäre, dass der Mann keinen Gedanken an irgendeine Gegenwehr verschwendete.

Suchet, so werdet Ihr…   Udo Müller-Christian

„Venus war im Kofferraum und stieg aus, als du kurz angehalten hast!"
„Ich habe immer lieber eine Rückversicherung in meiner Nähe!"
Venus war ganz in Schwarz gekleidet und trat nun auf den am Boden liegenden Mann zu.

„Rede!"
Der Mann sah auf.
Seine ungläubigen Augen verdeutlichten, dass er nun erst realisierte, wer ihm hinter dem Spiegel die Luft abgedrückt hatte.
Balsamo packte den am Boden Liegenden, riss ihn hoch und setzte ihn auf einen Stuhl.

„Bruno! Wo sind die anderen Drei?"
„Keine Ahnung!"
Venus verschwand wieder in dem Raum hinter dem Spiegel. Vermutlich wollte sie dafür Sorge tragen, dass sich uns niemand unverhofft näherte.
„Hatte ich mir doch gleich gedacht, dieser Spiegel war mir schon bei meinem letzten Besuch aufgefallen! Nur, dass damals Bruno hinter der spanischen Konstruktion gestanden hatte, sonst hätte Karin nicht so locker sein können!"

Was hatte Kris mit diesen Worten gemeint?
Balsamo sah den nun auf dem Stuhl sitzenden Mann an.

„Rede, wer sind deine Auftraggeber, was willst du von mir?"

Suchet, so werdet Ihr…   *Udo Müller-Christian*

Der Mann schüttelte den Kopf.
Kris Hand griff nach seiner Schulter.
Sein Daumen drückte auf das Schlüsselbein des Mannes, der sein Gesicht vor Schmerz verzerrte.
Bruno sah auf.
„Mann, rede! Ich habe gesehen, wie er einem Kerl einen Knochen nach dem anderen gebrochen hat, ohne ein einziges Mal zuzuschlagen!"
Der Mann schüttelte den Kopf.
„Soll er mir doch die Knochen brechen, damit kann er mir nicht mehr schaden."
Sein Gesicht verzerrte sich noch einmal, seine Augen weiteten sich.

Balsamo trat einen Schritt zurück.
Der Mann sank in sich zusammen.
Balsamo sah mich an.
„Hast du den Geruch nach Mandeln wahrgenommen? Blausäure!"
Bruno stand auf und half Karin, die nur noch schluchzte auf die Beine.

„Sie hätten Karin umgebracht, wenn ich nicht mitgespielt hätte!"
Balsamo legte ihm eine Hand auf die Schulter.
„Is' schon gut, Bruno. Is' schon gut!"
Balsamo sah mich ernst an.
„Hast du eine Ahnung, wer das sein könnte?"
Ich schüttelte wortlos den Kopf.
„Vielleicht ist es besser, wenn ihr mitkommt, Bruno! Hier im Wald scheint ihr nicht mehr sicher zu sein!"

Suchet, so werdet Ihr…   Udo Müller-Christian

„Schon gut Kris! Wir bleiben hier! Uns wird niemand mehr überfallen können..."

In der Jacke des Mannes fand ich einen Zettel mit einer Adresse in Amsterdam.

„Die Ecke kenne ich!"

Balsamo nahm den Zettel an sich und steckte ihn wortlos ein.

Venus trat ein.
„Was geschieht mit ihm?"
Sie deutete auf den Toten, der mitten im Raum lag.
„Kein Problem, um den werde ich mich kümmern!"
Venus konnte nicht wissen, dass dieser Mann sich selbst vergiftet hatte. Sie hätte auch annehmen können, Balsamo habe ihn umgebracht. Dieser Gedanke schien sie nicht im Geringsten zu stören.

„Und wenn die Brüder dieses Typen hier erscheinen?"
Balsamo sah Bruno ernst an.
„Ich lasse mich nicht noch einmal überraschen!"

Warum hatte er Brüder gesagt?

Suchet, so werdet Ihr... Udo Müller-Christian

Gegen Abend traf ich in Amsterdam ein.
Da ich schon öfter die Not der Parkplatzsuche verspürt hatte und, sofern ich endlich einen begehrten Platz ergattert haben sollte, die passenden Talerstücke fehlten, verfügte ich seit einigen Jahren immer über Eintalerstücke im Wagen, die ich in einem ausgedienten Tablettenröhrchen aufbewahrte.
Einen Parkplatz ergatterte ich schnell an einer Gracht.
Das Anziehen der Handbremse, die man im Fachjargon als Feststellbremse bezeichnete, war dringend angeraten.
Anhand des mitgebrachten Stadtplanes hatte ich mich orientiert und ging an einer Gracht entlang, überquerte eine Brücke und gelangte in die Gegend der schmalen Gassen, in der jedes Haus über mindestens eine Schaufensterscheibe verfügte, deren Rahmen in rotes Licht getaucht wurde. Hinter den Schaufenstern saßen, als befänden sie sich zuhause in ihren Wohnzimmern, spärlich bekleidete junge Damen, auf mehr oder weniger spartanischen Möbelstücken und strickten oder lasen.
An einer Ecke, gebildet aus dem Eingang einer Gasse und der Gracht, an der ich entlang gegangen war, blieb ich stehen, um eines der Namensschilder dieser Gasse genauer betrachten zu können.

Suchet, so werdet Ihr… Udo Müller-Christian

Eine schnelle Bewegung und ein rhythmisches Klopfen lenkte meine Aufmerksamkeit auf sich.

Jemand klopfte von Innen an die Schaufensterscheibe direkt neben mir. Ein Mädchen im silberfarbenen Bikini, das nicht strickte, sondern soeben ein Buch zur Seite gelegt hatte.

Sie zwinkerte mir aufmunternd zu und schürzte die Lippen.

Ich hätte fast jede Wette gewagt, dass sie aus niederländisch Indonesien stammte.

Die Lichtreflexe ihres Bikinis bildeten einen deutlichen Kontrast zu ihrer braun gebrannten exotischen Haut und ihren langen wallenden Haaren, die schon dunkler als schwarz sein mussten.

Unter ihrem Silberslip konnte ich deutlich die Wölbung ihres Venushügels erkennen, die dahinter befindliche, sicherlich schwarze, Haarpracht konnte ich nur erahnen.

Mit einem entschuldigenden Lächeln verbeugte ich mich vor ihrer Schönheit und bog in die Gasse ein.

Die von Giacomo überprüfte Adresse war tatsächlich Mitten im Rotlichtviertel zu finden. Konnte es sein, dass sie mich zum Konsortium oder dessen Konkurrenzunternehmen führte?

Vielleicht fünfzig Schritte von dem Schaufenster mit dem netten Mädchen entfernt fand ich den Eingang zu der bezeichneten Gasse.

Da es bereits dämmerte, drängten sich die roten Beleuchtungen der Schaufenster überdeutlich in meinen Verstand.

Und dann stand ich vor dem Haus mit der Nummer 23 an dem es nur einen einzigen Eingang gab.

Suchet, so werdet Ihr…   *Udo Müller-Christian*

Erst als ich unmittelbar vor dem Haus stand, realisierte ich, dieses Gebäude vor einigen Jahren in einer anderen Angelegenheit bereits observiert zu haben. Ich hatte den Auftrag angenommen gehabt, für die Sicherheit einer verwöhnten Millionärstochter zu sorgen und das noch möglichst unauffällig.

Bevor ich meine Hand der Schelle näherte, erschienen am anderen Ende der Gasse zwei Männer, die sofort in meine Richtung losliefen, als sie mich vor dem besagten Eingang stehen sahen.

Verdammt!
Wo hatte ich diese Kerle schon gesehen?

Normalerweise war ich nicht der Typ, der einer Auseinandersetzung aus dem Weg ging und ich war auch nicht der Typ, der schnell laufen konnte.

Ja, es schien sich um die Leute zu handeln, die seinerzeit diesen Wiesotzki auf einem Parkplatz überfielen. Konnte es solche Zufälle geben?
Nein!

Doch nun lief ich.
Um mehrere Ecken doch ich hatte keine Chance.

Das Schaufenster hinter dem die lesende Exotin wartete war noch hell erleuchtet.
Ich hetzte durch die Tür und zog die Gardine zu.

Die junge Dame, die zuvor mittels Blicken mit mir geflirtet hatte, sah mich erstaunt über den Rand ihres Buches an.

Suchet, so werdet Ihr…   Udo Müller-Christian

„Ich bitte für eine halbe Stunde um *politisches Asyl!*"

Ich hatte deutsch gesprochen, in der Eile.
„Gut, eine halbe Stunde kostet hundert Gulden!"
Zu meinem Erstaunen hatte sie akzentfrei deutsch geantwortet.
Sie legte das Buch zur Seite.

„Naked Lunch!"
Sie grinste.
„Ja, von William S. Burroughs. Hast du es gelesen?"
„Klar, aber ich bin nicht schwul!"
„Sonst wärest du ja wohl kaum hier!"

Jetzt grinste ich.
„Richtig!"
„Was hast du denn für Wünsche!"
„Wo hast du so gut deutsch gelernt?"
„Ich habe in Münster studiert! Wie waren deine Wünsche?"

„Nichts Besonderes!"
Ich reichte ihr zweihundert Gulden.
„Reicht das um eine halbe Stunde in der Sicherheit deiner Räumlichkeiten zu bleiben?"
„Klar, bei dem Kurs bekommst du aber etwas geboten! Einen Aufenthalt ohne Service gibt es nur, wenn du Impotent bist, was anderes lässt die Berufsehre bei mir nicht zu und wenn es nur ein Handjob ist. Du wirst sicher verstehen! Ich ziehe mir auch den BH aus und du bekommst noch was raus!"

Suchet, so werdet Ihr…   Udo Müller-Christian

Ich schüttelte den Kopf.
„Schon gut!"
„Danke!"
Sie steckte die zweihundert Gulden in eine Art Briefkasten, der in die Wand eingelassen war, wohl um zu verhindern, dass sie wegen des Geldes ausgeraubt werden konnte.

„Mai Lyn!"
Ich sah sie erstaunt an.
Eine weitere fernöstliche Schönheit erschien aus einem Raum, der hinter einem Vorhang verborgen zu sein schien. Ihre Kleidung bestand nur aus einem durchsichtigen gardinenartigen Kleid, das ihre ebenfalls wohl geformten aber eindeutig Silicon gestilten Rundungen gut zur Geltung brachte. Das Einzige was mich an ihr störte war ihr Gesicht.

Sie wechselten einige Worte in einer Sprache, die ich nicht verstand, dann zog sich Mai Lyn zurück.
„Gefällt sie dir besser als ich?"
„Nein, wenn ich ehrlich bin, gefällst du mir besser!"

Sie lächelte erfreut.
„Gut, dann musst du jetzt etwas bestellen, womit wir dich erfreuen können, denn ohne unseren Dienst werden wir dich nicht wieder gehen lassen!"
„Ich brauche wirklich keinen Dienst, ich bin dankbar, dass du mich hier eine halbe Stunde beherbergst!"
„Dann musst du dich aber wenigstens hinsetzen, du willst ja wohl kaum eine halbe Stunde stehen!"

Während ich mich in einen Sessel setzte, fuhr sie sich mit einer Hand in den Slip und leckte mit der Zunge über ihre Oberlippe.

Grinsend sah sie auf meine Hose.
„Da du nicht impotent zu sein scheinst, wirst du nun etwas bestellen müssen!"
Ich zuckte mit den Achseln und sah mir an, was ich ohnehin schon gespürt hatte, die Schwellung unter den Knöpfen meiner Hose.
„Gut Fremder, dann wird Mai Lyn den Handjob übernehmen und ich werde dich visuell stimulieren, oder hast du was dagegen?!"
„Ich habe mich ja noch gar nicht damit einverstanden erklärt, dass ich überhaupt mehr bekomme, als eine halbe Stunde Aufenthaltsrecht!"

Sie lachte nur und deutete auf die Wölbung in meiner Hose.
„Jedenfalls scheinst du tatsächlich nicht impotent zu sein!"

Ich ließ mich tatsächlich breitschlagen.
„Einverstanden! Einen Handjob und du kraulst dein haariges Dreieck zur visuellen Stimulation!"
„Sag ich doch die ganze Zeit! Sie wichst dir einen ab und ich geile dich dabei auf!"
„Und der Kurs stimmt?"
Als sie nicht sofort antwortete zog ich einen weiteren Zweihundertguldenschein, um ihn ihr zu überreichen.
Nun sah sie mich wirklich verwundert an und schüttelte den Kopf.

Suchet, so werdet Ihr… Udo Müller-Christian

Erst meine abwehrende Bewegung bewirkte, dass sie den Schein in den besagten Schlitz steckte.

Die Lichtreflexe ihres Bikinis bildeten einen deutlichen Kontrast zu ihrer braun gebrannten exotischen Haut.

Musik klang auf.

Sie schob ihren Hintern langsam auf den Barhocker, den sie zuvor näher an die Wand gerückt hatte, wobei sie aufreizend langsam ihren silberfarbenen Slip nach unten schob.

Ihr dunkelhaariges Dreieck wurde sichtbar.

Während meine Erektion zunahm, trat die nun völlig nackte Mai Lyn ein und zog mich an den Händen hoch.

Sie öffnete meine Hose und schob sie bis zum Boden.

Ich setzte mich wieder hin.

Nun zog sie mir meine schwarzen Docs aus und die Hosen über meine Füße.

Dem sanften Druck ihrer Hände nachgebend, lehnte ich mich in dem Sessel zurück.

Suzie Wong hatte sich nun ihrerseits den Slip gänzlich ausgezogen und präsentierte mir ihr Haardreieck.

Als sich meine begonnene Erektion verstärkte, griff Mai Lyn mit geschickten Fingern zu und versorgte mich mit einem Pariser.

Suzie Wongs Finger näherten sich ihrem Dreieck und glitten in die Spalte. Sie deutete mit ihren Finger eindeutige Masturbationsbewegungen an, schloss die Augen und stöhnte.

Mai Lyn kümmerte sich konzentriert um den Handjob, wobei sie sich dermaßen beeilte, dass ich schon versucht war wegen der zu hohen Geschwindigkeit zu protestieren.

„Entspann dich, du hast genug bezahlt!"

Suzie Wong lachte, als ihr bewusst wurde, dass ich nicht sofort abspritzen wollte.

„Doch! Lass ihn sich verströmen!"

Ich gab auf.

Mai Lyn brachte den Job zu Ende und hörte im richtigen Moment auf, als es kurz vor dem Moment war, in dem es unangenehm werden konnte.

„So, mein Freund, kommen wir nun zu dem von dir bestellten Handjob!"

Suzie Wong machte die Beine breit und zog sich die Vulvalippen auseinander.

„Wenn einer gut bezahlt, dann soll ihm auch etwas geboten werden, dann soll er auch wieder zu uns kommen, wenn er in Amsterdam ist.

Mai Lyn hatte den Pariser von meinem Penis gerollt und trocknete ihn mit einem Haushaltstuch gefühlvoll ab.

Sie hockte sich neben mich, als wolle sie auf meine nächste Erektion warten, die Suzie Wong nun durch visuelle Reize herauf beschwor.

Der Sessel, in dem ich saß klappte nach hinten und brachte mich in eine fast liegende Position.

Suzie Wong hockte sich über meinen Brustkorb, öffnete ihre Spalte und schien nun tatsächlich mit ernsthaften Manipulationen an und für sich zu beginnen.

Ich hatte einen Handjob bestellt und ich hatte sicherlich auch nur für einen Handjob bezahlt, also berührte ich sie nicht.

Mai Lyns geschickte Hände richteten mich wieder auf...

Suchet, so werdet Ihr…   *Udo Müller-Christian*

*

INTERMEZZO

Der Mann betrat die Hagia Sophia als wäre es das Selbstverständlichste was man sich vorzustellen vermochte.

Der Wächter am Eingang zählte ihn auf der Liste, die er führte nicht mit, so war sichergestellt, dass am Abend bei der Schließung nicht eine Person mehr das Gebäude betreten hatte, als wieder herausgekommen war.

Ein aufmerksamer Beobachter hätte bemerken können, dass er hinter einer Säule verschwand und nicht wieder zum Vorschein kam.

Zur selben Zeit an einem *Anderen Ort* kam er wieder zurück in den *stofflichen Kosmos*. Eine blaue Sonne beleuchtete den Platz auf dem Planeten Nitur 7.

Der Mann ging auf ein Gebäude zu und fiel nur durch seine - relativ zur Umgebung - auffällige Kleidung als extrem exotisch gekleideter Individualist aus dem vielzitierten Rahmen.

Suchet, so werdet Ihr…   Udo Müller-Christian

Auf dem Flug nach Athen fand ich endlich Zeit, das alte Dokument zu lesen. Da ich es seit diesem Wochenende in diesem Wünnenberg mit mir herumgetragen hatte, war es schon einigermaßen verknickt, was allerdings auf den Inhalt des Textes keinen Einfluss hatte.

Aus der Zeitschrift Das graue Ungeheuer, *Nummer 15 von 1785:*

'Am 7. August 1775 wurde die Loge eingeweiht. Man versammelte sich abends um 11 Uhr. Beim Eintritt musste jede Schülerin ihren Cul de Paris, ihre Bouffante, ihren Schnürleib, ihren falschen Chignon, ihre Goutiens, alle ihre Schnurrpheiffereyen ablegen. Dafür bekam sie den Logenhabit. Diss war eine weiße Levite mit einer gefärbten Schärpe.

Nach dieser Schärpe war die Schwesternschaft in sechs Farben eingetheilt: schwarz, blau, violet, rosenfarb, eoquelicot und impossible.

Suchet, so werdet Ihr…   Udo Müller-Christian

Nachdem sie umgekleidet waren: so führte man sie in einen prächtig beleuchteten Tempel, welcher mit 36 Bergeren von schwarzem Tasent besetzt war. Auf einem Thron saß die Oberpriesterin, ganz weiß gekleidet und glänzend wie eine Juno. Zu ihrer Seite zwo besondere Figuren, die sich nicht beschreiben lassen. Waren es Menschen oder Geister: waren sie weiblichen oder männlichen Geschlechts: das war ungewiss.

Unmerksam schwächte sich das Licht. Der Saal verdunkelte sich bis zur Dämmerung. Kaum liessen sich die Gegenstände noch unterscheiden. Izt gab die Oberpriesterin ein Zeichen, dass jede Schülerin das linke Bein in die Höhe heben sollte. Zu gleicher Zeit musste sie den rechten Arm ausstrecken. In diesem Moment treten zween weibliche Geister ein, werfen sich vor den Thron der Priesterin, und empfangen aus ihren Händen ein Gebund rosenfarbene Bänder. Mit diesen binden sie jede Schülerin an Hand und Fuß.

So stehen sie nun im Kreuz gefesselt da. Nun hält die Oberste eine Rede. Sie erklärt den Weihlingen, dass ihr gegenwärtiger Zustand das Symbol von ihrer Bestimmung in der Gesellschaft wäre.

„Erkennen sie hieran, meine Töchter" sagte sie, „dass wir Sklaven der Männer sind. Aber lassen wir ihnen immer den Vorzug Kriege zu führen, - Gesetze zu geben, und über die Schwächen zu herrschen. Der unsrige muss der seyn, die Meinungen und die Sitten zu regieren, den Geistern ihre Richtung zu geben, das Reich der Sanftmut, der Empfindnisse und der schönen Regungen auszubreiten."

Zum Schluss dieser Rede, deren Reize man umsonst zu wiederholen sich bemühen würde, erschienen die Geister wieder, und entfesselten die Dames. Nun kündigte die Oberpriesterin an, dass die Prüfungen vorhanden wären. Jede Schülerin musste zum Thron treten und den Eid ablegen. Man las die Gesetze vor. Sie enthielten unter anderen, dass jene Priesterin, welche der Versuchung, so ihr bevorstünde, unterliegen würde, ohne Gnad verstossen seyn solle. Hierauf theilte sich die Gesellschaft in sechs Gruppen, nach ihren Farben.

Jede Gruppe wurde in ein eigenes Kabinet, so an den Saal grenzte, geführt, und allein gelassen; aber nicht lang: denn es fand sich bald Besuch ein. Auserlesene Mannsbilder, Jünglinge mit allen Reizen des Körpers und Geists begabt, von den Grazien und Liebesgöttern begleitet, überraschen sie. Verlohrne Mühe! Umsonst wenden sie alle Künste der Versuchung an. Weder Seufzer noch Schwühre, noch Thränen, noch Verzweif-lung können eine von den Schülerinnen bewegen, das Gelübd zu brechen. So sehr übertrifft die Macht des Fürwitzes noch selbst die Wollust im weiblichen Herzen.

So wie die Morgenröthe sich zeigt: so hört man ein Zeichen. Der Tempel eröffnet sich wieder. Die Schülerinnen verlassen ihre Zellen. Sie finden die Oberpriesterin wieder auf dem Thron. Diese legt den Finger auf den Mund, zum Zeichen, dass sie Stillschweigen gebiete.

Hierauf ergreift sie eine Ruthe und schwenkt solche gegen die im Grunde des Saals befindliche Nische.
Sogleich fährt der Vorhang vor derselben auf. Ein mutternackter Mann steht auf einer goldenen Weltkugel; in der Hand hält er eine Schlange, und von seiner Stirne blinkert eine Flamme.
„Derjenige, den sie izt hören werden, Bräute der Weisheit." sprach die Oberpriesterin, „ist der berühmte, der ungleichbare, der große, der göttliche Cagliostro, entsprungen aus dem Schoss Abrahams ohne Empfängnis, begabt mit aller Weisheit, welche war, ist und auf die Erde kommen wird... Töchter der Wahrheit: wollt ihr sie sehen: so werft diese irdische Hülle ab, und - werdet wie sie!"

„Es ist nicht mehr Zeit," fuhr der verklärte Cagliostro fort, indem sich die Prosessen bis auf die Haut entkleideten, „ihnen, meine Freundinnen, das Licht zu verbergen. Erfahren sie den Endpunkt aller Wahrheit: das Vergnügen ists. Es ist das Einzige, was solid, was sublim ist, was unsterblich macht. Alles Uebrige ist Tand. Sinnen sie fünfzig Jahre nach. Denken sie wie Locke, räsonieren sie wie Beyle, schreiben sie wie Rousseau: was werden sie herfürbringen? Dass der große Grundsatz der Natur die Liebe ist. Alle ihre Sinnen überzeugen sie davon. Wozu dienen ihnen die Augen, als Bilder fürs Herz aufzufangen? Für was ist das Ohr, als um diese Töne der Liebe und der Harmonie zu erwärmen? Und was würden diese beiden nützen ohne das Gefühl, jenes süsse Spiel der Nerfen, welches uns über die Engel selbst erhebt, weil sie es

nicht haben. Kurz alle Sinnen arbeiten nur fürs Vergnügen.... wählt diese Nimfen in den Genuss der Seeligkeit einzuweihen."

Hier pfiff die Schlange: in diesem Augenblick erscheinen 36 Genien in weißen Gaze gekleidet.
...„Ihr Seids," sprach der Zauberer, „welche das Schicksal beruft, meine Lehren zu vollenden" ... und verschwand.'

Ich hatte noch einiges Material zu lesen, ließ es aber erst 'mal damit bewenden.

Es gab tatsächlich einige Indizien, die mich mehr als stutzig werden ließen.
Er nannte Venus Lorenza – zumindest hatte ich es einmal gehört.
Giacono nannte ihn einmal Guiseppe, auch das hatte ich mit eigenen Ohren gehört.

Als er den Begriff Inquisition benutzte merkte Venus auf.

Suchet, so werdet Ihr...   Udo Müller-Christian

Auf den Spuren Hannes Waders

Im Flugzeug hatte ich endlich Zeit nachzudenken, machte aber direkt nach dem Start, einen Kontrollgang durch die Gänge.
Wenn ich schon damit rechnen musste, von Mirona verfolgt zu werden, wollte ich erstens sicher sein können und zweitens, indem ich sie einfach mitnahm, jederzeit wissen, was sie gerade tat.

Mirona!
Eigentlich wusste ich nicht, ob ich es mir gestatten sollte, so häufig an sie zu denken, außerdem dachte ich grundsätzlich nicht an Kundinnen.
Ich fand keine Frau, deren Ähnlichkeit mit Mirona Anlass gegeben hätte, sie mir genauer anzusehen. Nachdem ich wieder auf meinem Platz saß, war ich sicher, sie nicht mit an Bord zu haben. Nur, und das machte mir Probleme, ich wusste nicht, ob ich darüber froh sein sollte oder nicht.

Sie hatte mich, wenn ich ehrlich vor mir selbst war, fasziniert.

Suchet, so werdet Ihr...   Udo Müller-Christian

Bei allen Begegnungen, die ich mit ihr hatte, übte sie einen zunehmend immer stärker werdenden Eindruck auf mich aus.

Ich lehnte mich im Sitz zurück, schloss die Augen und versuchte, mich dem Problem, so emotionslos wie möglich, zu nähern.

Was war es nun, was mich an ihr so sehr fasziniert hatte?

Ihr Aussehen?

Sicher, ihr Aussehen konnte man, auch wenn man schöne Frauen kannte, nur als außergewöhnlich gut bezeichnen, aber ich hatte mich nie wegen des Aussehens einer Frau emotional engagiert.

Die Art und Weise ihres Umgangs?

Ja, auch das! Sie war hoch intelligent und gebildet, wobei sie eine Art hatte, ihr Wissen anzuwenden, die nicht aufdringlich wirkte. Andererseits veranlasste mich ihre ständige geistige Präsens zu äußerster Konzentriertheit, sobald sie in der Nähe war.

War es Sex?

Wahrscheinlich ja, denn als ich sie zufällig in der Eisdiele traf, strahlte sie eine sehr starke sexuelle Botschaft aus, die mich seit dieser Zeit zunehmend beschäftigte. Ihr weißes Kleid, unter dem sie, wie ich mittlerweile sicher war, nichts getragen hatte, denn ich konnte nicht die geringste Andeutung der Naht eines Slips entdecken, keinen BH-Verschluss, einfach nichts. Unter ihrem engen Kleid trug sie nichts, als weibliche Anatomie; und was für eine Anatomie.

Suchet, so werdet Ihr...   Udo Müller-Christian

Dieses Kleid ging mir einfach nicht aus dem Sinn, eng anliegend, die Anatomie betonend, ohne Nähte über den runden Konturen. Und dann ihre Kleidung, die sie an diesem Wochenende getragen hatte, als ich alle Beteiligten eingeladen hatte. Zuletzt ihr weißer Einteiler, unter dem sich ihr Venushügel und der Schlitz abgezeichnet hatte, als sie aus dem Wasser gestiegen war. Sie musste rasiert sein, zumindest in dieser Beziehung war ich mir sicher!

Mir drängte sich der Gedanke auf, sie würde etwas mit ihrer Kleidung bezwecken wollen und sie könne möglicherweise über Informationen bezüglich meiner sexuellen Interessen verfügen, die sie schamlos zu nutzen verstand.
Ich musste mich einfach unter Kontrolle bringen.
Aber was für einen Sinn konnte es haben, wenn sie mich sexuell dermaßen an machte?
Wollte sie mit mir bumsen?
Wenn sie unbedingt gewollt hätte, wäre es sicher möglich gewesen, zumindest was dieses Wochenende anging, denn ich hatte nicht immer das Interesse, enthaltsam zu bleiben, sie hatte mich äußerst gereizt, wobei sie natürlich wirkte und ich es gar nicht bewusst wahrgenommen hatte, obwohl ich im Nachhinein sicher war; alles was mich gereizt hatte, war pure Absicht gewesen.
Das schwarze knappe Kleid an diesem besagten Wochenende und ich war sicher, rote Strapse mehr erahnt als gesehen zu haben...
Oder wollte sie nicht nur mit mir in die Kiste, sondern...

Aber was war sondern? Ich wurde einen Verdacht nicht los.

Suchet, so werdet Ihr...   *Udo Müller-Christian*

Sie musste tatsächlich über Informationen verfügen, die sie nicht dadurch erhalten haben konnte, mich drei Monate lang beschatten lassen zu haben, nein, sie musste über Informationen verfügen, die sie nur von einer Frau erhalten haben konnte, die mir einmal sehr nahe gestanden hatte.

Eigentlich war ich bei allen Frauen, mit denen ich mehr als nur einen einzigen sexuellen Kontakt hatte, sicher, sie würden nichts von mir ausplaudern, so wie auch ich nichts ausplauderte.

Bis auf Martina, sie hätte bei entsprechender Bezahlung sicher alles erzählt und, wenn der Preis gestimmt hätte, noch was dazu erfunden. Je länger ich über die Sache nachdachte, desto sicherer wurde ich mir bezüglich Mironas Informationsquelle, die nur Martina heißen konnte. Sie schien ganz genau zu wissen, wie sehr ich diese fürchterlichen Strumpfhosen verabscheute, wie sehr ich es liebte, wenn Frauen unter ihren Kleidern nackt waren und dass mich weibliche Konturen ganz gewaltig anmachten.

Ich würde mich dieser Sache wohl annehmen müssen, wenn ich wieder zurück war, denn wenn Mirona Informationen gekauft hatte, konnte ich das Gleiche tun, ja ich konnte sogar auf ihre Kosten eine gute Detektei mit Schnüfflerarbeiten betrauen und somit Mirona beschatten lassen. Mich würde unter anderem interessieren, ob sie immer so gekleidet war, wie sie mir begegnete oder ob sie sich ganz bewusst für Kris Balsamo verkleidete: wenn sie sich für Kris Balsamo verkleidete...

Doch hatte ich sie an dem Wochenende durch meine Kälte dazu bewegt, sich umzuziehen.

Suchet, so werdet Ihr…   *Udo Müller-Christian*

Eigentlich hätte ich an diesem Punkt meiner Gedankengänge abbrechen können, aber ich tat es nicht.
Ich machte mir bewusst, wie außergewöhnlich es war, wenn mich eine Frau über einen solchen Zeitraum beschäftigte, auch, wenn ich normalerweise - und warum sollte es zu diesem Zeitpunkt anders sein - alle meine Emotionen unter Kontrolle hatte, sie definieren konnte und genauestens wusste, woher sie kamen. Wenn mich eine Frau beschäftigte, war es nicht normal.

Frauen hatten mich oft gedanklich in Anspruch genom-men, aber das war eigentlich schon sehr lange her. Im Laufe vieler Jahre hatte ich eine Entwicklung durch gemacht, die mich befähigte, mich in einer Weise von anderen Menschen abzugrenzen, die mich dazu zwang, bei jeder Art von Kontaktaufnahme äußerst bewusst vorzugehen.

*

INTERMEZZO

In Bergenbelsen hielt der Bus.
Die Leute, die ausstiegen bemerkten John Milbert nicht, der im Hintergrund gewartet hatte. John befand sich auf einem *modifizierten Bummel durch Europa*.
Er hatte Mark Twains Buch gelesen und war nun auf seinem Weg in die Schweiz, in Abwandlung des ursprünglichen Kurses, in Bergenbelsen angekommen, um die dortige Gedenkstätte zu besuchen.
Sein Vater hatte ihm viel über die Nazizeit in Deutschland erzählt und, obwohl er zu seinem Vater ein zwiespältiges Verhältnis hatte, wandelte er nun auf den Spuren seines ungeliebten Vorfahren und würde es wahrscheinlich zurück in den Staaten bestreiten, jemals hier gewesen zu sein. Seinen Rucksack hatte er vorsorglich in einem nahen Waldstück zurück gelassen, um in dem Touristenschwarm, dem er sich anzuschließen gedachte, nicht aufzufallen.

Die Reiseleiterin war eine ausgesprochen gut aussehende Frau, die ihre logorrhoischen Ergüsse merkwürdigerweise in finnisch brachte. Kaum ein anderer Reisender durch Europa hätte diese Sprache zu identifizieren vermocht, doch Vater hatte seine Mutter aus Helsinki mitgebracht, wodurch John den Vorzug hatte zweisprachig aufgewachsen zu sein.
Er musste innerlich lachen, denn eine finnische Reisegruppe gehörte zweifellos zu den selteneren Ereignissen an einem solchen Ort. Er folgte den Leuten und kam so in die Gedenkstätte, ohne irgend jemandem aufgefallen zu sein.

Suchet, so werdet Ihr…   Udo Müller-Christian

Die Reiseleiterin benutzte einige Begriffe in ihrem Vortrag, die John aufhorchen ließen; vielleicht sollte er doch noch einige Zeit in Helsinki bei den Verwandten seiner Mutter verbringen, um seine Sprachkenntnisse aufzubessern.

„Dies ist unwiderruflich unser letzter Aufenthalt in halbwegs zivilisierten Abschnitten des Zeitstromes. Unser nächster Zwischenstop wird 1945 stattfinden und wir werden uns nur in kleineren Gruppen bewegen können."

John hatte sich entweder verhört oder einen lange vorbereiteten Scherz nicht verstanden.
Eine Frau, die ihm zuvor schon aufgefallen war, weil sie mehrmals inspizierend um den Bus gelaufen war, schob sich in den Vordergrund und griff die Reiseleiterin am Arm.

„Wie wird unser Bus denn dann erst aussehen? Wird er schon mit fossilen Brennstoffen betrieben, oder noch von diesen Tieren gezogen?"
Die Reiseleiterin setzte ein gewinnendes Lächeln auf.
„Wir werden beim nächsten Zwischenstop noch einen mittels Brennstoffen betriebenen Bus als Transportmittel haben, danach müssen wir uns sowieso aufteilen, weil es in den vorherigen Zeitabschnitten keine Boden gebundenen Transportmittel gab, in denen man mehr als acht Personen transportieren konnte, ohne einen Schienen gebundenen Zug zu benutzen."

Alle weiteren Gespräche die John mithören konnte waren belanglos, aber was er da gehört hatte...

Suchet, so werdet Ihr...   *Udo Müller-Christian*

In der Gruppe schien man ihn nicht weiter zu beachten, niemandem schien aufzufallen, dass er zuvor nicht mit im Bus gesessen hatte.

In seinem Gehirn begann ein Gedanke Gestalt an zu nehmen, den er einerseits vehement beiseite schob, der aber andererseits immer konkretere Formen an zu nehmen begann.

John kannte sich selbst nicht wieder, er ertappte sich einerseits bei vermessenen Ideen, bezüglich eines weiteren Begleitens der Reisegruppe - nur so aus Neugier und andererseits bei ganz konkreten Fluchtreflexen, die ihn unablässig dazu zu bewegen versuchten, so schnell wie möglich das Weite zu suchen.

Als der Bus das Gelände verließ, saß John in einer ansonsten leeren Sitzreihe.

Um seinen Rucksack zu holen hatte er nicht mehr als eine halbe Minute gebraucht.

Sein Vater gab wenige Monate später in allen europäischen Ländern große Suchanzeigen in Zeitungen auf und reiste mit einem Bild seines Sohnes ein halbes Jahr durch Europa, auf den Spuren Marc Twains und John Milberts.

Suchet, so werdet Ihr... Udo Müller-Christian

Ich wusste, dass ich ihm einerseits folgen musste, andererseits durfte er sich aber nicht überwacht vorkommen, obwohl genau das meine Aufgabe war, was er eigentlich wusste und akzeptierte. Das heißt, obwohl er es wusste und akzeptierte, durfte er diesen Umstand niemals zugeben, schon gar nicht mir gegenüber.

Ich musste also zumindest den Schein wahren und einige Tage warten, bis ich ihm nach reiste, wobei ich auch nicht zu lange warten konnte, weil ich meine Auftraggeber noch weniger verärgern konnte und durfte als Kris Balsamo.
Warum er über Athen flog, war mir allerdings schleierhaft, ich würde ihn wohl nach diesem Sachverhalt fragen, wenn sich eine günstige Gelegenheit ergab. Ich wählte zwar zunächst, der Einfachheit halber, einen Direktflug, um ohne große Aufenthalte an den Ort des Geschehens zu gelangen, änderte dann aber kurz entschlossen meine Meinung und flog ebenfalls über Athen. Nur wählte ich nicht den Flug mit Olympik Airways, sondern fuhr mit einer der zahlreichen Taxen nach Piräus, um mit der Naias, nach Mykonos über zu setzen, was einmal täglich möglich war.

Suchet, so werdet Ihr…   Udo Müller-Christian

Kris Balsamo würde dann schon vor Ort sein und recherchieren.

Viktor Balsamo, den sein Freund Giacomo Vittorio nannte! Den Namen Vittorio konnte ich nicht einordnen, allerdings hätte ich mich nicht gewundert, wenn er Guiseppe genannt worden wäre, was ich schon einmal von Giacomo so gehört zu haben glaubte.

Der Essig konnte es nicht sein Guiseppe Balsamo?
Cagliostro?
Dazu fehlten mir weitere Indizien.

Außerdem konnte nicht sein, was nicht sein durfte.

Bisher hatte ich keine Lexika aufgetrieben, in denen ich den Namen finden konnte, aber eines war sicher, ich ließ nicht locker, der Typ begann mich immer mehr zu interessieren.

Suchet, so werdet Ihr... Udo Müller-Christian

Immerhin kein Doppeldecker

Die Linienmaschine landete auf dem International Airport Athens.

Wie nicht anders erwartet wartete ich relativ lange auf meine Reisetasche, die von einem Rollband aus den Tiefen unter der Ankunftshalle zum Vorschein gebracht wurde.

Während dieser Wartezeit ereignete sich ein kurzer und unerwarteter Zwischenfall, mit dem ich eigentlich immer, zu jeder Zeit und an jedem Ort rechnen musste, nur...

Auf dem internationalen Flughafen Athens war es doch eine überraschende Situation.

Die Frau kam von hinten.
Ihre Stimme überschlug sich fast.
„Herr Abraham!"
Ich unterdrückte den Impuls, mich sofort um zu drehen und wartete, bis sie mich am Arm berührte.
Als ich ihr meine Front zukehrte, erkannte ich eine alte Dame, die munter drauf los plapperte.

„Herr Abraham! Sie haben sich ja überhaupt nicht verändert..."

Sie verstummte, als ich ihr mein *verständnisloseste Gesicht* zeigte.

Die Dame kannte ich.
„Tut mir leid, meine Dame, ich vermute, es handelt sich um eine Verwechslung!"
Niemand mag ermessen, wie schwer mir diese dreizehn Worte fielen.
Bei der alten Dame konnte es sich nur um Wilma Fürstenberg handeln, nein sie war es mit absoluter Sicherheit.
„Ja, mein Herr, sie müssen wohl recht haben!"
Sie sah mich durchdringend an.

„Es tut mir leid, wenn ich sie belästigt habe, aber die Ähnlichkeit ist verblüffend. Einen Augenblick dachte ich, sie wären Joseph Abraham, aber der müsste jetzt ja schon mindestens vierzig Jahre älter sein, als sie! Wie töricht von mir!"

„Aber ich bitte sie, meine Liebe! Vielleicht habe ich ja etwas Ähnlichkeit mit diesem Herrn Abraham, da brauchen sie sich ja nicht bei mir zu entschuldigen!"
„Ähnlichkeit?"
Sie lachte hysterisch auf.
„Ähnlichkeit ist ein Hohn! Wenn ich vierzig Jahre jünger wäre, würde ich beschwören, dass sie kein anderer als Joseph Abraham sein können! Alles stimmt, alles, auch ihre Stimme!"

Ich deutete eine Verbeugung an.

Suchet, so werdet Ihr…   Udo Müller-Christian

„Dann muss es mir ja sicherlich Leid tun, nicht vierzig Jahre älter zu sein, - oder dass sie nicht vierzig Jahre jünger sind!"

Eine Frau kam aus der Menge direkt auf uns zu, sie war viel jünger und hatte ihre eine Gesichtshälfte gelb und die andere rot bemalt.

„Wo bleibst du denn, Mutter?"

Sie war gut aussehend, eine Frau in den besten Jahren. Wilma hatte noch nicht einen einzigen Augenblick ihre Augen von meiner Person genommen, außerdem hielt sie meine linke Hand fest.

„Sophie, mein Kind! Ich habe soeben diesen Herrn getroffen, der sicherlich ein direkter Nachfahre Joseph Abrahams ist!"

Die jüngere sah mich nun ebenfalls an.

„Ja, Mutter, die Ähnlichkeit mit den alten Bildern ist verblüffend! Aber wenn wir uns nicht beeilen, werden wir unsere Maschine verpassen, komm jetzt!"

Sie zog ihre Mutter von mir fort, die widerwillig meine Hand los ließ.

„Es tut mir leid, sie belästigt zu haben, Herr Abraham!"

Schnell zog die Tochter die Mutter fort, bis beide in der Menschenmenge verschwanden. Nur noch einmal gewahrte ich den Blick der alten Dame, sie hatte Tränen in den Augen.
'Wilma'

Ich setzte mich auf eine Bank und tauschte meine Kontaktlinsen gegen eine Sonnenbrille aus.

Suchet, so werdet Ihr...   Udo Müller-Christian

In meinen Walkman schob ich eine CD von Hannes Wader und drückte die Starttaste.

Ich bin unterwegs nach Süden und will weiter bis ans Meer!

Bei der National Bank of Greece tauschte ich einen Eurocheque gegen eine größere Summe griechischer Drachmen ein.
Mit einem Olympik AIRWAYS Bus fuhr ich eine halbe Stunde später zum National Terminal, um mir bei Olympik Airways mein Ticket abzuholen.

Eine typische dunkelhaarige Griechin in der typischen blauen Olympikuniform sagte nur.
„Departure Terminal B!"
„Vielen Dank, meine Dame!"

Ich deutete eine Verbeugung an und begab mich in die angegebene Abflughalle.

Die Halle war brechend voll, so dass ich mich auf einen Tisch setzen musste.
Ich sah mich um.
Reisende aus allen Gegenden der Welt, Asiaten, Afrikaner, Weiße und Griechen, die eindeutig als solche zu identifizieren waren.
Den größten Anteil machten laut schnatternde amerikanische Weltbürger aus, die die ganze Welt als ihr Eigentum betrachteten und dementsprechend handelten.

Suchet, so werdet Ihr…   Udo Müller-Christian

   Draußen, vor dem vollklimatisierten Gebäude, brannte die Sonne vom Himmel und beleuchtete den dunstigen Athener Flughafen, versuchte die Rümpfe der verschiedensten Flugzeugtypen aus zu bleichen, erhitzte den Beton der Start- und Landebahnen und ließ die Luft darüber flimmern.
  Zwischen modernen Großraumflugzeugen und in die Jahre gekommenen Boing 747 und Lockheet Tristar entdeckte ich zwei alte Propellermaschinen, deren Bespannungen, denn etwas anderes als eine Bespannung konnte der Rumpf nicht sein, rußgeschwärzt waren, von den Abgasen der Turboprobtriebwerke, die die Propeller antrieben. Die weißblaue Färbung, die unter dem Ruß- und Staubfilm durchschimmerte, ließ sie mich eindeutig als Maschinen der nationalen Fluggesellschaft Olympik Airways identifizieren.
  Ich fragte mich, ob diese Seelenverkäufer der Lüfte noch benutzt wurden und wenn ja, was sie beförderten. In den fünfziger Jahren war ich schon einige Male mit diesen Geräten geflogen, als ich aus den Staaten gekommen war und einige Jahre in Griechenland verbracht hatte um mich von Norma-Jeans Borderline-Syndrom zu erholen.
  Da ich noch zwei Stunden Zeit hatte, bis mein Flug nach Mykonos aufgerufen werden würde, kramte ich meine derzeitige Lektüre, Cosmic Trigger von Robert Anton Wilson aus der Reisetasche, die für den Inlandflug ohne Schwierigkeiten als Handgepäck akzeptiert worden war.
Immer wieder wurde ich in meiner Konzentration gestört und gezwungen, auf zu blicken, wenn nervtötende Amerikanerinnen jeden Alters in meiner Nähe allzu laut schnatterten, als gelte es, zufällig getroffenen Landsleuten ihre ganze Lebensgeschichte zu offenbaren.

Suchet, so werdet Ihr…   *Udo Müller-Christian*

In meiner Nähe stand eine Blonde, deren Hautfarbe dermaßen *sonnengegerbt* war, dass das Gesicht, die Arme und die Beine deutlich dunkler waren, als die ausgebleichten Haare.

Sie wirkte wie eine lebende Litfasssäule mit der Aufschrift: *Ich glaube nicht an das Ozonloch!*

„George and I come from San Fran! We have three weeks for Europe and..."

Die Halle hatte sich geleert, denn immer wenn irgendwelche Aufrufe über die scheppernde Lautsprecheranlage durch den großen Raum dröhnten, standen einige Leute auf und verschwanden in der angegebenen Richtung.

Ich las weiter.

Es war sicherlich mindestens eine Stunde vergangen, als ich auf eine Durchsage aufmerksam wurde und aufblickte.

Der Raum hatte sich so weit geleerte, dass ich keine Schwierigkeiten hatte, die Anwesenden zu zählen.

Die Durchsage war zunächst in griechischer Sprache gewesen und ich hatte nur ein Wort, wie *Mikono* verstanden und am Schluss das obligatorische *epharisto*.

Ich würde mich wohl noch einige Stunden an die Besonderheiten der griechischen Sprache gewöhnen müssen, bevor ich sie besser verstand.

„May I have your Attention please! Passangers, flight nomber twentythree to Mykonos, are ordered to wait at gate nomber four!"

Außerhalb des Flughafengebäudes hatte es bereits begonnen dunkel zu werden, die Flugzeuge waren an Positionslichtern zu erkennen und die Start- und Landebahnen wurden durch zahllose Lichter erhellt.

Suchet, so werdet Ihr…   *Udo Müller-Christian*

Na gut, Gate vier.
Das Gate war nicht sehr weit entfernt und ich fand mich als einer der ersten dort ein.
Meine Bordkarte trug die Nummer zwei A.
Reihe zwei, Sitz A?
Ich begann, meine Mitreisenden durch zu zählen.
Ich kam genau auf dreißig Personen, wenn ich mich mit zählte.
Das war ja aufwendig, denn die für schlappe dreißig Leute einen Jet starteten, wenn sich allerdings nicht mehr Passagiere fanden...
Eine Stewardess erschien und machte sich bereit, das Gate zu öffnen.
Ich nutzte die Zeit, um mir meine Mittouristen genauer an zu sehen.
Mehr als fünfzig Prozent Amerikaner, vielleicht zehn Prozent Deutsche, der Rest Engländer, Japaner und natürlich Griechen.
Die Stewardess telefonierte und motzte in den Hörer, wie es nur Griechen- und Innen konnten. Wahrscheinlich hatte sie Schwierigkeiten, einen dieser Busse auf Sattelschlepperbasis her zu zitieren, die Touristenladung für Touristenladung von den Gates zu den Flugzeugen und zurück transportierten.
Es dauerte einige Minuten und der erwartete Bus erschien tatsächlich.
Zumindest war das ein Garant dafür, dass man uns nicht in einen dieser Seelenverkäufer der Lüfte verfrachten würde.
Mit neunundzwanzig Mitpassagieren und einer jungen Frau in Olympikuniform als Stewardess betrat ich den Sattelschlepperbus, der von einer Mercedeszugmaschine gezogen wurde.

Das obskure Fahrzeug setzte sich in Bewegung und drehte eine kleine Platzrunde.
Ich musste lachen!
Der Bus hatte doch tatsächlich im Radius seines Wendekreises gedreht und wir konnten direkt vor einer der alten museumsreifen Maschinen aussteigen.
Das lautstarke Geschnatter meiner Mitpassagiere war so abrupt verstummt, als hätte jemand den Ton abgedreht.

Die Stewardess verkniff sich ein Lachen, was zu einer ziemlich unansehnlichen Grimasse führte und ich ließ meiner Erheiterung freien Lauf.
Immerhin war es nicht das erste Mal, dass ich mein Leben einer solchen Maschine anvertraute.
Mit meiner Platzkarte und dem Gepäck quälte ich mich seitlich durch den engen Mittelgang.
Auf der linken Seite verfügte das Flugzeug über eine einzige Sitzreihe, an die sich sofort der *Mittelgang* an schloss, wogegen es auf der rechten Seite einen Doppelsitz gab.
Tatsächlich, Reihe zwei, Sitz A.
Ich quetschte mich auf den Sitz und verstaute meine Reisetasche darunter.
Rechts neben mir, jenseits des Mittelganges nahmen zwei sichtlich eingeschüchterte Amerikanerinnen Platz, sie besetzten die Plätze B und C der zweiten Reihe.
Vor mir saß ein sichtlich besoffener Schwede und die Plätze B und C der ersten Reihe wurden von einem älteren amerikanischen Paar belegt.

Meine Mittouristen waren ungewöhnlich schweigsam geworden. Vor uns gab es einen dunklen Vorhang, der zum Cockpit führte und halb geöffnet war.

Zwei Piloten konnte ich erkennen, die eine reichlich abgegriffene Checkliste durch gingen und offensichtlich alle Funktionen zu ihrer Zufriedenheit vorfanden, denn mit lautem Getöse setzten sie die beiden Motoren in Bewegung.

Einige meiner Mittouristen wurden noch bleicher, als das Flugzeug sich nach einigen Minuten langsam in Bewegung setzte, um der Rollbahn entgegen zu rumpeln.

Die Durchsagen des Piloten waren knapp und abgehackt. Mit einigen Schwierigkeiten verstand ich den harten Akzent.

Noch in der Kurve, die zur Startbahn führte, sah ich, dass der Pilot die beiden Hebel, die für die Leistungsausbeute der beiden Motoren verantwortlich waren, mit einem entschlossenen Ruck, nach vorne schob.

Beide Motoren heulten vernehmlich auf und mit vehementer Beschleunigung wurde das Flugzeug nach vorne gezogen.

Als ich die Gesichter meiner Mitpassagiere sah, musste ich ein Grinsen unterdrücken. Die schienen tatsächlich mit ihrem Leben abgeschlossen zu haben.

Vielleicht sollte ich sie fragen, ob sie der Meinung waren, die nationale Fluggesellschaft hätte täglich mehrere Abstürze gerade dieser alten Maschinen zu beklagen und ob dann nicht bald alle diese Maschinen durch Absturz aus dem Verkehr gezogen seien.

Aber ich schwieg und sah dem Piloten zu, als er die Maschine hochzog, wie eine Cesna.

Ein Raunen ging durch die Reihen.

Suchet, so werdet Ihr...   Udo Müller-Christian

Das Flugzeug gewann schnell an Höhe und neigte sich sofort zur Seite, um eine Linkskurve zu fliegen, die uns über das Meer zwischen Piräus und Ägina brachte.

Nach kurzer Zeit ging die Maschine in einen horizontalen Flug über und der Pilot griff zum Mikrofon, um eine Durchsage zu machen.

Als der griechische Text beendet war, kam die englische Version, der alle Passagiere größte Aufmerksamkeit zollten.

„May I have your Attention please..."

„*Mä i ei chäf jur ettenschen pließ.*"

Der Akzent war gewohnheitsgemäß sehr schwer zu verstehen, aber ich konzentrierte mich so gut es ging.

Nach gehörter Durchsage lehnte ich mich zufrieden zurück.

Jemand stieß mich an.

Es handelte sich um eine Amerikanerin, die mich unsicher ansah und bat, ihr die englischsprachige Durchsage in ein verständlicheres Englisch zu übertragen. Es amüsierte mich, dass die Amerikaner und Engländer größere Probleme mit dem griechischen Akzent hatten, als ich.

Als *'gewandtem Weltbürger'* war es mir ein selbstverständliches Anliegen, meinen Mitpassagieren diesen Dienst zu erweisen. Bei allen weiteren Durchsagen wartete ich nicht erst auf die Aufforderung, sondern reagierte bereits auf die verständnislosen Blicke.

Der Flug verlief erwartungsgemäß störungsfrei. Nach etwa zwanzig Minuten tauchten unter uns Lichter aus der Dunkelheit auf.

Das konnte nur die Insel sein.

Suchet, so werdet Ihr...   *Udo Müller-Christian*

Es war für mich das erste Mal, dass ich mit dem Flugzeug hierher kam. Bisher war ich immer mit einem Schiff her gekommen, zuletzt mit der Alkyon.
Der Pilot flog einen großen Bogen und landete schließlich auf dem kleinen Flugplatz, oberhalb der kleinen Ortschaft, die an einer malerischen Bucht lag.

Das Auschecken ging erfreulicherweise sehr schnell von statten und in der Empfangshalle warteten schon einige Leute, die ihre Hotels anpriesen.
Ich nahm ein Taxi und ließ mich in die City des Ortes fahren, um zielstrebig das Hotel Karboni aufzusuchen, in dem ich vor einigen Jahren für einen Sommer abgestiegen war.
Das Zimmer war klein, billig und extrem spartanisch eingerichtet.

In meiner Reisetasche fand ich ein Magazin, das Venus hineinpraktiziert haben musste, *Isabelle Nue Dans Paris*. Tatsächlich hatte man diese Isabelle an allen bekannten Orten der Stadt, in allen erdenklichen Entkleidungsstufen abgelichtet. An den geparkten Autos erkannte ich, dass die Bilder Ende der Siebziger entstanden sein mussten.
Das Bett war hart und ich war müde...

Suchet, so werdet Ihr… 	*Udo Müller-Christian*

*

INTERMEZZO

Schützenfest in Oeventrop, einem Stadtteil von Arnsberg. Viele Besucher sahen das Objekt am Himmel.

Es handelte sich nicht um einen Zeppelin, nicht um ein Flugzeug und nicht um einen Wetterballon.

Das tatsächlich sensationelle allerdings war der Zeitungsbericht.

Darin stand zu lesen, man wisse nicht, um was für ein Objekt es sich gehandelt habe, man sei nur sicher, es handele sich nicht um ein Flugzeug, einen Wetterballon, einen Zeppelin oder einen Hubschrauber.

Suchet, so werdet Ihr… Udo Müller-Christian

Die Naias steuerte zunächst Tinos und Syros an, um dann direkten Kurs auf Mykonos zu nehmen.

Ich lag in der Sonne an Deck zwischen einer größeren Menge von Passagieren und ließ mich durch das vielsprachige Geschnatter vieler Nationalitäten nicht aus der Ruhe bringen.

Gegen Sonnenschäden hatte ich meine freien Hautpartien blau gefärbt, was gleichzeitig den Männern, die mich möglicherweise attraktiv fanden signalisieren sollte, dass ich nicht das geringste Interesse an einem sexuellen Kontakt hatte.

„Ice cream, very good! Very good ice cream!"

Ich öffnete die Augen.

Ein kleiner Grieche im weißen Kittel rannte geschäftig zwischen den Mittouristen herum, um sein Eis anzubieten, während die Naias in Tinos ablegte und Kurs auf Mykonos nahm.

Eine noch lautere Stimme übertönte den ersten Schreier in ähnlich krächzender Weise.

„Pistazie! Pistazie!"

Eigentlich klang das mehr wie Pistazieäää, aber was soll 's.

Meine Mittouristen begannen zu lachen.

Suchet, so werdet Ihr…   Udo Müller-Christian

Eine mittelalte Deutsche in meiner Nähe sprach zu ihrem Begleiter.

„Du wirst es nicht glauben, aber diese Beiden sind schon vor zwanzig Jahren hier an Bord gegangen und haben so herum geschrien, wie heute!"

Das wunderte mich genau so wenig, wie den Begleiter der Frau.

Ich kaufte zwei Portionen Pistazien, die ich täglich in riesigen Mengen essen konnte.

Mein Buch von William S. Borroughs war so interessant, dass ich weiter las und mich nicht mehr stören ließ.

Mitten im Buch stieß ich auf eine Photographie, die mich seit einigen Tagen nicht mehr zur Ruhe kommen ließ. Es handelte sich um eine Aufnahme von 1959. Auf dem Farbfoto sah man zwei Personen und einen Chevrolet Impala Gullwing Convertible. Die Frau auf dem Bild war unschwer als Norma Jean Baker zu erkennen und der Mann…

Wenn man ihn sich ohne Bart vorstellte?

Vielleicht sollte ich das Bild mit einem Stift etwas retuschieren. Wenn ich dem Mann einen Bart malte…

Ich nahm das Lesezeichen heraus und sah es mir noch genauer an. Das Kennzeichen des Chevrolet war zu erkennen, es handelte sich um ein californisches, nichts als eine zehnstellige Zahl: 2245467876

Diese Zahl musste eine Bedeutung haben und diese Bedeutung würde ich ermitteln.

Ich wusste, wie klein die Insel war und dass ich Balsamo innerhalb eines Tages auftreiben konnte. Dann würde ich ihm ganz offiziell über den Weg laufen. Er musste damit rechnen, dass wir zusammenarbeiten werden würde.

Suchet, so werdet Ihr…   Udo Müller-Christian

Die Spuren der Vergangenheit

Da ich das morgendliche Frühstück nicht im Hotel Karboni einnehmen wollte, ging ich durch schmale, verwinkelte Gassen zum Hafenbecken und setzte mich - mit Meerblick - unter einen Sonnenschirm.

Zwischen mir und dem Meer gab es nur noch einen schmale Streifen gepflasterter Uferpromenade und davor einen circa zehn Meter breiten Sandstrand, auf dem ältere Fischerboote lagen und auf einen neuen Anstrich ihrer Rümpfe warteten.

Die Kellnerin sprach mich auf Englisch mit einem scharfen griechischen Akzent an, wechselte dann aber, als sie die Bestellung entgegen genommen hatte auf Deutsch um, das sie nahezu akzentfrei beherrschte.

Zwischen den Tischen, zu denen auch mein Frühstückstisch gehörte und den Fischerbooten, die auf eine Restauration warteten, gingen bereits Touristinnen und Touristen auf und ab, besuchten einen Souvenirstand nach dem anderen, obwohl sie sich die selben Sachen schon Tags zuvor angesehen hatten.

Lärmend und tösend kam ein *Tritiklo* angefahren, bauerngrün lackiert mit der typischen Karosserie, der relativ hohen

Ladefläche und dem Scheppern eines VW Boxermotors, dessen Auspuff schon bessere Zeiten gesehen hatte.

Das dreirädrige Fahrzeug, das möglicherweise vom Tempo oder Goliath Dreirad abgekupfert worden war, hielt direkt vor meinem Tisch und vermieste mir den Ausblick auf die vor sich hin dümpelnden Fischerboote im Hafenbecken.
Ein Eingeborener mit Schnurrbart kam heraus und begann allen möglichen Krempel von der Ladefläche ab zu laden. Ich erkannte einen Schwingschleifer und alle möglichen Gegenstände, die dazu geeignet waren, einem Holzuntergrund ein neues Aussehen zu verschaffen.
Die ganze Zeit hatte er den Motor des Dreirades laufen und verpestete damit die Luft dieses Planeten, die von Tag zu Tag mehr Giftstoffe aufzunehmen hatte, weil die Ignoranz der Menschen über alle Maßen hinaus wuchs.

Die Kellnerin kam und brachte mir mein Frühstück.
Da ich hier als Deutscher auftrat, hatte ich mit einem entsprechenden Akzent Englisch gesprochen, aber das hatte die Kellnerin nicht erkannt, erst die ausgesuchten Nahrungsmittel offenbarten ihr meine Herkunft.
„Ich hoffe, der Kaffee ist nach ihrem Geschmack!"
„Sicherlich, er wird allemal besser sein, als wenn ich ihn selbst gemacht hätte!"

Sie schien sich über diese Lüge zu freuen und stellte einen Korb mit Brot auf den Tisch und einen Teller mit allen möglichen Dingen als Brotaufstrich, von denen sie an nahm, dass sie einem Deutschen schmecken könnten.

Ich bedankte mich höflich und war hochgradig erfreut, als der Eingeborene mit seinem Dreirad davon fuhr und mir nicht nur freie Sicht auf das Hafenbecken gewährte, sondern auch durch seine Abwesenheit für eine bessere Luft sorgte.

Auf einem der am Strand liegenden Fischerboote saß ein Mann, bei dem ich sicher war, dass er mich so unauffällig wie möglich beobachtete. Er vermied es auffällig, auch nur ein einziges Mal in meine grobe Richtung zu blicken.

Ich genoss die Aussicht und das reichhaltige Frühstück, bis der Eingeborene, der zuvor mit dem Dreirad unterwegs gewesen war, nun zu Fuß, mit einer Kabeltrommel, deren Kabel er langsam abrollte, zurück kam. Während ich meinen Kaffee trank, sah ich ihm interessiert zu, als er einen Schwingschleifer in Betrieb nahm und begann, den Rumpf des alternden Fischerbootes damit abzuschleifen.

Unglücklicherweise stand der Wind so, dass er kleine abgeschliffene Partikel zu mir und damit in meinen Kaffee blies.

Zunächst versuchte ich noch, die Tasse abzudecken, gab es dann aber auf und ergab mich in mein Schicksal; den Kaffee jedenfalls trank ich nicht aus.

Ich bezahlte das unvollständig in Anspruch genommene Frühstück und ging zu der Kaimauer, von der aus die kleinen Boote zur Nachbarinsel Delos fuhren.

Eines wurde gerade mit Touristen beladen.

Beladen war der bestmögliche Begriff, um zu beschreiben, was sich da vor meinen Augen abspielte.

Suchet, so werdet Ihr... Udo Müller-Christian

Das Boot, es war etwa zwölf Meter lang und ich vermochte nicht zu sagen zu was für einem Zweck man es noch vor Jahren benutzt haben mochte, senkte sich Tourist für Tourist tiefer in das Hafenbecken.
 Ein kleiner Kerl lockerte regelmäßig die Taue, weil das Boot immer stärkeren Tiefgang bekam.
 Zwei kräftig gebaute Kerle standen mit jeweils einem Bein auf der Kaimauer und dem anderen auf dem Boot, um Tourist für Tourist sicher in das Boot *zu verfrachten*, mit anderen Worten, mit einem Ruck hinüber zu heben und gleichzeitig dafür Sorge zu tragen, dass sich niemand den Kopf stieß, denn die Durchgangshöhe schien nicht für Touristentransporte gedacht zu sein.
 Ich unterdrückte ein Schmunzeln und ging zu einem Klapptisch, an dem man Tickets kaufen konnte.

Der Mann, den ich verdächtigt hatte, mich zu beobachten ging in entgegengesetzter Richtung davon, als ich den Ticketklapptisch erreicht hatte und verschwand hinter einer Kapelle.

Ich legte einen Schein, der tausend Drachmen auswies auf den Tisch und bekam dafür ein rotes Ticket bereitgelegt, dass mit fünf Stempeln versehen wurde - Griechen haben eine besondere Vorliebe für Stempel.
 Tatsächlich lagen auch nur fünf Stempel bereit, wären es sechs gewesen, hätte ich darauf zu achten gehabt, dass auch der letzte Verwendung gefunden hätte.
 Mit dem Ticket bewaffnet machte ich mich auf den Weg und stellte mich am Ende der immer kleiner werdenden Touristenschlange an.

Suchet, so werdet Ihr… Udo Müller-Christian

Unermüdlich rannte immer noch der kleine Kerl hin und her, um die Taue, die das Schiff hielten jeweils um wenige Zentimeter zu lockern.

Die beiden kräftigen Kerle packten sich einen Mittouristen nach dem anderen, um ihn an Bord zu hieven.

Bald kam die Reihe an mich.

Sie packten mich routiniert an den Armen und stießen mich nach vorne, ohne es zu vermeiden, dabei meinen Kopf nach unten zu drücken, um einen schmerzhaften Kontakt mit dem Dach der Kajüte zu verhindern.

Im Boot angekommen setzte ich mich nicht auf den ersten freien Platz, sondern suchte bewusst die Mitte der Nussschale auf.

Die Touristenpassagiere saßen in insgesamt vier Reihen, je zwei an den Bordwänden - mit dem Rücken zur Wand - und zwei in der Mitte, auf der so genannten Mittschiffslinie - mit dem Rücken zueinander.

Ich setzte mich auf einen freien Platz in einer der mittleren Reihen, mit ungefähr gleichem Abstand zu Bug und Heck.

Der Wind und somit der Seegang können in dieser Gegend der Ägäis zu jeder Jahreszeit ungewöhnlich stark sein, ja sind es in der Regel auch.

Nach mir wurden nur noch einige wenige Figuren eingeschifft und bald kam einer der beiden großen Griechen, der den Passagieren an Bord geholfen hatte, um uns unsere Tickets ab zu nehmen.

Er sammelte alle Fahrscheine ein und überreichte sie einem wartenden Kumpanen an Land, der damit an den Tisch ging, an dem ich mein Ticket gekauft hatte.

Danach setzte der große Mann, der mich an Alexis Sorbas erinnerte mit umständlichen Bewegungen den Schiffsdiesel in Gang.

An dem Tisch, auf dem nun die eingesammelten Tickets lagen, entbrannte eine heftige Diskussion zwischen den Anwesenden. Die Worte konnte ich nicht verstehen, sie wurden von dem qualmenden Diesel des Bootes übertönt.

Aufgrund meiner Erfahrungen war ich allerdings sicher, dass man wohl eine fehlende Stempelung auf einem der Tickets entdeckt hatte, was man als Grieche, mit einer Katastrophe gleich dem nahenden Weltuntergang vergleichen konnte.

Der kleine Kerl, der regelmäßig die Taue gelockert hatte, machte dieselben nun gänzlich los und warf sie an Bord, um ohne zu zögern hinterher zu springen.

Der Große begann das Steuerruder hin- und her zu drehen, während er die Schiffsschraube mal vorwärts und mal rückwärts rotieren ließ, um das Boot zwischen den an der Kaimauer liegenden Fischerbooten hindurch zu manövrieren, ohne an zu ecken, was angesichts des schon erheblichen Wellenganges im Hafenbecken äußerstes Geschick erforderte.

Auf der Kaimauer entstand ein kleiner Tumult, mit anderen Worten begannen *Eingeborene* lautstark zu brüllen und zu gestikulieren.

Sie brüllten einige unverständliche Worte zu unserem Steuermann hinüber, der ebenso lautstark zurück brüllte und auf eines der fest gezurrten Boote deutete.

Suchet, so werdet Ihr…   *Udo Müller-Christian*

Ich genoss es, in der Rolle des unbeteiligten Zuschauers dieser temperamentvollen Angelegenheit beizuwohnen, ohne mit brüllen zu müssen.

Ein Pope erschien, der von zwei kräftigen Eingeborenen über zwei Boote geleitet wurde, die an der Kaimauer nebeneinander lagen - auf das zweite Boot hatte unser Steuermann gezeigt und steuerte es nun, seiner Berufsbezeichnung alle Ehre machend, an.

Der kleine Kerl stand bereit, den Popen, der der letzte Passagier zu sein schien, entgegen zu nehmen, um zu verhindern, dass er zwischen die Boote ins Wasser fiel. Den griechischen Seefahrern wäre es sicherlich peinlich gewesen, wenn ein griechischorthodoxer Pope in ihrem Verantwortungsbereich verunfallt wäre.

Was wollte ein Pope auf Delos?

Delos war ein Heiligtum der alten Griechen, die aus monotheistischer Sicht der Götzenverehrung gefrönt hatten.

Was wollte ein Pope auf Delos?

Der Pope saß nun in der Nähe des großen Seemannes, der mich lebhaft immer mehr an Alexis Sorbas erinnerte.

Ich vermisste meinen Walkman mit der CD von *Zorba The Greek*.

Der Große steuerte das Boot sicher aus dem Hafenbecken.

Ich nahm mir nun Zeit, mir die Passagiere näher anzusehen, vielleicht konnte ich eine Frau entdecken, die sich als verkleidete Mirona entlarven ließ, vielleicht aber auch den Typen, der mich beim Frühstück beobachtet hatte.

Suchet, so werdet Ihr…   *Udo Müller-Christian*

Mit dem typisch breitbeinigen Gang des Seemannes, der auf solch schwankendem Untergrund unbedingt erforderlich war, ging ich in Richtung Bug des Bootes.

Der Pope hatte einen bevorzugten Platz in der Nähe des Steuermannes gefunden und unterhielt sich mit dem Kleinen, der zur Zeit nichts zu tun hatte.

Der Seegang außerhalb des Hafenbeckens hatte es wahrlich in sich. Schwankend kehrte ich zu meinem Platz zurück. Der Mann, der mich während des Frühstückes beobachtet hatte, befand sich ebenso wenig an Bord, wie eine Frau, die ausreichend Ähnlichkeit mit Mirona gehabt hätte. Außerdem war ich mir sicher, dass Mirona sich mir bei der ersten Begegnung offenbaren würde, um jeder Art von Misstrauen vor zu beugen.

Der Große Grieche erwies sich als äußerst geschickter Steuermann.
Zwischen den Kykladen gibt es starke Strömungen und hohen Seegang, immerhin trauten sich nicht viele Yachtbesitzer in diese Gewässer, ohne einen erfahrenen Einheimischen an Bord zu haben.

Einige meiner Mitreisenden wurden *leicht grün* im Gesicht. Unser erfahrener Seemann steuerte Delos nicht direkt an, sondern wählte einen Kurs, der uns eigentlich an Delos vorbeiführen würde, aber dadurch, dass er einen anderen Kurs gewählt hatte, nutzte er die vorhandene Grundströmung aus.

Sie Sonne brannte vom Himmel und der starke Wind blies uns vernebelte Wasserpartikel in die Gesichter, die einen Salzgeschmack auf die Lippen brachten. Ich steckte meine Sonnenbrille weg und verließ mich darauf, dass das Wasser nicht zu sehr in meine Augen drang.

Suchet, so werdet Ihr…　　　　　　　Udo Müller-Christian

Das ständige Auf- und Ab des Bootes ließ die Verplankung vernehmlich ächzen.
Ich sah zum Bug und konnte einige Wellen entdecken, die die anderen erheblich überragten und direkt auf uns zu rollten.
Einige Touristinnen schrien.
Der Große drosselte die Drehzahl des Diesels um den Vortrieb zu reduzieren und wartete die Wellen, die uns ziemlich stark beutelten, im Leerlauf ab.
Nach überstandener Tortur ging es wieder mit *voller Kraft* weiter.
Das Boot kämpfte sich von Wellental zu Wellental und versuchte manchen *Wellenberg zu erklimmen.*

Wieder ging der Große auf Leerlauf.
Ich sah nach vorne.
Keine großen Brecher in Sicht.
Was sollte das?
Der Große kam nach hinten.
Hatte der Kleine das Steuer übernommen?
Nein, er unterhielt sich angeregt weiter mit dem Popen.

Beichtete er?
Gab es bei den Orthodoxen überhaupt eine Beichte, oder war sie den Katholiken vorbehalten?

Der Große kam an mir vorbei und öffnete eine Klappe im Boden, unter der der Diesel zum Vorschein kam. Der Motor war nach oben hin offen, ich konnte die Kipphebel sehen, die in einem ständigen Auf- und Ab ihrer wichtigen Aufgabe der Verntilsteuerung nach kamen.

Suchet, so werdet Ihr…   Udo Müller-Christian

Der Große nahm eine Kanne mit Öl und ölte jeden Kipphebel einzeln, wobei er mit außerordentlicher Sorgfalt vorging.

Nach verrichteter Arbeit verschloss er die Klappe wieder und ging zurück zu seinem Platz. Auf der Strecke bis Delos musste er noch viermal ölen und dreimal wegen großer Wellen in den Leerlauf zurück gehen.

Die Sorbas Show ging weiter, als es dem Großen unter widrigen Umständen gelang, an einer Steinrampe anzulegen.

Der Kleine hielt unter Aufbietung aller seiner Kräfte das Boot an einem Tau, indem er sich mit einem Bein an einem Poller abstützte. Warum hatte er das Boot nicht festgetäut?

Der Große half nun einem Touristen nach dem anderen an Land.

Der Kleine hielt weiterhin das Boot fest.

Ich hatte das Glück, als einer der ersten von Bord gegangen zu sein.

Vor mir ragte eine Steilküste mit schroffen Felsen auf.

Ein ausgetretener Trampelpfad führte in Serpentinen die Felsen hinauf.

Ich machte mich sofort auf den Weg nach oben und schaffte es vor einigen Mitbewerbern.

Am oberen Ende des Pfades, der in einen etwas breiteren Weg überging, blieb ich stehen und sah hinunter zum Boot.

Es war ein grotesker Anblick.

Der Kleine hielt mit all seinen Kräften das Boot, während der Große einen Touristen nach dem anderen von Bord hievte.

Wo war der Pope geblieben?

Ich konnte ihn nicht entdecken.

Suchet, so werdet Ihr…   *Udo Müller-Christian*

War er vor mir von Bord gegangen?
Dann musste er über eine hervorragende Kondition verfügen.
Ich wandte mich der Insel zu.
Der Wind blies mir um die Ohren.
  Kleine aufgetürmte Steinmauern, dazwischen ein karger Boden, auf dem fast nichts wuchs...

*

Suchet, so werdet Ihr…   Udo Müller-Christian

INTERMEZZO

Zur Zeit der Sommersonnenwende hatte es in den letzten Jahren immer wieder Zusammenkünfte alternativer Jugendlicher gegeben.

Nicht nur Stone Hengh, sondern auch die westfälischen Externsteine schienen eine, im wahrsten Sinne des Wortes, magische Anziehungskraft auszuüben...

Nicht nur auf die Jugendlichen...

Lagerfeuer an Lagerfeuer.

Sie hatten sich hier in dieser Nacht verabredet.

Am Lagerfeuer rechts vom Baum hatte sie gesagt.

Nun stand er in der relativen Finsternis in der Nähe des Baumes und sah Lagerfeuer an Lagerfeuer.

Trommeln brachten uralte Rhythmen zu Gehör, wie sie der Planet seit Jahrtausenden nicht mehr vernommen hatte.

Die Stimmung die über dem ganzen Areal lag, ließ sich nicht in Worte fassen.

Lagerfeuer an Lagerfeuer.

Trommeln aus allen Richtungen, Rhythmen, die sich gegenseitig zu beeinflussen schienen; Rhythmen, die von anderen Trommeln aufgenommen wurden und wieder kehrten.

Der Klang erschien ihm, wie ein Trommelkonzert...

Rechts vom Baum am Lagerfeuer.

An welchem?

Er griff nach seinem Handy.

Ihre Nummer war eingespeichert.

Unwillkürlich lauschte er auf das wohl bekannte Gepiepe ihres Handys in seiner Nähe, musste aber enttäuscht werden.

„Ja!"

Suchet, so werdet Ihr…   *Udo Müller-Christian*

Sie war am anderen Ende der Leitung, der Funkverbindung, die einen sehr weiten Weg zurück legte und doch in unmittelbarer Nähe ihr Ziel fand.

„Ich bin hier am Lagerfeuer rechts vom Baum. Wo bist du?"

„Hops doch 'mal rum und wedel mit den Armen!"

Er tat es.

„Ich hab dich gesehen! Wenn du dich jetzt etwas nach links drehst... Das war schon zuviel... Ja, so ist richtig! Und jetzt geh sieben Schritte geradeaus."

Er sah sie.

Sie hatten sich wiedergefunden.

Ein Kerl am Feuer hatte eine Gitarre dabei und klimperte ziellos darauf herum.

Als der Rhythmus passte, wurden seine Akkorde konkreter.

Old man look at my life, I'm a lot like you were
Old man look at my life, I'm a lot like you were
Old man look at my life - twenty four an so much more.
Live alone in a paradise that makes me think of two.
Love lost, such a cost,
give me thinks that don't get lost.
Like a coin that won't get tossed Rolling home to you.

Old man look at my life, I'm a lot like you
I need someone to love me the whole day through
Ah, one look in my eyes an you can tell that's true.

Lullabys, look in your eyes, Run around the same old town. Doesn't mean that much to me to mean that much to you I've been first an last,

Suchet, so werdet Ihr...   *Udo Müller-Christian*

Look at how the time goes past.
But I'm all alone at last.
Rolling home to you.

Old man look at my life, I'm a lot like you
I need someone to love me the whole day through
Ah, one look in my eyes an you can tell that's true.
Old man look at my life, I'm a lot like you were
Old man look at my life, I'm a lot like you were

Suchet, so werdet Ihr…　　　　　　Udo Müller-Christian

Nachdem ich auf Mykonos angekommen war und erfreulicherweise nicht mit einer Nussschale von Fischerboot abgeholt wurde, sondern die Naias ganz einfach über eine Gangway verlassen konnte, nahm ich ein Zimmer im Hotel Apollon, mit direktem Blick auf die Bucht, die der eigentliche Hafen der Insel war.

Wenn ich Balsamo finden wollte, brauchte ich mich theoretisch nur auf den Balkon zu setzen und die hin- und herspazierenden Touristen zu beobachten, es würde, wegen der geringen Größe der Insel und der relativen Unattraktivität der anderen Orte, höchstens einen halben Tag dauern, bis er unter meinem Balkon vorbei spazieren würde.

Suchet, so werdet Ihr…   *Udo Müller-Christian*

Mein Ausflug nach Delos hatte mich aus mehreren Gründen ziemlich aufgewühlt.

Am Abend danach zog ich mich in das Montparnasse zurück, das in einer engen Gasse zu finden war, die Agion Analogon hieß, eine Bar, in der man einen hervor ragenden Irish Coffee trinken konnte, der allerdings einen stolzen Preis hatte.

Da am nächsten Tag die Panormidis, geschrieben ΠΛΝΩΡΜΗΔΗΣ, eintreffen sollte, die einen Teil der äußerst interessanten CD Ladung mit sich führte, erlaubte ich mir nicht zu viel Alkohol zu trinken.

Venus hatte es tatsächlich geregelt gekriegt, obwohl die Zeit ziemlich knapp gewesen war, einen Wagen für mich mit der gleichen Fahrt zur Insel zu schicken, was es mir erlaubte, mich in besonderem Maße für die Ladung zu interessieren. Wahrscheinlich hatte sie bei dieser *Manipulation* meinen Freund Giacomo mitwirken lassen, aber...

Mir war es egal, Hauptsache ich hatte einen Wagen und fühlte mich mobiler und ich hatte die Möglichkeit mich über alle Vorkommnisse bezüglich der Ladung der ΠΛΝΩΡΜΗΔΗΣ zu informieren.

Suchet, so werdet Ihr…   Udo Müller-Christian

Ich erinnerte mich an eine Fahrt, die ich selber mit diesem Schiff gemacht hatte, von Samos nach Patmos, das hatte mir gereicht, um auf die KPHTH umzusteigen, zumindest hatte dieses unaussprechliche Wort an der Bordwand gestanden und sich später als die griechische Schreibweise für Kreta entpuppt.

Da ich nicht wusste, was für einen Wagentyp Venus auf die Reise geschickt hatte - *sie liebte nichts mehr, als mich zu überraschen und ich liebte nichts mehr, als überrascht zu werden* - machte ich mir ernsthaft Gedanken.
Ich weiß, wie lächerlich diese Gedankengänge sind, aber an diesem Abend gab es nichts, was mein Interesse in stärkerem Maße hervorgerufen hätte, denn die Frauen, die sich im Montparnasse aufhielten, konnten mich auch nicht hinter dem berühmten und oft zitierten Ofen hervor locken.
Sollte ich mich tatsächlich mit der abgelichteten Isabelle in Paris zufrieden geben?
Ich saß an einem Tisch, der in einer Art Erker stand. Dieser Erker schwebte einige Meter über der Wasseroberfläche, denn die Rückwand des Montparnasse gehörte zu einer Häuserzeile, die sich zwischen den Windmühlen, die eines der Wahrzeichen der Insel waren, und der Kirche mit Namen Paraportiani befand. Wenn man durch die Gasse an der Vorderseite der Häuserzeile ging, ahnte man nicht, die Wellen des Mittelmeeres, die wenige Meter in Richtung Osten tobten.
Nun tobten die Wellen unter mir, um genauer zu sein, etwa zwei Meter unter mir. Die Geräuschkulisse der tosenden Brandung und der dezenten Musik im Hintergrund erinnerte mich an meinen Ausflug nach Delos und die Ereignisse, die mich so sehr aufgewühlt hatten.

Suchet, so werdet Ihr... 　　　　　　　　Udo Müller-Christian

Auf der kleinen Insel, auf der zur Zeit der Antike weder eine Geburt, noch ein Todesfall stattfinden durfte, begab ich mich auf direktem Wege in das ziemlich verfallene Theater; ein Theater, wie man ähnliche in Epidauros, Athen und anderen Stätten und Städten griechischen Schaffens finden konnte.

Ich setzte mich in eine der mittleren Reihen und sah aufs Meer hinaus. Eine Besonderheit dieser griechischen Theater war nicht nur die ausgezeichnete Akustik, sondern auch die Tatsache, dass man, sofern einen die Aufführung langweilte, immer noch den Ausblick auf die umgebende Landschaft genießen konnte.

Ich sah auf das Meer hinaus und Schemen aus der Vergangenheit tauchten vor meinem geistigen Auge auf. Schemen, von denen ich gedacht hatte, ich hätte sie in die tiefsten Tiefen meines Seins verbannt.

'Eine Priesterin, das weiße Gewand reichte bis zum Boden, die gemessenen Schrittes in die Mitte des Theaters ging. Zwei Jungfrauen - ich wusste, dass es sich um Jungfrauen handeln musste - die sich ihr von hinten näherten und ihr Gewand lösten.

Eine nackte Priesterin, die die Arme zum Himmel hob...

„Erschrecken sie nicht Herr Balsamo!"
Ich zuckte zusammen.

„Und drehen sie sich nicht um!"
Etwas in der Stimme des Mannes sagte mir, dass von ihm keine Gefahr ausging, zumindest keine unmittelbare. Ein eindeutiger griechischer Akzent gepaart mit einer untadeligen grammatikalischen Beherrschung der deutschen Sprache.

„Ich bin hier um ihnen zu danken und ihnen Mut zu zu sprechen!"

Ich entgegnete kein Wort, wusste ich doch weder mit wem ich es zu tun hatte, noch was er von mir wollte.

Meine Erfahrung riet mir, Geduld zu üben.

„Sie haben sich da einer großen Aufgabe gestellt, Herr Balsamo!"

„Warum soll ich mich nicht umsehen, Herr Unbekannt?"

„Das ist nicht so wichtig, ich habe meine Gründe!"

„Gut, mein Herr, ich respektiere ihre Gründe! Woher kennen sie mich?"

Er lachte kurz auf.

„Sagen wir, ich repräsentiere ihre Auftraggeber! Sagen wir ich gehöre zu den Personen, die sie zur Zeit bezahlen, oder, die das Geld bereit stellen, mit dem sie bezahlt werden!"

„Aha!"

Nun gut, ich drehte mich tatsächlich nicht um.

„Bisher hatte ich nur mit einer Dame das Vergnügen!"

Er gab ein undefinierbares Geräusch von sich.

„Sie werden auch weiterhin nur mit dieser Dame zu tun haben! Ich bin nur hier, um sie unserer vollsten Unterstützung zu versichern! Ihr Auftrag ist eine große Sache! Er duldet keinen Aufschub. Ihre Aufgabe ist existentiell wichtig! Ich wollte ihnen nur mitteilen, dass wir, ihre Auftraggeber, in unseren Gedanken mit den besten Wünschen bei ihnen sind!"

„Vielen Dank, mein Herr Aber...!"

„Kein aber, ich habe schon zu viel mit ihnen geplaudert! Ich ziehe mich nun zurück und erwarte von ihnen, sich die nächsten zehn Minuten nicht um zu drehen!"

Suchet, so werdet Ihr…   Udo Müller-Christian

„Das verspreche ich ihnen! Ich werde mich die nächsten zehn Minuten nicht umdrehen!"

Schritte entfernten sich.
Ich hatte ihn tatsächlich nicht kommen hören.
Wie hatte mir das passieren können?
Die Schemen aus der Vergangenheit waren es, sie hatten mich geblendet. Ich würde mir diese Schemen erst wieder erlauben können, wenn ich sicher sein konnte, mich in absoluter Sicherheit zu befinden.
Mit einem kurzen Handgriff ließ ich den kleinen Spiegel unter meiner Armbanduhr hervor klappen und richtete ihn so aus, um hinter mich sehen zu können.
Der Pope entfernte sich mit eiligen Schritten.

„Your next Irish Coffee!" Die Kellnerin im Montparnasse riss mich in die Gegenwart zurück.
„Thank you!"
Sie hatte das leere Glas mitgenommen und mir ein volles vor die Nase gestellt.
Da ich, als ich bei Niko gegessen hatte, schon eine Flasche Retsina gekillt hatte, war das nun mein unwiderruflich letzter Irish Coffee an diesem Abend.

Der Pope!
Was hatte der Pope mit meinen Auftraggebern zu tun?
Was waren das für Auftraggeber, wenn einer von ihnen Pope war?

Suchet, so werdet Ihr… Udo Müller-Christian

Der Irish Coffee wärmte mich auf, er bekämpfte eine Kälte, die keine normale Kälte war, sondern eine Kälte, die von Innen heraus von mir Besitz ergriffen hatte, eine Kälte die ich spürte, seit dem dieser Pope mit mir geredet hatte.

Blödsinn.
Wer ließ sich von einem Popen beeindrucken?
Zumindest hatte ich mich in den letzten Stunden davon überzeugen können, dass mir niemand folgte.

Meine Hände umschlossen das Glas und nahmen die Wärme in sich auf.
Die Wärme breitete sich von meinen Händen und später dem Magen über den ganzen Körper aus.

Ich schüttelte den Kopf und damit alle Gedanken an Popen und Auftraggeber von mir ab.

Es war ein ziemlich langer Weg durch verwinkelte enge Gassen, der mich zum Hotel Karboni führte. Ein Weg der durch Spalten zwischen weiß getünchten Häusern führte, der Touristinnen an mir vorbei brachte, die mir entgegen kamen, die laut kichernd von Geschäft zu Geschäft gingen, die immer wieder etwas fanden, das sie faszinierte und die sicher schon alle einen Satyros in der Tasche mit sich herum trugen.
Aus den Häusern drangen die Geräusche, die man auf dieser Insel seit Jahrzehnten hören konnte.

Suchet, so werdet Ihr…   Udo Müller-Christian

Musik, fast immer die Klänge, die an Mikis Theodorakis erinnerten, Stimmen von Menschen die die griechische Sprache in allen erdenklichen Lebenslagen gebrauchten, dazwischen Handfeste verbale Auseinandersetzungen und immer dieser Aspekt des nicht Verstehens einer Sprache, deren Nuancen häufig klangen, als gäbe es einen immerwährenden Konflikt.

Mit einem Ruck blieb ich stehen.
Zwischen zwei Häusern kreuzte eine Gasse meinen Weg.
Für einen winzigen Augenblick hatte ich geglaubt, Juliane gesehen zu haben, die über die Kreuzung huschte, wie viele andere vor und nach ihr.

Ich musste mich irren.

*

Suchet, so werdet Ihr…   Udo Müller-Christian

INTERMEZZO

Dieses Angebot war so verlockend, dass Peter kaum zu widerstehen vermochte, obwohl er normalerweise immer mit Vernunft an diesbezügliche Entscheidungen ging.

Chevrolet Impala Limousine, Bj. 1959, 0 km, dreifacher Neupreis.

Da er es nicht glauben wollte, nahm er sofort seine Encyclopedia of American Cars 1940 - 1970 aus dem Regal.

Chevrolet...
Wenn man ihn da nicht verscheißern wollte...

Aber es stand tatsächlich eine Telefonnummer unter dem Text der Anzeige, neben der noch drei Wörter abgedruckt waren:
Man spricht deutsch!
Peter rief an und fragte nach, ob das wirklich keine Zeitungsente war.

„Zeitungsente!"
Die Frau am anderen Ende der Telefonleitung war ehrlich empört.
„Wenn wir eine solche Anzeige aufgeben, haben wir auch ein solches Auto, um es zu verkaufen."

Am Wochenende schaffte Peter es, zu der angegebenen Adresse zu fahren und da stand er tatsächlich, wie in der Anzeige versprochen.

Suchet, so werdet Ihr…   *Udo Müller-Christian*

Chevrolet Impala Limousine, Bj. 1959, 0 km

Die Frau sagte nicht sehr viel, nur:
„Fabrikneu!"

  Peter traute seinen Augen nicht, als er die alten Weißwandreifen sah, die den Eindruck vermittelten, ebenso neu zu sein, wie der Rest des Wagens.

  Peters Nase stellte Gerüche fest, die man sonst nur von Neuwagen gewohnt war zu riechen.
Wie konnte das möglich sein, nach mehr als fünfzig Jahren?

  Im Hintergrund sah er einen ebenso fabrikneuen zinnoberroten BMW M1 stehen.

Suchet, so werdet Ihr…   Udo Müller-Christian

Der derzeitigen allgemeinen Mode auf dieser Insel wollte ich mich nicht verschließen, also kramte ich so lange in meiner Reisetasche herum, bis ich das Kleid aus dem gardinenartig durchsichtigen roten Stoff gefunden hatte.
In der Hitze der Mittagszeit hätte ich sicher auf eine Körperbemalung zurück gegriffen, da es mittlerweile Farben gab, die extrem schweiß- und hitzeresistent waren, was allerdings in den Abendstunden, aufgrund des nicht unerheblichen Temperatursturzes, nicht zu empfehlen war.

Mit nichts, außer dem gardinenartigen Kleid angetan verließ ich mein Hotelzimmer und machte mich auf die Suche nach Geschäften und Läden die ich noch nicht kannte.
Auf der Insel hatte sich nicht viel geändert, man konnte allerdings wesentlich einfacher an Geld kommen, wenn man über die nötigen Plastikkarten verfügte.

Dieser Einkaufsbummel wäre völlig irrelevant gewesen, hätte ich nicht ‚zufällig' in einem der Läden ein schnurloses Telefon gefunden.
Neben den Zahlen waren jeweils drei Buchstaben zu erkennen.

Suchet, so werdet Ihr…　　　　　　　　*Udo Müller-Christian*

Wie war das noch gewesen, als Balsamo mich vor den Verfolgern in der Eisdiele bewahrt hatte...

Im Handschuhfach fand ich ein kleines Notizbuch.
Nichts.
Nur hinten einige Telefonnummern von Frauen.
Es war noch nicht einmal alphabetisch geordnet.
Es waren Namen zu lesen: Valentina, Stella, Francoise, Jeanette, Chantal, Rachel, Sara...

Einige der Telefonnummern beinhalteten Gruppen von Buchstaben.
Kurzentschlossen kaufte ich eines der Telefone.

Suchet, so werdet Ihr...   Udo Müller-Christian

Im Hotelbett erinnerte ich mich an meine letzte Begegnung mit Juliane.

Mit Juliane ab und zu

Zuletzt traf ich Juliane auf einem Galaempfang.
Dieser Empfang fand in einer Hotelhalle statt und es wurden nur geladene Gäste eingelassen.
Auch wenn man mir, aufgrund meines normalen Äußeren, nicht zugetraut hätte, in einer solchen Kleidung aufzutreten, fiel ich in dieser feudalen Umgebung nicht im Geringsten aus dem Rahmen.

Jedenfalls gab es nicht viele Menschen, die sich eine Nacht in diesem Hotel leisten konnten.
Man mochte sogar annehmen, der schwarze Anzug sei mein Eigentum, denn in dieser Größe war es wahrlich nicht einfach, so gut passende Kleidung von der Stange zu kaufen.
Man beobachtete mich, das war mir völlig klar.

Ich bewegte mich in der so genannten *Feinen Gesellschaft*, als sei ich in einer solchen aufgewachsen.

Suchet, so werdet Ihr…   Udo Müller-Christian

Klar war für eventuelle Beobachter eigentlich nur, dass ich eine Frau begleitete die sehr finanzkräftig war. Diese Frau war eine ausgesprochene Schönheit und ich machte erst gar nicht den Versuch, den Eindruck zu vermitteln, als würde sie mir nicht gefallen.

Tatsächlich bezahlte sie mich für meine Begleitung an diesem Abend und zwar ausgesprochen gut. Was nicht zu bedeuten hatte, eine ausgesprochen gute Bezahlung sei meine Bedingung gewesen...

Vielleicht erwartete sie irgendwelche Gefahren und hatte mich als Einpersonenbodyguard engagiert; vielleicht hatte sie aber auch meine Begleitung erwählt, weil man erhebliche Schwierigkeiten haben würde, sich Informationen über meine bewegte Vergangenheit zu beschaffen; wahrscheinlicher war ein Zusammenspiel beider Begründungen.

Ich wich den ganzen Abend nicht eine Sekunde von ihrer Seite und behielt ziemlich unauffällig ihre Umgebung im Auge, während ich ihr doch sehr viel Aufmerksamkeit widmete.

Aufgrund meiner Recherchen war mir nicht nur der Umstand ihrer von ihrem Vater ererbten Millionen bekannt, sondern auch der Verdacht der Gerüchteküche, sie, so wurde hinter vorgehaltener Hand gemunkelt, habe ihren Vater ins Grab geärgert, indem sie Beziehungen zu Personen des eigenen Geschlechts vorzog.

Wenn ich bedachte, von ihr engagiert worden zu sein, erschien mir die Möglichkeit dieser Unterstellung als durchaus denkbar.

Jedenfalls umgab sie sich regelmäßig mit mir und ich gab mir Mühe, die Rolle des Kavaliers der reichen Dame so glaubhaft wie möglich zu spielen.

Suchet, so werdet Ihr…   *Udo Müller-Christian*

Sie war wirklich eine ausgesprochene Schönheit. Ihr Kleid war knapp geschnitten und gewagt, sie musste meiner Meinung nach sicher sein, ich könne sie gegenüber jeder Art von Übergriffen durch zudringliche Männer verteidigen. Jedenfalls bemühte ich mich den Eindruck zu vermitteln, jeden sich nähernden Nebenbuhler zu erschlagen.

Juliane bewegte sich, als wäre ich tatsächlich ihr Liebhaber, was sich schon an kleinen Aufmerksamkeiten zeigte, wie sie normalerweise nur zwischen Menschen vorkommen, die einander lieben.

Juliane lehnte sich an mich, ich hielt sie, sie berührte mich überaus vertraut, ich berührte sie flüchtig auch an Körperstellen, deren Berührung normalerweise für jeden Mann, der nicht ihr Liebhaber war, Tabu sein mussten.

Diese Juliane zog mich nun wie immer zur Tanzfläche, auf der ich, ebenfalls wie immer, keine überragend gute Figur machte, aber ich ging mit. Sie hatte schon einiges getrunken und hing an mir, wie eine Klette.

Mir machte es nicht das Geringste aus, sie mehr zu tragen, als zu führen und verlor nicht im geringsten die Fassung.

Sicher würde ich sie bumsen, in dieser Nacht.

Oder nutzte ich damit die Situation aus?

Passte es zu mir, eine Frau ab zu schleppen, die durch die Droge Alkohol gefügig gemacht worden war?

Nein, so etwas konnte ich mir nicht vorstellen.

Allerdings war es ja auch so, Juliane wusste mit Sicherheit immer noch was sie wollte und sie hatte mich engagiert und als sie mich engagierte, tat sie das mit einem vieldeutigen Augenzwinkern.

Suchet, so werdet Ihr...   Udo Müller-Christian

Scheinbar einer spontanen Eingebung folgend, ergriff Juliane meine rechte Hand am Gelenk und warf einen Blick auf meine Uhr.
„Wie konntest du vermuten, ich würde ausgerechnet heute nicht diese Uhr tragen? Immerhin ist sie eines der wertvollsten Geschenke, die ich je erhalten habe!"

„Und ein ausgesprochen seltenes Stück! Du musst wissen, Ulyss Martin fertigt diese Uhren nur auf Wunsch an, das Planetarium steht auf der Südhalbkugel!"
Ich wusste, dass diese Uhr etwas ganz Besonderes war und hatte mich schon mehrmals gefragt, warum Juliane mir ein so teures Geschenk gemacht hatte.

Die Musik hatte geendet und ich zog Juliane von der Tanzfläche, wie sie mich zuvor draufgezogen hatte.
„Du wirst es nicht glauben, aber ich habe keine Lust mehr, auf dieser Fete zu bleiben!"
„Vielleicht hast du recht Kris! Außerdem waren wir sicher schon lange genug hier, um von allen möglichen und unmöglichen Leuten gesehen worden zu sein!"

Ich war mir fast sicher, sie sei nicht im Geringsten angetrunken, obwohl sie zumindest für Personen, die sie nicht kannten, einen solchen Eindruck vermittelte.

„Richtig, und du weißt sicher, wohin wir jetzt gehen!"
Sie sah mich schelmisch an und lehnte sich gegen mich.
„Worauf du wetten kannst!"

Suchet, so werdet Ihr… Udo Müller-Christian

Ich drehte sie um und blickte ihr tief in die Augen.
Da war es wieder.
Ich vermochte nicht zu sagen was es war, aber immer wenn ich nicht nur flüchtig in Julianes Augen blickte, meinte ich etwas zu bemerken, das ich nicht kannte, etwas, das sie von anderen Frauen unterschied.

„Auf was warten wir noch?"
„Auf den Kerl von der Presse, der immer zu spät kommt!"

„Ach!"
„Ja, der hat sogar versucht ein Zimmer neben dem Meinen in diesem Hotel zu mieten!"
„Mit anderen Worten, du hast ein Zimmer in diesem Hotel!"
„Zimmer ist sicher nicht der richtige Ausdruck!"
Sie schüttelte sich vor lachen.
„Außerdem muss ich dir unbedingt die CD von EROTICON vorführen, du wirst dich wundern!"

„EROTICON? Kenne ich nicht!"
„Dann wird 's aber Zeit für dich dir die Scheibe anzuhören!"
Sie sah an mir vorbei und begann, zufrieden zu grinsen.

„So, Alter wir können!"
Warum hatte sie mich Alter genannt?
Da ich mir nicht vorzustellen vermochte, wo Juliane in diesem Kleid den Schlüssel ihres Hotelzimmers unter gebracht haben könnte, führte ich sie zunächst zur Rezeption.
Unterwegs kamen wir an dem Journalisten vorbei, auf dessen Ankunft Juliane gewartet zu haben schien.

Suchet, so werdet Ihr...   Udo Müller-Christian

Die Rolle der angetrunkenen Diva spielte sie wirklich ausgezeichnet. An der Rezeption wurde Juliane sofort erkannt.

„Den Schlüssel!"
„Bitte sehr, der Schlüssel!"
Ich nahm den Schlüssel an mich, denn wo hätte Juliane ihn unterbringen sollen, immerhin bot ihr Kleid nicht den geringsten Platz für irgendwelche Utensilien, die nicht anatomischer Natur waren.

Zimmer Nummer dreiundzwanzig.
Sie sah mich an und hielt den Kopf dabei etwas schief.
Ihr Gesichtsausdruck besagte, vielleicht ist die Nummer ein Zufall, vielleicht habe ich aber auch etwas nachgeholfen.
Also wusste ich auch nicht mehr, als zuvor.
Ich steuerte mit ihr die Treppe an, wurde aber hartnäckig von Juliane zum Aufzug gedrängt.
In einem Hotel dieser Preisklasse brauchte man nicht lange auf den Aufzug zu warten.
Die feudale Tür öffnete sich.
Ein grauhaariger Liftboy verneigte sich vornehm vor uns und Juliane zog mich in den Aufzug.
Obwohl Juliane mich in eine Ecke drängte und sich an mich drückte, wurde ich meiner Aufgabe gerecht, für ihre Sicherheit zu sorgen, auch wenn es mir schwer fiel.

Ich hatte dem grauhaarigen Liftboy den Schlüssel mit der Nummer dreiundzwanzig gezeigt und wunderte mich, als er nicht direkt ein bestimmtes Stockwerk drückte, sondern einen Sekundenbruchteil zögerte.

Ich hob Juliane hoch und sah sie ernst an, wobei ich die linke Augenbraue hob.

Ihrer schnellen Auffassungsgabe war zu verdanken, dass sie kein Wort sagte, sondern sich hinter dem grauhaarigen Liftboy wieder absetzen ließ.
Der Aufzug hatte sich in Bewegung gesetzt.
Mit einem Ruck riss ich den grauhaarigen Liftboy zur Seite und drückte die rote Taste für *Nothalt*.
Eine Hand des Liftboys war routiniert in seiner Jacke verschwunden und verharrte nun.
Entweder hatte er die erwartete Kanone nicht gefunden, oder er wurde durch mein zielstrebiges Handeln verunsichert.
„In welcher Etage befindet sich Zimmer 23?"

Wenn er eine Kanone in der Jacke hatte, dann war er sich nicht sicher, schnell genug zu sein.
„Zwei!"
Presste er zwischen schmalen Lippen hervor.
Ich deaktivierte den Nothalt und drückte auf zwei, ohne den grauhaarigen Liftboy aus den Augen zu lassen.
Warum hatte er auf fünf gedrückt?

Der Aufzug setzte sich in Bewegung.
„Und jetzt nimm ganz langsam die Hand aus der Jacke!"
Er tat tatsächlich, was ich angeordnet hatte.
Der Aufzug hielt und die Tür öffnete sich.
Ich ging einen Schritt nach vorne, um Juliane hinter mir passieren zu lassen und drückte im Vorbeigehen auf fünf.

Suchet, so werdet Ihr…   Udo Müller-Christian

Dem Liftboy mit den grauen Haaren nickte ich beim Rausgehen freundlich zu.
Als ich ihm den Rücken zuwandte, hatte er keine Zeit mehr, irgendeine Aktion zu starten, weil ich aus der Drehbewegung heraus schnell genug herum schnellte und zuschlug, um nur noch seinen erstaunten Gesichtsausdruck wahrnahm, als meine Faust sein Gesicht traf und er zu Boden ging.

Die Tür des Aufzuges schloss sich hinter mir und ich drückte Juliane an mich, die noch nicht wusste, was mich zu dieser Handlung bewogen hatte.
Wir brauchten nicht lange zu warten und aus dem Aufzugschacht erklangen Schüsse von oben.
„Der Aufzug wurde im fünften Stock erwartet. Irgend welche Mordbuben wollten da auf uns schießen!"

Juliane bewahrte ihre Fassung.
„Ich wusste doch, wen ich engagieren musste, um mich sicher fühlen zu können!"

Ich schob sie über den Flur.
„Was war es? Was hat dich auf den Liftboy aufmerksam gemacht?"
„Eigentlich nur eine ganze Anzahl von Kleinigkeiten; aber alle zusammen zeigten ein Indiz mit absoluter Sicherheit, er konnte niemals ein Liftboy sein!"

„Dann zähl doch 'mal einige dieser Kleinigkeiten auf!"

Suchet, so werdet Ihr...   *Udo Müller-Christian*

„Die Verbeugung, als der Aufzug sich öffnete, war aus zwei Gründen nicht in Ordnung. Erstens war sie für einen Liftboy mindestens zwanzig Zentimeter zu tief, zweitens hätte kein Liftboy jemals so alt in diesem Job werden können, der die Gäste durch eine zu tiefe Verbeugung verhöhnt, drittens hätte ein grauhaariger Liftboy, wäre er ein echter, seine Verbeugung aufgrund seiner Selbstgefälligkeit, resultierend aus langjähriger Berufserfahrung, mindestens zehn Zentimeter höher angelegt, als sie einem jüngeren Liftboy zugekommen wäre."

„Und was noch?"
Wir hatten Julianes Zimmer erreicht.
Ich schloss auf und schob Juliane zur Seite.
„Das kurze Zögern beim Drücken des Knopfes für die Stockwerkwahl!"
In Julianes Zimmer brannte kein Licht.
Ich machte einige Zeichen, die ihr bedeuteten, das Licht im Flur zu löschen und sich in der Nähe des Lichtschalters aufzuhalten.
Juliane ging lautlos zurück und betätigte den Lichtschalter.
Ich wartete mehrere Minuten, bis ich sicher war, mich ausreichend an die unzureichende Beleuchtung gewöhnt zu haben.

Wenn sich jemand im Zimmer aufhielt, behielt er die Tür im Auge.
Wenn es diesen Jemand wirklich gab, dann hatte er den Finger am Abzug.
Wenn er seinen Finger am Abzug hatte, dann handelte es sich nach diesen langen Minuten um einen sehr nervösen Finger.

Ich flog ins Zimmer, rollte mich ab und sprang erneut. Hinter einer Couch war ich in Deckung gegangen. In Deckung vor wem?
Nichts rührte sich.

Kein Atem war zu hören.
Ich rührte mich weiterhin nicht.
Nur der Geduldige überlebt.
Nach Minuten der Konzentration hörte ich Schritte im Flur vor der geöffneten Tür.
Das Flurlicht flackerte auf und ein Hotelbediensteter kam herein, um auch das Licht in Julianes *reichhaltig ausgestatteten Zimmer* zu entfachen.
Nichts anderes rührte sich.
Der Hotelbedienstete entdeckte mich und half mir unkompliziert auf, während er sich unablässig entschuldigte.
Dieser Knilch war mit Sicherheit harmlos, doch ich hatte schon andere harmlose Typen erlebt.

„Ich muss gestolpert sein, als ich nach dem Schalter für das Licht suchte. Vielen Dank, mein Herr!"
Juliane kam herein und er hatte nur noch Blicke für sie übrig.
Als hätte ich nie existiert, wandte er sich ihr zu und erklärte ihr, wie untröstlich er sei, sowohl im Flur als auch im Zimmer das Licht ausgefallen vorgefunden zu haben und eine Flasche Champagner auf Kosten des Hauses wäre nach seiner Ansicht das Mindeste, uns für diese Organisationspanne zu entschädigen.
Der für diese Etage zuständige Zimmerkellner kam herein und verbeugte sich - nicht zu übertreiben, sondern angemessen.

Juliane bestellte zwei Flaschen Campari und eine Flasche Pernot, dazu eine ausreichende Menge Orangensaft und Cola.
  Juliane machte sich an der Stereoanlage zu schaffen und suchte eine CD aus.
  Ich beobachtete jeden Handgriff des Kellners, bis er das *Zimmer* verlassen hatte.

Den Koffer, den ich Juliane zur Verfügung gestellt hatte, um das Zimmer zu sichern, fand ich in der Nähe des Einganges.
  Niemand, dessen war ich mir sicher, hatte versucht ihn zu öffnen. Den Inhalt des Koffers benutzte ich, um alle Fenster und Türen mit primitiven, aber äußerst wirksamen Alarmanlagen zu versehen.
  Ich weiß, das der Begriff Alarmanlagen ziemlich hoch gegriffen ist, aber der Zweck rechtfertigt die Mittel, und den Zweck Alarm zu geben, erfüllten sie allemal. Wir konnten uns so sicher wie bei mir zuhause fühlen, denn jeder Eindringling würde Geräusche machen, die Alarmkugeln bewegen, die ein Hochfrequentes Geräusch verursachen würden, das durch den Koffer, den ich in der Mitte des Zimmers platzierte, verstärkt würde.

  Da alle diese Teile ihren Strom, sofern erforderlich, aus Akkus bezogen, die genug Energie für mehr als eine Woche hatten, konnte ich sicher sein, dass niemand unbemerkt in Julianes Räume eindringen konnte.

  Da das Hotel ein ziemlich neuer Bau war, musste ich nicht mit irgendwelchen verborgenen Hohlräumen oder Geheimtüren rechnen, sondern brauchte nur noch alle Räume nach versteckten Menschen zu durchsuchen, um sicher zu sein, für den Rest der Nacht ungestört bleiben zu können, denn man wusste ja nie...

Als das erledigt war, erwartete Juliane mich mit einem Campari Orange.
Wir stießen an und sahen uns dabei tief in die Augen. Das Glas stellte ich auf einen Tisch und bedeutete Juliane noch einen Augenblick Geduld zu üben, bis ich mich ganz ihrer Anwesenheit widmen konnte.
Mit einem Detektor suchte ich nach verborgenen Wanzen und Videokameras, konnte aber keine entdecken. Ein Hotel dieser Preislage wäre auch innerhalb kürzester Zeit aufgeflogen, wenn es nicht eine maximale Anonymität für seine Kundschaft und deren Gäste zu garantieren im Stande gewesen wäre.
Nichts, ich konnte absolut nichts entdecken - wir konnten uns in diesen Räumen so sicher fühlen, wie man sich sicher fühlen konnte, auf diesem Planeten. Solange wir nicht Opfer eines Meteoriten oder Flugzeugabsturzes wurden, konnten wir nur noch durch eine Brandkatastrophe gestört werden oder durch das Telefon. Juliane stand mitten im Raum, als ich zufrieden zu ihr zurückkehrte.
Ihr Kleid war wirklich atemberaubend.
„Ich werde es wohl kaum vermeiden können, mich nun weiterhin um deine Sicherheit zu bemühen! Ich werde Venus herrufen und mich um die Aufklärung der Geschehnisse im Aufzug kümmern."
„Warum Venus? Reicht es nicht, wenn Marion bei mir ist?"

„Nein, Venus kann für deinen Schutz sorgen, Marion nur für dein Wohlbefinden!"

Ich telefonierte mit Venus, die ihr sofortiges Erscheinen ankündigte.

Es klopfte an der Tür.

Eilig wollte Juliane öffnen.

„Stopp, auch wenn du Marion erwartest, solltest du doch lieber mich öffnen lassen!"

Ich ging zur Tür und brachte eine großkalibrig Kanone zum Vorschein.

„Die Tür ist unverschlossen!"

Ich rief es so nett und freundlich, wie ich konnte.

Die Tür öffnete sich und tatsächlich kam Marion hereinspaziert, die ich kannte, weil ich sie und Juliane mehrmals zusammen getroffen hatte.

Mit einem Ruck riss ich sie ins Zimmer und überzeugte mich davon, dass niemand hinter ihr im Flur war.

Juliane und Marion fielen sich in die Arme.

Ich ertappte mich bei dem Gedanken, es sicher als wesentlich angenehmer zu empfinden, wenn Venus diese Nacht auf Juliane aufpasste, denn ich konnte es wahrscheinlich nicht ertragen, wenn in meiner Nähe zwei schöne Frauen sexueller Stimulation frönten, während ich für die Sicherheit der einen verantwortlich war. Venus hatte damit sicherlich nicht die geringsten Probleme.

Juliane und Marion küssten sich innig.

Suchet, so werdet Ihr...   Udo Müller-Christian

Was hatte es zu bedeuten, ein versuchter Überfall, Schüsse im Aufzug.

Was für einen Grund hatte Juliane gehabt, mich zu engagieren?

Hatte sie etwas erwartet?

Wollte sie sich nur mit einem Mann zeigen, um danach die Nacht in inniger Umarmung mit Marion zu verbringen?

War das ihre persönliche Rache an allen Verleumdern?

Meine liebe Venus kam erstaunlich schnell und gab sich nach dem Klopfen an der Tür sofort zu erkennen.

Venus und ich kannten uns lange genug, um an ihrer Stimme und ihren Formulierungen erkennen zu können, dass sie innerhalb des Flures keine Gefahr erkannt hatte.

Ich öffnete die Tür und ließ sie ein.

„Ich hoffe, du wirst die Geschehnisse zwischen den *beiden Schönen* besser ertragen, als ich!"

Juliane drehte sich um.

„Hallo Venus! Du sollst nun unsere ekstatischen Ekstasen besser ertragen. Kannst du denn auch für unsere Sicherheit sorgen?"

Venus fiel zu Boden, rollte sich ab und hielt eine Kanone in der Hand, die John Wayne mit Neid erfüllt hätte.

Juliane erbleichte nicht.

Venus war schneller, als...

Ach, was soll's.

Suchet, so werdet Ihr…   *Udo Müller-Christian*

Das Venus auch ohne Kanone eine wesentlich sichere Leibwächterin war, als beispielsweise ich mit Kanone, brauchte ich ja niemandem mit zu teilen.
„Ich werde mich erst morgen wieder melden! Meine Damen, eine angenehme Nacht!"

*

Suchet, so werdet Ihr…   *Udo Müller-Christian*

INTERMEZZO

Der alte Mann mühte sich sichtlich ab, als er die wenigen Stufen erstieg.

Keiner der Umstehenden wagte es, ihn zu stützen keiner näherte sich ihm als er drohte zu straucheln.
Mit Mühe und Anstrengung erreichte er seinen alten Sessel und ließ sich erleichtert nieder.

Er empfing Männer, die in ihrer Eigenartigkeit der Kleidung gar nicht an diesen Ort passen wollten.
Einer trug die Montur eines griechisch orthodoxen Würdenträgers, einer war wegen seiner Kleidung und des Bartes eindeutig als jüdischer Würdenträger zu erkennen, einer trug einen arabischen Burnus und einer einen Turban.

Die alten Männer saßen zusammen und nach einer halben Stunde schickten sie ihre Begleiter fort, denn das was sie zu besprechen hatten, war für Niemandes Ohren bestimmt.
Der alte Christ betätigte einen verborgenen Knopf.

Drei Männer in dunklen Anzügen mit dunklen Sonnenbrillen traten ein und verbeugten sich höflich vor allen alten Männern.

Der islamische Würdenträger nickte ihnen aufmunternd zu.

„Eminenzen, Exzelenzen, ich habe euch heute einen kleinen Fortschritt zu melden."

Suchet, so werdet Ihr… Udo Müller-Christian

Die alten Männer schienen erstaunt und erfreut zugleich, denn keiner von ihnen hatte vermutet zu seinen Lebzeiten diese Nachricht zu hören.

„Es ist einigen meiner Leute tatsächlich gelungen, einen Mann ausfindig zu machen, der der gesuchte sein könnte. Einige Kriterien sprechen dafür. Wir haben eine Agentin engagiert, die sich um ihn kümmern soll, sie wird uns auf dem Laufenden halten."
Der alte Mann mit dem Turban unterbrach ihn mit einer Handbewegung.

„Wie könnt ihr jemanden engagieren, der möglicherweise etwas über unsere Organisation in Erfahrung bringen könnte."

Der Angesprochene verbeugte sich leicht.
„Selbstverständlich weiß die Frau nicht, um was es sich handelt. Sie wurde durch Novizen engagiert und eben diese Lehrlinge denken nur in der Richtung, dass es sich um die Beschaffung von Informationen bezüglich infiltrierter Außerirdischer handelt. Sie, die Frau, denkt, sie hätte für irgendeine Organisation einen Auftrag an ihn, *den Baphometen* vermittelt!"

Der griechisch orthodoxe Würdenträger richtete sich in seinem Sessel leicht auf.
„Wann denkt ihr, sicher sein zu können?"

Suchet, so werdet Ihr...   *Udo Müller-Christian*

„Wenn wir ihn noch einige Wochen observiert haben. Es könnte sich tatsächlich um den Gesuchten handeln, der sich allerdings einer unglaublichen Gesundheit erfreut. Unsere Leute im Grade des Minerval wissen, dass es ein wichtiger Auftrag ist, infiltrierte Außerirdische aufzustöbern und genau das soll er für unsere Organisation machen. Die Frau weiß nichts, gar nichts, sie kann ja sowieso nicht zur Organisation gehören - als Frau!"

Der erste der alten Männer mischte sich ein.
„Ihr müsst sehr vorsichtig und mit Bedacht vorgehen. Ihr braucht die besten Leute dafür; bedenkt, dass wir seiner schon einmal habhaft geworden sind und dass er auf eine sehr seltsame Art entkommen konnte."

„Könnt ihr uns über die gelungene Flucht einige Details mitteilen?"
„Nein, das können wir leider nicht, denn er floh im Jahre 1795!"

Suchet, so werdet Ihr…   Udo Müller-Christian

   Einige der Telefonnummern beinhalteten Buchstaben in Gruppen angeordnet.
   Wieder im Hotelzimmer eingetroffen schrieb ich die zu den Zahlen auf der Tastatur des Telefons gehörenden Zahlen auf einen Zettel und die Möglichkeiten, die die zehn Ziffern auf dem Nummernschild des Impala ergaben unter die aufgezeichnete Zahlenreihe.

2	2	4	5	4	6	7	8	7	6
a	*a*	*g*	*j*	*g*	*m*	*p*	*t*	*p*	*m*
b	*b*	*h*	*k*	*h*	*n*	*r*	*u*	*r*	*n*
c	*c*	*i*	*l*	*i*	*o*	*s*	*v*	*s*	*o*

c c i l i o s v s o

Damit hatte ich alle zur Verfügung stehenden Buchstaben, die ich nun nur noch entsprechend zu ordnen brauchte. Ich wusste das der Mann, für den ich mich interessierte mit absoluter Sicherheit bei einem Chevrolet Impala schwach werden würde.

Suchet, so werdet Ihr...   Udo Müller-Christian

Bevor ich am nächsten Morgen das Frühstück bestellte, vergewisserte ich mich, dass der Eingeborene, der Tags zuvor den Beginn meines Tages vermiest hatte, nicht in der Nähe war.
Das Boot, an dem er sich ausgelassen hatte, war nun stumpf und zeigte an einigen wenigen Stellen Versuche neuer Anstriche in den unterschiedlichsten Farben.

Das Frühstück war ebenso reichhaltig und gut wie am Vortag und die Kellnerin ebenso freundlich.
Diesmal schmeckte es mir ausgezeichnet und nichts störte meinen Genuss, außer einigen vorbeifahrenden Zweitaktmopets mit Ladefläche und den halbrunden Hälften von Pistazienschalen, die irgend jemand vom Balkon warf, unter dem ich gerade saß. Einige dieser Pistazienschalen fielen auf meinen Tisch und eine einzige in meinen Kaffee.

Früh am Morgen sah man einige Leute ebenfalls frühstücken und eine größere Anzahl mit unter den Arm geklemmter Kokosmatte zielstrebig vorbeieilen.

Suchet, so werdet Ihr…   *Udo Müller-Christian*

Letztere wollten zu den Bussen nach Ornos und Plati Yialos und damit zum Strand, einige sicher mit kleinen Nussschalen von Plati Yialos weiter zu den Beaches Paraga, Paradise und Superparadise, um die heiße Zeit des Tages in der Sonne zu schmoren.

Am Nebentisch hörte ich einen Amerikaner zu seiner gemischtgeschlechtlichen Begleitung sagen.

„*Superparadise is a gaybeach!*"
Also glaubte man es immer noch.
In den siebziger und achtziger Jahren galt der *Superparadisebeach* als eine Hochburg der Homosexuellen, während am Paradisebeach der Freikörperkultur beider Geschlechter gefrönt wurde.

Damals konnte man schon einen Kerl mit einer einfachen Frage zur Weißglut bringen.
'*Are you superparadise?*'

Was der Frage, bist du schwul, in nichts nach stand.
Wenn die Scharen an den Stränden waren und von keinen Kreuzern ganze *Mumienbatallione* an Land gespieen wurden, hatte man die Insel fast für sich.
Am Abend zuvor, bevor ich bei Niko gegessen hatte und nachdem ich von meinem Delosausflug zurück gekommen war, hatte ich mir einen Suzuki LJ 50 für vierundzwanzig Stunden gemietet, um in der Zeit, die ich auf die Panormidis zu warten hatte, noch etwas sinnvolles zu tun.

Suchet, so werdet Ihr...   Udo Müller-Christian

Der Suzuki stand in der Nähe der Windmühlen und ich startete den surrenden Zweitaktmotor, um die acht Kilometer nach Ano Mera zurückzulegen.

Unterwegs kam ich an den beiden einzigen Tankstellen der Insel vorbei, hinter denen nach einigen Kilometern tief unter der Straße liegend eine höchst ungewöhnliche Bucht, die man Panormos Bay nannte und die einen tiefen Einschnitt in der Insel bildete, weit überblicken konnte.

Ano Mera war außer Hora, dem eigentlichen Mykonos, der einzige richtige Ort des Eilandes und beherbergte ein Kloster.

Eigentlich war ich ziemlich sicher, in diesem Kloster den Popen antreffen zu können, der mich überraschender Weise auf Delos angesprochen hatte. Trotzdem, oder eben aus diesem Grunde fuhr ich am Kloster vorbei.

Die ganze Insel war äußerst karg an Vegetation. Überall ragten kleine weiße Häuser aus dem steinigen Grund, die durch staubige Feldwege miteinander verbunden wurden. Als ich eine Anhöhe erreichte, konnte ich kilometerweit blicken. Alles war in das gleißende Licht der Kykladen gehüllt, keine Wolke am Himmel unterbrach das Blau.

Eigenartige Kontraste bildeten sich; blauer Himmel, blaues Meer, braune Insel und weiße Häuser.

Ich erinnerte mich an die Bucht Panormos.
Ja, die rechte Seite, das konnte es sein. Ich fuhr zurück, durch Ano Mera und hielt oberhalb der Bucht an. Der staubige Weg verschwand da unten auf der rechten Seite hinter einigen Felsen und kam nach etwa hundert Metern wieder zum Vorschein.

Straße auf der ich angehalten hatte, war für Inselverhältnisse stark befahren, das bedeutete, alle zwei Minu-ten ein Fahrzeug.

Ich bog von der Straße nach rechts ab und fuhr den staubigen Weg hinab in der Hoffnung, der Zweitakter des Suzuki würde den steilen Rückweg schaffen.
 Die uneinsehbare Stelle des staubigen Weges war schnell erreicht.
Ich stellte den Suzuki ab und stieg aus.
Vom Standplatz des Wagens aus konnte man tatsächlich weder die Straße oberhalb der Bucht, noch einen der umliegenden Berge sehen, mit anderen Worten konnte auch niemand aus der entfernteren Umgebung den Suzuki und mich sehen, es sei denn, er würde sich bis auf einen Steinwurf an mich heran trauen. Wenn ich vorher auf die Umgebung achtete, konnte ich mich sicher mindestens eine halbe Stunde sicher fühlen, es sei denn, jemand würde mit einem Hubschrauber oder mit einem Fahrzeug kommen, aber das konnte ich ja rechtzeitig hören.

 Ein nahezu perfekter Ort.
 Nein, kein perfekter Ort, aber auf dieser kleinen Insel würde ich innerhalb weniger Stunden sicher keinen geeigneteren finden können.
Ich fuhr zurück zur Straße oberhalb der Bucht.

Da ich noch einige Stunden Zeit hatte, bis ich den Suzuki zurück brachte und da die Panormidis nicht vor vierzehn Uhr eintreffen würde, fuhr ich auf der Straße wieder in Richtung Ano Mera, um den zweitgrößten Berg der Insel und den Kounoupas zu umfahren.

Suchet, so werdet Ihr...   Udo Müller-Christian

Hinter Ano Mera war die Straße nicht mehr ausgebaut, sondern ein etwas breiterer Eselpfad, der von Steinmauern flankiert wurde.

Über diesen Weg näherte ich mich der Hora, zugegeben äußerst verlangsamt, da die Wegeverhältnisse fast nur Schritttempo erlaubten.

Ich hoffte, Venus hätte einen geeigneteren Wagen für mich ausgesucht, jedenfalls konnte man diesen Suzuki nicht nur wegen seiner Langsamkeit, sondern auch wegen seiner komfortlosen Schlaglochbewältigung, nur sehr umsichtig bewegen. Außerdem tat er sich an Steigungen so schwer, dass man fast schon versucht war, zu schieben, um den schnaufenden, stinkenden und lärmenden 26 PS Zweitakter, im ersten oder zweiten Gang zu entlasten. Um die Motorleistung nicht noch mehr zu vermindern, hatte man die Kardanwelle zur Vorderachse ausgebaut, um nur noch die Hinterachse anzutreiben.

„Vierradantrieb ist verboten auf Mykonos!"
Hatte der Vermieter mit Nachdruck behauptet.

Rätselhaft war nur, dass sehr viele Privatleute mit intaktem Vierradantrieb herumfuhren.

Eigentlich hielt ich auf dieser Insel einen Vierradantrieb für überflüssig, zumindest auf dieser Insel, wenn man an der Hinterachse eine Sperre hatte, reichte das voll und ganz.

Am Strand der Panormos Bucht hatte ich einen kurzen Ausflug in den Sand gewagt und es sofort bereut. Der Suzuki schaffte kaum, im ersten Gang weiter zu kommen und als ich in den feuchten Sand nahe der Brandung fuhr, musste ich feststellen, dass er aufgrund seiner Motorleistung noch nicht einmal in der Lage war, seine eigene Spur zu verlassen. Ich musste rückwärts wieder zurück fahren, konnte aber auf Lenkbewegungen verzichten, da dieser Wagen sowieso nicht im Stande gewesen wäre, die Rinnen zu überwinden, die seine eigenen Räder in den Sand gegraben hatten - der Motor ging einfach aus, starb vor lauter Schwäche ab.

Sicherlich hätte ein LJ 80 oder ein SJ 410 oder ein Vitara aufgrund höherer Motorleistung eine wesentlich bessere Figur gemacht, zumal diese Fahrzeuge sowieso geeigneter für 's richtige Gelände waren, als mancher Größere, so genannte richtige Geländewagen.

Kurz vor dem Airport bog ich ab, um einen kurzen Abstecher zum Paradise Beach zu machen, der Suzuki würde die Steigung des Rückwegs wohl noch schaffen.

*

INTERMEZZO

Drei Männer mit Sonnenbrillen.
Der Erste: „Glaubt ihr, dass das ein Spaziergang wird? Immerhin dürfen wir unsere anderen Aktivitäten nicht vernachlässigen."
Der Zweite: „Wir werden eben alle unsere Kräfte bündeln müssen, einerseits fehlt es uns immer noch an Informationen und andererseits müssen wir vielleicht auch darüber nachdenken, dass es besser ist, mit einer Silberkugel auf ihn zu schießen, obwohl die alten Herren darauf bestehen, ihn lebend zu erhalten."
Der Erste: „Ihr dürft nicht vergessen, dass man ihn schon einmal hatte, dass man ihn über Jahre hinweg gefangen gehalten hat..."
Der Dritte: „Und mit welchem Erfolg!?!? Er schwieg und er entkam letztendlich und unsere Organisation hat zwei Jahrhunderte gebraucht, um sich ihm wieder anzunähern! Nein, ich meine, wir sollten jeden mit einer Silberkugel erschießen lassen, den wir auch nur in Verdacht haben, der Großkopta zu sein!"
Der Zweite: „Und unsere Agentin wird ihn uns liefern!"
Der Dritte: „Du solltest dir 'mal die Mühe machen und feststellen, was unsere Agentin uns für Informationen beschafft hat und was sie uns zweifelsfrei vorenthält!"

Suchet, so werdet Ihr…   Udo Müller-Christian

Reise durch Cissylvanien hieß das Buch, in dem ich las.
Den ganzen Tag auf dem Balkon zu verbringen, ermüdete ganz schön, aber wozu sollte ich auf der Insel herum laufen, wenn ich sicher sein konnte, jeder Mensch, der sich zur Zeit auf dieser Insel aufhielt, würde zumindest einmal am Tag unter diesem meinem Balkon vorbeikommen müssen. Wozu suchen, wenn man nur untätig zu warten hatte?

Ich las weiter in diesem Buch und aß Pistazien, deren Schalen ich über die Brüstung des Balkons warf.
Mein Lesezeichen, das Bild mit Balsamo und Norma Jean Baker hatte auf der Rückseite fünf geschriebene Symbolgruppen erhalten.

2	2	4	5	4	6	7	8	7	6
a	a	g	j	g	m	p	t	p	m
b	b	h	k	h	n	r	u	r	n
c	c	i	l	i	o	s	v	s	o
c	a	g	l	i	o	s	t	r	o

CAGLIOSTRO

Suchet, so werdet Ihr... Udo Müller-Christian

Die Panormidis schälte sich aus dem Blau des Ozeans und schien im Laufe einer halben Stunde immer größer zu werden.
Von meinem Sitzplatz in der Sunset Taverne aus hatte ich es nicht weit, bis zum Anlegeplatz des Postschiffes.

Von Kamnaki aus ging ich kurz vor dem Anlegen über die Agiou Stefanou, die Straße, die direkt nach Agios Stefanos führte, hinüber zum Pier.
Eine Menge Leute hatte sich bereits eingefunden.
Eine Menge Ware wurde erwartet.
Ich versuchte den Hafenmeister zu identifizieren, konnte aber nur Einheimische erkennen, die lauthals gestikulierend auf einander ein brüllten. Einer von ihnen musste der Hafenmeister sein, aber wer. Im Zweifel immer der mit dem lautesten Organ.
Ich setzte mich auf die Steinmauer, die auf der einen Seite die Kaimauer begrenzte, während sie auf der anderen Seite steil ins Wasser ab fiel.

Vor lauter Leuten konnte ich das Ende der Kaimauer mit dem Übergang zum Wasser nicht mehr erkennen.

Suchet, so werdet Ihr…   Udo Müller-Christian

Die Panormidis wurde immer größer, bis sie hoch vor uns aufragte und mit ziemlich komplizierten Manövern immer näher an ihren Anlegeplatz heran manövriert wurde.
Vorne und hinten, quatsch, wie kann man sich so unseemännisch ausdrücken?
Achtern und am Bug wurden dicke Taue an Land geworfen, die an großen Pollern befestigt wurden, damit die Winden der Panormidis in Aktion treten konnten, um das Schiff an die Kaimauer zu ziehen.

In der Menge meinte ich kurz Juliane ausgemacht zu haben, aber das musste, wie Tags zuvor, ein Irrtum sein.
Wie Tags zuvor.
Ich hatte Juliane auch gestern gesehen, oder geglaubt, sie gesehen zu haben.
Geglaubt sie gesehen zu haben.
Wie jetzt?
Ich sah genauer hin.
Es war nur ein kurzer Moment gewesen, ein winziger Augenblick, an dem ich gedacht hatte, sie von schräg hinten…

Sie war mindestens zwanzig Meter von mir entfernt, die Frau die ich für Juliane gehalten hatte.
Ich sah in die Richtung.
Was, wenn ich mich nicht geirrt hatte?
Was hatte sie hier zu suchen?
Da war die Frau!
Ich sah sie mir genauer an.
Wie hatte ich sie für Juliane halten können?

Suchet, so werdet Ihr...   *Udo Müller-Christian*

Die Haarfarbe war ganz anders, ebenso die Frisur.
Nein, es handelte sich nicht um Juliane.
Ich wusste nicht, ob ich erleichtert oder enttäuscht sein sollte.
Die Frau machte einige Schritte zur Seite, um ein Dreiradmopet vorbei zu lassen. Das durfte doch nicht wahr sein.
Ihre Bewegung zur Seite war so typisch, ja, dieser Bewegungsablauf, der subcortical gesteuert wurde und plötzlich aufgrund des Mopeds erforderlich war, nicht nachahmbar oder zu verfälschen, jedenfalls nicht in einer solchen Situation, wo plötzliches Ausweichen erforderlich wurde - das ließ wieder nur eine Assoziation durch meinen Kopf schießen.

Juliane.
Es gibt Bewegungsmuster, die aufgrund ihrer *Kleinhirnsteuerung*, ein so unverwechselbares Bild ergeben, als hätte man es mit den besonderen Mustern der Gefäße der Netzhaut zu tun.
Ich war mir sicher, es konnte sich nur einzig und allein um Juliane handeln.
Auch wenn sie sich äußerlich weitgehend verändert hatte, blieben doch die Bewegungsmuster die Selben.

Ich sprang von der Mauer und ging langsam auf die Frau zu, deren Identität jetzt für mich fest stand.
Sie versuchte sich soeben an einigen Männern vorbei zu schieben, um näher an den vermeintlichen Hafenmeister heran zu kommen - doch niemand wich auch nur einen Zentimeter zurück, um sie vor zu lassen.

Suchet, so werdet Ihr…   *Udo Müller-Christian*

Im Gegenteil, die Mauer um den Hafenmeister verdichtete sich noch weiter.

„Gestatten, meine Verehrteste?"
„Kris du hier?"
Ich schob einige der Eingeborenen nachdrücklich zur Seite und schuf so einen Durchgang für Juliane.

Einige der Männer bedachten mich mit bösen Blicken, trauten sich aber nicht, weitergehende Maßnahmen zu ergreifen.

Juliane huschte durch die Lücke und legte dem Hafenmeister ein Dokument vor.
„Ich hätte auch nicht erwartet, dich hier anzutreffen!"
Unwirsch schob der Hafenmeister Julianes Dokument zur Seite und ließ einen barschen Satz unter sich.

„Vielleicht sollten wir uns in Geduld üben, meine Verehrteste."
Sie schmunzelte mich an.
„Ja, vielleicht! Aber sag' mir, was dich auf diese Insel führt!"

Ich setzte ein gewinnendes Lächeln auf.
„Man sagte mir, man könne auf dieser öden Insel seine wohlverdiente Ruhe finden, aber gleichzeitig jederzeit wieder am blühenden Leben teilhaben, wenn man nur wolle."

Sie sah an mir vorbei und schien jemanden in der Menge zu erkennen.

Bevor ich mich umgedreht hatte, stieß sie mich an.

Suchet, so werdet Ihr… Udo Müller-Christian

„Und wie lange bist du hier?"
„Zwei Tage! Und was führt dich hierher?"
„Auch die Ruhe und die Möglichkeit sich jederzeit ins Getümmel stürzen zu können!"

Die Menge schob uns hin und her und einige Leute stießen uns unsanft an.
Juliane versuchte mich an die Mauer zu ziehen, um ein wenig aus dem herrschenden Getümmel heraus zu kommen.
„Eigentlich ist es Blödsinn, zu versuchen, so schnell wie möglich an seine Waren heran zu kommen, oder glaubst du, der Kasten würde wieder ablegen, ohne alle Klamotten ausgeladen zu haben?"
„Weißt du, Juliane, wie ich diese Griechen kenne, traue ich ihnen so ziemlich alles zu, nur keine logisch durchdachten Handlungsweisen!"

„Ach!"
Ihre Augenbrauen hatten sich gehoben.
Die Ladebalken des Schiffes begannen, ihre Aufgabe zu bewältigen.
„Wenn man bedenkt, dass seit fast zwanzig Jahren nur noch Fähren im Einsatz sind, kann ich nicht verstehen, warum ausgerechnet meine Lieferung mit so einem antiquierten Kasten kommt."

Meine Aufmerksamkeit wurde durch einen roten offenen Buggy erregt, der auf einer Holzpalette fest gezurrt war und nun am Ladebaum hängend zu uns hinab taumelte.

Juliane sah mich verwirrt an.

„Die Karre stammt ja aus dem Hochsauerlandkreis, HSK siehst du?"

„Klar, dann muss das meine Karre sein!"

Die Menge teilte sich und der Buggy erreichte relativ unsanft die Kaimauer. Eigentlich hätte man dieses Fahrzeug auch am voluminösen Überrollbügel mittels des Krans befördern können, ich war mir allerdings sicher, dass mir die Lösung mit der Holzpalette besser gefiel.

Ein Hafenarbeiter löste die Seile und gab ein Zeichen mit der Hand.

Der Hafenmeister erschien und brüllte etwas in die Menge.

Was er brüllte konnte ich nicht verstehen, aber es schien so eindeutig zu sein, dass mir nichts anderes übrig blieb, als vor zu treten und meinen Ausweis vor zu legen, um mich als wahrscheinlichen Empfänger der Ware zu identifizieren.

Nun brauchte ich nur noch einige Formulare zu unterschreiben, während der Hafenarbeiter die Verbindungsseile zwischen dem Buggy und der Holzpalette persönlich löste.

Die obligatorischen Formalitäten waren erfüllt, nachdem der Hafenmeister einen ganzen Wust von Din-A-4-Zetteln gestempelt hatte, von denen ich einen erhielt.

Als alles klar zu sein schien, brüllte er mich an, als hätte ich seine Frau verführt.

Was wollte er.

„Er will, dass der Wagen sofort hier weggefahren wird, sonst lässt er einen Abschleppwagen auf deine Kosten kommen!"

„O, vielen Dank! Ich wusste gar nicht, dass du griechisch verstehst, Juliane!"

Sie lachte gewinnend.
„Es reicht für das Nötigste."
Nun gut, ich umrundete meinen Buggy und fand schnell den kleinen fest geschweisten Kasten unter dem Handschuhfach, der die Tastatur eines Taschenrechners aufwies.

Venus und Valeria hatten an alles gedacht.
Ich tippte eine Zahlenkombination ein und der kleine Kasten öffnete sich.
Viola!
In dem Fach entdeckte ich einige Hochglanzmagazine, auf dem Titelbild des ersten hatte Venus mit einem Edding 3000 eine Nachricht quer über die nackten Brüste der abgelichteten Dame geschrieben. *Vielleicht wäre ich doch besser mit gekommen, um...*
Sieh zu, dass du nicht den Verstand verlierst!

Wenn es mit Mirona nicht gut ist, kannst du ja immer noch auf die Magazine zurück greifen.
Sie hatte also tatsächlich bedenken, dass ich den weiblichen Reizen Mironas erliegen könnte und somit mein klarer Verstand leiden könnte.
Ich musste grinsen.
Na, hoffentlich hatte sie keine Magazine nur mit einer einzigen Protagonistin erwischt.
Im Fach fand ich auch Einiges, was ich zu dem Zeitpunkt wesentlich dringender brauchte.

Suchet, so werdet Ihr…   Udo Müller-Christian

Ich entnahm dem Kasten den Wagenschlüssel und einen Zettel.
 Den Zettel steckte ich ungelesen in eine Hosentasche und setzte mich hinter das Lenkrad.
 Der Schalensitz passte. Valeria hatte noch einige Maßanfertigungen im Lager.

 Der Motor sprang ohne zu zögern an und ich vernahm das alte wohl bekannte Geblubber eines luftgekühlten VW Boxermotors.
 Der Motor nahm allerdings das Gas viel besser an, als ich erwartet hätte.
 Ich sah mich um, konnte Juliane aber nicht mehr in der Menge ausmachen.
 Freundlich winkte ich noch einmal dem Hafenmeister zu und ließ den Buggy vorsichtig durch die Menge von der Kaimauer rollen.
 Die Schaltung war ungewohnt exakt, Valeria schien ein neues Gestänge eingebaut zu haben.
 Das kleine Lenkrad lag gut in der Hand und die Lenkung war überraschend leichtgängig.
 Ich beugte mich ein wenig aus dem Wagen und sah nach hinten.
Die Hinterreifen wiesen eine erhebliche Breite auf und schienen original Niederdruckreifen zu sein.
 Wenn diese Kiste alle Erwartungen erfüllte, die ich an sie zu stellen gedachte, konnte ich zufrieden sein.

 Nachdem ich die Straße erreicht hatte, bog ich direkt nach links ab, um die Küstenstraße in Richtung Agios Stefanos zu befahren. Der Buggy rollte im Leerlauf im ersten Gang.

Suchet, so werdet Ihr...   *Udo Müller-Christian*

Ich erlag der Versuchung und gab einmal kurz Vollgas. Die Beschleunigung drückte mich tatsächlich in den Sitz.

Nach etwa einem Kilometer hielt ich an, um den Motor etwas genauer unter die Lupe zu nehmen, ich wollte immerhin genau wissen, mit was für einem Auto ich es zu tun hatte, denn ich musste mich auf die Technik verlassen können. Normalerweise war diese Maßnahme völlig überflüssig, denn ich konnte mich auf Valeria und Venus voll und ganz verlassen. Vielleicht war es auch nur so, dass meine Neugier siegte.

So ging ich also zum Heck und legte mich auf die staubige Straße.

Es werkelte tatsächlich ein VW Boxermotor mit einer äußerst modifizierten Auspuffanlage.

In mir regte sich ein leiser Verdacht.

Ich setzte mich wieder hinter das Lenkrad und schaltete die Zündung ein.

Tatsächlich, mein Verdacht hatte sich bestätigt.

Von vorne vernahm ich das eindeutige kurze Aufsummen einer elektrischen Benzinpumpe.

Das was als Motor in diesem Buggy fungierte war also die Creme de la Creme der VW Boxermotoren und hatte dereinst in einem VW-Porsche seinen Dienst verrichtet; ich hatte es also mit einem mindestens einhundert PS starken Motor zu tun. Das konnte man auch merken.

Auf der restlichen kurvenreichen Strecke nach Agios Stefanos machte ich noch einige Fahrversuche, um mich an die extrem direkte Lenkung und den kurzen Radstand zu gewöhnen, die dem Buggy ein außergewöhnliches Fahrverhalten verliehen.

Suchet, so werdet Ihr…   *Udo Müller-Christian*

Das sich einstellende irrationale Gefühl der vemeintlich gewonnenen Freiheit wurde allerdings eingeschränkt, als mir bewusst wurde, mich auf einer kleinen Insel zu befinden, die meinen buggymäßigen Aktionsradius doch erheblich beschränkte.

Was soll 's, immerhin gedachte ich nicht ewig auf diesem Eiland zu verweilen. Kurz entschlossen gab ich Gas und ließ den Buggy auf der Stelle drehen, um wieder zurück zum Pier zu fahren.

Ich drehte richtig auf, denn ich mich wohl kurz selbst aus dem Geschäft gebootet, indem ich mich dazu verleiten ließ, diese Probefahrt mit dem Buggy zu machen, denn ich wollte ja eigentlich feststellen, wer die Sendung CDs abholt.

Auf halbem Wege kam mir ein Lastwagen mitten auf der Straße entgegen.

Mit langjähriger Erfahrung und ein bisschen Glück gelang es mir auszuweichen, wobei ich eine leichte Böschung neben der Straße nutzte und links an dem Lastwagen vorbeifuhr, obwohl in Griechenland Rechtsverkehr herrscht; allerdings hätte es rechts nur als Ausweg die Klippen hinunter ins Meer gegeben.

Ich parkte den Buggy in der Nähe der Kaimauer und ging wieder in die Menschenmenge.

Juliane war nicht mehr zu finden.

Nur konnte ich aufgrund der Begegnung mit ihr nun sicher sein, an dem vorherigen Tag nicht einer Halluzination erlegen zu sein.

Suchet, so werdet Ihr…   *Udo Müller-Christian*

Lautstark verschaffte sich wieder der Hafenmeister Gehör, um einige zu zudringliche Landsleute abzuweisen.
Der Hafenarbeiter war gerade dabei, eines der Taue vom Poller zu lösen.

Scheiße!
Idiot!
Wie konnte ich nur die Ankunft der CDs versäumt haben?

*

Suchet, so werdet Ihr…   *Udo Müller-Christian*

INTERMEZZO

Die Agentin hatte sich schon seit zwei Wochen nicht mehr gemeldet und das Konsortium begann langsam seine Fühler nach ihr aus zu strecken.

In Athen verlor sich ihre Spur, sie war von Piräus aus auf irgendeine der Inseln gefahren. Das Konsortium tat nun drei Dinge gleichzeitig.

Die Leute des ersten Grades, die Novizen, wurden angewiesen, nach der Agentin und dem Mann, den sie beauftragt hatte Ausschau zu halten und alle Beobachtungen in Griechenland an ihre vorgesetzte Dienststelle zu melden.

Die Minervale, die Leute zweiten Grades, wurden darauf hingewiesen, dass es wünschenswert sei, die Spur der gesuchten Personen auf keinen Fall wieder zu verlieren, koste es was es wolle und die Meister, die Erleuchteten Minervale, wurden autorisiert, den Mann mit einer Silberkugel zu erschießen.

Suchet, so werdet Ihr… Udo Müller-Christian

Ich musste schmunzeln.
Direkt unter meinem Balkon saß Kris Balsamo in einem Straßenrestaurant und trank einen Eiskaffee, während er die vorbeigehenden Touristen mit wenig Aufmerksamkeit beobachtete, wogegen sich die Touristen doch sehr für seine gelben Docs zu interessieren schienen.
Meine Lektüre legte ich zur Seite und nahm mir vor, direkt mit ihm Kontakt aufzunehmen.
Hatte er etwas heraus gefunden?
Hatte er schon Kontakte hergestellt?
Oder hatte er sich nur einen schönen Tag gemacht?
Ich nahm das nun retuschierte Foto mit Norma Jean zur Hand, um mit dem unter dem Balkon befindlichen Original zu vergleichen.
Das war keine Ähnlichkeit, sondern wesentlich mehr!
Das Bild in meiner Hand begann zu zittern, immerhin war es vor über fünfzig Jahren fotografiert worden und die Tatsache, dass der Kris Balsamo, der nun auf dieser Insel weilte, gegenüber dem Kris Balsamo auf dem Bild, scheinbar um keine Minute gealtert war, ließ meine Hand und damit das darin befindliche Bild erzittern.
Mich fröstelte zum zweiten Male im Zusammenhang mit diesem Mann. Ich war einer bedeutenden Sache auf der Spur.

Suchet, so werdet Ihr… Udo Müller-Christian

Ich saß in einem Café im Hafen und sah mir die Touristinnen an, die auf- und ab flanierten. Da ich dieses Café schon einmal aufgesucht hatte, rechnete ich wieder mit einem Pistazienschalenregen, der aber diesmal aus zu bleiben schien.

Einige der Touristinnen waren wirklich ausgesprochene Schönheiten, andere höchstens sonnenbankgegerbte Modepuppen.

Erstaunlicherweise hatte an diesem Tag kein Kreuzer festgemacht, um ganze Mumienbataillone auszuspucken, die dann durch die holprigen Gassen des kleinen Ortes stolperten, um in allen erdenklichen Situationen immer nur den einen Kommentar abzugeben.

„Nice!"
Ich sah auf.
Die Silhouette einer Frau verdeckte mir sie Sicht.

Suchet, so werdet Ihr…   Udo Müller-Christian

„Mirona!"
Wieder war sie in ein Kleid gehüllt...
Es war blau und zeigte mehr als es verdeckte. Ihre Beine waren weiß angemalt, wobei die Farbe bis zur Hälfte der Oberschenkel reichte. Vom oberen Ende der weißen Farbe reichten dünne rote Farbstreifen, Strapsbänder imitierend, bis unter den Saum des blauen Kleides. War mir eigentlich bisher nicht bewusst gewesen, wie anziehend diese Frau war?
Sein Blick, mit dem er mich auszog, war mehr als angenehm auf meiner Haut. Als er von unten meinen Beinen nach oben folgte, hatte ich das Gefühl, er würde mir...
An den Armausschnitten hätte ich sicherlich einen Blick auf die eine oder die andere Brust erhaschen können, wenn ich gewollt hätte...
Sollte ich ihm einen Blick auf meine Brüste gestatten?

Sie setzte sich unaufgefordert zu mir an den Tisch.
„Schön, ich hoffe du hast dich ohne mich nicht gelangweilt!"
„Ich konnte es gerade noch ertragen!"

Sie drehte sich um, mit der Absicht, dem professionellen Ober unmissverständliche Zeichen zu geben, die besagten, er solle ihr auch einen Eiskaffee bringen und mir gleich einen Neuen.
Als ich mich umdrehte, wusste ich nicht mit Sicherheit, wo seine Blicke mich aufsaugen würden, ich spürte nur die Schauer, die sie mir über den Rücken jagten. Dieser Typ brachte meine Hormone in ungewöhnliche Wallung, anders konnte ich mir dieses Kribbeln nicht erklären!

Suchet, so werdet Ihr…   *Udo Müller-Christian*

Ich konnte nur vermuten, dass der Ober ihre Zeichen verstanden hatte, denn während sie sich umdrehte, hatte sie das eine Bein grazil über das andere geschlagen. Das Kleid war kurz und wieder konnte ich keine Anzeichen von Nähten entdecken...

Sollte sie wirklich nichts als gemalte Farbe unter diesem Kleid tragen?
„Nein, ich bin wirklich froh, dass du jetzt angekommen bist, ich habe sogar gestern Abend an dich gedacht, während ich mir einen runterholte! Wann bist du hier eingetroffen?"
Sie grinste ohne auf meine Bemerkung ein zu gehen.
Seine Stimme klang sehr erotisch, ob er mich mit seiner Randbemerkung verarschen wollte?
Was glaubte der Typ, an wen ich neuerdings dachte, wenn ich masturbierte?

„Genau einen Tag nach dir! Ich habe es allerdings vorgezogen mir diesen Trip mehr zu erarbeiten, als du, ich habe mit der Naias über gesetzt."
„Sechs Stunden brennende Sonne auf dem Deck!"
Warum war mir diese Stimme nicht schon früher auf gefallen?
„Ja, und die einzige Abwechslung auf Tinos!"

Auf Tinos konnte es nur eine Abwechslung gegeben haben, also rief ich.
„Pistazieeeee!"
Und.
„Ice cream very good!"
Fast hätte ich vor lauter Lachen über den Tisch gehustet.

Suchet, so werdet Ihr...   Udo Müller-Christian

Wir lachten beide.

Einige Gäste an den Nebentischen schienen auch mit der Naias gekommen zu sein, denn sie fielen ohne zu zögern in unser Gelächter ein.
Ich sah sie unverhohlen an, wobei ich mich besonders auf die unbedeckten Hautpartien konzentrierte.
Solch eindeutige Blicke hatte ich noch nie von Kris erlebt, ich fühlte mich, wie in einer Peep Show, was mir an diesem Tag, in Anbetracht des Gegenübers angenehm war.

„Hauptsache, du hast dir keinen Sonnenbrand eingefangen! In dieser Gegend ist die Sonne besonders gefährlich."
Sie schien meine Blicke genau so zu verstehen, wie sie gemeint waren und begann zu frösteln. Ob sich ihre Brustwarzen allerdings wegen des Fröstelns oder einer eventuellen Geilheit aufgerichtet hatten, vermochte ich nicht zu beurteilen.

Ich sah auf, denn der Ober kam und brachte uns tatsächlich zwei Eiskaffee.
„Hast du schon Informationen, die für mich von Interesse sein könnten, oder hast du es vorgezogen, das Geld des Konsortiums zu verprassen?"
Sie verstand es prächtig vom unausgesprochenen Thema abzulenken und schien sich sogar ziemlich sicher zu sein, dass ich mit meinen Ermittlungen bislang gescheitert war. Allerdings wusste ich, sie hatte den letzten Teil der Frage nicht ernst gemeint und ging daher nicht näher auf ihre Äußerung ein.

Sollte es mir tatsächlich gelungen sein, ihn zu verunsichern? Trotz des mäßigen Windes begann ich allmählich zu schwitzen.

Dankbar registrierte ich die abnehmende Erektion meiner Brustwarzen.

„Ich habe bisher keine Erkenntnisse gewonnen, nicht das Geringste!"

„*Gar nichts?!*"

„Nichts Mirona überhaupt nichts!"

„*Aber wer hat die CDs abgeholt, die mit der Panormidis geliefert wurden?*"

Ich sah sie nachdenklich an.

War sie nicht auch schon auf der Insel gewesen, als die Panormidis die CDs geliefert hatte?

Sie setzte sich eine Sonnenbrille auf.

Wo hatte sie diese Brille hergeholt?

Ohne die Brille hätte ich mich nicht mehr lange halten können, nach allem was Venus mir erzählt hatte, verstand ich die harmlosesten Gesten und Bemerkungen, die er von sich gab, als sexuelle Herausforderung.

„Vielleicht sollten wir Informationen austauschen, Mirona! Du sagst mir, wer die CDs abgeholt hat und ich sage dir wohin sie geliefert wurden."

Was nun kam, wunderte auch mich, der Bluff ging auf!

Raffinierter Kerl!

„Gut!"

Sie atmete tief durch.

„*Das war ein älterer blauer Mercedes Lastwagen, mit Allradantrieb! Die Vorderachse hatte auch ein Differenzial!*"

Suchet, so werdet Ihr...	Udo Müller-Christian

Sie überlegte kurz.
"Es war kein Flachschnauzer, aber auch keiner mit einer ausgeprägten Motorhaube - die Motorhaube war ziemlich abgerundet!"
„Sehr gut, dann war es ein Mercedes 1624 Rundschnauzer!"
Ich beugte mich ein wenig vor. Wenn er jetzt nichts sah, hätte ich auch nackt vor ihm sitzen können.
"Schön, hervorragend! Und wohin ist der Wagen gefahren? Vielleicht können Herr Detektiv sich herablassen und mir mitteilen, wohin die CDs geliefert wurden!"

> Auf halbem Wege kam mir ein Lastwagen mitten auf der Straße entgegen.
> Mit langjähriger Erfahrung und ein bisschen Glück gelang es mir aus zu weichen, wobei ich eine leichte Böschung neben der Straße nutzte und links an dem Lastwagen vorbei fuhr.

Ich lehnte mich zurück und atmete vernehmlich aus.
„Nach Agios Stefanos meine Verehrteste!"
Ich konnte mich freuen, dass diese meine Aussage gar nicht falsch sein konnte, denn von Agios Stephanos konnte der Lastwagen mit Sicherheit zu keinem anderen Ort der Insel gefahren sein, weil nämlich nur über diese Küstenstraße der Ort erreichbar war.
Sie zog ihre Augenbrauen zusammen, was trotz dieser Sonnenbrille deutlich erkennbar war.
Ich legte einen ausreichend großen Schein auf den Tisch und schob ihn unter meinen unvollständig getrunkenen Eiskaffee.

Suchet, so werdet Ihr…   Udo Müller-Christian

„Komm Mirona, wir müssen uns beeilen!"
 Ich ergriff ihre Hand und zerrte sie durch die engen verwinkelten Gassen, den kürzesten Weg zu den Windmühlen, an denen ich meinen Buggy geparkt hatte.

Er zog mich durch die halbe Ortschaft und hielt mich mit sicherem Griff, wenn ich zu stolpern begann, weil meine Sandalen eigentlich für geringere Geschwindigkeiten geschaffen worden waren; ich verstand spätestens in diesem Moment, warum Balsamo immer feste Schuhe trug und wenn es gelbe Docs waren.
 Sie stellte mir unterwegs nicht eine einzige Frage und ließ sich von mir ziehen, ja rannte fast neben mir her.
 Wir erreichten den Buggy tatsächlich in Rekordzeit und ich war ganz schön außer Atem.

Wir erreichten einen roten Buggy, wahrscheinlich gehörte er Kris; ich gönnte ihm einen Kommentar.
„O, ist der schön!"
„Ja schön und auch gut!"
 Mirona setzte sich in den Schalensitz auf der rechten Seite und griff nach dem Sicherheitsgurt. Ihre Beine faszinierten mich tatsächlich.
 Ich schnallte mich fest und warf den Motor an.
Den Innenspiegel stellte ich so ein, dass ich Balsamos Gesicht erkennen konnte, also konnte auch er nur mein Gesicht sehen.
„Um zur Straße nach Agios Stefanos zu kommen, müssen wir den ganzen Ort umfahren!"
„Müssen wir denn so schnell fahren?"

„Ja, ich weiß ja nicht, wie lange die Eingeborenen brauchen, um die CDs abzuladen!"

Ich überholte ein Tritiklo.
„*Die Kiste geht aber gut ab!*"
„Ja, ich staune selber!"
Balsamo beherrschte den Wagen souverän. Auch wenn er sehr schnell fuhr, fühlte ich mich doch völlig sicher. Überhaupt vermittelte er mir immer, wenn ich mit ihm zusammen war, ein Gefühl der Sicherheit, das ich bei mir eigentlich gar nicht zulassen wollte, denn ich stand seit vielen Jahren auf eigenen Beinen und hatte nie jemanden gebraucht, der mir Sicherheit vermittelt hätte.
Auf der Agio Ioannou drehte ich richtig auf und reduzierte die Geschwindigkeit nur, als ich ein Mopetdreirad überholen wollte und eine der einheimischen Taxen.

Am Archäologischen Museum musste ich fast anhalten, weil uns ausgerechnet an dieser engen Stelle der Bus aus Agios Stefanos entgegen kam.

Der Rest der Strecke war die bekannte Küstenstraße von Mykonos über Tourlos nach Agios Stefanos, die ich für meine kurze Probefahrt gewählt hatte.

Die Straße führte fast direkt nach Norden.

Wir fuhren über die Küstenstraße, die ich bei meiner Ankunft mit der Naias gesehen hatte. An dem Tag hatte ein relativ reger Verkehr geherrscht, was nun erfreulicherweise nicht der Fall war.

Ich gab Gas und stellte mit Freude fest, dass Mironas rote Haare im Fahrwind flatterten.

Der Krach, den der Buggy bei dieser Fahrweise produzierte, war äußerst unkommunikativ.

Der Lastwagen war mir zwischen Tournos Bay und Agios Stefanos entgegen gekommen, konnte also nur in Agios Stefanos oder Fanari zu finden sein, denn ich konnte mir nicht vorstellen, dass er schon zurück gefahren sein könnte.
Vielleicht war ich doch nicht richtig gekleidet, um eine solche Fahrt durchzuführen. Der Buggy war naturgemäß offen und die Kälte des Fahrtwindes ging mir durch Mark und Bein.
Außerdem fuhr Kris, als wolle er sich für Paris-Dakkar qualifizieren.

Agios Stefanos erwies sich als sehr übersichtlich und wir konnten in kürzester Zeit feststellen, dass im ganzen Ort kein Lastwagen zu finden war.
Für mich wurde eines klar, ja kam aus dem Verdachtsstadium heraus, Kris musste schon einmal, wenn nicht öfter, hier gewesen sein, denn er kannte sich auf der Insel erstaunlich gut aus.
Also fuhr ich weiter, in Richtung Fanari.
Von Agios Stefanos nach Fanari war die Straße nicht mehr asphaltiert, sondern ein relativ ausgewaschener Lehmweg.
Ich konnte mir nicht vorstellen, dass der Lastwagen eine solche Strecke so unbedacht zurückzulegen vermochte, wie wir es mit meinem Buggy taten.

Die Strecke war äußerst holprig und schüttelte mich gehörig durch. Ich war hauptsächlich damit beschäftigt, mich, trotz des Sicherheitsgurtes, mit zumindest einer Hand fest zu halten.

Suchet, so werdet Ihr...   Udo Müller-Christian

Sie sagte nichts. Vielleicht sollte ich versuchen, den Innenspiegel zu verstellen, mir war nicht entgangen, dass sie ihn vor Beginn der Fahrt eingestellt hatte, wahrscheinlich hüpften ihre Brüste bei dieser Fahrweise ganz erheblich. Sie gefiel mir tatsächlich besser, als ich gedacht hatte. Eigentlich konnte ich alle Gedanken, die ich im Flugzeug gedacht hatte, über Bord werfen.
Irgend etwas war anders, seit ich sie auf dieser Insel getroffen hatte.
Immer noch in der Nähe der Küste fuhren wir einen kleinen Berg hinauf, der ein Ausläufer der Profitis Ilias war, der zu unserer rechten in den Himmel ragte. Nördlich von Agios Stefanos war die Küste wenige hundert Meter so steil, dass man die *Straße* weiter ins Innere der Insel verlegt hatte.

Hinter einer Rechtskurve hielt ich an.
Ich war froh, als der Wagen endlich zum Stillstand kam, mit der rechten Hand hatte ich mich an einen Griff geklammert und mit dem linken Unterarm versucht, die Erschütterungen für meine Brüste so gering wie möglich zu halten, was schon beim Lauf durch die Gassen des Ortes nicht einfach gewesen war.

„*Was kommt jetzt, Viktor?*"
„Sieh dir das an!"
Mirona und ich stiegen aus.

Beim Aussteigen starrte er mir so unbedarft unter das Kleid, als ich das linke Bein noch im Wagen hatte, während das rechte schon auf dem Boden der Insel stand.

Mein Blick, den ich zwischen ihre Beine geworfen hatte, brachte mir auch keine erhofften Informationen, weil der Schatten des Kleides leider alles im Dunkel ließ.

Der starke Wind spielte mit Mironas Haaren und griff in ihr Kleid.
Sie fror offensichtlich. Ihre Brustwarzen zeichneten sich deutlich unter dem dünnen Stoff des Kleides ab.
„Ich scheine wohl für diese Gegend nicht angemessen gekleidet zu sein!"
Er schien nicht zu ahnen, dass meine Brustwarzen, die er nun ansah, nicht auf die Kälte, sondern auf ihn reagierten.

Indem sie das sagte, lehnte sie sich an mich, um wenigstens einen Teil ihres Körpers meiner Wärme anzuvertrauen.
Diese Geste war so selbstverständlich, dass ich nichts anderes zu tun vermochte, als meine Arme um sie zu legen, in der heeren Absicht, ihr etwas mehr Wärme zu vermitteln.

Er hatte seine Arme so zielgerichtet um mich gelegt, dass er ohne weiteres auch meine Brüste berührt haben könnte oder mir mit einer Hand zwischen die Beine gefahren wäre. Beides tat er nicht.

„Siehst du, das ist Fanari!"

Ich musste nicht extra auf die weit verteilten Häuser deuten, die sich unter uns am Wasser erstreckten und vereinzelt noch an der Flanke des Berges zu finden waren.

Suchet, so werdet Ihr...   Udo Müller-Christian

Er wärmte mich tatsächlich. Ich schloss die Augen und spürte jeden Quadratzentimeter meiner Haut, der ihn berührte.
Mirona zitterte vor Kälte.
Ihre Kleidung war ideal für den Strand und die Hafenpromenade.
Aber nun erwies es sich, dass wir, hätte sie sich vorher umgezogen, mit absoluter Sicherheit zu spät gekommen wären.
In der Ferne konnten wir den Lastwagen erkennen.
Er stand hinter einem Haus neben einem bläulich schimmernden Swimmingpool.

„Warte eine Sekunde, ich bin gleich zurück!"
Er ging zum Buggy und machte sich drinnen zu schaffen. Ich konnte in seiner Hose keine Erektion erkennen, hatte auch vorher keine gespürt. Den Impuls ihm in die Hose zu greifen hatte ich bis zu diesem Moment erfolgreich widerstanden.
Im Armaturenbrett des Buggy war eine Tastatur eingelassen, in die ich eine Nummer tippte.
Und in eine daneben befindliche Öffnung, hinter der sich ein Mikrofon verbarg, brauchte ich nur das Wort *Kofferraum* zu sagen.
Die kleine Klappe vor der Windschutzscheibe sprang auf. Tatsächlich fand ich ein sehr gutes Fernglas.
„Nun können wir sicher viel besser sehen!"

Sie sah so entzückend aus; in einen Hauch von einem Kleid, die Haare im Wind wehend, die Arme vor der Brust verschränkt, die Brustwarzen verbergend, die, wie ich mit Sicherheit wusste, aufgerichtet waren.

Suchet, so werdet Ihr…   Udo Müller-Christian

Er kam mit einem Fernglas zurück und hatte immer noch keine Erektion, das konnte ich nun deutlich erkennen.
Ich stellte es scharf und sah mir die Szene an, die sich in etwa drei Kilometern Luftlinie abspielte.

„Jetzt du, du wirst dich wundern!"
Mirona nahm das Fernglas an sich und lehnte sich mit dem Rücken wieder an mich, um nicht so sehr dem Wind ausgesetzt zu sein.

„Das Haus würde ich im Schlaf wiedererkennen!"
„Ich auch!"
Vier Männer waren damit beschäftigt, den Wagen zu entladen und die Kisten in den leeren Swimmingpool zu befördern. Sie hatten nur noch zwei Kisten zu bewältigen.
Noch hatte ich meinen Körper so weit unter Kontrolle, dass ich eine Erektion zu verhindern wusste. Ich wusste allerdings auch ganz genau, dass ich mir so schnell wie möglich im Hotel einen runterholen musste, wollte ich dieser Frau weiter widerstehen.

Sie reichte mir das Fernglas.
„Ich friere!"
„Lass uns zurückfahren, wir haben uns einen Irish Coffee verdient!"
„Nun wirst du ja wohl etwas langsamer fahren können! Der Fahrtwind ist fürchterlich kalt. Außerdem sollte ich wohl dazu übergehen, bei der nächsten Fahrt einen BH zu tragen!"

Suchet, so werdet Ihr… Udo Müller-Christian

„Klar fahre ich langsam! Den Wind kann ich dir nicht ersparen, das ist hier leider die Westküste der Insel! Außerdem sind die ganzen Kykladen eine windige Gegend! Du trägst tatsächlich keinen BH?"
Ich drehte den Buggy und ließ ihn langsam zurückrollen.

Als wir etwa hundert Meter gefahren waren, fiel mit etwas ein.
Er hielt aus irgendeinem unerfindlichen Grund an und stieg aus, wobei er wieder meine Brustwarzen ansah.
War da im vorderen kleinen Kofferraum nicht eine Decke gewesen, als ich das Fernglas geholt hatte?
Tatsächlich, ich hatte mich nicht geirrt.
Die Decke legte ich Mirona, die sich mit einen hin gehauchten Kuss auf meine Stirn bedankte, von vorne um die Schultern.

Das hatte ich wirklich nicht erwartet. Ich zog die Decke eng um meine Schultern und wartete nur noch auf Balsamos Hand auf meinem Knie, die allerdings nicht kam.
Es war Nachmittag und die Sonne sank schon langsam dem Meer entgegen; in spätestens drei Stunden würde sie untergehen und Minuten später würde es dunkel sein. Die Zeiten der Dämmerung waren nicht sehr lang in dieser Gegend.
Bedächtig fuhren wir zurück und der Buggy wurde wieder bei den Windmühlen geparkt.
Auf dem Weg zum Montparnasse wärmte ich Mirona, die immer noch fror und sich von der Decke nicht getrennt hatte.
Er schien mich erfreulicherweise nicht mehr loslassen zu wollen. Der Zwiespalt in dem ich steckte war mir zu diesem Zeitpunkt egal.

Suchet, so werdet Ihr… Udo Müller-Christian

Etwas in unserem Verhalten hatte sich geändert, seit dem wir uns auf dieser Insel getroffen hatten.

Wir fanden Platz an genau dem Tisch über dem Wasser, an dem ich am Abend zuvor gesessen hatte und bestellten zwei Irish Coffee.
„Morgen werde ich feststellen, wem das Haus gehört!"

Mirona bedachte mich mit einem längeren Blick, dessen Bedeutung ich nur erahnen konnte. Ich war allerdings sicher, dass sich dieser Blick auf meine Worte bezog und nicht auf die knisternde Atmosphäre, die zwischen uns an Stärke zu genommen hatte.
„Vielleicht sollte man einfach 'mal hin fahren und nach sehen, wer da wohnt!"
Mit Sicherheit hatte sie ihre Gründe für das, was sie mir gesagt hatte.

Unser Irish Coffee wurde geliefert.
Mirona wärmte sich ihre Hände.
„Du scheinst zu wissen, was mich erwartet!"
Nein, er konnte doch nicht wirklich so blauäugig sein, dass er sich nicht denken konnte, wer die CDs bestellt hatte.
Sie reagierte nicht und versteckte sich hinter ihrem Glas.
„Wo bist du hier eigentlich abgestiegen?"
„Im Hotel Apollon!"
Nun lachte sie.
„Du hast heute direkt unter meinem Balkon deinen Eiskaffee geschlürft!"

Suchet, so werdet Ihr…   Udo Müller-Christian

„Außergewöhnlich gute Lage!"
Ich trank den Irish Coffee so schnell aus, wie ich konnte.
„Ich glaube, ich gehe jetzt lieber in mein Hotel, um mich umzuziehen!"
„O, wegen mir ist das wirklich nicht erforderlich!"
„Und diese Worte stammen von einem Großkopta?"

Ohne ein weiteres Wort stand sie auf.
Ihre Worte hatten mir zunächst die Sprache verschlagen, also hatte es derzeit nicht den geringsten Sinn, näher darauf einzugehen.
„Gut, ich werde dich Gegen 19°°h in deinem Hotel abholen. Betrachte dich hiermit als zum Essen eingeladen!"

*

Suchet, so werdet Ihr…   *Udo Müller-Christian*

INTERMEZZO

Cagliostro, Alessandro Graf von, eigentlich Giuseppe Balsamo (1743-1795), italienischer Abenteurer und Alchimist.

 Cagliostro wurde in Palermo auf Sizilien geboren und arbeitete in seiner Jugend bei einem Apotheker.
 In dieser Zeit eignete er sich ein außerordentliches Wissen in Chemie und Medizin an und wurde einer der bekanntesten Scharlatane seiner Zeit.
 Seine Betrügereien reichten von Fälscherei bis hin zur Wahrsagerei, und er gab sich als Arzt, Hypnotiseur und Gründer eines religiösen Freimaurer-Ordens aus.

 In Begleitung seiner Frau bereiste er ganz Europa, um seine Dienste und Waren und vor allem sein Jugendelixier anzubieten. Am Hof von König Ludwig XVI. von Frankreich war er bald gut bekannt; Opfer seiner Machenschaften waren u.a. Adlige, die ihn unterstützten, obwohl er immer wieder als Betrüger entlarvt wurde.
 Er war in die berühmt-berüchtigte Halsbandaffäre am französischen Hof im Jahr 1785 verwickelt und wurde deshalb in die Bastille gesperrt.

 1789 kehrte er nach Italien zurück, wurde in Rom von der Inquisition gefangen genommen und als Ketzer zum Tode verurteilt.

Suchet, so werdet Ihr…   *Udo Müller-Christian*

1791 wurde er zu lebenslanger Haft begnadigt und starb später im Gefängnis.

Der französische Schriftsteller Alexandre Dumas der Ältere machte Cagliostro zur Hautpfigur des ersten Teiles seiner Romanfolge Mémoires d'un médecin mit dem Titel Joseph Balsamo (1846-1848; Erinnerungen eines Arztes. Josef Balsamo).

Suchet, so werdet Ihr…   Udo Müller-Christian

Wir aßen bei Niko.

„*Was ist los, da gibt es etwas, das solltest du mir erzählen!*"
„Bist du sicher, dass dich das was angeht?!"
„*Ja!*"

„Gut, du hast dich sicherlich gefragt, was ich in der Zwischenzeit gemacht habe!"
„*Nein, eigentlich nicht, ich bin nur gespannt, ob du es mir auch erzählen wirst!*"

„Ich werde! Ich bin nach *Fanari* gefahren, um mich in dem Haus mit den CDs umzusehen! Den Buggy habe ich mit ausgeschaltetem Motor in die Nähe des Hauses rollen lassen und bin dann zum Eingang geschlendert, als wolle ich es kaufen.
Die Tür zu dem Anwesen war unverschlossen.
Langsam, ja aus verständlichen Gründen vorsichtig, trat ich ein.

Suchet, so werdet Ihr…   *Udo Müller-Christian*

Ich bewegte mich so leise ich konnte und versuchte irgendwelche elektronischen Überwachungsanlagen zu entdecken.
Geräusche klangen auf.

Die mit Hall untermalte Stimme einer Frau.
„Good Evening! This is the voice of Enigma..."
Es dauerte nicht lange und der Mönch sang.
Die Musik war so laut, dass sie dazu geeignet war, einem das Gehirn weg zu pusten.
Unwillkürlich dachte ich an das Buch Rotwang von Tim Hildebrand und den musikalischen Südgehirnreiniger, den er darin beschrieb.
Juliane saß mit geschlossenen Augen in einem Sessel und ließ sich von dem Klang der Musik überfluten."

„Juliane kenne ich nicht!"

„Vielleicht sollte ich dir nähere Informationen über Juliane erst später geben, denn was jetzt kommt wird dich mehr interessieren, als die Vergangenheit Julianes!"

„Dann spann mich nicht weiter auf die Folter!"

„Eine Wurlitzer Musikbox, flankiert von zwei überdimensionalen Boxen, die zu ihrem Design passten, blies alle sonstigen Gedanken davon.
ROTWANG.
Ja das Buch von Tim Hildebrand war ein guter Vergleich!

Suchet, so werdet Ihr...   *Udo Müller-Christian*

Ich setzte mich in einen Sessel neben Juliane um ebenso die Augen zu schließen und der Musik zu lauschen, die von der Stimme Enigmas angekündigt worden war.

Nicht, wie angekündigt nach einer Stunde, sondern nach etwa fünfundvierzig Minuten war die Musik der CD beendet.

„Der Sound ist abgekupfert, meine Verehrteste!"

Sie sah mich verständnislos an.

„Zwei CDs habe ich mitgebracht, die es beweisen!"

Ich griff in meine Jackentasche und brachte die Doppel-CD von Aphrodite's Child und die einfache von Eberhard Schoener zum Vorschein, die ich eigens zu Demonstrationszwecken mitgebracht hatte.

Sie sah mich an.

„Was heißt hier abgekupfert? Abgekupfert wie der Terachip?"

Ich musste nachdenken.

„Kris! Abgekupfert oder nicht, für mich zählt das Ergebnis!"

Sie trug ein braunes Kleid, das von einem Gürtel zusammengehalten wurde und an einigen wesentlichen Stellen sehr weit auseinander klaffte.

Ich stand auf.

„Ich habe Probleme mit dir zu reden, wenn du mich durch dein Kleid auf geilst!"

Sie lachte.

„Was man von deiner Venus nicht behaupten kann! Warum hast du sie nicht mitgebracht, sie könnte mir gefallen!"

„Mir auch!"

„Ich kann das Kleid ja ausziehen, wenn es dich stört!"

Eigentlich handelte es sich nicht um ein braunes Kleid, sondern um einen braunen Bademantel, oder wie immer man dieses Kleidungsstück definieren mochte.

Suchet, so werdet Ihr… Udo Müller-Christian

Juliane stand auf und holte uns zwei Campari Orange.

Ich setzte mich in den Sessel, der dem Julianes gegenüberstand.
Die Gläser stellte Juliane auf einen kleinen Tisch und ließ sich wieder in ihren Sessel fallen.
Die Beine legte sie auf die Armlehne meines Sessels und sah mich provozierend an.
Mit dem Fuß stieß sie meinen Arm an.
Ich nahm ihre Füße in die Hände und begann sie zu massieren.
„Weißt du, was du mit einhundertfünfzehn Tonnen CDs machen wirst, hier auf dieser Insel, auf der es mit Sicherheit nicht mehr als vielleicht eintausend CD Player gibt?"
Meine Hände hatten ihre Knie erreicht.
Ich musste feststellen, dass ihr Bademantel zwei Schlitze hatte, auf jeder Seite einen.
„Kannst du mir erklären, woher du dieses weißt?"
„Ist es nicht auffällig, wenn jemand eine Million CDs auf eine Insel ordert, auf der es weder ein Vertriebssystem, noch eine mögliche Nachfrage geben kann?"
Ihre Oberschenkel waren glatt, stramm und ebenmäßig, diese Information erhielt ich durch meine Fingersensorik.
„Vielleicht wollte jemand diese CDs von mir haben und hier entgegen nehmen!"
Als meine Hände weiter nach oben glitten, an den Außenseiten ihrer Oberschenkel entlang, stellte sie ihre Beine auf den Boden zurück.
Kein textiler Widerstand hielt mich auf.
„Wer sollte denn so viele CDs haben wollen?"
Meine Hände trafen in der Nähe ihres Bauchnabels zusammen.

Mittlerweile kniete ich vor ihr auf dem Boden und sie hatte die Augen geschlossen.

„Eben irgend wer!"

Unter diesem braunen Gewand trug sie absolut nichts.

Die wichtigsten Stellen jedoch berührte ich nicht, sondern umkreiste sie.

Meine beiden Arme verschwanden unter ihrem braunen Gewand.

Auch an ihrem Brustbein konnte ich entlang gleiten. Meine Hände strebten wieder auseinander und trafen auf ihre Schlüsselbeine.

Ich glitt an den Oberarmen herab und umkreiste noch einige Male ihre Brüste, ohne sie zu berühren.

Ein Stöhnen kam über ihre Lippen.

Meine Hände glitten wieder tiefer – vielleicht...

Ihre vorzügliche Anatomie blieb meinen Blicken weiterhin verborgen, nur meine Hände ertasteten jeden erreichbaren Quadratzentimeter ihrer Haut, um sich immer weiter den Stellen zu nähern, an denen sich Frauen und Männer am meisten unterschieden.

Ich begann immer kleinere Kreise um ihr Dreieck zu vollführen, wobei ich knetender Weise an den Innenseiten ihrer Oberschenkel hinauf glitt und nach außen ab bog, kurz bevor ich die Stelle erreichte, an der ihre beiden Beine zusammen kamen. Exzentrische Kreise, die mich immer näher bringen würden...

„Du suchst mich!?"

Ich fuhr zurück, rollte mich ab und war schon hinter einer Couch in Deckung gegangen. Diese Stimme hätte kaum Unheil verkündender sein können.

Von Juliane, die unter ihrem Mantel nackt war, hatte ich keinen Quadratzentimeter der begehrten Körperteile gesehen...
„Was soll das Nator! Warum platzt du hier hinein?"
Was war das für ein Kerl?
„Der Oxyphilist scheint uns beschnüffeln zu wollen!"
Einer der gesuchten Außerirdischen?
Ich wagte einen Vorstoß.
„Ja, ich liebe dieses Lobster Blueburger Aroma!"
Beide schienen Wilson nicht zu kennen.
„Nein, Nator!"
Das war ein Alarmschrei!
Mit der Kraft, die meine Panik mir verlieh, hechtete ich aus dem geöffneten Fenster und rollte mich draußen auf dem steinigen Untergrund schmerzhaft ab.
Hinter mir gewahrte ich ein gleißendes Licht.
Der machte tatsächlich ernst!
Ich sprang über einen Felsblock und rollte ein Stück des Hügels hinunter, um in meinen Buggy zu hechten."

„Und hat dieser Nator dich verfolgt?"

Mirona hatte mir zugehört, ohne mich noch ein einziges Mal zu unterbrechen.

„Hast du den Namen Nator schon einmal gehört? Ich meine vorher? Und was ist ein Oxyphilist?"
„Nein! Und ein Oxyphilist kann nur jemand sein, der Sauerstoff bevorzugt!"

„Und das gleißende Licht, hat es viel Schaden angerichtet?"

Suchet, so werdet Ihr… Udo Müller-Christian

„Du wirst verstehen, dass ich dir diese Frage jetzt und hier nicht beantworten kann!"
„Aber morgen, wenn wir wieder hinfahren, dann kannst du mir sicherlich zeigen, wo genau diese Sache mit dem Licht stattgefunden hat!"

„Wenn ich morgen..."
„Wir, mein Lieber, wir!"

*

Suchet, so werdet Ihr...   *Udo Müller-Christian*

INTERMEZZO

In den ersten Apriltagen des Jahres 1784 gegen drei Viertel vier Uhr nachmittags rief der alte Marschall de Richelieu, nachdem er sich seine Augenbrauen mit einer parfümierten Tinktur gefärbt und sein Spiegelbild aufmerksam betrachtet hatte, seinen Kammerdiener ein letztes Mal zurück, schüttelte auf die nur ihm eigene Weise den Kopf und sagte:
„Nun denn, mag es so gehen."
Dann erhob er sich aus seinem Lehnstuhl, stäubte einige Atome weißen Puders, die von seiner Perücke auf die himmelblauen Samthosen gefallen waren, fort, schritt zwei- oder dreimal durch das Ankleidezimmer und rief endlich:
„Haushofmeister!"
Fünf Minuten später präsentierte sich der Gerufene in Gala. Er nahm eine ernste Miene an, wie die Situation es wohl verlangte.
„Mein Herr", fragte der Marschall, „ich nehme an, dass wir gut essen werden."
„Aber gewiss doch, Monseigneur."
„Sie haben die Liste meiner Gäste erhalten, nicht wahr?"
„Neun Gedecke."
„Es gibt Gedecke und Gedecke, mein Lieber."
„Ja, Monseigneur. Aber..."
Der Marschall fiel dem Haushofmeister mit einer ungeduldigen Gebärde ins Wort.
„Aber ist keine Antwort, Herr; sooft ich dieses Wort höre, und ich habe es in diesen achtzig Jahren oft genug gehört, leitet es - es tut mir Leid, dass ich Ihnen das sagen muss - eine Albernheit ein."

„Monseigneur!"
„Zunächst einmal, wann speisen wir?"
„Monseigneur, die Bürger speisen um zwei, die Beamten um drei, der Adel um vier."
„Und ich?"
„Monseigneur werden heute um fünf Uhr essen wie der König!"
„Und warum wie der König?"
„Weil auf der Liste der Gäste, die Monseigneur mir aushändigen ließ, der Name eines Königs steht."
„Ganz und gar nicht, mein Herr, Sie irren; die Gäste, die ich heute empfange, sind gewöhnliche Adelige."
„Monseigneur wünschen offenbar mit Ihrem gehorsamen Diener zu scherzen, und ich danke Ihnen, dass Sie mir diese Ehre erweisen. Aber der Herr Graf von Haga, der zu den Gästen Monseigneurs zählt..."
„Nun, was ist mit dem Grafen Haga?"
„Der Graf von Haga ist ein König."
„Ich kenne keinen König dieses Namens."
„Möge Monseigneur mir verzeihen", sagte der erfahrene Haushofmeister mit einer Verneigung, „aber ich nahm an..."
„Ihr Auftrag geht nicht dahin, etwas anzunehmen! Sie haben die Befehle, die ich erteile, zu lesen und nicht zu kommentieren. Wenn ich will, dass man etwas wisse, so sage ich es; wenn ich es nicht sage, so wünsche ich, dass man es nicht weiß."
Wieder verneigte sich der Haushofmeister.
„Und da ich nur Edelleute empfange, wünsche ich zur gewohnten Stunde zu speisen, also um vier Uhr."

Der Haushofmeister erblasste.
Mit dem Mut der Verzweiflung wandte er ein:
„Mag geschehen, was Gott will, aber Monseigneur werden erst um fünf Uhr speisen."
„Und warum?" fragte der Marschall und richtete sich auf.
„Weil es tatsächlich unmöglich ist, dass Monseigneur früher essen."
„Mein Herr, ich glaube, Sie sind jetzt zwanzig Jahre in meinem Dienst?"
„Einundzwanzig Jahre, Monseigneur, einen Monat und zwei Wochen."
„Nun, Sie werden diesen einundzwanzig Jahren und sechs Wochen keinen Tag und keine Stunde mehr hinzufügen. Verstehen Sie mich?" fragte der Greis. „Ich will nicht, dass das Wort unmöglich, in meinem Hause ausgesprochen wird. Ich bin zu alt, um seine Bedeutung noch zu erlernen."
Der Haushofmeister verneigte sich zum dritten Mal.
„Ich werde heute Abend Urlaub von Monseigneur nehmen", sagte er, „aber bis zum letzten Augenblick wird mein Dienst verrichtet werden, wie es anständig ist!"
„Was nennen Sie anständig!" rief der Marschall, „Ich wünsche um vier Uhr zu speisen, also ist es unanständig, wenn Sie mich bis fünf Uhr warten lassen."
„Herr Marschall", sagte der Haushofmeister trocken, „ich habe bei dem Herrn Prinzen de Soubise als Kellermeister und bei dem Herrn Prinzen, dem Kardinal Louis de Rohan, als Haushofmeister gedient. Bei dem ersteren pflegte seine Majestät, der verstorbene König, einmal jährlich zu speisen, bei dem letzteren aß Seine Majestät, der Kaiser von Österreich, monatlich einmal.

Suchet, so werdet Ihr… Udo Müller-Christian

Ich weiß, wie man Souveräne bewirtet, Monseigneur.
 Bei Herrn de Soubise nannte sich König Ludwig XV. Baron de Gonesse, darum war er doch der König, und bei Herrn de Rohan erschien Kaiser Josef vorgeblich unter dem Namen eines Grafen von Packenstein, darum war er doch der Kaiser. Der Herr Marschall empfangen heute einen Gast, der sich Graf von Haga nennt, ohne darum aufzuhören, der König von Schweden zu sein. Ich werde heute abends das Haus des Herrn Marschalls verlassen, aber der Herr Graf von Haga wird wie ein König behandelt werden."

„Das ist es ja gerade, Sie Dickkopf, was ich Ihnen verbiete! Der Graf von Haga wünscht das strikteste, undurchsichtigste Inkognito!"

„So glauben Monseigneur, dass ich blind bin! Es wird natürlich nicht von einem König die Rede sein."

„Gut, dann wehren Sie sich nicht länger, und lassen Sie um vier Uhr servieren."

„Es geht nicht, Herr Marschall, weil um vier Uhr ein bestimmter Gegenstand, den ich erwarte, noch nicht eingetroffen sein kann."

„Was erwarten Sie! Einen Fisch, wie Herr Vatel!"

„Herr Vatel, Herr Vatel", murmelte der Haushofmeister.

„Nun, sind Sie ärgerlich über den Vergleich!"

„Nein, aber wegen eines unglücklichen Degenstichs, den er sich durch den Leib versetzt hat, ist Herr Vatel unsterblich geworden!"

„Ah, und Sie finden, Ihr Kollege habe den Ruhm zu wohlfeil bezahlt!"

„Nein, Monseigneur, aber wie viele andere leiden mehr als er bei unserem Gewerbe und verschlucken Schmerzen und

Demütigungen, die hundertmal schlimmer sind als ein Degenstich, werden aber darum doch nicht unsterblich!"

„Ei, mein Herr, wissen Sie nicht, dass man, um unsterblich zu werden, von der Akademie oder tot sein muss?"

„Monseigneur, wenn es sich so verhält, so ist es besser, ganz lebendig zu sein und seinen Dienst zu tun. Ich werde nicht sterben, und mein Dienst wird verrichtet werden, wie es der von Vatel geworden wäre, hätte der Prinz de Conde die Geduld gehabt, eine halbe Stunde zu warten."

„Ah, Sie versprechen ein Wunder, das ist geschickt."

„Nein, Monseigneur, kein Wunder."

„Aber was erwarten Sie denn?"

„Soll ich es Monseigneur sagen?"

„Meiner Treu, ja, ich bin neugierig."

„Wohl, Monseigneur, ich erwarte eine Flasche Wein."

„Erklären Sie sich näher; die Sache beginnt mich zu interessieren."

„Es handelt sich um folgendes, Monseigneur: Seine Majestät, der König von Schweden, Verzeihung, Exzellenz, der Graf von Haga, trinkt nur Tokaier."

„Wie, wir haben keinen Tokaier im Keller? Wenn dem so ist, jagen Sie den Kellermeister fort."

„Nein, Monseigneur, wir haben in Wirklichkeit fast sechzig Flaschen."

„Sie nehmen also an, dass der Graf von Haga zum Diner einundsechzig Flaschen trinkt?"

„Geduld, Monseigneur. Als der Herr Graf von Haga zum erstenmal nach Frankreich kam, war er nur Kronprinz, damals speiste er bei dem verstorbenen König, der eben zwölf Flaschen Tokaier von Seiner Majestät, dem Kaiser von

Österreich, erhalten hatte. Nun, Monseigneur, von diesen zwölf Flaschen, von denen der Kronprinz kostete und die er unvergleichlich fand, existieren heute nur mehr zwei. Die eine befindet sich noch in den Kellern König Ludwigs XVI..."
„Und die andere?"

„Das ist es eben, Monseigneur", antwortete der Haushofmeister mit triumphierendem Lächeln, denn jetzt fühlte er, dass nach langem Kampf der Sieg sich ihm zuneigte; „nun, die andere wurde gestohlen."

„Von wem?"

„Von einem meiner Freunde, einem Kellermeister des verstorbenen Königs, der mir sehr verpflichtet war."

„Aha, und der hat sie Ihnen gegeben. Und was haben Sie damit getan?"

„Ich habe sie sorgfältig im Keller meines Herrn aufbewahrt."

„Wer war damals Ihr Herr?"

„Der Kardinal de Rohan."

„In Straßburg?"

„In Zabern."

„Und Sie haben um diese Flasche gesandt?"

Der Herzog griff nach der Hand seines alten Dieners.

„Entschuldigen Sie", rief er, „Sie sind der König aller Haushofmeister."

„Und Sie wollten mich fortjagen!"

„Ich bezahle Ihnen diese Flasche mit hundert Pistolen."

„Und hundert Pistolen, die der Herr Marschall für die Reisekosten zu bezahlen haben wird, das macht zweihundert Pistolen. Doch Monseigneur muss gestehen, dass dies nichts ist."

„Ich werde alles gestehen, was Ihnen beliebt, mein Herr; mittlerweile verdopple ich von heute an Ihr Gehalt. - Und wann trifft Ihr Kurier ein?"

„Monseigneur mögen selbst beurteilen, ob ich meine Zeit verloren habe. An welchem Tage hat Monseigneur das Diner befohlen?"

„Ich glaube, vor drei Tagen."

„Ein Kurier, der mit verhängten Zügeln reitet, braucht vierundzwanzig Stunden bis Zabern und vierundzwanzig zurück."

„So dass Ihnen vierundzwanzig übrig bleiben. König aller Haushofmeister, was haben Sie mit diesen vierundzwanzig Stunden gemacht?"

„Ach, Monseigneur, ich habe sie verloren. Der Gedanke kam mir erst am Tage, nachdem Sie mir die Liste Ihrer Gäste gegeben hatten. Rechnen Sie noch die Zeit ein, die der Handel in Anspruch nimmt, und Sie werden sehen, dass mein Kurier erst um vier Uhr hier sein kann."

„Großer Gott, und Ihr Kollege in Zabern ist vielleicht dem Prinzen Rohan ebenso ergeben wie Sie mir? Vielleicht wird er Ihnen die Flasche verweigern, wie Sie sie ihm verweigern würden."

„Ich, Monseigneur?"

„Gewiss doch! Oder würden Sie eine solche Flasche, wenn ich Sie in meinem Keller hätte, herausgeben?"

„Ich bitte Monseigneur um Verzeihung, aber wenn einer meiner Amtsbrüder einen König zu bewirten hat und von mir diese Flasche verlangen würde, gäbe ich sie ihm ohne Wimpernzucken."

„Holla", rief der Marschall mit einer Miene des Unbehagens.

„Wer will, dass man ihm helfe, muss selbst helfen."
„Das ist ein gewisser Trost", meinte der Marschall mit einem Seufzer.
„Sprechen wir nicht mehr darüber Sie erwarten also den Kurier um vier Uhr?"
„Präzis."
„Was hindert uns dann, um vier Uhr zu essen?" fragte der Marschall hartnäckig wie ein kastilisches Maultier.
„Monseigneur, mein Wein braucht eine Stunde, um aus zu ruhen, und das nur mit Hilfe eines Verfahrens, das ich selbst erfunden habe; sonst würde er drei Tage benötigen."
Diesmal gab sich der Marschall geschlagen.
„Übrigens", fuhr der Haushofmeister fort, „wissen Ihre Gäste wohl, dass sie der Ehre teilhaftig werden, mit dem Herrn Grafen von Haga zu speisen, und darum werden sie erst um halb fünf Uhr erscheinen. Die Gäste sind, wenn ich wiederholen darf, der Herr Graf de Launay, die Frau Gräfin Dubarry, Herr de Lapeyrouse, Herr de Favras, Herr de Condorcet, Herr de Cagliostro und Herr de Taverney?"

„Ja. Und wo werden wir speisen?"
„Im großen Speisesaal, Monseigneur!"
„Wir werden uns totfrieren."
„Ich habe ihn seit drei Tagen vorheizen lassen und die Luft auf achtzehn Grad temperiert!"
„Ausgezeichnet. Eben schlägt es halb!"
„Und ich höre jemand in den Hof einreiten; das ist mein Tokaier."

Suchet, so werdet Ihr...   Udo Müller-Christian

Während des Essens hatten wir zwei Flaschen Wein getrunken und danach begleitete mich Kris in mein Zimmer.

Ohne etwas zu sagen verschwand er im Badezimmer und nach kurzer Zeit konnte ich das Rauschen des Wassers der Dusche hören.
Ich ging an den Schrank, in den ich meine Sachen gehängt hatte.
Da ich vor dem Essen geduscht hatte, zog ich mich aus und suchte mir ein Kleidungsstück, von dem ich an nahm, dass es zum gewünschten Erfolg führen würde.
Andererseits war es eigentlich schon sehr unwahrscheinlich...
Immerhin stand er unter meiner Dusche.
Als einziges Kleidungsstück trug ich ein langes rotes T-Shirt, als ich auf den Balkon ging, das mir, wenn ich gerade stand, bis zum Haaransatz, also bis zur Hypotenuse des auf den Kopf gestellten haarigen Dreieckes reichte.
Die Beleuchtung in meinem Zimmer hatte ich so gestellt, dass der Balkon von Innen nur mäßig beleuchtet wurde.
Wenn er aus dem Badezimmer kam, sollte er meine Silhouette auf dem Balkon erkennen können, die durch die Straßenbe-

leuchtung erhellt wurde und die Tatsache, dass ich außer dem T-Shirt nichts trug, mehr erahnen als erkennen.
 Ein kühler Wind wehte mir entgegen.
 Meine Position und Stellung auf dem Balkon wählte ich sehr genau. Mit verschränkten Armen stützte ich mich auf der Balkonbrüstung ab, während meine Beine weiter hinten standen.
 Unter meinem Balkon herrschte das übliche Getümmel.
 Ich stellte meine Beine weit genug auseinander, um es nicht provozierend wirken zu lassen, sondern erotisch.
 Der kühle Wind strich mir unter das T-Shirt, ich spürte ihn sehr kalt in meiner Spalte.
 War ich schon vor lauter Erwartung so feucht geworden?
 Obwohl ich kein Geräusch gehört hatte, war ich nach einiger Zeit sicher, Kris hinter mir stehen zu wissen. Er stand sicher hinter mir, nackt, vielleicht mit einer Erektion und betrachtete mich von hinten.
 Ich rührte mich nicht.
 Fast schon körperlich glaubte ich seine Blicke zu verspüren, Blicke, die an meinen Beinen langsam nach oben krochen.
 Er musste meinen nackten Hintern sehen.
 Die Gewissheit seiner Erektion ließ meine Erregung weiter anwachsen.
 Was würde er tun?
 Würde er mich auf der Stelle von hinten stoßen, so wie ich hier stand?
 Würde er mich auf mein Bett tragen und wortlos in mich eindringen?
 Mir war egal, was er tat, Hauptsache er tat es.

Suchet, so werdet Ihr…   Udo Müller-Christian

Meine Spannung wurde so groß, dass ich mich fast umgedreht hätte, um die Initiative zu ergreifen.
  Ich stellte mir vor, wie ich seinen erigierten Schwanz ergriff und in den Mund nahm.
Nichts geschah.
  Ich begann schon daran zu zweifeln, dass er überhaupt hinter mir stand, als ich über meinem Hintern das plötzliche Gefühl aufkommender Wärme hatte. Diese Wärme konnte ich mir nicht eingebildet haben. Er hauchte mich an.
Anhauchen der Michaelisraute.
Ich schloss meine Augen.
Das Gefühl der Wärme begann sich langsam zu bewegen. Es ging unaufhörlich an der Außenseite meines rechten Beines hinunter, durch die Kniekehle, um kurze Zeit später in meiner linken Kniekehle wieder aufzutauchen.
  Das Gefühl der Wärme kroch langsam an meinem linken Oberschenkel herauf.
Doch da war noch etwas anderes.
  In das Gefühl der Wärme hatte sich die Empfindung einer flüchtigen Berührung gemischt.
Nach einer Ewigkeit.
Und dann griff er zu.
  Er hatte sich wohl auf den Boden gesetzt und rutschte nun zwischen meine gespreizten Beine. Hände griffen meinen Hintern, um mir keinen Raum zum Entziehen zu lassen.
  Ein Schrei entfuhr mir, ließ sich nicht verhindern, wurde aber sicher auf der Promenade nicht gehört.
  Nur dieser Mann, der unter mir hockte, hörte dieses Geräusch, hörte alle meine Lustschreie.

Suchet, so werdet Ihr… *Udo Müller-Christian*

Er hörte nicht auf, steigerte seine Bemühungen mit seinem Erfahrungsschatz auf diesem Gebiet...
Ich wagte nicht nachzudenken, gab mich dieser Kunst hin, die er im Laufe der Jahrhunderte erworben haben musste.
Ich konnte mich nach einiger Zeit nicht mehr an der Brüstung des Balkons halten und drohte zu Boden zu gleiten.
Er trug mich hinein in mein Zimmer, legte mich auf dieses Bett und drückte mir die Beine auseinander und begann sofort wieder mit Mund und Fingern...
Ich kam schnell in einen Zustand, in dem ich mich nicht mehr in der Lage fühlte seine Hände zu zählen...
Ein lautes Seufzen kam über meine Lippen und ich hätte ihn am liebsten angefeuert, aber mir wären nur Wortfetzen entglitten, deren Inhalt nichts anderes als TIEFER und JA beinhaltet hätten.
Als er aufhörte, anders konnte ich es nicht bezeichnen, hatte ich fast das Bewusstsein verloren.
Er hörte so langsam auf, dass ich wieder zu Atem kam und meine Orgasmenkette langsam abklingen konnte.
Immerhin rang auch er wenigstens nach Atem.
„Ich glaube, mehr kannst du nicht verkraften, meine Liebe!"
Ich hatte immer noch die Beine so weit wie möglich auseinandergerissen, um ihm so viel wie möglich zu bieten, um ihm mich so viel wie möglich zur Verfügung zu stellen.
Er leckte noch einige Male tief durch meine Spalte und stand dann auf, um auf den Balkon zu gehen und mich alleine zurück zu lassen.
Das schrie nach Rache.
Ich musste ihm einen fertig machen, wie ihm seit Jahrzehnten keiner mehr fertig gemacht worden war.

Suchet, so werdet Ihr… Udo Müller-Christian

Ich kam nackt von diesem Balkon, dessen Aussicht unbezahlbar war.
Die Musik die Mirona gewählt hatte klang dezent durch den Raum.
Gegenüber der überdimensionalen Liegewiese, denn als Bett konnte man nur eine Liegestatt bis zu vier Quadratmetern bezeichnen, befand sich ein Wirlpool, oder genauer ein Zwischending zwischen Wirlpool und Badewanne.
Mit dem Glas in der Hand ließ Mirona soeben Wasser ein.
Sie sah mich an.

„Komm her, Alter!"
Sie schüttete den Rest des Camparis in das auf schäumende Wasser.
„Ich will dich!"
Sie sah mich abschätzend an.
„Vielleicht willst du ja auch mich! Zumindest muss ich mich jetzt und hier revangieren, ich will dir einen wichsen!"
Wortlos ging ich auf sie zu und drückte sie an mich.
Sie schob meine Hände zur Seite, die Hand an ihr T-Shirt legen wollten und schüttelte verheißungsvoll den Kopf.

Suchet, so werdet Ihr… Udo Müller-Christian

„Ich will dass du abspritzt, bis nur noch Luft kommt!"
„Das klingt ja sehr viel versprechend meine Liebe!"

Eine schwarze Infrarotfernsteuerung erschien in ihrer Hand, auf der sie einen Knopf betätigte, die leise Musik wurde lauter.

Die Fernsteuerung warf sie achtlos auf die Liegewiese und begann mich durch den Raum zu schieben.

Fasziniert sah ich ihre Anatomie, die sich unter dem T-Shirt abzeichnete und von der meinen Augen bald nichts mehr verborgen sein würde. Immerhin hatte ich sie nicht ausgezogen, als ich es ihr so richtig gemacht hatte, sondern die Manipulationen meiner Hände hauptsächlich auf ihren Vaginalbereich beschränkt.

„Mich richtig zu bumsen dauert lange, sehr lange, Kris oder Viktor oder wie auch immer!"

„Und du meinst, wenn der alte Sack so richtig abgespritzt hat, kann er länger!"

Sie sah an mir runter und freute sich über meine beginnende Erektion, die sie nicht im Geringsten zu beeindrucken schien.

„Habe ich dich so richtig geil gemacht?"
„Offensichtlich!"

„Wenn ich es tue, dann tue ich es wie eine Buddhistin, langsam und bewusst. Außerdem hast du es mir besorgt, wie man so schön sagt…" sie schien nach Worten zu suchen.

„Du hast es mir besorgt, wie es sich wahrscheinlich jede Frau wünscht!"

Ich atmete tief durch, aber sie berührte mich nur, wenn es sich während des Rückwärtslaufen nicht vermeiden ließ.

„Nackt stand ich vor ihr, mit einer gewaltigen Erektion, von der ich hoffte, dass sie ewig anhalten würde.

Suchet, so werdet Ihr...   *Udo Müller-Christian*

Sie hielt meine Hände zurück, als ich einen weiteren Versuch startete, sie zu berühren.

Langsam und bedächtig schob sie mich zu dieser obskuren Badewanne und ließ mir keinen Ausweg mehr, als hinein zu steigen.

Als ich eine einladende Geste machte, schüttelte sie nur den Kopf.

„Ich bin gleich wieder da und - hol dir keinen runter, es wäre schade!"

„Alles klar, Mirona, einen runter holen, wird sofort gemacht!"

„Du Schuft!"

Sie verließ den Raum und machte sich auf dem Weg an dem T-Shirt zu schaffen, das ohne großen Aufwand zu Boden geworfen wurde.

Ihr Hintern war so schön...

Ich entspannte mich in der Wanne und harrte der Dinge, die da kommen würden.

Diese Wanne, in der ich lag, war nicht sonderlich breit, meine Schultern zumindest hatten beide Kontakt zum Wannenrand. Trotzdem war sie sicherlich groß genug, um noch einige Leute zu beherbergen, denn sie verfügte über drei Ausbuchtungen, der nicht unähnlich, in der mein Oberkörper lag.

Die Tür, hinter der Mirona verschwunden war, öffnete sich.

Ich wurde verrückt!

Sie kam herein, wie Lisa Forward und blieb gleich hinter der Tür stehen, um ihren Anblick auf mich wirken zu lassen und meine Verblüffung zu genießen.

Sie lachte.

Suchet, so werdet Ihr… Udo Müller-Christian

„Du kannst dich an Lisa erinnern!"
Ich konnte nur nicken.
„Ich habe Venus gefragt, weißt du, wenn ich es mache, dann will ich es auch so machen, dass wir beide etwas davon haben und wer kennt dich besser, als Venus?"
„Du hast recht, wahrscheinlich kennt Venus mich besser, als ich selbst!"
Sie lachte schelmisch.
„Da kannst du recht haben! Jedenfalls fand sie es gut, dass ich es mit dir machen würde!"
„Das kann ich mir vorstellen!"
Ich nahm mir die Zeit, sie ganz genau zu betrachten!
„Bleib noch einen Moment so stehen, dann kann ich deinen Anblick so richtig auskosten!"
Die wallenden Haare berührten beiderseits ihre Schultern; die durchsichtige schwarze Bluse bedeckte die Arme bis zu den Ellenbogen und klaffte so weit auseinander, dass zwei prächtige Brüste zum Vorschein kamen, die an den Seiten von der Bluse umrahmt wurden; zwei erigierte Brustwarzen schienen schon meiner Zunge entgegen zu fiebern; die Taille wurde unter den Brüsten von einer Korsage bedeckt, die nach unten über zwei Spitzen verfügte, die die Strapsbänder hielten; die Strapsbänder führten trapezartig nach unten und hielten die ebenfalls schwarzen Strümpfe; die Unterseite der Korsage, die beiden Strapsbänder und die Oberkanten der Strümpfe bildeten ein unregelmäßiges Sechseck, in dessen Mitte ein dunkles Dreieck aus Haaren auf der Spitze stand und meine Blicke so magisch anzog, dass ich nicht in der Lage war, auch nur einen Sekundenbruchteil wo anders hin zu blicken!

Suchet, so werdet Ihr...   Udo Müller-Christian

Am oberen Rand meines Gesichtsfeldes entdeckte ich, dass sie zwei schwarze Handschuhe trug, die sie provokativ in die Hüften stemmte.

Mein Atem ging schwer!
Meine Erektion begann sich noch zu steigern.
„Du machst mich so geil, obwohl ich noch vor Minuten deine Fraulichkeit genießen konnte!"
„Aber ohne einen Abgang! Und den will ich dir besorgen!"
Mit langsamen wiegenden Schritten kam sie näher.
„Vielleicht sollte ich hier stehen bleiben und warten, bis du total verrückt wirst!"

„Vielleicht würdest du dann ja einen Verrückten aus der Wanne springen sehen, der über das dreidimensionale Abbild Lisa Forwards herfällt, das sich als Mirona enttarnen lässt!"
Sie grinste nur und kam weiter näher.
„Aber lass deine Hände weg, du wirst wieder genug Gelegenheit haben, mich an zu fassen!"
Mit einem schnellen Schritt schwang sie ein Bein über die Wanne und drückte mir das lang ersehnte Dreieck ins Gesicht, dass meine Lippen und meine Zunge in der feuchten Wärme ihrer Fraulichkeit versanken. Bereits seit gut einer viertel Stunde hatte ich diesen Geschmack vermisst.
Ich kann nicht sagen, wie lange ich sie stimulierte, ob sie noch einen oder mehrere Orgasmen hatte, ich weiß nur, dass ich es noch einmal machte, bis meine Zunge lahm war und sie sich nach hinten in die Wanne sinken ließ, in voller Montur, oder dem, was man zu diesem Zeitpunkt als Montur bezeichnen musste.

Suchet, so werdet Ihr…   *Udo Müller-Christian*

„Robert Anton Wilson redet immer von einem Lobster Blueburger Aroma! Ich glaube, ich weiß nun, was das ist, Mirona!"

Zwischen ihren leicht gespreizten Beinen ragte mein erigierter Penis hervor.

Als sie ihn in ihre Hände nahm, drehte ich fast durch.

Sie schob die Vorhaut ganz zurück und begann mit gekonnten Wichsbewegungen.

Sie wollte mir wohl einen runter holen? Sie hatte es gesagt, sie wolle mir so richtig einen wichsen.

Als sie neben die Wanne griff, kam ihre Hand mit einem Pariser zurück, den sie mir über den Schwanz rollte.

Langsam hob sie ihr Becken an und führte ihn kurz entschlossen ein, in ihre glitschige Spalte, bis es tiefer nicht mehr ging.

Sie richtete sich auf und saß nun auf mir.

„Nein, bewege dich nicht! Ich will dich in mir fühlen, wie beim tantrischen Sex!"

„Ich weiß nicht, wie lange ich das durchhalten soll! Eigentlich war ich vom Balkon gekommen, um dich so richtig durch zu bumsen, nachdem du dich erholt hattest!"

Sie lachte.

„Aber nur, so lange er steht!"

Mit lasziven Bewegungen zog sie ihre Handschuhe aus und warf sie neben die Wanne.

„Willst du mich nun mit einem Striptease verrückt machen, obwohl ich schon bis zum Anschlag in dir stecke?"

„Vielleicht geht dir ja einer dabei ab! Auch ohne Bewegungen. Es ist echt geil, dich so tief zu spüren!"

Suchet, so werdet Ihr…   Udo Müller-Christian

„Mit Sicherheit geht mir so nicht sofort einer ab, sondern wie immer nur dann, wenn ich es auch wirklich will!"
„Ich weiß, aber vielleicht willst du ja!"
Sie zog ihre Bluse aus und warf sie hinter den Handschuhen her.
Die Strapsbänder löste sie und öffnete die Korsage hinter ihrem Rücken, um sie aus der Wanne zu entfernen.
„Nun, Alter, noch eine Etage tiefer!"
Sie drückte den Rücken durch und beugte sich über mich.
Tatsächlich fühlte ich mich noch tiefer in sie eindringen.
„Oh! Ist das gut. Ich glaube, so könnte ich wochenlang einen stehen haben!"
Mironas Augen saugten sich in den Meinen fest.
Meine Hände berührten sie zum ersten Mal, seit ich den Balkon verlassen hatte, auf dem ich die Richtung bestimmt hatte. Ich ergriff ihren Hintern und drückte ihre Muskulatur zusammen.
Mit langsamen Bewegungen rutschten meine Hände an ihren Flanken hinauf, wo vor Minuten noch die Korsage gewesen war.
Sie beugte sich vor und steckte mir die Brustwarze ihrer linken Brust in den Mund, die ich augenblicklich zu bearbeiten begann. Meine linke Hand ergriff die andere Brust und tat das Ihre.
Mit der Rechten knetete ich ihren Hintern.
Ich tat es so lange, bis sie gekommen war und entschlossen aufstand.
Sie stieg aus der Wanne, zog ihre Strümpfe aus und stand nun erstmals völlig nackt vor mir.

Suchet, so werdet Ihr…   *Udo Müller-Christian*

  Mirona stieg wieder in die Wanne und schob meine Beine auseinander, zwischen die sie sich kniete.
 Sie nahm ihn in den Mund und begann, unerträglich langsam, mir einen zu blasen.
 Ihre Haare verdeckten mir die Sicht und ringelten sich auf meinem Bauch, strichen über meinen Sack und meine Oberschenkel.
  Sie blickte auf und sah mir in die Augen.
 „Ich will, dass du jetzt spritzt! Los, spritz mich voll, ich will denken, ich würde dich trinken!"
 Sie nahm ihn wieder in den Mund und ergriff meinen Sack mit einer Hand.
 Ich hielt mich nicht mehr zurück, schloss die Augen und ließ mich gehen.
 Es dauerte nicht lange und ihre Bemühungen führten zum Ziel. Ich ejakulierte!
 Sie versuchte scheinbar auch noch den letzten Tropfen aus mir heraus zu saugen, um das Reservoir an der Pariserspitze zu füllen, und legte sich auf mich, als mein Penis zu erschlaffen begann.
 Mit einem Knopfdruck ließ sie meinen Hintern wieder in die Tiefen der Wanne sinken.
 Ihre Zunge drückte sich in meinen Mund, den ich für sie öffnete.
Der Kuss war lang und nahm uns den Atem.

INTERMEZZO

„Ach, wenn ich noch zwanzig Jahre so bedient werden könnte!" seufzte der alte Marschall und warf einen Blick in den Spiegel, während der Haushofmeister sich zurückzog.

„Zwanzig Jahre!" rief eine heitere Stimme, „nun, ich wünsche sie Ihnen, mein lieber Marschall! Aber ich werde dann sechzig zählen, Herzog, und verflucht alt sein."
„Sie Gräfin! Sie kommen als erste! Wie hübsch und frisch Sie immer sind! Kommen Sie, ich bitte, in das Boudoir."
„Ein Tete-a-tete, Marschall!?"
„Zu dritt", unterbrach eine schneidende Stimme.
„Taverney! Pest über den Störenfried", flüsterte der Marschall der Gräfin zu.
„Eitler Kerl", murmelte Madame Dubarry und brach in ein Gelächter aus.
Die drei traten in das Nebenzimmer.
Im selben Augenblick verkündete ein dumpfes Rollen mehrerer Wagen auf dem schneebedeckten Pflaster des Hofes, dass die letzten Gäste kamen; dank der Pünktlichkeit des Haushofmeisters konnten die neun Teilnehmer des Diners bald an dem ovalen Tisch des Speisesaales Platz nehmen. Schweigsam, wie Schatten, und flink, ohne Übereilung, bewegten sich neun Lakaien in dem Saal.

Herr de Richelieu war der erste, der das feierliche Schweigen unterbrach, indem er sich an seinen Nachbarn zur Rechten wandte.

„Der Herr trinkt nicht?"

Suchet, so werdet Ihr…   Udo Müller-Christian

Der Mann, an den diese Worte gerichtet waren, mochte etwa achtunddreißig Jahre zählen; er hatte blonde Haare und hohe Schultern; seine klaren, blauen Augen leuchteten zuweilen lebhaft auf, um dann wieder in eine gewisse Melancholie zurück zu fallen.

„Ich trinke nur Wasser, Marschall."

„Aber doch nicht, wenn Sie bei König Ludwig XV. zu Gast sind? Ich hatte den Vorzug, dort einem Diner bei zu wohnen, und damals beliebten Sie Wein zu trinken."

„Sie rufen mir da etwas Köstliches in Erinnerung, Herr Marschall; ja, 1771 trank ich dort einen Tokaier von kaiserlichem Gewächs."

„Es war derselbe, den mein Haushofmeister Ihnen eben einschenkt, Herr Graf", antwortete Richelieu mit einer Verneigung.

Graf von Haga hob das Glas in die Höhe einer Kerze. Der Wein funkelte wie ein flüssiger Rubin.

„Wahrhaftig, Herr Marschall! Vielen Dank!"

Der Graf sprach dieses Wort so edel und anmutig, dass die Gäste wie elektrisiert aufsprangen und riefen.

„Es lebe Seine Majestät!"

„Ja, es lebe Seine Majestät, der König von Frankreich!" wiederholte Graf von Haga, „Oder sind Sie nicht meiner Meinung, Herr de Lapeyrouse!"

„Graf", erwiderte der Kapitän, „ich habe den König vor einer Stunde verlassen, und er war so gütig zu mir, dass niemand lauter in diesen Ruf einstimmen kann als ich. Da ich aber in einer Stunde die Post nehme, bitte ich um die Erlaubnis, noch lauter ein Hoch auf einen anderen König ausbringen zu dürfen, dem ich nur zu gern dienen wollte, wenn ich nicht einen so gütigen Herrn hätte."

Damit erhob Herr de Lapeyrouse ehrfurchtsvoll sein Glas gegen den Grafen von Haga.

„Und wir werden Ihnen alle Bescheid geben", bemerkte Madame Dubarry, „Doch soll der *Doyen* (Älteste) unserer Versammlung das Wort führen, als ob wir im Parlament säßen."

„Das geht gegen dich, Taverney", meinte der Marschall lachend, „oder gar gegen mich."

„Ich glaube nicht", fiel ein Gast ein, der dem Marschall gegenübersaß.

„Was glauben Sie nicht, Herr de Cagliostro?" fragte der Graf von Haga und richtete seinen forschenden Blick auf ihn.

„Ich glaube nicht, Herr Graf, dass Herr de Richelieu der älteste hier im Kreise ist."

„Wahrhaftig", rief der Marschall, „das geht auf dich, Taverney!"

„Lass doch, ich bin acht Jahre jünger als du. Ich bin 1704 geboren."

„Schuft", schrie der Marschall, „du verrätst meine achtundachtzig Jahre."

„Wirklich, Sie sind achtundachtzig Jahre alt, Herr Herzog?" fragte Herr de Condorcet.

„Das war leicht nach zu rechnen. Man braucht dazu kein so großer Mathematiker zu sein wie Sie. Ich stamme noch aus dem anderen Jahrhundert, dem großen: 1696 bin ich geboren."

„Unmöglich!" rief de Launay.

„Ach, wenn Ihr Vater hier wäre, der Gouverneur der Bastille, dessen Pensionär ich 1714 war, würde er das nicht sagen", entgegnete Richelieu.

„Der Älteste unter uns", meinte Herr de Favras, „ist wohl der Wein, den Herr de Haga in diesem Augenblick einschenkt."

„Ein Tokaier von hundertzwanzig Jahren! Sie haben wohl recht, Herr de Favras."

„Einen Augenblick, meine Herren", fiel Cagliostro ein, „ich erhebe Anspruch auf diese Ehre."

„Sie wollen älter sein als dieser Tokaier!"

„Gewiß", erwiderte der Graf ruhig, „da ich es doch selbst war, der diese Flasche versiegelt hat, und zwar an dem Tage, an dem Montecuculi den Sieg über die Türken errang, Anno 1664."

Obwohl Cagliostro mit unbeirrbarer Ruhe gesprochen hatte, wurden seine Worte mit Gelächter aufgenommen. „Sie sind demnach mindestens hundertdreißig Jahre alt", meinte Madame Dubarry, „denn ich nehme an, dass Sie damals mindestens zehn Jahre alt waren."

„Ich war mehr als zehn Jahre alt, als ich am Tage darauf die Ehre hatte, von Seiner Majestät, dem Kaiser von Österreich, zu Montecuculi gesandt zu werden, der durch den Sieg von Sankt Gotthard den Tag von Especk in Slawonien gerächt hatte - jenen Tag, an dem die Ungläubigen meine Freunde und Waffengefährten von 1536, die Kaiserlichen, so übel zugerichtet haben."

„Ach", meinte Graf de Haga ebenso gelassen wie Cagliostro, „dann waren Sie doch wenigstens 1536 zehn Jahre alt, als Sie an dieser denkwürdigen Schlacht teilnahmen!"

„Es war eine furchtbare Niederlage, Herr Graf", erwiderte Cagliostro, sich verneigend.

„Und doch nicht so furchtbar wie jene von Crécy", meinte Condorcet lächelnd.

„Allerdings", bestätigte Cagliostro, „Crécy war schrecklich, denn dort wurde nicht nur eine Armee, sondern Frankreich selbst geschlagen. Und doch, wir müssen es offen sagen, jene Niederlage war immerhin kein einwandfreier Sieg der Engländer. König Eduard hatte Kanonen, ein Umstand, den Philippe de Valois nicht kannte... Oder genauer gesprochen, Philippe de Valois wollte es nicht glauben, obwohl ich ihn darauf aufmerksam gemacht hatte, denn ich hatte die vier Stück, die Eduard den Venezianern abgekauft hatte, mit eigenen Augen gesehen."

„Ach, Sie kannten Philippe de Valois?"

„Ich hatte die Ehre, einer der fünf Kavaliere zu sein, die seine Eskorte bildeten, als er das Schlachtfeld verließ. Ich war mit dem armen König von Böhmen nach Frankreich gekommen, der blind war und sich töten ließ, als man ihm sagte, dass alles verloren sei."

„Offen gesagt", meinte Lapeyrouse, „es tut mir nur Leid, dass Sie zwar Crécy, aber nicht Actium mitgemacht haben."

„Und warum das?"

„Sie könnten mir sonst über einige nautische Probleme Auskunft geben, die dunkel geblieben sind, trotz Plutarchs schöner Schilderung."

„Welche meinen Sie, mein Herr! Es wäre mir natürlich ein Vergnügen, Ihnen nützlich zu sein."

„So waren Sie etwa dabei?"

„Nein, ich befand mich damals in Ägypten. Cleopatra hatte mich beauftragt die Bibliothek zu Alexandrien instand zu setzen; ich war dazu besonders befähigt, da ich die besten Autoren des Altertums persönlich gekannt habe."

Suchet, so werdet Ihr… Udo Müller-Christian

„So kannten Sie auch die Königin Cleopatra 1." rief die Komtesse Dubarry.

„So wie ich Sie kenne, gnädige Frau."

„War sie wirklich so hübsch, wie man sagt?"

„Die Schönheit ist eine relative Sache. Man kann in Ägypten eine reizende Königin sein und darum in Paris doch nur eine nette Grisette abgeben."

„Sprechen Sie nicht schlecht von den Grisetten, Graf!"

„Gott bewahre mich davor! Cleopatra war klein, lebhaft, geistvoll hatte große, mandelförmige Augen, eine griechische Nase, Perlenzähne und Hände wie Sie, Madame. So recht eine Hand, um ein Zepter zu halten. Sehen Sie, diesen Diamanten hier hat sie mir gegeben; sie hatte ihn von ihrem Bruder Ptolemäus und trug ihn am Daumen. Das war Mode in Ägypten. Sie sehen, dass ich ihn auf meinem kleinen Finger trage."

Damit zog er den Ring vom Finger und reichte ihn Madame Dubarry. Der Diamant war von so edlem Feuer und so köstlichem Schnitt, dass man ihn wohl auf dreißig- oder vierzigtausend Franken schätzen konnte. Er machte die Runde, dann steckte ihn Cagliostro wieder gelassen an seinen Finger.

„Ach", sagte er, „ich sehe wohl, Sie glauben mir nicht. Mein Leben lang kämpfe ich gegen dieses fatale Misstrauen. Philippe de Valois wollte mir nicht glauben, als ich ihm empfahl, er möge Eduard einen Rückzug offen halten; und Cleopatra lächelte, als ich ihr sagte, dass Antonius geschlagen werden würde. Die Trojaner gar waren vollkommen ungläubig, als ich sie vor dem hölzernen Pferd warnte."

„Es ist großartig", lachte Madame Dubarry, „ich habe wirklich nie einen Menschen gesehen, der mit so ernster Miene komische Dinge sagt."

„Und Sie mögen versichert sein, dass Jonathan noch viel komischere Dinge sagte als ich. Er war wirklich ein amüsanter Gesellschafter. Als Saul ihn töten ließ, war ich nahe daran, irrsinnig zu werden."

„Wenn Sie so fortfahren, Graf", bemerkte der Herzog von Richelieu, „werden Sie den armen Taverney um den Verstand bringen. Sagen Sie es offen, sind Sie unsterblich oder nicht?"

„Ich weiß es nicht. Ich kann nur etwas sagen."

„Was?" fragte Taverney, „dass ich wirklich alles erlebt und alle die Personen gekannt habe, die ich eben erwähnte."

„Sie haben Montecuculi gekannt? Und Cleopatra?"
„Allerdings, Herr Marquis, ich muss es offen zugeben."
„Und dabei sind Sie doch nicht unverwundbar wie Achilles, der es seinerseits nicht vollends war, da Paris ihm einen Pfeil in die Ferse schoss."

„Nein, unverwundbar bin ich zu meinem größten Bedauern nicht!"

„Sie könnten also inzwischen eines gewaltsamen Todes sterben?"

„Wie war es Ihnen dann möglich, in 3500 Jahren allen Unglücksfällen zu entgehen?"

„Ich bin nicht unsterblich, aber ich weiß den Tod zu vermeiden. Um keinen Preis von der Welt würde ich nur eine Viertelstunde mit Herrn de Launay allein bleiben, der jetzt gerade denkt, dass er mir in einer der Zellen seiner Bastille mit Hilfe des Hungers mein Geheimnis der Unsterblichkeit schon abluchsen wird. Auch mit Herrn de Condorcet möchte ich nicht allein bleiben, denn er überlegt, ob er nicht den Tropfen Gift, den er in seinem Ring am linken Zeigefinger trägt, in mein Glas träufeln soll - natürlich nicht in böser Absicht, sondern aus purem Wissensdrang, ob ich nicht doch sterben kann. Sie brauchen es nicht zu leugnen, Herr de Launay, wir sind kein Gerichtshof, und überdies bestraft man die bloße Absicht nicht. Sagen Sie es nur frei heraus, haben Sie nicht gedacht, was ich da sage? Und Sie, Herr Condorcet, haben Sie nicht das Gift in diesem Ring, das Sie mir im Namen Ihrer Geliebten, der Wissenschaft, einflößen wollten?"

„Weiß Gott", gestand de Launay lachend und errötend, „Sie haben recht. Übrigens ist mir der Gedanke erst in dem Augenblick gekommen, in dem Sie die Anklage aussprachen."

„Und ich will nicht weniger offenherzig sein wie Herr de Launay", bestätigte Condorcet. „Ich dachte wirklich, dass ich, wenn Sie von dem Gift in meinem Ring kosten würden, für Ihre Unsterblichkeit keinen Groschen gäbe."

Ausrufe der Bewunderung wurden hörbar. Das Geständnis de Launays und de Condorcets bewies zum Mindesten Cagliostros Scharfblick.

„Sie sehen wohl", bestätigte der Graf ruhig, „dass ich recht gehabt habe. Da haben Sie eine Probe auf meinen Instinkt, der mich alle Gefahren wittern lässt."

„Ach", meinte Lapeyrouse lachend, „mein lieber Prophet, Sie müssten mit mir auf das Schiff kommen, mit dem ich meine Weltreise machen will. Sie könnten mir einen ausgezeichneten Dienst leisten."

Cagliostro antwortete nicht.

Suchet, so werdet Ihr...   Udo Müller-Christian

„Herr Marschall", fuhr der Seemann lachend fort, „obwohl Herr de Cagliostro sich nicht aus Ihrer angenehmen Gesellschaft entfernen will, was ich nur zu gut begreife, muss ich mich doch von Ihnen beurlauben. Verzeihen Sie, Graf de Haga, und auch Sie, Madame, aber es schlägt sieben Uhr, und ich habe dem König versprochen, um ein Viertel acht Uhr in den Wagen zu steigen. Da aber der Graf de Cagliostro nicht mit mir auf meine Schiffe kommen will, mag er doch wenigstens sagen, was zwischen Versailles und Brest geschehen wird. Von Brest bis zum Pol will ich dann für das Weitere sorgen."

Cagliostro sah Lapeyrouse prüfend an, und sein Blick verriet so viel Sanftmut und Traurigkeit, dass die Gäste seltsam berührt waren. Nur der Seefahrer bemerkte nichts. Er verabschiedete sich endlich von den Gästen, verneigte sich ehrfurchtsvoll vor dem Grafen de Haga und bot dem alten Marschall die Hand.

„Adieu, mein lieber Lapeyrouse", rief der Herzog de Richelieu.

„Nicht doch, Herr Herzog, auf Wiedersehen! Wegen einer Reise, die mich auf vier oder fünf Jahre von Ihnen trennt, brauchen wir uns doch nicht adieu zu sagen."

Damit ging er.

Cagliostro hatte inzwischen sein Schweigen, das allen von schlimmer Vorbedeutung schien, bewahrt. Jetzt hörte man die Schritte des Kapitäns auf der Freitreppe und seine fröhlichen Rufe im Hof.

Alle lauschten.

Als nichts mehr zu hören war, schien eine höhere Kraft alle Blicke auf Cagliostro zu lenken. In seinen Zügen war jetzt etwas wie eine Erleuchtung, die alle Gäste schaudern machte.

Suchet, so werdet Ihr…   *Udo Müller-Christian*

Der Graf de Haga unterbrach als erster das Schweigen.

„Warum haben Sie Herrn de Lapeyrouse nicht geantwortet?" fragte er.

„Weil ich ihm entweder eine Lüge oder etwas Grausames sagen musste. Ich hätte ihm sagen müssen: 'Herr de Lapeyrouse, der Herzog de Richelieu hat recht, Ihnen adieu zu sagen und nicht: Auf Wiedersehen!' Beruhigen Sie sich, Herr Marschall, nicht Ihnen gilt diese traurige Vorhersage."

„Ach", rief Madame Dubarry, „demnach müsste der arme Lapeyrouse, der mir eben noch die Hand küsste..."

„Er wird sie Ihnen nicht mehr küssen, Madame, denn er wird nie mehr hierher zurück kehren."

Jetzt war die allgemeine Teilnahme auf den Siedepunkt gelangt. Eine ernste, fast feierliche Stimmung beherrschte die Männer, die Cagliostro mit Blicken befragten.

Endlich erhob sich Herr de Favras, näherte sich auf den Fußspitzen der Tür und sah hinaus, ob im Vorzimmer keiner der Diener lauschte. Aber das Haus war so gut gehalten, dass Favras nur den alten Haushofmeister fand, der, ernst wie eine Schildwache auf verlorenem Posten, die Zugänge des Speisesaals bewachte.

Beruhigt kehrte Favras an seinen Platz zurück.

„So sagen Sie uns", bat Madame Dubarry, „was dem armen Lapeyrouse bevorsteht!"

Cagliostro schüttelte den Kopf.

„Doch, sagen Sie es uns!" verlangten die Herren. „Nun, Herr de Lapeyrouse bricht auf in der Absicht, eine Weltreise zu machen, das Werk Cooks zu vollenden, des armen Cook, der, wie Sie wissen, auf den Sandwichinseln ermordet wurde. Alles verspricht einen guten Erfolg seines Unternehmens. Es gibt keinen besseren Seemann als Lapeyrouse. Der Mann, der das zweite Schiff kommandiert, ist ein vorzüglicher Offizier. Ich sehe ihn, er ist noch jung, abenteuerfreudig, leider sogar tapfer."

„Leider!"

„Ja. Ein Jahr später suche ich diesen Freund und sehe ihn nicht mehr", bestätigte Cagliostro, der unruhig in sein Glas blickte.

„Es ist doch keiner der Herren mit Herrn de Langle verwandt?"

„Nein."

„Nun, er wird zuerst sterben."

„Und Lapeyrouse?"

„Ein Jahr, zwei Jahre glücklicher Seefahrt, man erhält Nachrichten von ihm. Dann..."

„Was dann?!"

„Der Ozean ist groß und der Himmel düster. Immer neue unentdeckte Länder tauchen aus den Fluten auf, schreckliche Gestalten wie die Ungeheuer des griechischen Archipels. Sie lauern dem Schiff auf, das zwischen Klippen durch den Nebel zieht, durch Sturm, der noch gastfreundlicher ist als drohende Gestade; weiter ziehen die Helden, unheilvollen Feuern zu. Ach, Lapeyrouse, wenn du mich hören könntest, würde ich dir sagen: Wie Kolumbus ziehst du aus, um eine Welt zu entdecken! Hüte dich, Lapeyrouse, vor unbekannten Inseln!"

Er schwieg.

Ein eisiger Schauer lief durch die Versammlung.

„Warum haben Sie ihn denn nicht gewarnt!" rief Graf de Haga, der wie alle andern dem seltsamen Einfluss dieses Mannes unterlag.

„Ja, ja", sprach Madame Dubarry. „Warum ihm nicht nach eilen, warum ihn nicht einholen! Das Leben eines Mannes wie Lapeyrouse ist wohl die Reise eines Kuriers wert, mein lieber Marschall."

Schon streckte der Marschall die Hand aus, um zu schellen. Cagliostro fiel ihm in den Arm.

„Ach", sagte er, „jede Warnung wäre unnütz. Der Mann, der das Schicksal voraus weiß, vermag es nicht abzuändern. Herr de Lapeyrouse würde lachen, wenn er meine Worte hörte, so wie Priamos' Söhne lachten, als Cassandra sprach. Sie selbst, Herr Graf de Haga, haben gelacht, und Ihr Lachen steckt Ihre Freunde an. Ich habe nie einen gläubigen Zuhörer gefunden."

„Wir glauben", riefen Madame Dubarry und Richelieu.

„Und ich glaube auch", bestätigte Graf de Haga liebenswürdig.

„Ja, Sie glauben, weil es sich um Herrn de Lapeyrouse handelt, aber würden Sie auch glauben, wenn es um Sie selbst ginge?"

„Gewiss!"

„Immerhin hätte Herr de Cagliostro Lapeyrouse sagen können: hüten Sie sich vor unbekannten Inseln. Das war eine Chance."

„Nein, Graf. Er hätte mir nicht geglaubt, und meine Mitteilung wäre um so schrecklicher gewesen, als er, wenn er geglaubt hätte, beim Anblick jener Inseln, die sein Schicksal besiegeln sollen, wie hypnotisiert in die Gefahr hinein getaumelt wäre, statt sie zu fliehen. Statt eines Todes hätte er tausend Tode erlitten. Wenn ich ihm die Hoffnung raubte, so verlor er den letzten Trost, den der Unglückliche noch auf dem Schafott genießt."

„Das ist wahr", murmelten einige.

„Allerdings", meinte Condorcet, „der Schleier, der das Ende unseres Lebens verdeckt, ist das einzig wahre Gut, das Gott den Menschen auf Erden gewährt."

„Nun, wie dem auch sei", meinte Haga, „wenn ich von einem Manne wie Ihnen hörte, ich sollte mich vor einem bestimmten Menschen oder einer bestimmten Sache hüten, so würde ich Ihnen danken und mir den Rat nützen lassen."

Mit einem traurigen Lächeln schüttelte Cagliostro den Kopf.

„Wirklich, Herr de Cagliostro, geben Sie mir einen Wink, und ich werde es Ihnen zu danken wissen."

„Ich soll Ihnen sagen, Graf, was ich mich Herrn de Lapeyrouse zu sagen weigerte? Niemals!"

„Hüten Sie sich", meinte der Graf lächelnd, „ich war schon gläubig, Sie machen mich wieder zum Skeptiker."

„Unglaube ist besser als Angst."

„Herr de Cagliostro", rief der Graf, ernst geworden, „Sie vergessen eines, dass es nämlich Menschen gibt, die ihr Schicksal kennen wollen, da das Leben von Millionen von ihrem Schicksal abhängt."

„Befehlen Sie! Ohne Befehl werde ich nichts sagen. Eure Majestät mögen befehlen."

„Gut, ich befehle es Ihnen, Herr de Cagliostro!"

In dem Augenblick, in dem Graf de Haga sein Inkognito brach und sich als König behandeln ließ, erhob sich Richelieu und verneigte sich.

„Ich danke für die Ehre, die der König von Schweden meinem Hause erwiesen hat. Eure Majestät wollen nun den Ehrenplatz einnehmen. Von diesem Moment steht er nur Ihnen zu, Sire."

„Nicht doch, Herr Marschall, bleiben wir, wie wir sind, und hören wir, was der Graf de Cagliostro mir zu sagen hat."
„Man sagt dem König nie die Wahrheit, Sire."
„Ach, ich bin ja nicht in meinem Königreich. Sprechen Sie, Herr de Cagliostro, ich beschwöre Sie."
Unter Cagliostros Augen schien das Wasser sich im Glase zu bewegen.

„Fragen Sie, Sire. Ich bin bereit, zu antworten."
„Sagen Sie mir, welches Todes ich sterben werde."
„Sie sterben durch einen Schuss."
König Gustav strahlte.
„Den Soldatentod in der Schlacht! Tausend Dank, Herr Cagliostro! Gustav Adolf und Karl XII. haben mir gezeigt, wie ein König von Schweden stirbt."
Wortlos senkte Cagliostro das Haupt.
Der Graf de Haga runzelte die Stirn.
„Oder soll diese Kugel mich nicht in der Schlacht treffen?"
„Nein, Sire."
„Bei einer Rebellion also? Wohl möglich."
„Auch nicht bei einer Rebellion."
„Wo dann?"
„Im Ballsaal, Sire."
Der König wurde nachdenklich. Cagliostro ließ den Kopf in seine Hände sinken.
Herr de Condorcet trat näher und suchte dem geheimnisvollen Glas seine Geheimnisse abzulauschen.

Offenbar fand er keine Lösung des Problems, denn er wandte sich an Cagliostro.
„Nun, auch ich bitte unseren berühmten Propheten, einen

Blick in seinen magischen Spiegel zu werfen.

Unglücklicherweise bin ich kein mächtiger Herr und darf nicht befehlen; auch gehört mein ruhmloses Leben nicht den Millionen."

„Mein Herr", fiel Haga ein, „Sie mögen im Namen der Wissenschaft befehlen, denn Ihr Leben gehört nicht nur einem Volk, sondern der Menschheit."

„Danke, Herr Graf, aber vielleicht ist Ihre Ansicht nicht die des Herrn de Cagliostro."

„Doch, Marquis", bestätigte Cagliostro und hob den Kopf. „Sehen Sie mich an. So wollen wirklich auch Sie ernsthaft, dass ich Ihnen die Zukunft vorhersage?"

„Ganz ernsthaft, auf mein Wort."

„Nun, Marquis, Sie sterben durch das Gift, das Sie in dem Ring an Ihrem Finger tragen."

„Wenn ich ihn aber wegwerfe?"

„Werfen Sie ihn weg!"

„Sie geben also zu, dass das leicht ist?"

„Ich kann nur sagen: Werfen Sie ihn weg!"

„Wirklich, Marquis", rief Madame Dubarry, „werfen Sie das dumme Gift fort, tun Sie es, und wäre es nur, um diesen Unheilspropheten Lügen zu strafen, der uns mit seinen Prophezeiungen quält. Wenn Sie den Ring wegwerfen, können Sie durch ihn nicht mehr zu Schaden kommen, das gibt Herr de Cagliostro selbst zu."

„Die Gräfin hat recht", sagte der Graf de Haga.

„Bravo, Gräfin", rief Richelieu.

„Auf, Marquis, werfen Sie das Gift weg; das wird um so besser sein, als ich nun, da ich weiß, dass Sie den Tod eines

Menschen in der Hand tragen, zittern werde, sooft wir miteinander trinken. Der Ring kann sich von selbst öffnen. He he."

„Und zwei Gläser, die zusammenstoßen, sind sehr nahe beieinander", sagte Taverney. „Werfen Sie es weg, Marquis, werfen Sie es weg."

„Es ist unnütz", erklärte Cagliostro ruhig.

„Herr de Condorcet wird den Ring nicht wegwerfen."

„Nein, ich werde es wirklich nicht tun. Nicht nur, weil ich dem Schicksal nicht in den Arm fallen will. Cabanis hat mir dieses Gift bereitet, es ist ein Unikat, das der Zufall hervorgebracht hat und das wir vielleicht nie wieder herstellen können. Triumphieren Sie, Herr de Cagliostro, wenn Sie wollen."

„Das Schicksal", sagte dieser, „findet immer bereitwillige Helfer. Nun, ich sterbe durch Gift. Mag es doch sein. Sie sagen mir da einen köstlichen Tod voraus, Graf. Ein Wenig von diesem Gift auf meine Zungenspitze - und es ist aus mit mir. Das ist nicht der Tod, das ist nur das Ende des Lebens."

„Mir liegt nichts daran, ob Sie leiden, mein Herr", antwortete Cagliostro kalt. Seine Miene verriet, dass er nicht weiter zu sprechen wünschte.

„Mein Herr", fragte der Marquis de Favras, „wir haben bis jetzt einen Schiffbruch, einen Schuss und eine Vergiftung. Mir läuft das Wasser im Mund zusammen. Wollen Sie mir auch einen kleinen Unfall in der Art versprechen."

„Ach, Marquis, Sie haben unrecht, diese Herren zu beneiden, auf mein Edelmannswort. Sie sollen etwas Besseres haben."

„Etwas Besseres", rief de Favras lachend.

Suchet, so werdet Ihr...　　　　　　　Udo Müller-Christian

„Hüten Sie sich, Graf, das heißt viel versprechen. Etwas Besseres als das Meer, ein Schuss und Gift?"

„Es bleibt uns noch der Strang, Marquis", antwortete Cagliostro liebenswürdig.

„Der Strang! Was reden Sie da?"

„Ich sage Ihnen, dass Sie gehenkt werden", antwortete Cagliostro, gleichsam von einer Ekstase seines Prophezeiens fort gerissen.

„Der Herr vergisst, dass ich Edelmann bin", meinte Favras kühl; „oder er meint einen Selbstmord, aber ich kann versprechen, dass ich mich bis zu meinem letzten Augenblick genug achten werde, um den Strang zu meiden, solange mir ein Degen zur Verfügung steht."

„Ich spreche nicht von Selbstmord, sondern von Hinrichtung."

„Sie sind Fremder, darum verzeihe ich Ihnen Ihre Unwissenheit. In Frankreich werden die Edelleute geköpft."

„Das mögen Sie mit Ihrem Henker abmachen", antwortete Cagliostro brutal. Eine Unruhe ging durch die Gesellschaft.

„Wissen Sie", meinte Herr de Launay, „dass ich fast zittere, Sie zu befragen? Meine Vorgänger haben ein so schlechtes Los gezogen, dass ich nicht in dieselbe Urne greifen möchte."

„Dann sind Sie klüger als sie und wollen Ihre Zukunft nicht kennen. Respektieren wir Gottes Geheimnis."

„Aber, Herr de Launay", rief Madame Dubarry, „ich hoffe, dass Sie ebensoviel Mut aufbringen wie diese Herren."

Suchet, so werdet Ihr…   Udo Müller-Christian

Ich lag auf der Seite auf Mironas Bett. Mein Kopf lag auf ihren Oberschenkeln einige Zentimeter oberhalb ihrer Knie.
Mirona lag auf dem Rücken und sah zur Decke, während ich an den Innenseiten ihrer Oberschenkel entlang blickte, über ihren mäßig behaarten Venushügel, den leicht gewölbten Bauch, zwischen ihren Brüsten hindurch, bis zu ihrer Nase, deren Flügel bei jedem Atemzug weit geöffnet wurden.

„And when the Lamb opened the next seal…"
Die von mir mitgebrachte CD erfüllte mit ihrem Klang den Raum.
Die Stimme gehörte Demis Roussos.
„Du hast die CD an einen Ort gebracht, wo sie zweifelsfrei hingehört Kris! Demis Roussos gehört hierher!"

„Hast du gehört, auf was es mir ankam?"
„Klar, das war original kopiert! Aber was wollen die mit so vielen CDs?"
„Wir werden es feststellen, nach dem Frühstück!"
Mirona wälzte sich unter meinem Kopf weg und ging zum CD-Player.

Suchet, so werdet Ihr… Udo Müller-Christian

Die Musik, die nun kam, war weder Eberhard Schoeners Trance Formation noch Aphrodites Child 666.
„Was ist denn das?"
„Die *Eisernen Jungfrauen*, was sonst?"
„Iron Maiden!"
Mirona verschwand in einem Nebenraum.
Ich ging unter die Dusche und versuchte meine Emotionen zu ordnen.
Gab es eine Möglichkeit, Mirona und das sie beauftragende Konsortium auseinander zu halten?
Wie weit ging sie, in der Ausübung ihres Jobs?
Ich hörte, wie sie telefonisch ein Frühstück orderte.
Sie bediente sich dabei eines absolut akzentfreien Englisch, eines Englisch, wie man es ansonsten nur in Australien hörte.
Tatsächlich fiel mir etwas auf, als ich mich abtrocknete. Mirona hatte Käse an Stelle von Wurst bestellt.
Als ich nackt wie ich war zurückkehrte, suchte ich eine andere CD aus.
„Melanie, *I don't eat animals!*"
„Richtig, Mirona!"
Sie schien sich tatsächlich Informationen über meine Gewohnheiten beschafft zu haben, die sehr weitreichend waren.
Eine Kellnerin des Hotelpersonals wurde von Mirona eingelassen.
Diese Kellnerin schien meine Nacktheit nicht wahr zu nehmen.
Aus irgendeinem Grund fühlte ich mich absolut sicher und hielt mich, entgegen meinen sonstigen Gewohnheiten, nicht verteidigungsbereit.

Suchet, so werdet Ihr…   *Udo Müller-Christian*

Das war eigentlich immer dann, wenn es der Fall war, ein gewaltiger Fehler gewesen.

Als mir dieser Gedanke bewusst wurde, sprang ich auf und griff nach meiner Hose, die einige Werkzeuge enthielt, auf die ein Attentäter nicht verzichten sollte.

Hannes Wader fiel mir ein.
Augenblicklich fühlte ich mich wieder sicher und unangreifbar!
Was sicherlich auch ein Fehler war, doch so weit wollte ich nicht gehen.

Nachdem die Kellnerin das Zimmer verlassen hatte, gesellte ich mich zu Mirona auf den Balkon.

Auf dem Frühstückstisch war tatsächlich schon alles zu finden, was ich noch vor einigen Jahren auf dieser Insel vermissen musste.

Ich goss Mirona und mir Tee ein.

„Vielleicht sollten wir nun dazu übergehen, Klartext zu reden!"

„Gut Kris! Du kennst diese Juliane und warst überrascht, dass sie die Lieferung geordert zu haben scheint!"

„Stimmt, und das weißt du, weil du ein Videoband hast auf dem Balsamo steht! Du hast mich über drei Monate überwachen lassen und die Informationen an dein..."

„Nein Kris, das Konsortium hat mir freie Hand gelassen! Ich wollte sicher sein, dass du für diesen Job geeignet bist!"

„Und ich bin geeignet?"

„Klar! Heute werde ich dem Konsortium die Adresse in Fanari durchgeben, wir können die Insel verlassen!"

Suchet, so werdet Ihr…   *Udo Müller-Christian*

„Aber nicht vor Morgen, es kann sein, dass mir dieser Nator noch einen Besuch abstatten will und dazu muss ich in meinem Zimmer sein!"

„Hast du eigentlich ein Problem mit dem Abspritzen, oder ist das nur bestimmten Frauen wie Venus vorbehalten?"
Ich musste lachen.
„Nein! Ich glaube ich habe mich so gut ich konnte ins Zeug gelegt und dann gemerkt, dass es dir gereicht hat – besser gesagt, mehr hättest du nicht verkraftet. Ich habe wohl den Zeitpunkt verpasst, mit dem Spritzen..."

„Und wie ist es mit jetzt?"
„Warte, bis der richtige Moment kommt, es gibt Augenblicke, in denen wir beide so geil sind, dass wir es richtig machen. Ich weiß ja jetzt, wie viel du verkraftest!"

Suchet, so werdet Ihr...   Udo Müller-Christian

Kris hatte mir recht gegeben, als ich ihn darauf aufmerksam machte, dass sein Zimmer im Hotel Karboni nicht mehr sicher sei, denn immerhin hatte dieser Nator die Möglichkeit fest zu stellen, in welchem Hotel Kris abgestiegen war und Juliane kannte seinen Namen.

Er lag nackt auf seinem Bett, bereit den Köder zu spielen, während ich in dem Sessel saß, der das einzige weitere Möbelstück war.

Die Sonne war schon Stunden zuvor untergegangen und die Geräuschkulisse aus den engen Gassen nahm langsam ab. Der Colt mit dem Schalldämpfer lag schwer in meinem Schoß und Kris hatte für alle Fälle noch eine Automatik unter dem Kopfkissen.

Wir warteten!

Als ich schon drohte ein zu nicken, warf Kris mir ein T-Shirt zu, um mich in die Wirklichkeit zurück zu rufen.

Er bedeutete mir zu verschwinden und schloss die Augen, um sich schlafend zu stellen, während seine rechte Hand unter dem Kopfkissen verschwand.

Geräuschlos zog ich mich in den Schrank zurück, hockte mich so auf den Boden, dass meine Beine immer noch gut durchblutet wurden, hielt die Kanone bereit und ließ das Fenster keinen Sekundenbruchteil aus den Augen.

Suchet, so werdet Ihr… Udo Müller-Christian

Der Schatten, der sich nun abzeichnete, machte sich am Fenster zu schaffen, versuchte dabei aber nicht, leise zu sein. Kris sollte also nicht im Schlaf überrascht werden. Als der Schatten sich aus der Dunkelheit löste, ins Zimmer trat und Gestalt an nahm, handelte es sich nicht um einen Mann, sondern um eine Frau die ich vom Video her kannte.

„Juliane!"
Kris Stimme klang überrascht.
Wusste er, dass ich nur abzudrücken brauchte?
Sie trug ein Kleid, das nicht im entferntesten zum Fassaden klettern geeignet war, oben eng anliegend und von der Taille bis zu den Knien weit ausladend.
„Wir müssen unsere Unterhaltung von neulich Nachmittag fortsetzen!"
„Unterhaltung ist gut!"
Sie stand vor Kris und sah ihn provozierend an.
Bei der geringsten schnellen Bewegung würde sie tot umfallen.
Mit langsamen Bewegungen begann sie den Saum ihres Kleides hochzuziehen und ging auf das Bett zu.
Was Kris sah, konnte ich nur erahnen, doch seine Reaktion hätte eindeutiger nicht sein können.
Der venöse Rückfluss von seinem Penis zum Herzen wurde reduziert.
Die Herzfrequenz anzeigend begann **er** sich langsam zu erheben.
Juliane stieg auf das Bett und stand nun breitbeinig über ihm. Da ich nur ihr Profil zu sehen vermochte, war es mir auch nur möglich anhand ihrer Hände, die sich in Bauchnabelnähe befanden, abzuschätzen, dass die unregelmäßig kontrastierte

Suchet, so werdet Ihr...   *Udo Müller-Christian*

Erscheinung unter der scharf zeichnenden Wölbung ihres Bauches, nichts anderes als ihre Vulvahaare sein konnte.
  „Ich war nicht derjenige, der unsere Unterhaltung unterbrach!"
  Sie ließ sich nieder, wobei ihre Beine seine Hüften flankierten, setzte sich über ihn und griff mit einer Hand unter ihr Kleid.

  Die Bewegungen waren nur auf eine einzige Weise zu interpretieren - sie führte sich sein offensichtlich erigiertes Glied ein.
  Kris zuckte kurz zusammen, als er spürte, wie sein Penis von ihrer Vagina aufgenommen wurde.
  Seine rechte Hand lag immer noch unter dem Kopfkissen - die Knarre in der Hand.
  Ohne Umschweife war sie sofort zum Koitus übergegangen, ohne irgendwelche Vorstadien einzuhalten. Auf eine eigenartige Weise fühlte ich mich betrogen. Er hatte mich mittels Cunnilingus in Zustände versetzt... Gebumst, bis ich am Ende war, aber ihm war keiner abgegangen. Gut, ich hatte ihm vorher einen geblasen...

  Julianes Kleid bedeckte ihn nun vom Bauchnabel bis zu den Knien.
  Sie hob die Arme und verschränkte sie hinter dem Kopf.
  Diese nonverbale Geste drückte nichts anderes aus, als dass sie meinte, Kris nun vollends zu beherrschen.
  Langsam aber zielstrebig begann sie nun ihr Becken kreisend zu bewegen.
„Nator ist Choleriker!"
  Sie änderte ihren Bewegungsrhythmus dahingehend, dass sie nun zu ziemlich eindeutigen Bumsbewegungen überging.

Suchet, so werdet Ihr…   Udo Müller-Christian

„Wir sollten das Thema wechseln, sonst geht mir die Hydraulik flöten!"

Ihre wiegenden Beckenbewegungen konnten nur die Aufgabe haben, seine letzte Aussage ad absurdum zu führen.

„Warum interessierst du dich für den Verbleib von einer Million CDs?"

„Ist es nicht ungewöhnlich, wenn jemand eine solche Menge Tonträger in diese akustische Einöde ordert?"

Die Bewegungen ihres Beckens wurden schneller.

„Wie lange kennen wir uns jetzt?"

„Fünf Jahre Juliane!"

„Und wolltest du mich schon Mal bumsen?"

„Klar, ich wollte dich bumsen, seit dem ich dich kenne!"

Er ließ seine Hand immer noch unter dem Kissen.

Mein Finger blieb unbeirrt am Abzug, auch ließ ich das Fenster nicht aus den Augen, denn immerhin war dieser Nator schon einmal unverhofft erschienen.

Juliane wurde schneller.

„Kann es dir nicht egal sein, wohin die CDs geliefert werden?"

Balsamo schloss kurz die Augen.

Ich wusste genau, wie weit er noch von einer Ejakulation entfernt war, wenn sie so weitermachten, konnte er noch Stunden durchhalten.

„Im Prinzip schon, aber wenn jemand mit Instrumenten auf mich schießt, die erst in sechshundertsechsundsechzig Jahren so klein sein werden, dass sie in die Hand eines Menschen passen…"

Juliane hatte abrupt aufgehört Kris zu vögeln.

Seine Hand kam unter dem Kopfkissen hervor. Mit beiden

Suchet, so werdet Ihr…   Udo Müller-Christian

Händen ergriff er nun ihren Hintern und hob sie ein Stück an.
„Woher kommt ihr?"
 Mit erheblicher Geschwindigkeit begann er nun seinerseits, sie von unten zu bumsen.
 Sie lehnte sich nach hinten und stützte sich mit den Händen auf der Liegestatt ab.
 „Du scheinst es ja schon zu wissen, denn du scheinst ja auch daher zu stammen!"
 Wie sollte ich diese Bemerkung, die Juliane so beiläufig fallen ließ, interpretieren?

   Er wurde noch schneller.
 „Dann stimmten die von mir angenommenen 666 Jahre tatsächlich rein zufällig?"
 Sie stieß sich nach vorne und stützte sich mit ihren Händen auf Kris Schultern ab.
„Wer bist du Kris!"
Sie schrie es fast.

 Wie oft hatte ich ihm diese Frage entgegen brüllen wollen? Kris hörte auf sein Becken zu bewegen.
 Juliane begann fast augenblicklich mit heftigen reitenden Bewegungen.
„Ich bin Krisna!"
 Sie nahm diese beiläufige Bemerkung hin, als hätte er über seine Schuhgröße gesprochen.
 „Ich wollte immer schon Mal einen Gott bumsen!"
 Damit war die Unterhaltung vorerst beendet, Juliane bumste Kris so lange, bis er ihre Bewegungen erwiderte und eindeutig verstärkte.
 Nachdem Juliane gekommen war...

Suchet, so werdet Ihr…   Udo Müller-Christian

„Du kommst also aus der Zukunft und kannst dir keine CDs im Museum anhören!"

Kris hatte aufgehört sich zu bewegen.

Juliane begann nun ganz locker mit ihrem Becken seinen Schwanz zu kneten, sie ließ ihm keine Chance mehr.

„Diese Zeit ist das erste Zeitalter, das Musikkonserven mit guter Qualität hervorgebracht hat; und leider auch die letzte, denn dieses Mp3-Format ist zwar gut, aber es fehlt etwas! Und es gibt Ohren, nicht menschliche, die ganz andere Frequenzen hören, als wir, denen kann man keine Mp3 zumuten…"

Kris begann zu stöhnen.

„Wir besorgen Musik aus allen Jahrhunderten dieses Planeten, von jetzt bis in alle Ewigkeit…"

„Und außerdem besorgt ihr Autos aus den letzten Jahren, sozusagen als Beigabe, die ihr dann an verrückte Sammler verkauft!"

„Weil nur diese verrückten Sammler eine Garantie dafür sind, dass diese Autos der Nachwelt erhalten bleiben, sie sind zu groß und massehaltig, um direkt in meine Zeit gebracht werden zu können!"

Sie hatte diese Worte so vor sich hin gesprochen, als gelten sie der Leere des Weltalls, oder den Momenten zwischen den Zeiten, als wäre diese Information so belanglos wie die Kartoffel im dritten Krater von links auf dem Mond.

Ob Kris die letzten Worte verstand, war zu bezweifeln. Juliane hielt inne.

„So, nachdem du jetzt deinen Saft verschossen hast, werden wir uns nicht wieder sehen!"

Sie stand auf.

Suchet, so werdet Ihr…   Udo Müller-Christian

Kris erschlaffter Penis kam auf seinem leer gepumpten Sack zum Liegen.
Mit wenigen Schritten war Juliane am Fenster und sah Kris noch einmal an, während sie ziemlich symbolisch ihr Kleid glatt strich.
„Vielleicht…"
Sie beendete ihren Satz nicht.
„Ja, vielleicht Juliane…"
Sie nickte ihm noch einmal zu und sprang einfach hinaus. Ich stieß die Schranktür auf und hechtete hinterher.
Als ich aus dem Fenster sah konnte ich nichts und niemanden erkennen.

„Kris! Sie hat sich in Luft aufgelöst, sie ist verschwunden! Wir sind hier im dritten Stock und ich hätte schon Schwierigkeiten hier an der Fassade herum zu klettern, aber mit einem solchen Kleid…"

„Sie ist nicht geklettert, sondern hier aus dem Fenster gesprungen, um in der Zukunft auf einer weichen Unterlage zu landen!"

Ich hatte ja schon so einiges erwartet, aber diese Bemerkung riss mir förmlich die Beine unter dem Rumpf weg.
Kris schnappte mich auf und legte mich neben sich. Seine Augen starrten kurz in eine imaginäre Leere. Er drückte mich an sich, als hätte er gerade während des Bumsens nichts lieber getan, als es mit mir zu machen.
Ich richtete mich auf und griff nach seinen Hoden.
„Na, hat sie alles rausgeholt, die Dame? Oder noch etwas für mich übrig gelassen?"

Suchet, so werdet Ihr...   Udo Müller-Christian

INTERMEZZO

  Kalender, System zum Datieren vergangener und zukünftiger Ereignisse in einer Zeitskala von Tagen, Wochen, Monaten und Jahren.

  Die verschiedenen Kalender orientieren sich an den periodischen Bewegungen von Erde, Sonne und Mond. Ein Tag entspricht der Zeit einer Erdumdrehung. Ein Jahr entspricht der Zeit, welche die Erde für eine Umkreisung der Sonne benötigt. Astronomisch gemessen dauert ein Sonnenjahr oder auch tropisches Jahr 365,2422 Tage, ein Mondjahr 354,367 Tage.

  Außerdem gibt es das Lunisolarjahr, das Mond- und Sonnenperioden berücksichtigt.

  Die Woche gehört zu den ältesten Kalendereinheiten. Ihr Ursprung ist unbekannt, wird jedoch im Orient vermutet. Die Woche wurde von der jüdisch-christlichen Tradition übernommen, die nach sechs Arbeitstagen einen Ruhetag fordert.

  Die Namen der Wochentage gehen auf die Römer zurück, die sie nach den fünf mit dem Auge sichtbaren Planeten, sowie Sonne und Mond benannten. Im Deutschen wurden einige römische Götternamen durch germanische ersetzt. Donnerstag und Freitag sind nach Donar und Freya benannt.

  Die Einteilung des Jahres in zwölf etwa gleich lange Monate entspricht dem Durchgang der Sonne durch die zwölf Tierkreiszeichen. Sowohl die Monatsnamen als auch die Aufteilung der Monatsdauer zwischen 28 und 31 Tagen geht auf die römische Zeitrechnung zurück.

Suchet, so werdet Ihr…   Udo Müller-Christian

In den Mondkalendern entsprechen die Monate der Zeit zwischen zwei Vollmonden.

Die Verschiedenheit der Kalender beruht weniger auf der Ungenauigkeit der alten astronomischen Messungen als auf dem grundsätzlichen Problem des Ausgleichs der sich aufsummierenden Bruchteile der Tage im Sonnenjahr durch die Einschaltung zusätzlicher ganzer Tage.

Für diese Schalttagregelung bestehen verschiedene Möglichkeiten.

Das ägyptische Jahr hatte immer 365 Tage.

Da es keinen Schalttag gab, blieb das ägyptische Jahr hinter dem natürlichen Jahr zurück; es wurde deshalb mit der Position des Sirius synchronisiert. Die Ägypter orientierten sich bei ihrem täglichen Leben an den periodischen Überschwemmungen des Nil.

Das babylonische Jahr ist ein Mondjahr mit 354 Tagen. Anfangs wurden unregelmäßig, später systematisch alle 19 Jahre sieben Schaltmonate eingefügt.

Das muslimische Jahr ist ein Mondjahr von 354 Tagen. In 30 Jahren gibt es 11 Schaltjahre mit 355 Tagen.

Der jüdische Kalender beruht auf einem Lunisolarjahr. Im 19 jährigen Schaltzyklus sind die Jahre 3, 6, 8, 11, 14, 17, 19 Schaltjahre. Die Länge der Jahre variiert zwischen 353, 354, 355, die der Schaltjahre zwischen 383, 384 und 385 Tagen.

Der Julianische Kalender wurde von Julius Caesar 45 v.Chr. in Rom eingeführt. Das julianische Jahr enthält 365,25 Tage, so dass alle vier Jahre ein Schalttag eingeführt werden muss. Der Gregorianische Kalender ist unser heute üblicher Kalender. Bei der Einführung des Julianischen Kalenders war die Tagundnachtgleiche im Frühling am 23. März und hatte sich seither

Suchet, so werdet Ihr…   Udo Müller-Christian

ständig weiter verschoben. Als Papst Gregor XIII. den neuen Kalender 1582 in Kraft setzte, war sie bereits auf den 11.März vorgerückt. Sie wurde nun auf den 21. März fest gesetzt. Außerdem wurde beschlossen, dass auf den 4. Oktober 1582 unmittelbar der 15. Oktober 1582 folgen sollte. Dieser Datumssprung wurde in den einzelnen Ländern jeweils bei der Übernahme des Gregorianischen Kalenders nach voll zogen, so im protestantischen Deutschland erst 1700, in Großbritannien 1752 und in Rußland erst nach der Oktoberrevolution 1917.

Der Gregorianische Kalender ergänzt die julianische Regelung der Schalttage so, dass in den durch 100 teilbaren Jahren dann keine Tage eingeschaltet werden, wenn die Hunderterzahl nicht durch vier teilbar ist.

Das Jahr 1900 war demnach kein Schaltjahr, das Jahr 2000 war eines. Der griechisch-orthodoxe Kalender hat die genaueste Regelung. Er unterscheidet sich vom Gregorianischen Kalender dadurch, dass nicht die durch vier teilbaren Hunderterjahre Schaltjahre bleiben, sondern jene, die durch 9 geteilt den Rest 2 oder 6 ergeben.

Suchet, so werdet Ihr… Udo Müller-Christian

Kurzerhand war ich zu Mirona ins Apollon gezogen, wir hatten ja bereits fest gestellt, wie groß ihre Liegestatt war.

Nachdem wir den vorherigen Tag in Fanari verbracht hatten, um uns in der Sonne zu aalen, zufälligerweise in der Nähe des Hauses, in dessen Swimmingpool wir die CDs wussten.

Natürlich waren wir mit dem Bus gefahren, denn mein roter Buggy war der einzige rote Buggy auf Mykonos und wir hatten keine gesteigerte Lust, mit Nators Vernichtungswerkzeug Bekanntschaft zu machen.

Zu unserer Überraschung hatten wir schon von der Straße aus gesehen, welche Veränderung bei dem Haus vor sich gegangen war.

Der Pool war mit Wasser gefüllt.

Wo waren die CDs?

Nachdem wir am Vortag nichts entdeckt hatten außer einem überraschenderweise gefüllten Pool, fuhren wir nun, in dem Bewusstsein, dass Juliane sich für immer von mir verabschiedet hatte, mit dem Buggy nach Fanari.

Mirona trug ein kurzes Kleid.

Vielleicht war der Zeitpunkt gekommen, Kris oder wie immer er hieß, mit einem Teilergebnis meiner Recherchen zu konfrontieren.

Suchet, so werdet Ihr...   *Udo Müller-Christian*

Ich hatte die mir verbleibende Zeit des Vortages genutzt, die vorhandenen Dreipunktgurte gegen die im Kofferraum des Buggys vorgefundenen Hosenträgergurte aus zu tauschen.

Mirona trug ein gelbes kurzes Kleid Ral 1021 und einen roten Slip Ral 3000.

Ich hatte mich auf die Fahrt vorbereitet, immerhin war mir klar, dass die Hosenträgergurte auf besondere Weise angelegt werden mussten.

Sie hatte die Beine gespreizt, um die beiden Schlaufen des Gurtes für die Oberschenkel ordnungsgemäß anlegen zu können. Ich hatte sie nicht gefragt, ob sie schon 'mal Fallschirm gesprungen war, sondern war mir absolut sicher, als ich sah, wie selbstverständlich sie mit dem Gurtsystem umging.

„Auf Ral 3000 hättest du ganz gut verzichten können!"

Sie lächelte.

„Hab ich nur wegen der Hosenträgergurte angezogen, immerhin fahren wir auch langsam zwischen den Touristen herum!"

Nun verstellte sie den Innenspiegel auf freier Strecke zwischen Mykonos und Agios Stefanos. Als ich in den Spiegel sah, verschlug es mir den Atem. Ich sah die beiden Schlaufen des Gurtes, die eng an ihren Schenkeln anlagen und dazwischen den roten Slip, der sich in ihre leicht feuchte Spalte gezogen hatte. Mit einer Hand ergriff sie den Slip, zog ihn aus der Spalte und zur Seite.

Ich schnappte nach Luft.

Mit einem schnellen Griff hielt ihre linke Hand das Lenkrad und ihre rechte ließ den Slip los.

„Lass dich doch nicht so schnell ablenken!"

Suchet, so werdet Ihr… Udo Müller-Christian

„Wie kannst du so etwas von mir erwarten? Du raubst mir mit solchen Verhaltensweisen förmlich den Verstand!"
 Ich hatte unwillkürlich den Fuß vom Gaspedal genommen und schaltete nun in den Leerlauf, um den Buggy in einen nichtasphaltierten Feldweg am Straßenrand rollen zu lassen.
 Als ich mich zu ihr hinüber beugen wollte, wurde ich von dem Gurt zurückgehalten.
 „Wenn wir zurück sind im Hotel, werde ich..."
 Warum zögerte sie?
 „Wirst du?"
 Sie sah mich durchdringend an.
 „Werde ich dem Großkopta einen blasen!"
 Das saß.
 „Mir würde es viel besser gefallen, wenn du mir jetzt einen blasen würdest, nachdem du mich ja schon auf gegeilt hast!"
 War meine Reaktion ausreichend?
 Hatte ich schnell genug geantwortet?
 Nein! Ich war zu schnell gewesen, jeder andere hätte zunächst gefragt, was ein Großkopta ist.
  „Zu welcher Freimaurerloge soll denn dein Großkopta gehören?"
 „Zur ägyptischen natürlich!"
 Ich lachte, obwohl ich darüber nachdachte, ob mir nun nicht das Lachen zu vergehen hatte.
 „Die wurde seinerzeit von einem meiner Vorfahren gegründet, der sich selbst in den Adelsstand erhoben hatte Alexander Graf von Cagliostro!"
  Ich deutete eine Verbeugung an, so gut es angesichts des Gurtes ging.
 Sie verzog keine Miene der Verwunderung.

Suchet, so werdet Ihr...   *Udo Müller-Christian*

An ein verwandtschaftliches Verhältnis hatte ich bisher wahrhaftig nicht gedacht, ja wusste auch genau, dass diese Möglichkeit so sicher für mich ausschied, wie jede andere, die die Angelegenheit in irgendeiner Weise erklärbarer gemacht hätte.

„Wird nicht die Mitgliedschaft in einer solchen Loge an die Söhne weiter vererbt?"

„Nein! Eine solche Loge spricht einen an, wenn die Mitglieder der Meinung sind, man wäre geeignet."

Mirona sah mir immer noch fest in die Augen.

„Ich habe Angst Alex!"

Ich hatte mich nicht verhört.

Beim letzten Satz war sie etwas lauter als gewöhnlich geworden und ich glaubte ein leichtes Zittern in ihrer Stimme zu vernehmen. Normalerweise konnte ich mich auf mein Gehör verlassen, wenn jemand unterdrückte Emotionen in der Stimme hatte, dann konnte ich sie heraushören.

Das mit dem Blasen konnte ich wohl erst einmal vergessen.

Mit einem Griff hatte ich die Befestigungen unserer beiden Gurte gelöst, drehte mich zu ihr und drückte sie an mich.

Sie zitterte tatsächlich.

Lange Minuten sagte niemand von uns etwas. Mirona musste ein verhaltenes Schluchzen unterdrücken und ich wusste zunächst nicht was ich sagen sollte.

„Mirona! Meine Mirona! Meine schutzlose Mirona, diese Insel hat uns wohl all dessen beraubt, was ich die erste Zeit im Sauerland immer noch als gesunde Distanz betrachtet hatte. Hier war plötzlich alles anders! Meinst du etwa, ich hätte dir nicht misstraut? Mein Misstrauen war verflogen, als du mir vor einigen Tagen in diesem Nichts als Kleid gegenüber standest!"

Suchet, so werdet Ihr…   *Udo Müller-Christian*

„Was ist mit deiner Lorenza? Was machst du mit Venus?"
Wie sollte ich diese Frage beantworten.
„Venus, sie ist sowas wie meine Schwester! Venus hatte nie etwas damit zu tun, dass ich mich zu Frauen hingezogen fühlte, dass ich Frauen begehrte..."
„Aber Venus war immer da!"
Sie schob mich einige Zentimeter zurück, um mir in die Augen sehen zu können.
„Sie wird immer da sein! Sie gehört dazu, ohne sie kann ich nicht leben!"
Ich drückte sie an mich und hörte meine Stimme sprechen.
„Du wirst dich an sie gewöhnen! Sie wird dich nicht stören, im Gegenteil!"

Als sie nach einigen Minuten noch nichts gesagt hatte hörte ich wieder meine Stimme sprechen.
„Wenn dich der Name Balsamo stört, ich habe auch schon einen anderen benutzt!"
Das ging eigentlich entschieden zu weit!
Ich durfte mich nicht zu solchen Äußerungen hinreißen lassen, ohne zumindest ein wenig zurück zu bekommen!
„Mirona! Faktor eins, wobei? Schwarzdorn ist ein naher Verwandter des Hagedorns. Hagedorn ist der Busch der den griechischen Gott Ares, den Kriegsgott symbolisiert. Ares hatte eine Schwester, vielleicht eine Zwillingsschwester, die hieß Eris. Eris wird durch die Schlehe symbolisiert, die auch Schwarzdorn genannt wird. Auf Eris sind Kenner der hellenistischen Mythologie nicht besonders gut zu sprechen; sie hat den Trojanischen Krieg ausgelöst!"
Sie schob mich von sich und begann schallend zu lachen.

Suchet, so werdet Ihr… Udo Müller-Christian

Als Mirona sich anschnallte, machte sie einen Schmollmund, wie ich ihn noch nie bei ihr gesehen hatte.

„Warum machst du eigentlich den Eindruck in Sachen Sex wesentlich zurückhaldender zu sein, als ich dachte? Stehst du nicht auf Bumsen?"

Ich musste grinsen.

„Doch, und wie aber immer zu seiner Zeit. Es gibt Situationen der Gefahr, in denen ich mich nicht zurück halten kann und Situationen der absoluten Sicherheit!"

„Du hast mich cunnilingiert, wie ich nicht wusste, dass es möglich ist, also ist doch heute wohl Bumsen angesagt! Oder?"

Mit einer Hand ergriff ich den Gurt und mit der anderen startete ich den Motor, über den ich aus den Unterlagen erfahren hatte, dass er über einhundertzehn KW beziehungsweise einhundertfünfzig PS verfügte.

Irgendein Teufel ritt mich, als ich dann während der Fahrt in ihren roten Slip griff; diese Frau törnte mich sexuell so sehr an, wie kaum eine vor ihr – und ich wusste nicht, warum.

Ich leckte meine Finger ab und genoss den Geruch.

Ohne weitere Umschweife fuhr ich direkt zu dem Haus, in dem Juliane gewohnt hatte.

Neben der Einfahrt war ein Schild platziert, das ich die Tage zuvor nicht gesehen hatte.

To rent.

Also stiegen wir aus.

Mirona griff nach ihrer Umhängetasche, die sie hinten im Buggy hinter ihrem Sitz verstaut hatte.

Suchet, so werdet Ihr…   Udo Müller-Christian

Das Haus war verschossen, wie zu erwarten.

„*Komm, vielleicht finden wir etwas im Pool oder hinterm Haus die Spuren dieser unbekannten Waffe, die dieser Nator benutzt hat.*"

Wir sahen uns ausgiebig um, als potenzielle Mieter.

Der Pool war tatsächlich mit Wasser gefüllt. Mirona legte ihre Umhängetasche auf eine herumstehende Liege und wühlte ein wenig darin herum.

Sekunden später brachte sie Schwimmflossen und eine Tauchermaske zum Vorschein und legte ein Badetuch bereit.

„Was hast du vor?"

„*Nachsehen, was sonst!?*"

Zuerst entledigte sie sich ihrer Sandalen, dann flog der Slip auf das Badetuch. Mit einer schnellen Bewegung zog sie das Kleid über den Kopf und trug nur noch einen BH, der sie auch beim *American Wresteling* gute Dienste geleistet hätte, also auch ideal war, um mit so einem hart gefederten Buggy auf dieser Insel herum zu fahren. Ich brauchte also beim Fahren nicht mehr so sehr auf ihre Möpse zu achten, wie bei der ersten Fahrt.

Wortlos drehte sie mir den Rücken zu.

Ich öffnete den BH, der zum Fallschirmspringen eben so gut geeignet gewesen wäre, wie für *Paris-Dakkar* und konnte es mir nicht verkneifen, nachdem sie den BH zu ihren anderen Sachen gelegt hatte, unter ihren Armen durch, beide Möpse in meine Hände zu nehmen und mit der gebotenen Vorsicht ihre Nippel zu kneten.

Kurz drückte sie sich an mich und ging dann einen Schritt nach vorne.

Suchet, so werdet Ihr...   Udo Müller-Christian

„Dann wollen wir 'mal sehen, was es in diesem Pool zu sehen gibt!"

„Wenn es überhaupt etwas zu sehen gibt!"
Mit einem Fuß prüfte sie die Wassertemperatur und setzte sich dann die Maske auf. Sie ließ ihren aufreizenden Hintern auf den Beckenrand nieder und die Füße im Wasser baumeln.
„Was meinst du, wie tief ist hier die tiefste Stelle?"
Ich reichte ihr die Schwimmflossen und sie setzte die Maske wieder ab, um sie neben sich zu legen.

„Ich kann mir nicht vorstellen, dass sie sich hier tiefere Poole als drei Meter erlauben können, wegen der Wasserknappheit! Das wird wohl original Meerwasser sein, schätze ich."
Mirona beugte sich nach vorne und zog sich eine der Flossen über einen Fuß.

Mit der Zunge testete sie das Wasser, bevor sie die andere Flosse anlegte.
„Tatsächlich Salzwasser!"

Sie ließ sich in den Pool gleiten, setzte die Maske auf, die ich ihr reichte und machte den Schnorchel richtig fest. Gemächlich begann sie im Pool auf- und ab zu schnorcheln, wobei sie sehr systematisch vorging.

Ich sicherte nach allen Seiten und warf doch regelmäßige Blicke auf ihren nackten Hintern, der sich oft so weit der Trennlinie zwischen Wasser und Luft näherte, dass er heraus zu blicken schien; als wolle sie mir mit ihrem Hintern signalisieren, sie sei da. Trotz des visuellen Genusses blieb mir nichts Verborgen, nichts rührte sich in der Nähe dieses Hauses.

Suchet, so werdet Ihr…　　　　　　　　*Udo Müller-Christian*

Mit einem Ruck ragte dieser schöne Hintern weiter aus dem Wasser und ich konnte den haarigen Flaum zwischen ihren Beinen erkennen, von dem einen Sekundenbruchteil lang das Wasser ab perlte, bevor er wieder versank und Mirona *in die Tiefe* tauchte.
Ich versuchte ihr mit den Blicken zu folgen.
Um Mirona machte ich mir ernsthafte Sorgen.
Wenn Venus tauchte, wagte ich gar nicht daran zu denken, sie könne Probleme bekommen, aber bei Mirona.

Pfeilschnell schoss ihr Körper wieder nach oben.
Sie riss die Maske zur Seite.
„In meiner Tasche ist eine Art Fotoapparat..."

Eine Art Fotoapparat, nicht ein Fotoapparat!
Ich hatte schon danach gegriffen um ihn ihr zu geben, stutzte dann aber, wie ich bisher bei keinem Fotoapparat gestutzt hatte. Diese Kamera war nicht nur in einem wasserdichten Gehäuse, sondern verfügte auch noch über zwei Objektive und zwei Okulare, von denen ich vermutete, dass sie genau Mironas Augenabstand entsprachen, denn meine Augen standen zu weit auseinander, um durch beide Okulare gleichzeitig sehen zu können.
„Nicht schlecht!"
Wortlos nahm sie die Kamera entgegen, setzte sich die Maske wieder auf und tauchte zurück zu der Stelle, an der sie sich beim ersten Tauchgang aufgehalten hatte.
Mirona tauchte noch mehrere Male und schien auch einige Aufnahmen gemacht zu haben.

Suchet, so werdet Ihr... Udo Müller-Christian

Ich zog sie aus dem Wasser und drückte sie an mich. Ihre glatte Haut fühlte sich kalt an, Wind und Wasser – und meine Vorderfront wurde durchnässt.

Die Kamera fiel zielgerichtet auf die Liege, von der ich zuvor das Badetuch genommen hatte, das durch die Pyramiden von Gize geziert wurde, die mich aufgrund der Farben an ein Poster von Pink Floyd erinnerten.

Mironas Zunge fand in meinen Mund, während sie mit den Füßen die Flossen abstreifte und ich sie in das Badetuch hüllte. Ich trocknete sie ab und gab mir besondere Mühe an den Stellen, an denen sich Frau und Mann besonders von einander unterscheiden, sehnte den Augenblick herbei, sie wieder in der Sicherheit des Hotelzimmers an mich drücken zu können und...

„Wenn ich dir erzähle, was ich da unten fotografiert habe..."

Sie zog ihre Sandalen das Kleid und den BH an.

„Gut, wir können wohl zurückfahren!"

Ihre Umhängetasche, die nun auch noch den Slip in Ral 3000 beinhaltete wurde wieder hinter dem Beifahrersitz verstaut.

Mit äußerster Sorgfalt legte sie den Hosenträgergurt an und schien sich tastender Weise davon zu überzeugen, dass die Gurte im Ernstfall noch nicht einmal eines ihrer Haare krümmen würde.

„Ich kann dir schön einen Scheitel kämmen..."

„Aber nur mit der Zunge!"

Den Innenspiegel stellte ich so gut wie möglich ein und bedauerte dass er keinen Hohlschliff hatte.

Suchet, so werdet Ihr…   *Udo Müller-Christian*

Dann bog ich nicht in Richtung Mykonos Stadt ab, sondern fuhr auf den Sandstrand, den der Buggy problemlos bewältigte.

Wortlos, immerhin hatte wohl auch Mirona kein Bedürfnis etwas von sich zu geben, sah ich mich um, als ich den Motor ausgeschaltet hatte.

Weit und breit nichts und niemand zu sehen.

Als ich den Wagen umrundete, öffnete ich beiläufig meine Hose und holte Sack und Schwanz heraus.

Mironas Gurt löste ich und hob sie aus dem Sitz, so wie sie war. Sie schien genau in der Haltung zu bleiben, in der sie im Wagen gesessen hatte. Also änderte sie wohl auch die Stellung oder Haltung ihrer Beine nicht.

Ich setzte sie auf den Rand des Kotflügels und brachte sie wortlos in Position.

Sie griff nach meinem Schwanz und sorgte für den Steifheitsgrad, der vielleicht noch gefehlt hatte.

Als ich näher trat, rieb sie sich mit meiner blanken Eichel einige Male durch die Spalte, bis sie ihn genau vor dem Eingang verharren ließ.

Mit leichter Gewichtsverlagerung meinerseits nach vorne glitt er in sie hinein.

„Deine Juliane hat da etwas interessantes gesagt, danach will ich dich seit gestern fragen..."

„Wieso will sie CDs in ihre Zeit, die Zukunft holen, gibt es keine WAF-Dateien auf den Servern in der Zeit Julianes mehr?"

Suchet, so werdet Ihr…   Udo Müller-Christian

Ich drückte meinen Schwanz tiefer in sie hinein.

„Lass uns da später drüber reden, meine Errektion droht sich sonst zu verabschieden!"

Sie drückte mir ihr Becken entgegen, mit einer Heftigkeit, die das Gefühl des tiefen Eindringens noch verstärkte. Meine Ansprache zeigte Wirkung, sie sprach mich nicht weiter auf die Zukunft an.

„Willst du wieder wochenlang bewegungslos…"

„Ja, das Gefühl drin zu sein ist so gut!"

„Bist du eigentlich zeugungsfähig!"

Ich nickte.

„Ich denke schon!"

„Dann würde ich eine Lümmeltüte bevorzugen! Ich nehme weder die Pille…"

„Eigentlich habe ich keine Ahnung, aber sicher ist sicher! Du hast recht! Kein IUP und keine Pille! Dann muss wohl ein Pariser her!"

Es fiel mir nicht leicht, den Schwanz komplett wieder heraus zu ziehen. Auch Mirona schien diesen Vorgang zu bedauern.

„Ich würde mich freuen, wenn du in mir spritzen würdest!"

Ich holte einen Pariser aus dem Handschuhfach, rollte ihn über und begann den nun Pariser bewehrten Schwanz einige Male durch ihre Möse zu ziehen, bevor ich ihn wieder in sie hinein steckte.

„Ja, jetzt kannst du machen!"

Suchet, so werdet Ihr…   Udo Müller-Christian

Langsam fing ich an.

Der Vorteil des Alters ist...

Andererseits muss man dafür sorgen einen bestimmten Zeitpunkt nicht zu verpassen...

„Ich kann ewig bumsen, muss aber aufpassen, nicht zu spät zu spritzen, sonst wird es extrem schwierig zu einem Abgang zu kommen!"

„Mach wie du willst und kannst, es tut so gut, gebumst zu werden! Wahrscheinlich dauert es auch wenn du es nur so machst, wie es für dich gut ist, länger als bei vielen anderen! Wieso hast du keine Ahnung, ob du zeugungsfähig bist?"

„Es ist für mich immer wieder das geilste, den Schwanz ganz langsam immer tiefer zu stecken! Ich habe das mit der Zeugungsfähigkeit noch nie ausprobiert. Mit anderen Worten habe ich nur vaginal abgespritzt, wenn ich mir sicher war dabei keinen anzusetzen!"

„Und langsam immer schneller zu werden..."

Mit kaum zu ertragender Langsamkeit glitt sein Schwanz in mir vor und zurück. Er zog ihn so weit heraus, dass seine Eichel bereits zwischen meinen großen Labien war, als er verharrte, um wieder hinein zu gleiten. Ich hatte meine Arme um ihn gelegt und er drückte bei jeder dieser extrem langsamen Stoßbewegungen meine Schenkel weiter auseinander.

Er tat es mit einer Konzentration, die nichts anderes in meinem Bewusstsein ließ und ich wusste, dass er jetzt auch nichts anderes tat, als mir seinen Schwanz rein- und raus zu schieben. Danach würde ich ihn fragen, ich war mir sicher, von ihm

Suchet, so werdet Ihr... Udo Müller-Christian

Antworten bekommen zu können.

Es war eine Art zu bumsen, wie sie kaum zu überbieten war. Mein Plan war einfach. Langsam aber sicher sollte sie zum Orgasmus kommen und danach wollte ich spritzen.

Nach einigen Minuten kam der Moment, in dem es sie überkam. Ich versuchte ihren Orgasmus zu verlängern, so gut ich konnte, ohne sofort zum Spritzen zu gelangen.

Nun war das Ziel, es ihr ein weiteres Mal zu machen.

Ziele veränderten sich...

Als der Orgasmus spürbar abebbte, schob sie mich zurück, dass der Schwanz draußen blieb.

„Pause!"

Er musste mich stützen.

Ich kramte das Badetuch aus der Tasche und legte es in den Sand.

Wir hielten uns förmlich aneinander und am Buggy fest, als ich seine Hose herunter schob und er heraus stieg, als hätten wir es ab gesprochen.

Ich drückte ihn zu Boden.

Im Handschuhfach, das er nicht geschlossen hatte, griff ich nach einem neuen Pariser und reichte ihn ihm.

Wortlos entfernte er den offensichtlich intakten Alten und rollte den Neuen drüber.

Nun war es an mir, mich ebenso langsam über ihm zu bewegen.

Suchet, so werdet Ihr…　　　　　　　　*Udo Müller-Christian*

Ich hockte mich über ihn und führte den im Puls des Herzschlages leicht wippenden Schwanz mit aller gebotenen Vorsicht ein. Ob ich so langsam konnte, wie er, war fraglich.

Unsere Augen bohrten sich förmlich ineinander.

„Mach es nur für dich! Wenn du fertig bist, werde ich spritzen!"

Er sagte das mit einer Ernsthaftigkeit die ich ihm ab nahm.

Gut!

Das orgiastische Plateau war noch nah.

Langsam senkte ich mich und nahm ihn tiefer auf, tiefer und tiefer.

Er reckte sich mir entgegen, als versuche er seinen Schwanz zu vergrößern, um noch tiefer zu kommen.

Es kündigte sich wieder tief in mir an.

Es wurde nach und nach immer stärker.

Es baute sich auf in meinem Unterbauch.

Es kam.

Es würde mich überschwemmen.

Nichts hielt mich mehr.

Ich ritt ihn, um es zu verstärken, um es zu intensivieren.

Rauf und runter.

Und es kam, wie es mir noch nie gekommen war.

Ich verlor das Gleichgewicht und wurde von ihm gehalten.

Suchet, so werdet Ihr...   Udo Müller-Christian

Er zog mich hinunter, hielt mich fest und begann mich zu stoßen.

Schneller, intensiver und härter, bis ich wieder jenem Zustand näher kam.

Und hielt inne.

So tief, wie es möglich war, steckte er in mir und bewegte sich nicht mehr.

Atmete tief und...

Ich spürte es dann tief in mir, sein Schwanz pumpte einmal, dass ich diese Explosion zutiefst in mir mit empfand...

Es überschwemmte mich.

Er pumpte tief in mir, atmete schwer und es kam ihm und es kam mir es kam uns...

Als es aufhörte hob er mich sofort leicht an, zog mit aller gebotenen vorsichtig den Schwanz mit einer Hand unten am Schaft und damit am Pariser heraus, klappte ihn zu Seite und ließ mich wieder fest auf ihm liegen, drückte mich an sich, hielt mich fest...

Wir blieben einfach so liegen und sagten nichts, fühlten einander und dachten wahrscheinlich beide nicht an Venus.

Nach einer gefühlten halben Stunde richtete sich Mirona etwas auf und sah sich in der Umgebung um.

Normalerweise konnte nach meiner Meinung niemand in der Nähe sein.

„Wie alt bist du? Wie immer du heißen magst?"

Suchet, so werdet Ihr… *Udo Müller-Christian*

Na ja, wenn ich ihr etwas sagte, das der Wahrheit näher kam, konnte es ja niemandem schaden, denn wir waren hier ohne Zuhörer.

„Na ja, um es genau zu sagen, müsste ich nachrechnen, aber ich bin zumindest um Einiges älter, als du denken wirst!"

„Ich denke, dass du zumindest schon zur Zeit der Französischen Revolution in Europa warst, also bist du auf jeden Fall älter als 200!"

*

Suchet, so werdet Ihr...   Udo Müller-Christian

INTERMEZZO

In einem Raum, den es eigentlich so nicht geben konnte, ja nicht geben durfte, mitten in Jerusalem, trafen sich die Würdenträger genau jener Religionen, die sich ansonsten gegenseitig bekämpften.

Nun gingen sie zusammen ein Stück des Weges.

Der Feind deines Feindes ist dein Freund – eine Weile.

„Wir wissen, dass er nun auf Mykonos ist und werden ihn am Verlassen der Insel hindern!"

Ein Fernsehschirm flammte auf.

Ein Schiff der Marine, irgendeiner Marine tauchte auf und man konnte deutlich erkennen, dass es mit Torpedos, Geschützen und Raketenwerfern bestückt war. Außer einer Flagge am Heck war nichts Außergewöhnliches zu erkennen.

„Unser Schiff ist auf dem Weg in die Ägäis!"

Ein Mullah stand auf.

„Aber ihr erwartet doch nicht, dass der Gesuchte ein solches Schiff betritt..."

Der Kardinal schüttelte bedächtig den Kopf.

„Nein, aber er wird ein Anderes betreten und das werden wir entern."

„Es wird auch keine Beeinträchtigungen geben, wir haben alles vorbereitet und es wird uns kein Schiff in die Quere kommen."

„Und hat unsere Agentin uns Informationen geliefert, wird sie dafür sorgen, dass wir ihn erwischen?"

Der Kardinal lehnte sich zurück und eine Nonne, die zuvor niemand gesehen hatte, ergriff das Wort.

„Sie wird uns wohl nicht mehr nützen. Vielleicht ist sie auch auf seine Seite gewechselt. Wir werden sie als kollateralen Schaden behandeln müssen. Zumindest darf sie letztlich nichts erfahren und wenn sie etwas weiß, muss sie verschwinden."

Ein Imam ergriff das Wort.

„Ich habe diese Aufgabe von meinem Vater übernommen und dieser von seinem Vater. Seit 1795 haben wir unsere Kräfte zusammen getan und jetzt sind wir dem Ziel so nahe, wie wohl nie zuvor!"

„Ja, er hatte sich erfolgreich verborgen. Vielleicht ist es auch sein Fehler gewesen, zu seinem alten Namen zurück zu kehren."

Suchet, so werdet Ihr...   Udo Müller-Christian

Als wir zurück im Hotelzimmer waren, holte Mirona ihren Fotoapparat mit den zwei Objektiven wieder aus ihrer großen Tasche.
„Wir sollten den Film sofort entwickeln lassen!"

Mit schnellen Griffen verschwand der Apparat mit Mironas Händen unter der dunklen Decke des Betts. Sie schien das was nun kam schon sehr oft gemacht zu haben, so routiniert ging es von statten.
„Du hast recht, Mirona! Außerdem kannst du das mittlerweile ohne Risiko machen, denn die Griechen haben diese Technik mittlerweile ziemlich gut im Griff!"

„Ja, und in solchen Fällen kommt ihre Mentalität nicht ganz so stark zum tragen, weil sie bei der heutigen Technik nicht mehr viel falsch machen können."

Er sah mich in einer Weise an...

Dann folgte ich seinen Blicken.

„Bist du so geil, Alter, dass du deinen Blick nicht zwischen meinen Beinen weg bekommst?"

Er antwortete nicht und kam langsam näher. Ich beeilte mich mit dem Aufrollen des Films und konzentrierte mich darauf, mich beim Kurbeln nicht zu verhaspeln.

Da ich keine Hand frei hatte, gab es nur noch die Möglichkeit die Knie zusammenzubringen und die Beine zusammen zudrücken. Da ich dadurch in Seitenlage geriet und das gelbe Kleid dadurch weit nach oben rutschte, hatte er nun freien Blick auf meinen blanken Hintern.

„Gut!"

Ich beeilte mich mit dem Film entnehmen fertig zu werden, als ich auch schon seine Finger spürte, die über den Hintern in meine Spalte glitten.

Das Gekurbel an dem Fotoapparat wurde plötzlich spürbar leichter. Der Film schien nun vollständig zurück gekurbelt zu sein; keinen Moment zu früh. Ich spürte seinen Schwanz, den er mir von der Seite herein bohrte.

„Du machst mich sowas von geil, Mirona!"

Ohne weitere Umschweife bumste er mich mit angewinkelten Beinen auf der Seite liegend in Embryonalstellung mit hochgerutschtem Kleid, ohne Vorbereitung und ich genoss es.

Ihre bloße Anwesenheit, ja ihr Dasein, der Gedanke ihrer Nähe und ihr Anblick – das kurze gelbe Kleid, das Bewusstsein darunter nur noch einen BH vorzufinden – die angezogenen Beine, die Tatsache mit den Händen gebunden zu sein, für ein höheres Ziel den Film zu bergen und dann der Hintern, dieser glatte Hintern, als sie die Beine anzog, um meinen Blicken nicht mehr ihre Möse zu präsentieren – dieser Spalt, der sich

Suchet, so werdet Ihr…   Udo Müller-Christian

von der Michaelisraute bis zum Mons pubis und wahrscheinlich die Pheromone in der Luft des Zimmers, brachten mich unaufhaltsam um den Verstand.

 Sie machte mich tatsächlich so geil, dass ich gar nicht anders konnte, dass ich ihr meinen Schwanz hinein drückte, tief, bis zum Anschlag und dass ich sofort begann mittels Anspannungs- und Entspannungsübungen immer mehr Blut in meinen schon ohnehin prallen Schwanz zu pumpen, dass sie es merkte, dass sie es spürte.

 Ihr Atem wurde immer schwerer und lauter.

 Ich begann mit kleinen bis kleinsten Stößen, denen sie ihren Hintern so gut es ging entgegen streckte.

 Ich hörte erst auf, nachdem sie gezuckt und gestöhnt hatte und sichtlich entspannter war und ihr unter letztem Aufbäumen ein abschließendes Stöhnen entglitten war.

 Es dauerte einige Minuten, in denen er immer noch tief in mir steckte, mit spürbar praller Eichel, als er seinen Schwanz langsam hinaus zog. Ich setzte mich auf, entledigte mich des Kleides und des BHs und legte mich auf den Rücken.

 Balsamo hatte sich auch restlos ausgezogen und kniete sich jetzt über mich, so dass sein Schwanz über meinen Brüsten in Position kam.

 „Was nun, soll ich dir einen blasen oder lieber wichsen?"

*

Suchet, so werdet Ihr…   *Udo Müller-Christian*

INTERMEZZO

Die GLADIUS DEI hatte Malta hinter sich gelassen und durchpflügte das Mittelmeer.

Sie wurde nicht oft eingesetzt und immer dann, wenn es wirklich nötig war, nahmen die Würdenträger der verschiedenen Religionen Kontakt zu den Verteidigungsministerien der Länder auf, die Kriegsschiffe im Mittelmeer im Einsatz hatten.

Normalerweise verließ die GLADIUS DEI auch fast nie diesen Bereich der Weltmeere und war nur selten jenseits der Säulen des Herakles zu sehen.

Ja, zu sehen war sie eigentlich fast nie, zumindest nicht von Menschen auf Schiffen der zivilen Seefahrt.

Auch die im Mittelmeer stationierten Fregatten gingen ihr aus dem Weg, weil das Oberkommando der jeweiligen Marine Kursänderungen befahl.

Und wenn es dann wirklich 'mal vor kam, konnte die GLADIUS DEI immer noch Flaggen hießen, die ihr eine andere Nationalität verliehen, zumindest visuell.

Suchet, so werdet Ihr...   Udo Müller-Christian

Während Balsamo loszog, um den Diafilm so schnell wie möglich entwickeln zu lassen, ging ich in die Dusche, um mir die Spuren des Salzwassers aus dem Swimmingpool ab zu waschen. Ich dachte über diesen Mann nach, dem ich mittlerweile sehr nahe gekommen war, der aber immer noch so weit von mir entfernt war, wie es mir möglich erschien. Als ich den Strahl der Dusche zwischen meine Vulvalippen spritzen ließ, kam mir kurz in den Sinn, dass ich wahrscheinlich noch einmal an diesem Tage mit Viktor bumsen würde und dass ich mich schon darauf freute.

Wenn man bedachte, dass ich noch vor gut zehn Jahren felsenfest davon überzeugt gewesen war, in Griechenland könne man keine Filme entwickeln lassen, was sicher keine fixe Idee gewesen war, war es nun zumindest für mich eine Premiere, diesen Diafilm, den Mirona mir anvertraut hatte, nun meinerseits einem griechischen Fotolabor an zu vertrauen. Gegen einen entsprechenden Aufpreis konnte ich auf die Dias warten. Mirona hatte mich gebeten, entweder gleich Rahmen mit zu besorgen, oder falls das möglich sein sollte, die Dias sofort mit Rahmung zu bestellen. Möglich war offensichtlich alles. Es hatte keine zwanzig Minuten gedauert und ich hatte die Dias zurück, in einer Tüte - und gerahmt waren sie auch.

Zurück im Hotel Apollon kramte Mirona in ihrer Tasche und brachte einen Gegenstand zum Vorschein, der mir sofort vertraut war, auch wenn ich ein solches Gerät noch nie zuvor gesehen hatte.

Man nannte es Gucki, aber dass zwei Guckis miteinander verbunden waren...

Zwei Dias zeigten jeweils das selbe Motiv.

„Wenn ein Mensch sieht, benutzt er dazu im Idealfall zwei Augen. Jedes dieser Augen erfasst ein zweidimensionales Bild, so wie wir es von jeder Fotografie her kennen. Der 3-D Effekt entsteht erst in unseren Gehirnen, in dem zwei Bilder, die von zwei Augen stammen, dermaßen miteinander verknüpft werden, dass wir den Zustand der Dreidimensionalität sozusagen errechnen. Wenn wir nun also im Grunde genommen das gleiche machen, wie wir es von Kindheit an, mit dem normalen Sehen tun, können wir auch 3-Dimensionale Dias in 3-D sehen."

Nach diesem Vortrag nahm sie zwei Dias, steckte sie in die zwei Schlitze des obskuren Gerätes, das aus zwei mittels eines Scharniers Miteinander verbundenen bekannten Guckis bestand und hielt sich diese Konstruktion vor die Augen.

Suchet, so werdet Ihr…   Udo Müller-Christian

Nach offensichtlichem Verzücken wandte sie den Blick ab und gab mir die Konstruktion. Ich hielt das Gerät gegen das Licht und blickte mit dem rechten Auge in das Okular des rechten Guckis und mit dem linken Auge in das des Linken. Zunächst sah ich doppelt, doch nachdem ich das Scharnier ein wenig auseinander gebogen hatte kam auch bei mir das Aha-Erlebnis.

In den Guckis sah ich in gestochener Schärfe eine Frau auf einem Balkon, wie ich ihn in Italien erwartet hätte, in dreidimensional greifbarer Perfektion. Mirona nackt auf einem Balkon war schon eine Hausnummer, aber dass das in Palermo war...

Nur jemand der die Stadt lange Zeit immer wieder besucht hatte konnte sie anhand dieses einen Bildes zweifelsfrei identifizieren.

Ich zeigte keine Regung, wusste ich doch ganz genau, dass Mirona einen Grund haben musste, mir diese Annahme zu zeigen, sonst hätte sie es nicht getan. Diese Dame Mirona schien mir ermittlungstechnisch näher gekommen zu sein, als jemals ein Mensch vor ihr. Sie nahm die Guckikombination zurück und spannte zwei andere Dias ein, die sie augenblicklich betrachtete.

„Das, mein Lieber ist genau das, was ich auf dem Grund des Pools vorgefunden habe, vielleicht kannst du mir dafür eine Erklärung liefern!"
Sie reichte mir die Guckis zurück.

Ich sah, nachdem ich mich daran gewöhnt hatte *die beiden Einzelbilder übereinanderzulegen*, eine Mulde im Beton des Poolbodens.

Suchet, so werdet Ihr…   *Udo Müller-Christian*

So etwas hatte ich noch nicht gesehen.

Diese Mulde war halbkugelförmig und wirkte wie geschliffenes Glas, so als habe man diese Mulde im Beton geschliffen und poliert...

Wie sollte so Etwas zustande kommen?

„Ich habe drei solche Löcher vorgefunden, die ein gleichschenkeliges aber nicht gleichseitiges Dreieck bilden."

„Gleichschenkelig, nicht gleichseitig? Und glatt wie Glas!"

„Dann müssen die, mit was auch immer, drei Stücke des Poolgrundes mit in die Zukunft genommen haben..."

*

INTERMEZZO

1781

Eines Morgens war alles über Nacht anders geworden.

Ich kam nicht umhin, Straßburg schleunigst zu verlassen.

In der Nacht vom 04. auf den 05. August 1781 hatte man die halbe Stadt mit einem Flugblatt plakatiert.

An allen erdenklichen Bäumen und anderen geeigneten Flächen hatte man eine Bekanntmachung befestigt.

Obwohl ich nichts Besonderes getan hatte, waren wieder irgend welche Menschen der Meinung, ich könne nur damit experimentieren, Gold her zu stellen.

Doch war 'mal wieder das Einzige, das ich beabsichtigte, eine starke Gleichstrombatterie her zu stellen, um wenigstens etwas Energie für Venus zu haben.

Aber auch an diesem Tag hatte ich keine Wahl. Venus lag in einer Holzkiste hinten auf der Kutsche. Wenn jemand nachsehen wollte, konnte ich sagen, meine Frau sei gerade vor drei Tagen gestorben und ich wolle sie in einem anderen Ort beerdigen.

Alle meine Versuche, unerkannt irgendwo eine Weile zu leben, scheiterten. Irgend jemand fand sich immer, der der Meinung war, ich könne nur dieser ominöse Graf sein, der seit Jahren herum reiste, um Gold her zu stellen.

Suchet, so werdet Ihr…   *Udo Müller-Christian*

In Paris hatte ich ausreichend Zeit gehabt und zumindest so viel Strom in Venus internen Speicher bekommen, dass sie in der Lage war etwa ein halbes Jahr mit mir zu kommunizieren. Ich hatte sie in einem Zimmer sitzen lassen und gesagt, sie sei gelähmt.

Ich plante schon, um allen Nachstellungen zu entkommen, erneut mit zu teilen, nach Santiago de Compostela zu pilgern, um meine gelähmte Frau wieder gehen zu lassen.

Vor Jahren hatte ich schon einmal diese Reise mit Venus angetreten und hinten auf der Kutsche in Tongefäßen die nötigen Chemikalien gemixt. Es hatte zwar Monate gedauert, bis sie wieder gehen konnte, aber es hatte sich gelohnt. Immerhin mussten wir nur noch gut hundert Jahre überbrücken bis das Energieproblem ganz und gar gelöst war.

Ich hatte aus einer Kupfer- und einer Zinkplatte eine einfache Batterie gebaut. Natürlich wusste ich, wie Alessandro Volta seine Voltasäule gebaut hatte, aber das Risiko etwas so bahnbrechendes zu erfinden war mir eindeutig zu groß. Ich benutzte Zitronensäure in einem Tongefäß und nicht die Textilstoffe, die Volta verwandte.

Natürlich hatte ich mir vorgenommen, sobald die Batterie von Volta zu kaufen sein würde, mir eine Solche zuzulegen. Bis dahin behalf ich mich mit meiner simplen Methode, die aber nicht im Stande war, Venus mit der erforderlichen Energie zu versorgen.

Suchet, so werdet Ihr…   *Udo Müller-Christian*

Die Batterie Voltas, auf die ich warten musste, ermöglichte erstmals den Betrieb einer kontinuierlichen Stromquelle, so dass ich Venus so weit laden konnte, wie nötig, um sie am normalen menschlichen Leben teilnehmen zu lassen.

Erst 1802 brachte William Cruickshank in Schottland die Trog-Batterie in Massenproduktion auf den Markt, die eine verbesserte Version der Volta-Batterie darstellte, damit waren wir unabhängig und Venus wurde eine gute Unterstützerin für mich.

Aber nun, an diesem 05.08.1781 ging es nicht anders.

Am 05.08.1781 stand ich morgens wie immer guter Dinge in Straßburg auf, wo ich seit dem 11. Juli wieder weilte.

Über Nacht war überall in der Stadt ein diffamierender Aushang zu lesen:

„Der Graf Cagliostro, Quacksalber auf Malta, wo er im türkischen Gewand auftrat, Scharlatan in Toulouse und Rennes, Betrüger und Schwindler in Russland, Lügner und Abenteurer in Straßburg, impertinenter Hundsfott in Zabern, überall im gleichen Ruf!"

Ich ließ mir von einigen Tagelöhnern, die ich so gut bezahlte, dass sie den Rest des Monats nichts mehr zu tun hatten, helfen, die Holzkiste, in der Venus lag, auf die Kutsche zu tragen.

Sie bekreuzigten sich, als sie die Kiste, die sie für einen Sarg hielten, abgestellt hatten.

Ich nahm mir vor, die Kutsche so schnell wie möglich zu

verkaufen, um sie gegen eine weniger auffällige Version ein zu tauschen.

Viel Gepäck hatten wir nicht und so war ich innerhalb von drei Stunden aus der Stadt verschwunden.

Als Ziel wählte ich die Pyrenäen in der Nähe Carcasonnes, die Provinz nahe der Provence war sicher ein Aufenthaltsort, an dem ich lange genug Venus Energievorräte ergänzen konnte und in Montpellier gab es einen Hafen – Zitronen brauchte ich eine Menge.

Suchet, so werdet Ihr…   Udo Müller-Christian

Da wir nun auf Mykonos weder mit den gelieferten CDs noch mit deren Abholern zu rechnen hatten, wollten wir am nächsten Tag nach Piräus zurück kehren.
Zu unserer Überraschung fuhren keine Fähren.

„Das ist nichts Neues in Griechenland, Mirona.
1978 habe ich eine Woche auf Ios fest gesessen, weil angeblich aufgrund der Parlamentswahlen keine Fähren zwischen den Inseln fahren würden.
Ein Jahr später hing ich auf Santorini fest, weil Sturm herrschte.
Merkwürdiger Weise galt der Sturm nicht für Kreuzfahrer, die kamen nämlich täglich in das Kraterinnere gefahren."

Nun fragte ich gar nicht nach dem Grund, was sollte es mich stören noch einen Tag mit Mirona auf dieser Insel zu verbringen?
Ich konnte theoretisch, ebenso wie Mirona, den ganzen Tag auf dem Balkon sitzen und dem geschäftigen Treiben auf der Promenade zusehen.

Suchet, so werdet Ihr…   *Udo Müller-Christian*

„Du bist ja mit dem Flugzeug hergekommen, das könnten wir natürlich auch nutzen, um nach Athen zurück zu kehren!"
„Klar, Mirona, da hast du recht! Wir können ja morgen, wenn wir wollen ein Flugzeug nehmen. Valeria wird nächste Woche mit einem Bekannten herkommen und ob wir den Buggy an den Windmühlen oder am Flugplatz stehen lassen, ist ja wohl egal."

Wir saßen den Vormittag über auf dem Balkon und redeten über so ziemlich Alles, über das eine Person in meiner Situation reden konnte, ohne die eigentliche Essenz zu streifen.
Es war, wie so oft in meinem Leben, eine kaum zu fassende Schwierigkeit für mich. Einerseits bedeutete mir Mirona ungemein viel, andererseits durfte Niemand erfahren, wo her ich kam und warum ich immer wieder verschwand.
Die Folgen wären mehr als Fatal gewesen, also umschiffte ich dieses Thema so gut es ging, immerhin hatte ich über zweihundert Jahre Übung.
Wir folgten dem Treiben unter uns und irgendwann sagte Mirona.
„Was kommt denn da?!"
Sie deutete auf das offene Meer.
Tatsächlich sah auch ich ein weißes Schiff, das sich näherte. Aufgrund der Entfernungen würde es noch mindestens eine Stunde brauchen, bis es anlegte.

Wahrscheinlich auch, weil ich es vermeiden wollte, weiter mit Mirona über *vermintes Terrain* zu verbalisieren, schob ich alle meine Bedenken beiseite, was ein Fehler war.

Suchet, so werdet Ihr...   Udo Müller-Christian

Mironas Fernglas brachte Klarheit.

ΑΛΚΥΩΝ

Die Alkyon kannte ich.
„Und ich dachte die alte Alkyon wäre schon lange aus dem Verkehr gezogen."
„Du kennst das Schiff?"
„Ja, ich bin damit in den Siebzigern hier her gekommen, danach aber nur noch mit der NAIAS oder Olympic."

„Und, spricht etwas dagegen, mit diesem Schiff die Insel zu verlassen?"

Ich schüttelte *leichtfertig* den Kopf.

„Die Alkyon ist alt und ich dachte sie würde schon lange nicht mehr fahren, aber gegen Alter sollte man nichts einzuwenden haben."

Als das Schiff anlegte waren wir schon am Pier und die Ersten, die an Bord gingen.
Ich hatte mich noch gewundert, dass man sagte, Tickets könne man direkt an Bord kaufen, das wäre in diesem Fall bei diesem Schiff kein Problem. Allerdings hätte ich wohl die Summe der Absonderlichkeiten bemerken müssen...
„Pay later!"
„Das habe ich auch noch nicht erlebt, Mirona!"
Wir gingen auf das Achterdeck, denn da hatte ich einige freie Liegen erblickt.

Ich trug Mironas Tasche gleich mit und sie folgte mir direkt.
Der Motorenklang des großen Schiffsdiesel änderte sich, so als würden wir schon ablegen.

„Wieso haben die die Gangway schon wieder eingeholt? Ich glaube, außer uns sind höchstens noch drei Leute an Bord gegangen..."

Tatsächlich, die Alkyon legte bereits ab.

„Dann ist unser Timing aber gut gewesen! Wir hätten das Schiff gut verpassen können!"

Mirona schob mich zu einer Liege und ich stellte unsere Taschen darauf.

„Wie lange braucht dieser Kahn bis Piräus?"

Ich dachte kurz nach.

„Sicher nicht länger als 6 Stunden, immerhin haben die gesagt, wir würden ohne Stopp direkt bis nach Piräus durchfahren."

Mirona blickte sich um, als hätte sie sich noch nie auf einer griechischen Fähre befunden.

„Und dieser Kahn soll noch in Betrieb sein!?"

*

Suchet, so werdet Ihr…   Udo Müller-Christian

INTERMEZZO

Kardinal Gerolamo Priuli sah nachdenklich aus dem Fenster.
Im schwindenden Dunst des Morgens konnte er die Engelsburg immer deutlicher sehen.
Als die Tür hinter ihm geöffnet wurde, drehte er sich nicht um, denn er wusste, wer da eintrat.
„Und, hatten sie Erfolg? Immerhin sind sie... Na sagen wir der Rechtsnachfolger *Heinrich Matthias August Cramers*!"

„Emminenz! Die GLADIUS DEI hat soeben berichtet, dass wir fast am Ziel sind! Allerdings scheint die junge Dame, die wir beauftragt haben zur anderen Seite übergelaufen zu sein."
„Das war ja wohl zu erwarten! Oder dachten sie, wir könnten nach dieser Angelegenheit weiter über sie verfügen? Wir hätten sie vielleicht noch in ein Kloster stecken können, wie seinerzeit diese Lorenza Feliciani..."
Er wandte sich weg vom Fenster und setzte sich an seinen riesigen Schreibtisch.
„Wissen unsere – Verbündeten in dieser Angelegenheit Bescheid?"
Er hatte tatsächlich einige Sekunden nach dem Begriff Verbündete in seinem Gehirn suchen müssen.
„Ja, Emminenz! Wir haben bereits entsprechende Abgesandte auf der GLADIUS DEI. Nur die Hindus haben kein Interesse..."
„Und die Buddhisten!" ergänzte der Kardinal.

Suchet, so werdet Ihr…   Udo Müller-Christian

Erst auf dem Achterdeck realisierte ich, dass da irgend etwas absolut gar nicht stimmen konnte.

Dieses Schiff, wirkte so, als habe man es äußerlich schnell noch einmal über gestrichen und als wäre es direkt von einem Schiffsfriedhof geholt worden.

Auch der Weg, den wir – geleitet – wurden, wirkte, als sei er eigens zu diesem Zweck begehbar gemacht worden.

Wir waren den Gang entlang gegangen, der von der Gangway zum Achterdeck führte und natürlich völlig unauffällig gewesen war.

Dass wir uns nach links gewandt hatten, lag an dem Matrosen, der auf den hinteren Bereich des Schiffs wies.

Stutzig wurde ich erst, als sich niemand außer uns auf dem Achterdeck befand und die Tür hinter uns vernehmlich ins Schloss fiel.

Als Viktor unsere Reisetaschen auf die Liege gestellt hatte, bemerkte ich, in was für einem Zustand das ganze Deck, ja das ganze Schiff sein musste. Einige Liegen, die schon bessere Zeiten erlebt hatten und zwei Stühle, wie man sie mehr in einem Restaurant erwartet hätte.

„Vik…"

Suchet, so werdet Ihr…   Udo Müller-Christian

Ich verstummte, als ich sah, dass auf dem Deck über uns fünf Männer mit automatischen Waffen auf uns zielten. Sie hatten diese Kampfmonturen an, wie man sie von SEKs her kannte.
Langsam drehte Viktor sich um, als er meine Starre richtig interpretierte.

Vier der Männer zielten auf Viktor und einer auf mich.
„Siehst du die Abzeichen, Mirona?"
Die Männer hatten tatsächlich unterschiedliche Zeichen an dem, was ich zuvor für Uniformen gehalten hatte.
Ich konnte ein Malteserkreuz, ein Templerkreuz einen Davidstern und einen Halbmond erkennen.
„Aber das kann doch…"
„Klerikale Truppen, Mirona!"
Aus den Augenwinkeln sah ich, dass das Schiff wendete und nun musste der Bug auf Syros deuten. Mit Volldampf *bewegte sich der alte Kahn zwischen Delos und Tinos hindurch.*

Ein alter Mann, ganz in schwarz gekleidet erschien links von den Bewaffneten und blickte zu uns hinunter.
Er lehnte sich schwer auf das Geländer und starrte Viktor an.
„Sie erkennen mich nicht wieder. Wie auch? Sie sehen noch genau so aus, wie vor über sechzig Jahren!"
Viktor rührte sich nicht und sah nach oben.
Ich konnte nur vermuten, dass er zu dem Alten in schwarz sah.

„Vielleicht ist es einfacher, wenn sie mir sagen, woher sie mich zu kennen glauben!"

Der Alte lachte.

Suchet, so werdet Ihr…　　　　　　　　　*Udo Müller-Christian*

„Klar werden sie mich nicht erkennen! Ich war damals Messdiener und sie haben Juden aus unserer Kirche abgeholt, um sie sicher in die Schweiz zu bringen. Vielleicht interessiert es sie, dass sie es geschafft haben, die Juden, die sie retteten. Erst als der Letzte von ihnen gestorben war, haben wir die Suche nach ihnen wieder aufgenommen. Weil sie so viele Juden vor den Nazis gerettet haben, hatten sie bis vor zwei Jahren eine Art Freifahrschein! Die Überlebenden haben dafür gesorgt, dass ihnen niemand nachstellte."

Viktor sah mich an.
„Vielleicht sollten wir uns setzen, Mirona. Das könnte eine etwas längere Unterhaltung werden!"
Der Alte in schwarz nickte und die Herren mit den Maschinenpistolen folgen uns bei jeder Bewegung mit den Mündungen ihrer Waffen.
Ich sah, sicher genau so wie auch Balsamo, dass ein schneller Sprung über die Reling keinen Sinn hatte, denn unter uns war kein Wasser, sondern ein weiteres Deck auf dem Motorteile herum lagen. Ohne schwere Verletzungen wäre da niemand unten an gekommen.
Wir setzten uns.
„Die Alkyon kenne ich aus den Siebzigern, ich dachte man hätte sie schon lange aus dem Verkehr gezogen!"

Bei dem alten Mann handelte es sich sicher um einen Priester.
„Nach Ovit war Alkyone ihrem Gatten Keyx, Sohn des Hesperos, in innigster Liebe verbunden. Eines Tages sah sich Keyx gezwungen, seine Gemahlin zu verlassen, um das Orakel in Klaros auf zu suchen.

Suchet, so werdet Ihr…   Udo Müller-Christian

Alkyone warnte ihren Mann, da sie – als Tochter des Windgottes Aeolus – die Winde und vor allem deren Unberechenbarkeit kannte. Die Umstände, die Keyx bewogen, nach Klaros zu segeln, waren jedoch von solcher Bedeutung, dass er sich nicht von seinem Vorhaben ab bringen ließ. Wie befürchtet, kam der Sturm und das Schiff versank inmitten des Mittelmeeres. Keyx war glücklich, wusste er doch seine Frau in Sicherheit. Als seine Kräfte ihn verließen, seufzte er ein letztes Mal ihren Namen, bevor er ertrank."

Nach diesen Worten drehte sich der Alte um und ging zurück, um unseren Blicken zu entschwinden.
Ein jüngerer Priester erschien an seiner Stelle.
„Der Kardinal fand es passend, die Alkyon für diese Aktion zu nehmen, darum wurde sie reaktiviert. Allerdings halte ich so etwas für sentimental. Ich wäre anders vor gegangen. Ich hätte sie einfach so mit einer Silberkugel erschießen lassen, aber er hat das Sagen..."
Viktor maß dem Wechsel des Gesprächspartners scheinbar keine Bedeutung zu.
„Ich hatte Alkyon immer für die hellste Sonne der Plejaden gehalten..."
„Ist sie auch, Herr Großkopta!"

Ich hatte noch nichts gesagt und als ich das Wort Großkopta hörte, war ich eigentlich froh, meine Erkenntnisse zu keiner Zeit weiter gegeben zu haben.
In unserer Blickrichtung auf unserer Ebene war rechts die Stahltür zu sehen, durch die wir auf dieses Deck am Heck des Schiffes gekommen waren.

Suchet, so werdet Ihr…   *Udo Müller-Christian*

An der linken Seite war genau so eine Stahltür, die sich nun öffnete.
„Sie bleiben sitzen. Cagliostro. Wenn sie aufstehen, werden sie auf der Stelle durchsiebt!"
Die Männer mit den Waffen schienen letztlich nur auf eine Gelegenheit zu warten, sie gegen uns ein zu setzen.

Durch die Tür kamen weitere Bewaffnete und der alte Mann.
Man stellte ihm einen Stuhl bereit und richtete weitere Waffen auf Balsamo.
Als der alte Herr saß, beugte Viktor sich vor.
„Erzählen sie mir nun, was sie wollen? Und egal was es ist, es gibt keinen Grund Mirona da hinein zu ziehen. Was immer sie wollen, Mirona hat nichts damit zu tun!"
Der Alte sah Minuten lang Balsamo an, bevor er begann zu reden.
„Sie sind uns aufgefallen, als sie versucht haben Gold zu machen. Wir haben sie versucht zu beobachten, was zugegebener Weise nicht immer unbedingt einfach war. Mal waren sie in Paris, dann wieder in London und unsere Agenten haben sie so gut es ging im Auge behalten. Die Besonderheit dieser Observation war nur, dass die Beobachter alterten, sie aber nicht. Sie sehen genau so aus, wie damals, als sie die Juden gerettet haben. Unsere Aufzeichnungen gehen bis in die Zeit vor der Französischen Revolution zurück."

„Sie wollen doch wohl nicht behaupten, dass sie Leute beobachten, die ihnen komisch vorkommen! Aber bevor sie weiter über dieses Thema reden, sollten sie dafür Sorge tragen, dass Mirona sicher wieder zurück nach Mykonos kommt."

Suchet, so werdet Ihr…   Udo Müller-Christian

„Da irren sie gewaltig! Wir haben die Dame engagiert, aber sie hat wohl die Fronten gewechselt, wir können sie nicht mehr gehen lassen."

Er wandte sich direkt an mich.

„Das heißt, wenn sie aufstehen sollten, werden auch sie auf der Stelle durchsiebt."

Balsamo atmete vernehmlich tief ein.

„Was wollen sie und wer sind sie?"

Der alte Mann lachte.

„Ja, ich habe tatsächlich versäumt, mich vorzustellen. Ich bin Kardinal Gerolamo Priuli, Sonderbeauftragter des Heiligen Stuhls und der Heiligen Glaubenskongregation. Meine Aufgabe ist es, Leute wie sie zu entdecken, zu überführen und aus zu schalten!"

Er machte eine Pause, um seine Worte so richtig wirken zu lassen.

„Meine Vorgänger haben den Grafen von St. Germain zur Strecke gebracht, er ist in Eckernförde beerdigt. Nach ihnen fehlt nur noch Ahasver. Es sei denn, es kommen Neue dazu!"

Ich konnte den Mund nicht mehr halten.

„Und das glauben sie allen Ernstes?!"

Er gab einem der Bewaffneten neben sich einen Wink.

Die Alkyon hatte scheinbar Delos passiert und drehte nach backboard ab, also nach links und damit nicht nach Piräus.

Wenn ich das richtig sah, nahm sie nun Kurs auf Paros oder Naxos.

Eine Frau, die gekleidet war, wie eine Rechtsanwältin, kam durch die Tür und reichte dem Kardinal eine Art Album.

„Kommen sie ruhig her, Frau Schwarzdorn, sehen sie sich das Album an.

Suchet, so werdet Ihr…　　　　　　　　Udo Müller-Christian

Langsam stand ich auf und bewegte mich in seine Richtung.

Ohne Umschweife gab er mir das Album und einer der Bewaffneten bedeutete mir, damit zurück zu meinem Stuhl neben Balsamo zu gehen.

„Ja, blättern sie ruhig. Es sind da eine Menge Aufnahmen und sie können den Herrn an ihrer Seite fragen wann und wo sie gemacht wurden!"

Einer alten Angewohnheit folgend, begann ich hinten.

Die Aufnahmen zeigten Viktor und waren wohl in den letzten Jahren entstanden. Ich blätterte weiter und erkannte nun ältere Aufnahmen, wahrscheinlich aus den Siebziger Jahren. Man konnte immer noch behaupten, er habe sich gut gehalten.

Ich musste an das Bild mit Marilyn Monroe denken, das sich in meiner Reisetasche befand; auch auf dem Bild sah er genau so aus, wie ich ihn kannte, er war also die letzten fast fünfzig Jahre nicht erkennbar gealtert.

„Blättern sie ruhig weiter, Frau Schwarzdorn. Sie werden sehen..."

Ich war mir nicht sicher, vielleicht hatte ich auch ein oder zwei Seiten überschlagen, jedenfalls hatte ich ein Bild vor mit, das Viktor mit einigen Leuten zeigte, bei denen es sich wahrscheinlich um die geretteten Juden handelte.

Als ich weiter blättern wollte, stieß mich Viktor mit dem Ellbogen an und deutete mit dem Kopf nach links.

Ich blickte in die angegebene Richtung und traute meinen Augen nicht.

Ein Kriegsschiff, aufgrund der Tatsache, dass mein Vater bei der Marine war, wusste ich, dass es nur eine Fregatte sein konnte, schob sich langsam von hinten kommend neben die Alkyon.

Suchet, so werdet Ihr…   Udo Müller-Christian

Deutlich waren die Geschütze zu erkennen, die alle auf das Schiff gerichtet waren, auf dem wir uns befanden.
  Die Flagge irritierte mich allerdings.
  „O, Kardinal, sie haben eine Fregatte, die unter der Flagge des Vatikans fährt, ich bin beeindruckt!"
  Aus Viktors Worten war deutlicher Spott heraus zu hören.
  Tatsächlich fiel mir auf, dass niemand der Beteiligten sich an den Geschützen zu stören schien, die man auf uns gerichtet hatte.
  Als ich genau hinsah, konnte ich eine Aufschrift über dem Anker erkennen.

„GLADIUS DEI!"

Unweigerlich hatte ich es laut ausgesprochen, vielleicht auch, weil ich nicht sicher war, dass Viktor das gelesen hatte, oder weil ich es selbst nicht glauben konnte, dass es Kriegsschiffe zu geben schien, die unter der Flagge des Vatikan unterwegs waren.

  Kardinal Priuli grinste mich direkt an, Viktor würdigte er keines Blickes mehr.
  „Wir werden sie nun verlassen, Frau Schwarzdorn, das Buch können sie ruhig behalten und vielleicht kann ihnen der verehrte Graf noch Einiges aus seinem Leben erzählen! Die Kurzfassung ist wahrscheinlich angeraten…"

Suchet, so werdet Ihr…   *Udo Müller-Christian*

*

INTERMEZZO

Kurz war ein blaues Leuchten zu sehen, eine Art Nebel, der einem elliptischen Feld nicht unähnlich, den Bruchteil einer Sekunde aufleuchtete.

Ein Raumschiff erschien über Santorini bei Nacht.

Es tauchte einfach so aus dem Nichts auf.

Vor einer Sekunde war es noch nicht da, dann war es da, als wäre es immer schon so gewesen.

Hätte man es angestrahlt, wäre die rote metallic Farbe aufgefallen, die in der bekannten Galaxis als das Metall bekannt war, aus dem die Bewohner des Oriongürtels ihre Raumschiffe herstellten.

Wenige Sekunden verharrte der Diskus in der Luft und schoss dann mit einer irrsinnigen Geschwindigkeit nach Norden davon; erst nachdem er zwei nah beieinander stehende Schiffe überquert hatte, kam er ohne Übergang nahe Paros zum Stillstand.

GLADIUS DEI und ALKYON.

Suchet, so werdet Ihr...   *Udo Müller-Christian*

Unsere Situation war aussichtslos.
Hatte ich seit vielen Jahren immer wieder über die Situation der Katharer nach dem ersten Kreuzzug, der sich gegen Ketzer gerichtet hatte und nicht gegen die Sarazenen, nachgedacht, war ich nun in genau der Lage, die ich seit Jahrzehnten für absolut aussichtslos gehalten hatte.

Ja, ich hatte es mir schon einige Jahre so vorgestellt, ohne auch nur einen Sekundenbruchteil für möglich gehalten zu haben, noch einmal in eine solche Situation zu geraten.
Es war wie damals in der Borgo di San Leo in der Nähe von Ubrino.
Es war ein runder Kessel, wie im *Tour de Constance* in *Aigues-Mortes* in der Camarque.
Über Jahrhunderte diente der Turm immer wieder als Gefängnis. Im 14. Jahrhundert wurden hier die Mitglieder Templerordens eingekerkert, ab dem 17. Jahrhundert Hugenotten und im Jahr 1815 schließlich Offiziere Napoleons.

Suchet, so werdet Ihr…   *Udo Müller-Christian*

Die bekannteste Gefangene war die Hugenottin Marie Durand, die dort seit ihrem 18. Lebensjahr für 38 Jahre inhaftiert war und im Jahr 1768 freigelassen wurde. Marie Durand soll nach der Überlieferung das immer noch lesbare Wort *Resister* auf den Rand eines im Turm befindlichen Brunnens geritzt haben.

Wir saßen Rücken an Rücken auf dem grün gestrichenen Metallboden des runden Kessels.

Ein ebenfalls grün gestrichenes Stahlrohr reichte vom Boden bis zu Decke, als handele es sich um den Vorgänger der *Tabledance-Stange*.

An eben dieser Stange hatte man unsere Handgelenke zusammen gebunden.

Nach meiner Schätzung befand sich dieser Raum unterhalb des Meeresspiegels. Ob die GLADIUS DEI noch in der Nähe war, konnte ich nur vermuten, hielt es aber für wahrscheinlich.

„Und du bist Cagliostro!?"
Was sollte ich sagen?
Angesichts der Situation konnte ich sagen, was ich wollte.

„Kann man so sagen. Ich war Cagliostro."
„Vor zweihundert Jahren..."

„Ich hab' da einige Fehler gemacht und die haben mich jetzt wohl eingeholt. Nur blöd, dass du da rein geraten bist."
„Nach zweihundert Jahren..."

„Ja, ich hatte wirklich unterschätzt, dass die so ein Interesse an mir hatten und über zweihundert Jahre hinter mir her sein würden.

Suchet, so werdet Ihr…   Udo Müller-Christian

Die ganze Zeit hatte ich immer wieder meine Identitäten gewechselt, aber ich hätte nicht gedacht, dass die nach dieser Zeit immer noch an mich dachten."
„Wie alt bist du?"

Ich musste kurz rechnen.
„Bei Weitem nicht so alt, wie du denkst und auch nicht so alt, wie meine *Freunde* denken, 263, so ziemlich genau."

Mirona lachte.
„Na, so alt wirkst du allerdings nicht! Dann bist du also 1746 geboren und nicht 1743 wie es in den Geschichtsbüchern steht."

Ich musste lachen, sie wusste, was in den Geschichtsbüchern stand.
„Geboren bin ich 2236. 2265 war ich dann auf Malta unterwegs und da begann das Alles!"
„Dann solltest du mir das einfach erzählen, ich werde wohl kaum noch eine Gelegenheit haben, es irgend jemandem zu verraten."
„Nun gut, ich konnte nicht mehr im Jahr 2265 bleiben.
Ich musste die Flucht ergreifen und konnte nicht mehr zurück, ja vielleicht hätte ich zurück gekonnt, wenn…"

Mirona verlagerte ihr Gewicht und die Schnüre machten sich schmerzhaft an meinen Handgelenken bemerkbar.
„Du kannst mir wahrscheinlich alles sagen, denn ich werde kaum noch eine Möglichkeit haben irgend jemandem davon zu erzählen."

Suchet, so werdet Ihr… Udo Müller-Christian

„Da wirst du wohl leider recht haben, Mirona. Ich bin im Jahr 2236 geboren und hatte 2265 auf Malta zu tun!"
 Ich versuchte zu hören, ob sie etwas von sich gab, aber nichts kam.
 „Die Welt ist in 250 Jahren gar nicht mehr, wie wir sie jetzt kennen und ich habe letztlich jedes Jahr in der Vergangenheit genossen, weil es friedlicher war, als die Zeit, aus der ich kam."

Unter der Tür erschien ein Rinnsal Wasser.
 Mirona hatte es auch gesehen.

 „Ich fürchte, die Kurzversion ist jetzt angesagt, wie Priuli schon sagte..."

„Gut, ich war also auf Malta und wollte in St. Pauls Bay eine Bekannte besuchen. Das ist in 250 Jahren nicht mehr so einfach, wie heute, denn die Makaken kommen immer wieder über das Mittelmeer und überfallen die – zivilisierten Bezirke!"

„Du willst mich nicht verarschen... Das mit der Zukunft glaube ich dir ja ohne zu zögern, aber dass da wie im Mittelalter wieder... Und Makaken sind Halbaffen, kommen die nicht auf Madagaskar vor?"

 Als sie zögerte ergänzte ich.

Suchet, so werdet Ihr…   Udo Müller-Christian

„Wilde Horden sind damit gemeint, aber mit allen erdenklichen erbeuteten Waffen, kommen regelmäßig über das Mittelmeer und überfallen die Inseln. Die Menschen leben in befestigten Bezirken und wenn man sich dazwischen bewegt, sollte man einen Panzerwagen haben. Ich fuhr also mit so einem Panzerwagen von Mellieha nach St. Paul, als ein außerirdisches Beiboot über die Insel geflogen kam. Ab 2085 hat die Menschheit offizielle Kontakte zu Außerirdischen von einigen anderen Planeten. Es kam also ein kleines außerirdisches Beiboot der Wesen von dem siebten Planeten der Sonne Alnilam, das ist die Gürtelschnalle des Orion. Es flog ziemlich tief in Richtung Valletta. Weil ich nicht oft Raumschiffe der Außerirdischen zu sehen bekommen hatte, habe ich dann angehalten und diesem majestätisch vorbei schwebenden Raumschiff nach gesehen. Eigentlich war es nicht üblich, dass die Pangalaktiker von Alnilam 7 so tief über den Planeten dahin flogen. Normaler Weise landeten und starteten sie, indem sie senkrechte Korridore über den Raumhäfen benutzten. Weil es aber auf Malta keinen gab, war es eigentlich ungewöhnlich, dieses Beiboot zu sehen. Plötzlich wurden vom Meer aus mehrere Raketen gleichzeitig abgeschossen, die genau in die Flugbahn des Beibootes gerieten. Ein greller Blitz und es stürzte ab. Ich wusste, dass solche Raumschiffe bei Abstürzen nie explodierten und von ihnen ansonsten auch keine Gefahr ausging, so fuhr ich schnell zu der Absturzstelle um zu helfen. Auf den Mittelmeerinseln war es nicht üblich in Küstennähe zu fliegen, weil die Sarazenen überall waren und ohne Sinn und Verstand auf alles schossen, was sich bewegte. Sie dachten in ihrem Wahn, alle Nichtsarazenen und besonders alle Außerirdischen müssten als Ungläubige im Namen ihres Gottes vernichtet werden."

Suchet, so werdet Ihr…   *Udo Müller-Christian*

Das Wasser hatte den Boden mittlerweile bedeckt und Mirona und mir nasse Hintern beschert. Unsere Reisetaschen und das Bilderbuch hatte man auf einem Tisch untergebracht, der fest mit dem Schiffsboden verschraubt war.

Nach meiner Meinung befanden wir uns so tief im Bauch des Schiffes, dass der Boden unter uns gleichzeitig der Schiffsrumpf sein musste.

„Erzähl ruhig weiter, ich konzentriere mich auf die Fesseln und du kannst mir erzählen, wie es weiter ging!"

Ich merkte, dass Mirona wirklich intensiv mit unseren Fesseln beschäftigt war.

„Als ich an der Absturzstelle an kam, war der Rumpf des Raumschiffs aufgebrochen und drei Außerirdische tot. Im Beiboot fand ich noch einen Androiden in Menschengestalt, der völlig unbeschädigt war. Venus."

„Ich hatte mir die ganze Zeit gedacht, dass mit Venus und deiner Beziehung zu ihr etwas nicht stimmt…"

„Venus hatte einen *Besitzer* gehabt, der hieß Althotas und war einer der Toten. Was dann geschah ging sehr schnell. Makaken, die den Absturz beobachtet hatten und in der Gegend zwischen St. Paul und Mellieha zu hausen schienen, kamen mit Steinen, Messern und Pistolen angelaufen, brüllten das was sie immer so brüllen und schossen wie wild in die Luft. Sarazenen schießen immer wild in die Luft, irgendwie muss es ihnen Befriedigung verschaffen. Jedenfalls hatte sich Venus davon überzeugt, dass den Außerirdischen nicht mehr zu helfen war und holte rasend schnell alle erdenklichen Dinge zusammen.

Suchet, so werdet Ihr…   Udo Müller-Christian

Sie schob mich dann in den Kontrollraum für den Antrieb. Als die Sarazenen begannen das Raumschiff zu stürmen, drückte sie einen Knopf und sie waren verschwunden, die Sarazenen. Erst Minuten später bemerkte ich, dass auch fast das ganze Raumschiff fehlte. Auch der Panzerwagen, den ich gemietet hatte, war nicht mehr zu sehen."
„Ich habe gleich eine Hand frei."

„Venus und ich waren mit einem Teil des Raumschiffs noch vorhanden und es stellte sich heraus, dass die Wesen von Alnilam einen interessanten Antrieb benutzten. Sie reisten mit nahezu Lichtgeschwindigkeit zwischen den Sonnensystemen und unterlagen daher der Zeitdilatation. Um das auszugleichen, hatte man einen Trick entwickelt. Man musste 500 Lichtjahre zurück legen, also reiste man dazu etwa 500 Jahre in die Vergangenheit und kam so genau zur richtigen Zeit an. Venus hatte, um mich zu retten und sicher vor Allem die Fracht, eine Zeitversetzung um 500 Jahre in die Vergangenheit durch geführt. Aber der Antrieb war hin, es ging nichts mehr. Es hatte ja auch das Raumschiff zerlegt."

„Und dann bist du mit Venus im Jahr 1765 gestrandet?"

Ein Ruck ging durch den Schiffsrumpf, als habe die Alkyon Bodenberührung gehabt. Es klang wie Metall auf Metall.
„Ja, ich bin im Jahr 1765 gelandet und Venus hatte einige technische Gerätschaften gerettet und dazu noch die Ladung, die Althotas nach Valletta bringen wollte. Es handelte sich um LE25!"

Suchet, so werdet Ihr... Udo Müller-Christian

Ein Reißen an meinen Handgelenken und Mirona triumphierte.

„Na dann! Ich weiß ja was LSD-25 ist, aber LE25..."

Nun zog und zerrte Mirona weiter.

„LE25 ist eine Substanz der Pangalaktiker, die Althotas illegal zu Erde brachte. LE25 ist als Life-Extension-25 zu verstehen, du alterst einfach 25 mal langsamer als Andere. Du schluckst eine Kapsel und alterst in 25 Jahren nur ein einziges. Ich habe 1765 die erste Kapsel genommen und dann alle 25 Jahre eine. 1990 die Zehnte. Eigentlich bin ich nur zehn Jahre gealtert, seit dem ich in der Zeit zurück gereist wurde."

„Und wie viele Pillen hättest du noch gehabt?"

Mirona war frei, stand auf und drehte sich um, damit sie meine Fesseln besser lösen konnte.

Ein fräsendes Geräusch ließ sie kurz inne halten.

Es kam von unten, etwa aus der Richtung, aus der ich zuvor die Berührung von Metall auf Metall gehört hatte.

„Ich habe genug Kapseln und die nützen jetzt nichts mehr. Und das, nachdem ich die Frau getroffen habe, der ich auch alle 25 Jahre eine Kapsel geben wollte..."

Sie hörte auf an meinen Handgelenken herum zu fummeln, kam um die Stange herum und umarmte mich.

Schluchzte sie?

Mit einer letzten Anstrengung bekam ich meine Hände frei und drückte Mirona nun meinerseits an mich.

„Komm, wir versuchen Mal, ob und wie wir hier raus kommen!"

Wir standen auf.

Das Wasser kam mit einem Druck unter dem Schott hervor, dass es dahinter schon wesentlich höher stehen musste.

Suchet, so werdet Ihr…   Udo Müller-Christian

„1765 bis etwa 1805 war mein größtes Problem, Venus immer wieder ausreichend auf zu laden. Erst als ihre Stromversorgung gesichert war, vereinfachte das unser Dasein immens.
  Ich begann die Wände und das Schott ab zu klopfen.
  „Wenn ich mich nicht sehr täusche, haben wir hinter diesen Wänden schon mehr Wasser, als wir ertragen können. Als die mich in Borgo San Leo eingesperrt hatten, brauchte Venus einige Jahre, um weit genug aufgeladen zu werden, für zwei Stunden, in denen sie mich befreite, Energie zu haben. Sie ist an der Fassade hoch geklettert, hat meine Wachen überwältigt und mich dann wieder hinunter getragen. Wir sind knapp zu der bereit stehenden Kutsche gekommen, dann war Venus Energie erschöpft, aber sie hatte mich gerettet!"
„Und das war 1795 Anfang Juni!"
„Stimmt Mirona!"

Das zuvor gehörte fräsende Geräusch wurde lauter.
  Ich zog Mirona zu dem Tisch, auf den wir uns setzten und genau da hin sahen, wo das Geräusch von unten her kam.
  „Wenn wir schon von allen Seiten vor Wasser umgeben sind, was ist dann mit unten? Was geht da vor, Viktor?"
  Die Spitze eines Bohrers erschien im Boden und wurde sofort wieder zurück gezogen.
Es begann zu zischen.
Ich näherte mich vorsichtig dem Loch.
  „Ich pumpe Luft hinein, dass ihr genug Sauerstoff habt, außerdem ist es besser, wenn ihr mehr Druck im Raum habt!"
„Venus!"
  Mirona war zu mir gestürzt und starrte, so wie ich, fasziniert auf das kleine Loch im Boden.

Suchet, so werdet Ihr…   Udo Müller-Christian

Gedämpft kam Venus Stimme von unten.
„Ich werde jetzt mit einem Disruptor von Aldebaran ein Loch in den Rumpf machen. Das dauert vielleicht zwanzig Sekunden. Wenn ich jetzt sage, dann haltet beide die Luft an. Wenn das Loch da ist, die Ränder werden nicht heiß sein, dann kommt sofort durch. Ich gehe dann nach oben und hole eure Sachen, falls da noch was ist!"
Mirona fand ihre Sprache wieder.
„Wir brauchen davon eigentlich nichts, uns wird es reichen, wenn wir das überleben!"
„Gut, dann haltet jetzt die Luft an!"
Wir atmeten beide tief ein und stellten das Atmen ein.

Tatsächlich entstand innerhalb der angegebenen Zeit das Loch. Von unten war gleißendes Licht zu sehen und ein Kopf, der entfernt an Venus erinnerte.

Schnell half ich Mirona durch das Loch, Venus nahm sie entgegen und ich folgte.

Als ich unten war, drückte Venus mir eine Atemmaske in die Hand. Ich sah, dass auch Mirona mittels Maske nun mit Luft versorgt wurde und atmete nur noch Luft aus dem Gerät.

Venus hatte sich erheblich verändert und schwang sich nach oben in den Raum.

Unter uns und um uns herum erkannte ich das rote Metall, dass ich schon bei einigen Raumschiffen bewundert hatte, vor vielen Jahren in der Zukunft.

Es war, als habe Venus einen etwa zwei Meter durchmessenden und zwei Meter hohen Zylinder unter der Alkoyn platziert.

Suchet, so werdet Ihr…   Udo Müller-Christian

Venus reichte mir die Reisetaschen und das Fotoalbum des Kardinals.
Als sie neben mir stand, wurde es über uns, wo eigentlich der Bug der Alkyon war, genau so rot, wie unter und um uns.
„Die Schleuse ist geschlossen, wir können runter gehen!"
„Venus, du kannst dir nicht vorstellen, wie froh wir sind, dass du gerade rechtzeitig gekommen bist..."
Venus lachte.
„Rechtzeitig ist gut, ich habe bis 2085 gewartet, um euch zu retten..."

*

INTERMEZZO

2085 erschienen die ersten offiziellen Repräsentanten der Galaktischen Föderation auf der Erde.

Sie teilten mit, man habe den Planeten seit Jahrtausenden immer wieder besucht und halte es mittlerweile für gut, offizielle Kontakte her zu stellen.

Die ethische Entwicklung des Planeten Erde habe in den letzten Jahrhunderten zwar Rückschritte gemacht, aber es sei besser, nun Kontakt auf zu nehmen, als zu warten, bis ethisch unterentwickelte Erdenmenschen zu anderen Planeten aufbrachen.

Um die weitere Entwicklung nicht zu gefährden brachte man LE25 Kapseln mit, die aber nur Personen erhalten sollten, die eine zuvor von den Außerirdischen ermittelte Reife aufwiesen.

Die Außerirdischen selber verfügten über LE100.

Vielleicht war diese Information zu viel, denn sofort gab es Menschen, die der Meinung waren, sich diese Pillen an zu eignen, koste es was es wolle.

In den folgenden Wirren wurde es schwierig für die Menschen mit entsprechender Reife und die Außerirdischen, dafür Sorge zu tragen, dass sich die Horden von jenseits des Mittelmeers nicht die Technologie der Außerirdischen an eigneten, denn besonders deren Waffen waren schnell sehr beliebt geworden.

Suchet, so werdet Ihr… Udo Müller-Christian

Venus hatte uns in das Innere des diskusförmigen Raumschiffs mit genommen.
„Wir müssen jetzt erst einmal unter der sinkenden Alkyon weg kommen!"
Auch im Inneren des Raumschiffs überwog die Farbe Rotmetallic.
Viktor und ich setzten uns in Sitze, die sich als bequem erwiesen, wogegen Venus an einem Pult stand und alle erdenklichen Schaltungen vornahm.

„Kannst du trotzdem antworten und mit uns reden, Venus? Ich bin nämlich erstaunt, wie sehr du dich verändert hast und warum redest du von 2085 und wo hast du auf einmal dieses Raumschiff her?"
Vor Venus war eine Art Portal zu erkennen, das einer Kinoleinwand nicht unähnlich war und an dessen Seiten Säulen aufragten.
Wenn das ein Bildschirm war, zeigte er nur die Schwärze der Umgebung unter Wasser.
Sekunden nach Balsamos Fragen drehte Venus sich um.

Suchet, so werdet Ihr…   *Udo Müller-Christian*

„Gut, dass es geklappt hat! Ich habe uns jetzt von der Alkyon gelöst, sie wird uns nicht auf den Meeresgrund ziehen. Wir müssen den Planeten erst einmal verlassen, im Orbit kann ich alles erzählen!"

Auf dem Bildschirm konnten wir nun den dunklen Schatten des Schiffes erkennen, das der Kardinal zu unserem Grab machen wollte.

Innerhalb des Raumschiffs bemerkte man keine Bewegung, doch bemerkte ich einen helleren Schimmer auf dem Bildschirm.

Viktor ergriff meine Hand.
„Ich hätte nicht geglaubt, das überleben zu können. Und wieder war es Venus, die mich vor dem Ende bewahrte."
Ich drückte seine Hand.
Venus drehte sich zu uns um.
„Wundert euch nicht, wie schnell wir in den Orbit vorstoßen, wir sind jetzt etwa einen Meter unter der Wasseroberfläche. Die GLADIUS DEI hat sich weiter zurück gezogen, um dem Sog zu entgehen, sie wird gleich abdrehen."
„Venus, die haben mich tatsächlich durch die Jahrhunderte verfolgt und jetzt wollten sie mich erledigen, sie wollten Mirona zum Kollateralschaden machen."
Venus nickte.
„Als Valeria eine Woche nachdem ich nichts mehr von dir gehört hatte nach Myconos kam…"
Ich war aufgesprungen.
„Das ist in einer Woche, Venus!"
Sie lachte.

Suchet, so werdet Ihr… Udo Müller-Christian

„Genau, als klar war, dass Viktor und dir etwas zugestoßen sein musste, bin ich unter getaucht. Und weil ich damit rechnen musste, dass man mich auch suchen würde, habe ich mich als Kerl verkleidet und erst einmal auf Myconos viele Fragen gestellt. Valeria durfte sich ja nicht in Gefahr begeben – sie wird sich nächste Woche nicht in Gefahr begeben, weil ich es ihr sagen werde!"

Sie wandte sich ab und widmete ihre Aufmerksamkeit den Kontrollen.
Unwillkürlich hielt ich mich an den Sessellehnen und Viktors Hand fest.
Ohne dass wir im Inneren etwas bemerken konnten, schoss das Raumschiff wie eine abgeschossene Kanonenkugel aus dem Wasser und Sekunden später war wieder nur Schwärze auf dem Schirm zu sehen.
Dann kam majestätisch langsam der Erdball in unser Sichtfeld. Ich hielt unwillkürlich die Luft an.
Venus drehte sich wieder und setzte sich auf die Konsole.
„Jede Form von Aktionismus hätte wahrscheinlich zu Problemen geführt. Ich habe eine Woche nach eurem Verschwinden von der alten Frau aus dem Hotel erfahren, dass da wider Erwarten die Alkyon angelegt hat und dass nur ihr beiden an Bord gegangen seid. Direkt danach hatte das Schiff wieder abgelegt. Giacomo hat dann ermittelt dass es die Alkyon eigentlich schon länger nicht mehr gab und dass da irgend was gewaltig nicht stimmt."
Ich konnte meine Augen kaum vom Anblick der Erde lösen.
„Warum haben wir hier keine Schwerelosigkeit?"

Suchet, so werdet Ihr… Udo Müller-Christian

„Weil wir hier eine eigene Gravitation eingebaut haben, Mirona!"

„Erzähl weiter, Venus, sonst fallen wir noch vor Neugier in Ohnmacht!"

„Gut Viktor! Als mir klar war, dass man euch wahrscheinlich mit der Alkyon versenkt hatte, habe ich in meinen Informationen recherchiert und wusste, dass 2085 am 23. Mai Althotas in einem bestimmten Hotel absteigen würde. Er gehörte zu den Ersten die diesen Planeten offiziell besuchten – er wird zu den Ersten gehören, die den Planeten offiziell besuchen werden. Ich habe als Mann an der Rezeption gearbeitet und als er am 23. Mai 2085 da abstieg, die Gelegenheit genutzt, ihn über alles zu informieren. Ich habe ihm meine Seriennummer gegeben, um sicher zu stellen, dass er 2213 den richtigen Androiden kaufen wird und mit ihm ausgehandelt, dass er mir dieses kleine Raumschiff gibt und eine Kiste LE100."

Balsamo sprang auf.

„Du hast LE100?"

Ich zog ihn wieder zurück, so dass er wieder neben mir saß.

„Erklärst du mir das?"

„Venus hat jetzt LE100, das ist besser als LE25. Ich bin die letzten 234 Jahre nur um 10 Jahre gealtert. Mit LE100 wären es nur zweieinhalb Jahre gewesen. Wenn wir so eine Pille alle hundert Jahre schlucken…"

Venus lachte.

„LE100 für zwei Personen, ich kenne dich besser als jeder andere, Mister Balsamo!"

Adrenalin überschwemmte mich und ich war froh zu sitzen.

„Soll das heißen…"

Suchet, so werdet Ihr...   Udo Müller-Christian

„*Ich bin mir sicher, Mirona, dass Viktor sich sicher ist, mit dir LE100 zu sich nehmen zu wollen!*"

„*Wo her weißt du das Venus?*"
Venus grinste nur.
„*Ich habe Althotas erklärt, wie er 2265 zu Tode kommen wird und er hat nun Zeit, sich mit Gegenmaßnahmen zu befassen, die einerseits sein Überleben sichern und andererseits ein Zeitparadoxon verhindern. Das war ihm 'ne Kiste LE100 wert. Er gab mir dieses Raumschiff und ich bin direkt 86 Jahre in die Vergangenheit gereist, um euch zu holen.*"
Venus drehte sich wieder zum Bildschirm.

„*Seht, von diesem Raumschiff bekomme ich Informationen und Kursberechnungen, wir müssen nach Arcturus IV, etwas für Althotas erledigen!*"

Auf dem Bildschirm zwischen den Säulen erschien ein diskusförmiges Raumschiff in Rotmetallic.
Balsamo stand auf und ging zu Venus.
Er drückte sie an sich.
„*Auch wenn du nicht mehr so aussiehst, wie du aussehen solltest – Danke! Danke für alles...*"
Er drehte sich zu mir und reichte mir eine Hand.
Ich trat dazu und wir umarmten uns alle drei.

Ende

Suchet, so werdet Ihr…   *Udo Müller-Christian*

Noch zum Schluss:

In der Geschichte der Menschheit gibt es Symbolhafte Persönlichkeiten.
So weit ich weiß, stammt dieser Begriff von Sergius Golowin.
Eine dieser Persönlichkeiten ist/war der Graf von Cagliostro, der Alexandre Dumas aufgrund der Spuren, die er in der Geschichte hinterlassen hatte, zu mehreren Romanen inspirierte.
Fast alle Literaten nach ihm haben ein nicht so gutes Bild von Cagliostro gezeichnet.

In der Fernsehzeitung 1973 hatte ich einen Dreiteiler gefunden, auf den ich sofort aufmerksam geworden war. Es handelte sich um einen französischen Fernsehfilm, den man dem Genre Mantel- und Degenfilm zuordnen konnte. Ich konnte nicht nachvollziehen, was mich an dieser Filmankündigung in der Fernsehzeitung, wir hatten nur eine Prisma (freitägliche Beilage zur Tageszeitung) so sehr fasziniert hatte, dass es mir gelang, meine Eltern zu überreden, alle drei Teile sehen zu können.
Von Alexandre Dumas war der Fernsehdreiteiler Cagliostro, dessen Handlung um die Halsbandaffäre am französischen Hof vor der Revolution gewoben war. Ich sah diese drei Neunzigminutenfilme mit großer Konzentration und Interesse, obwohl ich mich zu der Zeit eigentlich nur für Solo für Onkel und mit Schirm, Charme und Melone interessiert hatte, und für die unglaublichen Abenteuer des Raumschiffes Orion.

Suchet, so werdet Ihr...   Udo Müller-Christian

Dieser Cagliostro faszinierte mich, genau wie er vor fast 200 Jahren Dumas fasziniert hatte.
Besonders der Aspekt, dass er die Armen kostenfrei behandelte und Reiche, wenn sie ihm nicht gefielen nicht empfing, war schon eine Besonderheit.
Wenn man sich nun auf *Scharlatanerie* bezieht, kommt man zu der Erkenntnis, dass sich die damalige sogenannte Schulmedizin, aus heutiger Sicht, auch nicht weit von der *Scharlatanerie* entfernt bewegt hat.

Was wird man in Jahrhunderten über die Medizin unserer Zeit sagen können: *Finsteres Mittelalter?*
Wie Dr. Leonard „Pille" McCoy in Enterprise IV zu sagen pflegte?

Zumindest ändert sich die Sicht auf die Leistungen und Taten der Symbolhaften Persönlichkeiten, wenn man den Aspekt der vergangenen Zeit berücksichtigt.
Unter solchen Umständen landen wir dann wieder bei den Entscheidungen, die einen Menschen ausmachen, nicht bei dessen Fähigkeiten, wie Professor Dumbledor zu sagen pflegte.

Kommen wir nun zu dem Problem der Schublade.
Selbst wenn ich wollte, könnte ich wirklich keine Schublade finden, in die ich dieses Buch legen würde.
Ich weiß nicht, ob das Genre eines Romans ausschlaggebend ist und ob Menschen, die wissen, dass SF-Elemente vorhanden sind, danach eine bessere Entscheidung treffen können, ein Buch zu lesen, oder nicht.

Suchet, so werdet Ihr… Udo Müller-Christian

Bewusst benutze ich lieber den Begriff der Schublade, weil wir oftmals dazu neigen, Bücher, Filme und andere Werke zu klassifizieren, vielleicht um eine bessere Vergleichbarkeit her zu stellen. Franz Kafka passte in keine Schublade und schaffte es, ohne wirklich zu wollen, den Begriff **kafkaesk** als Beschreibung zu etablieren. Der Autor ertappte sich auch einige Male dabei, Szenen mit Beerdingsstimmungen aus Filmen von Bunuel zu vergleichen, weil er davon ausging, dass dieser Vergleich bei einigen Lesern zu entsprechenden Bildern führen könnte.

Trotzdem bleibt es immer eine Gratwanderung, sich der Schublade des Genres zu verweigern.

Was für ein Genre bedient eigentlich Joanne K. Rowling bei ihren Harry Potter Romanen? Wie ist es mit Dan Brown, passen alle seine Bücher in die selbe Schublade?

Nein, ich mache keine Aussage zu irgendeinem Genre, außer, dass es sich ganz sicher nicht um ein Kinderbuch handelt.

Aber wenn man dann ein Buch schreibt, zu dem man, auch beim besten Willen keine Genre-Klassifikation zustande bringt, will man zumindest in das Titelbild alles Erdenkliche hinein bringen, um die Komplexität der Textes gerecht zu werden.

Doch auch in diesem Falle, wie bei Allem gilt, *selbständig heißt Selbst und Ständig.*

1989 schrieb ich am Text dieses Romans.

Ich saß am Computer und etwa einen Meter links von mir schneite es hinter dem Fenster.

Suchet, so werdet Ihr…   Udo Müller-Christian

Unsere Tochter war mit Mitschülerinnen mit dem Zug vom Bahnhof Neheim-Hüsten nach Winterberg gefahren und hatte uns versprochen mit den Skiern sehr vorsichtig zu sein, obwohl die Krankenhäuser rund um Winterberg hervorragende Gipse machten, so wusste ich.

Zwischendurch fiel mein Blick immer wieder vom Bildschirm nach draußen. Die Schneedecke wurde immer dichter, aber was ging mich das an?

Was es mich anging wusste ich gegen halb sechs.

Das Telefon bimmelte, ja so war das damals tatsächlich.

„Ich bin in Neheim am Bahnhof und friere!"

Das ging nun wirklich nicht.

„Ich bin in 10 Minuten da..."

Klar, normalerweise brauchte ich wirklich 10 Minuten für die Strecke, es gab damals noch nicht so viele Ampeln.

Erst als ich nach draußen kam, realisierte ich den Schnee, der zwischenzeitig eine Höhe von über zehn Zentimetern erreicht hatte. Glücklicherweise verfügte unser BMW 528 nicht nur über ein Sperrdifferenzial, sondern auch über Winterreifen aus schwedischer Produktion.

Auf der Straße fand ich eine geschlossene Schneedecke vor und bewegte den BMW munter an der Haftungsgrenze in Richtung Dorfausgang.

Suchet, so werdet Ihr...   Udo Müller-Christian

Die Straße war blockiert, ein Trecker versuchte Autos aus dem Graben zu ziehen. Ich drehte um und versuchte das Dorf in der anderen Richtung zu verlassen.

Die Steigung auf der anderen Dorfseite traute ich dem BMW zu; seine Brüder ohne „Sperre" wären wohl kaum von unserem Hof gekommen.

Am anderen Ende des Dorfes stand niemand quer, weil wahrscheinlich Alle durch die Steigung abgeschreckt wurden, gut.

So lange niemand vor mir war, kam ich zügig voran, fast so wie bei normalem Wetter.

Erst in Neheim auf der Steigung der Graf-Gottfried-Straße gab es Probleme. Verkehrsteilnehmer, die sich auf ihren Frontantrieb verließen und glaubten auf Winterreifen verzichten zu können, rutschten mir rückwärts entgegen.

Über Nebenstraßen erreichte ich den Bahnhof – unter den gegebenen Umständen waren zwanzig Minuten akzeptabel gewesen.

Nun gut, das durchgefrorene Kind wurde neben der Telefonzelle angetroffen und zuhause schnellstens mit heißem Tee versorgt.

2016, in einer Zeit in der man am Besten alles selber macht und der Autor jeden Schritt seiner Werke selbst zu verantworten hatte, brauchte ich für eben diesen Roman ein Titelbild.

Titelbilder sollten schon auffallen und außergewöhnlich sein und da hatte es sich bewährt, eben dieses Kind von damals zu konsultieren.

Suchet, so werdet Ihr...   *Udo Müller-Christian*

Ich nahm also ein Bild von meiner „Besseren Hälfte", eins das ich im Schloss Neuschwanstein gemacht hatte und eins von einem Raumschiffmodell, das ich im Rot des oben genannten BMW lackiert hatte und brauchte nur noch ein Foto aus dem erdnahen Orbit. Wegen des letztgenannten Bildes fuhren wir eigens nach Oberhausen ins Gasometer und machten einige Aufnehmen.

Ich hatte also vier selbstgemachte Aufnahmen und mailte sie nach Bayern mit einer kleinen erklärenden Skizze.

Unsere Tochter, mittlerweile wieder aufgewärmt, machte daraus dann das, was wir hier oben sehen können. Natürlich schickte sie mir noch einige Entwürfe, die sie selbst ganz lustig fand.

                                         Udo Müller-Christian

Suchet, so werdet Ihr…   Udo Müller-Christian

Ebenfalls als E-Book oder Print zu beziehen:

Der Sohn des Mondpriesters

Print   ISBN: 978-3-7386-5515-5

E-Book   ISBN: 978-3-7392-9856-6

Interstellare Scharade

Print   ISBN: 978-3-7392-4818-9

E-Book   ISBN: 978-3-7412-5464-2

Dem Irrtum sei Dank

E-Book   ISBN: 978-3-7412-3084-4

Print   ISBN: 978-3-7412-4301-1

Suchet, so werdet Ihr...   *Udo Müller-Christian*

Ebenfalls lieferbar:

Flucht ab 11 von Edeltraut Gellert
Paperback   ISBN-13: 9783749408061
E-Book   ISBN-13: 9783749411207

und
Überraschungsmagazin von Leopold es Vedra

Paperback   ISBN-13: 9783743109643
E-Book   ISBN-13: 9783744825245

Suchet, so werdet Ihr...   *Udo Müller-Christian*